Pia Stangier

SKRUPELLOSE MACHT

istolé

Pia Stangier:
Skrupellose Macht

ISBN: 978-3-910347-13-7
ISBN E-Book (EPUB): 978-3-910347-14-4

1. Auflage 02/2023
© 2023 AKRES Publishing
Das Werk ist vollumfänglich urheberrechtlich geschützt.

Umschlaggestaltung: Ginevra Scialpi, AKRES Publishing
Schrifttypen: Linux Libertine by SIL Open Font License 1.1; Obviously by Adobe
Fonts/ OH no Type Co.
Druck und Bindung: Vogel digital, 79263 Simonswald; BoD GmbH,
22848 Norderstedt

Verlag: *istolé* Belletristik, ein Imprint im Verlag AKRES Publishing
Remscheider Straße 45, D-42369 Wuppertal
Tel.: 0049 (0)202 5198830, Telefax: 0049 (0)202 2447651
E-Mail: info@akres-publishing.com

Besuchen Sie uns im Internet: www.akres-publishing.com

Bibliographische Information der Deutschen Nationalbibliothek:
Die Deutsche Nationalbibliothek verzeichnet diese Publikation in der
Deutschen Nationalbibliografie; detaillierte bibliografische Angaben sind im
Internet über http://dnb.ddb.de abrufbar.

Der Minister nimmt flüsternd den Bischof beim Arm:
Halt du sie dumm, ich halt sie arm!
Sei wachsam.
Präg' dir die Worte ein!
Sei wachsam.
Und fall nicht auf sie rein!

Reinhard Mey

Guissény in der Bretagne

Sommer 2015

Ich genoss den festen, von Meereswellen geriffelten Sand unter meinen nackten Fußsohlen. So früh am Tag hatten wir den Strand von Le Curnic ganz für uns allein. Nicht, dass mir tagsüber auf unseren Spaziergängen je mehr als eine Handvoll Leute begegnete, aber niemand war mir einfach noch lieber. Und um diese frühe Zeit war das garantiert.

An diesen Flecken Erde hatte ich vor Jahren mein Herz verloren. Hier, am Plage du Vougot, dem Strand, der zu einer kleinen Ortschaft namens Guissény, nordöstlich von Brest, gehörte, hatte ich mein Seelenzuhause gefunden, ohne danach gesucht zu haben. Jeden Frühling gönnte ich mir für drei Monate eine Kombination aus Erholung und Kreativität. Das winzige Haus, das ich zu diesem Zweck mietete, bot zwar nur ein schlichtes Maß an Komfort, war mir jedoch behaglicher Rückzugsort und Hort der Ruhe. Mein kleines Domizil lag in Sichtweite des Meeres, knapp hundert Meter hinter dem Strand, leicht erhöht und durch eine schmale Straße von ihm entfernt.

Von meinem Schlafzimmer im Obergeschoss aus hatte ich freien Blick aufs Meer, jedenfalls wenn ich mich auf Zehenspitzen stellte. Leider hatte ich diesen Ausblick nicht von der

Terrasse aus, die an das Erdgeschoss angrenzte, das aus nur einem einzigen Raum bestand. Dieser Raum war eine Kombination aus offener Küche, Esszimmer und Wohnzimmer, und dort lag auch der Zugang zum Duschbad. Die Terrasse verwehrte mir zwar mit der dichten Hecke den Blick aufs Wasser, hielt jedoch zuverlässig den mitunter recht scharfen Seewind ab.

In der Abgeschiedenheit dieser winzigen Küstensiedlung, die gewiss nicht mehr als sechzig Häuser aufwies, konnte ich arbeiten, ohne gestört zu werden. Falls ich mich einsam fühlte, was so gut wie nie vorkam, verwöhnte mich Pablo mit seiner Anhänglichkeit. Und sollte es mir einmal kalt werden, was um diese Jahreszeit recht selten geschah, kuschelte er sich zu mir aufs Sofa, und wir wärmten uns gegenseitig.

Pablo. Was für ein Unterschied zu Titus. Kuscheln war zwar auch dem kleinen, frechen Foxterrier ein Grundbedürfnis gewesen, doch trotz all der gemeinsam gelebten Jahre hatte er mich nie als seine Rudelführerin akzeptiert. Das hatte unser Zusammenleben stark beeinträchtigt, um es freundlich auszudrücken. Zum Glück hatte sich unsere Situation durch Rufus, eine riesige Deutsche Dogge, verbessert. Titus hatte den Rüden zwar nie herausgefordert, aber durchaus kapiert, dass dieser auf meiner Seite stand. Beide waren schon vor vielen Jahren über die Regenbogenbrücke gegangen, aber meine Liebe war ihnen auch heute noch gewiss.

Ganz anders verhielt es sich bei Pablo, dem Galgo-Rüden, den ich vor vier Jahren von einer deutsch-spanischen Tierschutzorganisation übernommen hatte. Diese Organisation rettete in Spanien Windhunde, um sie in Deutschland in gute Hände zu vermitteln. Abertausende dieser edlen, sanftmütigen Geschöpfe wurden alljährlich, nach Ende der Jagdsaison Ende

Februar, ausgesetzt oder auf teils barbarische Art und Weise getötet. Das zu kapieren war mir schier unmöglich.

Mit weit ausholenden Sprüngen rannte mir der athletische, braun gestromte Hasenjäger voraus. Mein Großer liebte diesen morgendlichen Galopp am Strand. Fast schien es, als könnte er fliegen. Längst hatte er verstanden, dass er keine Hasen für mich erlegen musste, um satt zu werden. Und dass er besser nichts von dem Wasser trank, das uns bei unseren Strandspaziergängen im Überfluss umgab, weil er davon immer kotzen musste. Ich beobachtete, wie Pablo an Muscheln und Tang-Haufen schnüffelte, anschließend wieder Vollgas gab und mit unglaublicher Eleganz über den flachen Meeressaum flog. Ich war wahnsinnig verliebt in diesen tollen Burschen. Nein, nicht verliebt, das mit uns beiden war echte Liebe und beruhte auf Gegenseitigkeit.

Als ich am Meer entlangschlenderte und meine nackten Füße von Wellen umspielt wurden, erfüllte mich ein unbändiges Gefühl von Freiheit und Dankbarkeit. Was für ein Privileg, mein Leben ganz nach meinen eigenen Vorstellungen gestalten zu können. Wenn ich nach ein paar Monaten meine bretonische Enklave verließ, erwartete mich in Osnabrück eine historische, frisch sanierte Villenhälfte nebst der verrückten Gesellschaft einer Gruppe von Althippies, die in der anderen Hälfte des Hauses lebte. Tante Greta und ihre Clique hatten sich mit der Zeit kein bisschen geändert, obwohl inzwischen jeder von ihnen Mitte bis Ende siebzig sein musste. Erst nach und nach hatte ich begriffen, welch kostbare Menschen Greta vor über fünfzehn Jahren um sich versammelt hatte. Meine anfängliche Skepsis gegenüber ihren Freunden, meinen neuen Nachbarn, war jedenfalls völlig unangebracht gewesen.

Mitunter versuchte ich noch immer den Umstand zu begreifen, dass ich schon lange eine finanziell abgesicherte Frau war. Zunächst war dies durch das beträchtliche Vermögen, das Onkel Heinrich mir und seiner Schwester Greta hinterlassen hatte, geschehen. Zudem gehörte zum Erbe ein edles Villenanwesen aus dem ausgehenden 19. Jahrhundert, das Greta und ich zu gleichen Teilen geerbt und untereinander aufgeteilt hatten, wobei sie und ihre Hippies den größeren Teil des Hauses bewohnten. Und schließlich hatte ich endlich in einer Branche Fuß fassen können, die mir so lange verwehrt geblieben war. Mein größter Traum hatte sich erfüllt, mein Name als Autorin hatte inzwischen an Klang und Inhalt gewonnen. Seitdem war ich regelmäßiger Gast auf der Frankfurter Buchmesse und mein Verlag widmete meinen Romanen einen nicht unbeträchtlichen Anteil seines Messestandes, obwohl meine Bücher alles andere als leichte Kost darstellten.

Während ich meinen Gedanken nachhing, überfiel mich angesichts all dieses Glücks große Demut. Ich gab einem Impuls nach, stapfte den leicht ansteigenden Strand hoch und setzte mich dicht unterhalb der Grasnarbe in den warmen, hellen Sand. Mich mit den Ellbogen rückwärts abstützend, ließ ich den Kopf zurückfallen und lag einfach nur still da, während sich meine Zehen durch die feinen Sandkörner wühlten und ich mich erinnerte, wie alles angefangen hatte.

Mit geschlossenen Augen lächelte ich in die Sonne, die hinter meinen Lidern mit gleißender Helligkeit sämtliche Konturen tilgte und flirrende Punkte auf meine Netzhaut zauberte. Ohne Vorwarnung überlief mich plötzlich ein kalter Schauer und mich überkam eine seltsame Furcht. Vergeblich versuchte ich, das Gefühl abzuschütteln. Ich richtete mich auf, öffnete die Augen und sah auf das sanfte Wogen der grünblauen

Wellen. Wenn mich dieser Anblick auch stets faszinierte und die Unruhe in mir meistens vertrieb, passierte heute nichts. Mein Puls war eindeutig zu schnell.

Das Schicksal ist ein verdammt mieser Spieler. Das wusste niemand besser als ich.

Vierter Stock im Parlament

Montag, 22. Juni 1998

Hätte ich geahnt, was mich in Brüssel erwartet, hätte ich mich standhaft geweigert. So aber ließ ich am übernächsten Nachmittag meinen Blick über das imposante Parlamentsgebäude gleiten, einen Berg aus Glas und Stahl. Ich warf einen Blick auf meine Armbanduhr. Es war kurz vor vier Uhr. Die Büroangestellten machten frühestens um fünf Uhr Feierabend, es war also noch früh genug für einen ersten Versuch.

Die Fahrt war überraschend angenehm verlaufen. Titus hatte die meiste Zeit in seinem Körbchen im Kofferraum geschlafen und die belgische Autobahn war so leer gewesen, wie ich es von deutschen Strecken her nirgends kannte. Nur die endlose Sucherei durch die Brüsseler Innenstadt war nervig verlaufen. Mein gut ausgeruhter Köter hatte von seinem Logenplatz im Kofferraum aus alles genau im Blick und bei jedem Vierbeiner, den er auf dem Gehweg ausmachte, veranstaltete er ein Höllenspektakel.

Mein Versuch, meinen Hund in der Obhut der Clique zu lassen, war kläglich gescheitert. Justus hatte mir unmissverständlich klargemacht, dass für mich eine Trennung von meinem Terrier vorerst undenkbar sei. „Der weiß doch sonst gar nicht mehr, was Sache ist. Sie sind jetzt seine neue Chefin, seine Bezugsperson, liebe Marla." Das hatte so kategorisch geklungen, dass die „liebe Marla" daran auch nichts änderte. „Und das muss er erst einmal richtig verinnerlichen, sonst gehorcht Ihnen dieser Bursche nie." Vöcking hatte mich zwar freundlich angelächelt, wusste aber anscheinend bestens über Titus und mich Bescheid. „Machen Sie sich nichts daraus, Hunde aus dem Tierheim laufen anfangs oft neben der Spur. Und dass er sich jetzt bei Ihnen so aufspielt, ist völlig normal. Nur durchkommen darf der Banause damit nicht."

„Sie haben gut lachen, Justus. Ich dachte immer, kleine Hunde wären einfach nur kuschelig, süß und lustig."

„Ja, das denken alle. Wir haben es hier aber mit einem rüpelhaften Halbstarken zu tun. Mit einem Terrier, der sich für eine Dogge hält. Ihr Titus braucht eine konsequente, aber auf gar keinen Fall harte Hand. Damit würden Sie mehr Schaden anrichten als wettmachen. Loben und vor allem belohnen Sie ihn, wann immer er etwas gut macht. Das braucht er jetzt dringend. Lob und Konsequenz. Und ignorieren Sie ihn völlig, wenn Ihre Aufforderung zum Gehorsam ins Leere läuft. Ihre erste Aufforderung. Sie sagen ihm ein einziges Mal, was Sie von ihm wollen. Gehorcht er nicht, drehen Sie sich um und gehen Sie weg. Natürlich ist er dabei an der Schleppleine, liebe Marla. Und vor allem dürfen Sie niemals Angst zeigen, das ist sehr wichtig. Geben Sie ihm vorerst bitte nur dann ein Kommando, wenn Sie absolut sicher sind, dass er es auch befolgt. Bezweifeln Sie das, geben Sie ihm lieber keines. Zeigt er Unarten, die Ihnen nicht gefallen, die Sie aber auf die Schnelle nicht ändern können, gehen Sie einfach darüber hinweg und ignorieren sein Verhalten. Und vor allem lassen Sie ihm Zeit. Ihr Hund ist nicht blöd, der packt das schon."

Justus hatte erzählt, dass er früher selbst mehrere Hunde gehabt hatte. Er schien sich auszukennen. Nach diesem Schnellkurs für Anfänger in puncto Rudelführerschaft hatten Titus und ich uns auf den Weg nach Belgien gemacht.

Von einem zuvorkommenden Aktenkofferträger wurde mir auf der Suche nach einem Parkplatz schließlich der entscheidende Hinweis zuteil. Mein Wagen samt Hund stand in der wohltemperierten Tiefgarage des Parlamentsgebäudes, auf der Ebene für Besucher, während ich mit dem Aufzug ins Foyer fuhr.

Anders als am vergangenen Freitag, als Tante Greta ihr Glück in der Rue Wiertz versucht hatte, waren heute erstaunlich wenige Wachleute zu sehen. Als mich die Dame an der Information fragte, zu wem ich denn bitte wolle, war ich gut vorbereitet. Ich verriet natürlich nicht, dass ich auf der Suche nach Katrin Wübbers war, der Sekretärin des kürzlich verstorbenen EU-Abgeordneten Gessner. Zum Glück hatte sich Greta den Namen der Kollegin gemerkt, die ihr vor ein paar Tagen vom Auffinden des toten Abgeordneten durch unsere Katrin erzählt hatte.

„Zu Frau Rückert. Ines Rückert."

Die junge Frau heftete mir einen Besucherausweis ans Revers und beschrieb mir den Weg zum Büro von Madame Rückert, zweiter Stock, den Flur links vom Aufzug entlanggehen bis zum Zimmer 286.

„Dort drüben befinden sich die Aufzüge. Bevor Sie das Gebäude verlassen, kommen Sie bitte noch einmal zu mir." Sie wies auf mehrere gläserne Fahrstühle. Ich dankte lächelnd und drückte im Lift gehorsam auf die Zwei. Und anschließend, weniger gehorsam, auf die Vier.

Ich fand, dass mich nichts von einer der Beschäftigten unterschied, denn ich trug mein schwarzes, kniefreies Citykostüm, dezent geschnitten und nur wenig figurbetont, dazu halbhohe Pumps und zur Feier des Tages ein wenig Make-up. Statt meiner üblichen Großraumhandtasche hielten meine vor Aufregung klammen Finger den hochwertigen Lederaktenkoffer umklammert, den mir Justus geborgt hatte. Den Rest der Tarnung besorgte eine arrogante Miene. Auf dem irre langen Flur im vierten Stockwerk begegnete ich nur wenigen Leuten, während ich mit wiegendem Schritt den Gang entlang schritt. Gut, dass sich an jeder Tür ein Namensschild befand.

Katrin hatte Greta ihr Büro gezeigt, als meine Tante die junge Frau vor ungefähr einem Jahr besucht hatte. Ihr Chef war gerade nicht da gewesen. Somit hatte mir Greta recht genaue Angaben dazu machen können. Leider war ich allenfalls eine Amateurdetektivin, leider ahnte ich nichts von Dingen, die man nicht sofort bemerkt. Beispielsweise von Überwachungskameras.

Ich stand vor dem Büro des verstorbenen Abgeordneten Gessner, der wie Katrin aus Münster stammte. Sie hatte ihn kennengelernt, als sie in seinem Heimatbüro während ihrer Ausbildung im Bereich Büromanagement ein Praktikum absolviert hatte. Rasch sah ich mich um, bevor ich vorsichtig die Türklinke drückte. Die Tür war verschlossen. Hätte ich mir ja auch denken können. Wenigstens befand sich kein Polizeisiegel daran.

Die Tür zu seinem Vorzimmer hingegen war un-verschlossen. Ich klopfte leise und wartete drei Sekunden lang ab. Keine Antwort. Ich klopfte noch einmal, dann vergewisserte ich mich, dass niemand in der Nähe war und trat rasch ein.

Die Luft in Katrins Büro roch angenehm frisch dank Klimaanlage. Zwei Grünpflanzen auf der Fensterbank verliehen dem hypermodern eingerichteten Raum einen leisen Anstrich von Büroidylle, auch wenn die Blumen ihre Blätter hängen ließen. Die Einbauschränke waren abgeschlossen, ebenso ihr Schreibtisch, auf dem neben den üblichen Utensilien wie Stifte in einem Lederbecher, Locher und Hefter ein winziger Silberrahmen stand. Darin strahlte mir das Lächeln eines attraktiven Unbekannten im Alter von vielleicht dreißig Jahren entgegen. Diese Art von Lächeln kannte ich nur zu gut, sie brachten einem nichts wie Ärger ein. Schnell ließ ich den kleinen Rahmen in der Aktentasche verschwinden.

Da ich selbst lange genug Schreibtischtäterin bei der Bank gewesen war, kannte ich die Plätze, an denen vorsichtige Büromenschen ihre Schreibtischschlüssel vermeintlich sicher deponieren. Wie erwartet lagen die von Katrin unter ihrer PC-Tastatur.

Nachdem ich nach draußen horchte und nichts hörte, schloss ich Katrins Schreibtisch auf. Der Schlüsselbund, der sich in der obersten Schublade in einer Zigarrenkiste befand, würde mir hoffentlich Zugang zu ihrer Wohnung verschaffen. Ich selbst hatte immer einen Ersatzschlüssel für meine Wohnung in meinem Schreibtisch aufbewahrt. Diese Schlüssel wanderten deshalb ebenfalls in meine Aktentasche.

Es befanden sich keinerlei Akten in den Schubladen, aber das war weder zu erwarten gewesen, noch lag es in meiner Absicht, diese zu lesen. Außerdem kannte ich nicht eine einzige Sekretärin, die derart idiotisch war, wichtige Papiere in ihrem Schreibtisch und nicht im Aktenschrank einzuschließen. Und nebenbei gingen mich die Vorgänge in dieser Behörde nicht das Geringste an. Nicht mehr jedenfalls als jeden anderen europäischen Wähler und Steuerzahler. Katrins Filofax in der zweiten Schublade von oben hingegen konnte mir vielleicht Aufschluss über ihre sozialen Kontakte vermitteln. Das Aktenkofferschloss schnappte erneut zu.

Mich überkam plötzlich brennender Durst und ich suchte nach dem obligatorischen Waschbecken, das in jedem Vorzimmer einer Sekretärin Wasser für die Kaffeemaschine zur Verfügung stellt. Neben dem Schreibtischschlüssel befand sich noch ein weiterer Schlüssel am Schlüsselbund, mit dem sich tatsächlich einer der Einbauschränke öffnen ließ. Ich zuckte zurück, doch es war nur mein Spiegelbild, das mir entgeistert entgegenstarrte. Unterhalb des Spiegels kam ein winziges Waschbecken zutage, das in die Ablagefläche eines zweitürigen Unterschranks eingelassen war. Die Türen entpuppten sich zur Hälfte als Kühlschrank und zur anderen Hälfte als Vorratsschrank. Darin befanden sich Kaffee, edle Kekse und ein enttäuschend schlichtes Kaffeegeschirr. Ich nahm eine der Tassen und ließ das Wasser lange genug laufen, damit das abgestandene Wasser dem deutlich kühleren weichen konnte. Gierig trank ich, spülte die Tasse dann heiß aus und trocknete sie mit dem vorhandenen Geschirrtuch ab, bevor ich sie zurück in den Schrank stellte.

Ich erlag der Versuchung, den Sitz meiner Frisur im Spiegel zu kontrollieren, als mein Blick auf eine Medikamentenbox fiel, die auf der winzigen Ablage darunter stand. Eine Box, wie sie in jeder Apotheke käuflich zu erwerben ist. Sieben Miniboxen, für jeden Wochentag eine, unterteilt in jeweils drei kleine Fächer für morgens, mittags und abends. Einundzwanzig kleine Behälter. Und es lagen noch nicht verbrauchte Medikamente darin, kleine Pillen in Weiß und Zartgelb sowie durchsichtige, längliche Kapseln, gefüllt mit einem bräunlichen Granulat.

Greta hatte Freitag und Samstag nach Katrin gesucht. Also war Gessner in der Nacht von Donnerstag auf Freitag verstorben. Ich war mir sicher, es so auch in einem kurzen Artikel in der Osnabrücker Tageszeitung gelesen zu haben. Garantiert hatte Katrin darauf geachtet, dass ihr Chef seine Tabletten regelmäßig einnahm. Noch während ihrer Zeit in seinem Münsteraner Büro hatte Gessner seinen zweiten Herzinfarkt erlitten, sie kannte also das Risiko eines weiteren Infarkts. Ich schüttelte die Box. So, wie es aussah, hatte er alle Medikamente einschließlich die vom vergangenen Donnerstag eingenommen. Erst ab Freitagmorgen war seine Medizin in den Fächern liegen geblieben. Automatisch wanderte auch diese Box in meine Aktentasche.

Ich lockerte gerade mit den Fingern mein verschwitztes, langes Haar, in das ich mühsam ein paar Locken frisiert hatte, als mir im Spiegel ein graumelierter Dreitagebart entgegenblickte. Er rahmte einen nicht eben freundlich lächelnden Mund ein. „Shit, wie können Sie mich nur so erschrecken," keuchte ich und schaute den Mann fassungslos im Spiegel an.

„Was haben Sie hier zu suchen?" Französischer Akzent, jedes „H" wurde verschluckt. Und woher wusste dieses grimmig dreinblickende Mannsbild, dass es mit mir Deutsch reden musste?

Zeit schinden, denk dir was aus, befahl ich mir. Dann drehte ich mich zu ihm herum.

Vor mir stand eine Autoritätsperson, groß, breitschultrig, muskulös, grimmiger Blick. Dieser Blick war eine Kriegserklärung, nicht mehr, nicht weniger. Weniger beeindruckend als der Mann fiel die einfallslose Uniform aus, die ihn als Wachmann auswies. Schwarze Hose, schwarze Schuhe, schwarze Lederjacke mit dem Emblem irgendeines Sicherheitsdienstes. Ich schaute genauer hin. Service de Sécurité Partout. Dazu ein Walkie-Talkie, das er lässig in der Linken hielt, während er mit seiner Rechten meinen Oberarm packte und mich ohne jede Anstrengung durchschüttelte. So mochte sich Titus also fühlen, sollte ich jemals den Ratschlägen in diesen idiotischen Ratgebern zum Thema Hundeerziehung Folge leisten.

„Raus mit der Sprache! Was haben Sie hier zu suchen?" Der Mann knurrte zwar wie Titus, roch allerdings besser aus dem Mund. Und der war nur wenige Zentimeter von meinem Gesicht entfernt. Ich tippte auf Spearmint Kaugummi.

„Solange Sie darauf bestehen, mir körperliche Gewalt anzutun, sage ich kein Wort," stieß ich mit Mühe hervor, denn mein Arm schmerzte wirklich. Frechheit siegt bekanntlich und ich war empört und wütend zugleich. „Und lassen Sie mich gefälligst augenblicklich los." Meine Bemühungen um ein angenehmeres Gesprächsklima fruchteten. Der Wachmann nahm tatsächlich seine Hand von mir.

„Besser, Sie verärgern mich nicht, Madame," brummte er einschüchternd.

Misch nischt. Unter anderen Umständen hätte ich ihm stundenlang zuhören können, er hatte eine angenehm dunkle Stimme. Es klang in meinen Ohren immer wundervoll, wenn ein Franzose Deutsch sprach. War er überhaupt Franzose? Oder Belgier? Oder Luxemburger? Und erwartete dieser Kerl ernsthaft, dass ich seine Drohung ernst nahm? Die erste Runde war zwar an mich gegangen, doch warnte mich der funkelnde Blick aus dunklen Augen, daraus nicht automatisch auf das Ende dieses Gefechtes zu schließen.

Ich richtete mich auf und drückte mein Kreuz durch. Dann strich ich mir mit Nachdruck mein Jackett glatt, eine einzige Geste weiblicher Empörung. Zwar stand ich noch ein wenig unter Schock, bekam mich aber gerade halbwegs wieder in den Griff. Jetzt benötigte ich nur etwas Zeit, um an einer ihn zufriedenstellenden Antwort zu feilen. Aber die beste Lüge ist und bleibt die Wahrheit, oder nicht?

„Ich wollte nur einen Schluck Wasser trinken. Mein Kreislauf." Ob meine Stimme wohl schwach klang?

Als Antwort auf seine Frage war ihm meine Erklärung anscheinend zu dürftig. „Besser, Sie reden nicht solch einen Unsinn." Der Ledermann klang nicht im Geringsten amüsiert. „Madame Richter."

Ich sperrte den Mund auf, korrigierte mein Verhalten jedoch umgehend und begriff, dass mich der Besucherausweis an meinem Revers verriet. „Nun", antwortete ich betont hochnäsig, „Sie sind mir gegenüber im Vorteil, Sie kennen meinen Namen. Dürfte ich dann bitte Ihren Namen erfahren?" Mein Lächeln war hoffentlich so eisig, wie ich es beabsichtigte. „Für meine Beschwerde."

Während er noch überlegte, musterte ich ihn eingehend und fand, dass man sich im Allgemeinen einen Wachmann genauso vorzustellen hatte. Kompakter Körperbau, mindestens 1,90 Meter groß, graumeliertes, kurzes Haar über einer langsam höher werdenden Stirn, dazu ein Stoppelbart, ebenfalls graumeliert, leicht verkniffene, jedoch irritierend sinnliche Lippen, wirkungsvoll dunkle Augen, alles in allem genau der Typ Mann, dessen Ausstrahlung Menschen wie mich einzuschüchtern vermochte. Nicht unbedingt ein verschlagener Blick, dafür aber Macho-Allüren satt. Hier blies sich jemand ganz schön auf. Berufskrankheit? Oder war der Kerl von Hause aus ein Arschloch? „Ich warte. Ihren Namen, bitte," forderte ich ihn erneut auf, in einem bewusst barschen Tonfall.

„Leiter des Sicherheitsdienstes, Philipp Guiader." Falsche Reihenfolge. Also ein Arschloch. „Und nun kommen wir endlich zur Sache, Madame Richter," fuhr er fort. „Was haben Sie hier verloren? Oder sollte ich besser sagen, was haben Sie hier gesucht?" Er sprach wie ein bekannter deutscher Schauspieler, der einen Franzosen in einem Hollywood-Film gemimt hatte, ich kam aber einfach nicht auf dessen Namen. Das totale Klischee.

Er kannte zwar meinen Namen, aber kannte er auch die familiären Hintergründe zwischen Katrin und mir? Besser, Unwichtiges zugeben, dachte ich und hielt mich für eine würdige Nachfolgerin von Mata Hari, einer Legende in Sachen Ermittlungen und Spionage.

„Ich bin auf der Suche nach Frau Wübbers. Sie ist meine", hier wurde es leider kompliziert, „also meine Tante ist ihre Großtante." Ich dachte angestrengt nach. „Nein, stimmt nicht. Also die Mutter von Katrin Wübbers war mit meinem Cousin Manfred verheiratet. Demnach bin ich ihre…" Ich stotterte, verlor den Faden und erntete das mir dafür zustehende spöttische Lachen. „Ach, ist ja auch egal," rief ich aus, „jedenfalls bin ich eine Verwandte von ihr, um ein paar Ecken herum!"

Dieses unverschämte Grinsen! „Madame, nachdem ich jetzt ausreichend über Ihre Familie im Bilde bin, fahren Sie bitte fort. Bis jetzt ist all das noch recht amüsant."

„Nehmen Sie mich gefälligst ernst," fauchte ich und kniff wütend die Augen zusammen.

Guiader brachte sein Gesicht nah an meines heran, wobei jeder Anflug von Spott aus seinem Blick verschwand. „Madame, das sollten Sie sich lieber nicht wünschen," meinte er in eisigem Tonfall, der mir sofort auf den Magen schlug. Den Umgang mit Autoritätspersonen hatte ich leider nicht so im Griff, wie ich es gerne hätte. „Leicht könnte es sonst geschehen, dass Sie Bekanntschaft machen mit einer belgischen Arrestzelle, avez-vous compris?"

„Pah." Ich lachte herausfordernd. „Mit welcher Begründung?" Meine Stimme krächzte, während mein Blick hoffentlich furchtlos wirkte. Dieses Hannibal-Lecter-Grinsen hatte dieser Typ aber so richtig gut drauf.

„Hausfriedensbruch? Einbruch? Was ist Ihnen lieber?"

„Einbruch", schnaubte ich, „bei einer unverschlossenen Bürotür? Sie machen sich ja lächerlich."

Leichtfüßig wie ein Boxer trat er einen Schritt auf mich zu. Fast erwartete ich, dass er seine Arme hochnahm, um meine Reflexe zu testen. Ein weiterer Einschüchterungsversuch.

„Wir befinden uns hier nicht in irgendeiner", er suchte kurz nach einem geeigneten Wort, „Suppenküche. Sie sind in einen sensiblen Sicherheitsbereich eingedrungen, ist Ihnen das nicht klar, Madame?", herrschte er mich an.

Ob ich mit der Klein-Mädchen-Tour durchkam, trotz meiner dunklen Stimme?

„Irgendwo musste ich ja anfangen, nach Katrin Wübbers zu suchen", versuchte ich es. „Was würden Sie denn an meiner Stelle tun? Da verschwindet eine blutjunge Verwandte von einem Moment auf den anderen und natürlich machen wir uns Gedanken, denn das ist einfach nicht ihre Art. Man fängt also an zu spekulieren, ist doch logisch. Man fragt sich, ob das Auffinden ihres toten Chefs das Mädchen so in Panik versetzt hat oder ob es etwas gibt, von dem ihre Familie nichts weiß. Mein Gott, kapieren Sie denn nicht? Wir sorgen uns ganz einfach um Katrin.“

„Und wer sagt Ihnen, dass wir nicht ebenfalls besorgt sind um diese junge Dame,“ entfuhr es ihm. Sein Gesichtsausdruck zeigte, dass ihm die Frage entschlüpft war.

„Wirklich?“ Damit hatte ich nicht gerechnet.

Ein grimmiges Nicken seinerseits. „Naturelement.“ Eine Ader an seiner Schläfe begann zu pochen.

Ich atmete langsam aus und sah ihm prüfend in die Augen. „Dann stellt sich mir allerdings die Frage, aus welchem Grund Sie oder wer auch immer sich um Katrin sorgen sollten.“ Langsam kehrte etwas von meinem Selbstbewusstsein zurück. Und von meinem Zorn auf Männer wie diesen. Meine Stimme gewann mit jedem Wort an Stärke. „Meinen Sie wirklich, ich nehme Ihnen ab, dass sich hier auch nur irgendjemand Gedanken um eine unwichtige, kleine Sekretärin macht?“

Er schien wieder spontan antworten zu wollen, hielt dann aber inne. Mit gesenkter Stimme antwortete er schließlich: „Wer sagt denn, dass Madame Wübbers unwichtig ist?“ Und im selben Moment schien sich dieser Guiader für seine Worte ohrfeigen zu können. Gewohnt einschüchternd trat er erneut zu nahe an mich heran. „Und jetzt verschwinden Sie gefälligst“, schnauzte er barsch.

Meine Gedanken rasten, dennoch klang meine Stimme überraschend ruhig, als ich antwortete. „Merkwürdig. Sehr merkwürdig. Hier ist doch etwas faul, Monsieur. Warum schickt man einen Wadenbeißer wie Sie, um mich ein-zuschüchtern? Mich, eine harmlose Besucherin?“ Herausforderend sah ich ihn an. Mir kam gar nicht erst in den Sinn, dass mein Verhalten tatsächlich Konsequenzen für mich hätte haben können.

Sein betont beherrschter Gesichtsausdruck veränderte sich, er lief tiefrot an. „Fordern Sie Ihr Schicksal lieber nicht heraus, Madame Richter. Finis. Und jetzt ich begleite Sie nach draußen. Und noch etwas." Er beugte sich zu mir herunter. „Lassen Sie sich nie wieder hier blicken. Besser, Sie befolgen meinen gut gemeinten Rat."

Sein Blick durchbohrte mich, dann packte er mich grob am Ellbogen und zog mich, dicht an sich gedrückt, zur Tür. Somit war ich gezwungen, seinen nach Kaugummi riechenden Atem zu schlucken. Mir war etwas mulmig zumute. Konnte man mein Handeln tatsächlich als Hausfriedensbruch ansehen?

Und ja, mein Körper schlug mir prompt ein Schnippchen. Ich atmete den männlich würzigen Duft ein, eine Mischung aus Aftershave, Zigaretten und Leder, genoss für Sekunden die so lange vermisste Nähe eines Mannes.

Verdammt, ich war einfach schon viel zu lange Single.

„Hören Sie, ich bin Steuerzahlerin", japste ich, während ich vergeblich versuchte, mich von ihm loszureißen, während er mich einfach mit sich zog. „Genau genommen bezahle ich Ihr Gehalt, Sie…Sie…" Mein loses Mundwerk half mir leider nicht weiter. Ich deutete mit dem Kinn auf Gessners Büro, an dem wir gerade vorbeikamen. „Wann ist seine Beerdigung?"

Er lachte spöttisch. „Sie schnüffeln doch so gerne herum, Madame. Finden Sie es selbst heraus."

Der Kerl machte mich stinksauer. „Schön, wenn man es mit derart kooperativen Menschen wie Ihnen zu tun hat, Guiader. Nun sagen Sie schon."

Sein heiseres Lachen hörte sich an wie das Zischen einer Schlange. „Ich habe mich schon gefragt, wann Sie die kleine Wildkatze von der Leine lassen, Madame." In mir brodelte Zorn, während er sich köstlich zu amüsieren schien. „Und um wie viel schöner ist es, wenn man dieses gastliche Land auch wieder verlassen darf, n'est-ce pas?" Er grinste unverschämt.

Mit diesen Worten schubste er mich in einen der Fahrstühle, deren Tür sich gerade öffnete. In rasanter Fahrt ging es nach unten. Mein Magen revoltierte, doch da hatten wir schon wieder festen Boden unter den Füßen. Mir war ein wenig übel, doch ich hatte schließlich mein Gesicht zu verlieren und riss mich zusammen.

„Sie sollten es lieber nicht wagen, mir zu drohen," zischte ich zurück, da das Foyer voller Menschen und mir diese Situation ausgesprochen peinlich war. Wenigstens fühlte ich mich ihm hier nicht mehr hilflos ausgeliefert. Was war da oben eigentlich passiert? Hatte ich in ein Wespennest gestochen? Oder spielte mir bloß meine Einbildungskraft einen Streich? Nein, tat sie nicht, entschied ich. Etwas war faul an Katrins Verschwinden, da war ich mir inzwischen sicher.

Wir standen in der flirrenden Hitze vor dem Gebäude, als der Wachmann endlich meinen Arm losließ und mich, wie in der Abgeschiedenheit von Katrins Büros, erneut von oben bis unten musterte. „Gessner wird morgen in seiner Heimat beerdigt," sagte er gedehnt, bevor sein Gesichtsausdruck wieder anzüglich wurde. „Du kannst von Glück sagen, dass du an Philipp Guiader geraten bist, Chouchou," raunte er in vertraulichem Ton in mein Ohr. „Und jetzt hau bloß ab!"

Chouchou. Ein Kosename? Wohl kaum. Eine Beleidigung? Schon eher. Ich wusste es nicht. Dieses Wort hatte ich noch nie gehört. Ich ließ ihn wortlos stehen und schritt erhobenen

Hauptes zur Rampe, die zur Tiefgarage führte. Trotzdem grübelte ich noch lange darüber nach, was sein letzter Blick besagt haben mochte. Der Teil seines Blickes, der nicht meinen Beinen gegolten hatte.

Gescheiterter Versuch

Freitag, 19. Juni 1998

„Mein Gott, Marla," Greta klang stinksauer, „wie lange willst du mich denn noch in der Leitung hängen lassen?"

„Entschuldigung, aber ich konnte ja nicht ahnen, dass es so dringend ist." Nicht zum ersten Mal an diesem Tag hatte ich Theater mit Titus. „Ich habe im Moment leider gar keine Zeit und..."

„Du wirst es nicht glauben," unterbrach sie mich mit einer Mischung aus Empörung und Irritation in der Stimme, „aber das Kind ist nirgends aufzufinden. Mir ist das einfach unbegreiflich."

Einen Moment lang war mir nicht klar, wen sie meinte. Dann fiel der Groschen endlich. „Entschuldige, aber das Kind ist inzwischen dreiundzwanzig Jahre alt, oder?" Ich verkniff mir ein Lachen, denn Greta war sensibel und blitzschnell pikiert.

„Was für eine Rolle spielt das denn?", erwiderte sie empört, „Ich mache mir Sorgen. Ernsthafte Sorgen."

„Und wieso kannst du Katrin nirgends finden? Das ist doch untypisch für unsere Miss Perfect, für die personifizierte Zuverlässigkeit. Wo wolltet ihr euch denn treffen?"

„Sie wollte mich am Bahnhof abholen und mich danach ins Chez Berthold ausführen." Musste ja ein tolles Restaurant sein, so ehrfürchtig wie Greta den Namen aussprach. „Aber sie war weder am Bahnhof noch im Restaurant."

„Dann ist Katrin sicher im Büro aufgehalten worden. Hast du es da mal versucht? Du hast doch ihre Büronummer, oder nicht?"

Tantchen schien ihren gesamten Frust an mir auslassen zu wollen. „Was glaubst du denn," schrie sie in den Hörer. Derart aufgebracht erlebte man sie nur selten. Sie senkte ihre Stimme. „Nachdem ich am Bahnhof vergeblich gewartet habe, nahm ich mir natürlich ein Taxi zum Chez Berthold. In diesem blöden Restaurant habe ich dann noch einmal beinahe zwei Stunden auf sie gewartet. Aber trotzdem sehr gut zu Mittag gegessen." Natürlich, alles andere war ja auch undenkbar. Greta liebte gutes Essen. „Danach nahm ich mir wieder ein Taxi und fuhr zum Parlamentsgebäude. Doch was soll ich dir sagen? Der gleiche Aufstand wie bei meinem ersten Besuch. Als ob unsere Katrin eine Geheimnisträgerin wäre!" Sie schnaubte empört. „Und heute kam mir alles noch seltsamer vor als bei meinem ersten Besuch, Marla. Im Foyer wimmelte es nur so von Sicherheitsleuten. Die haben mich noch nicht einmal in die Nähe ihres Büros gelassen." Die Mischung aus Empörung und Sorge in ihrer Stimme war unverkennbar.

In diesem Moment lenkte mich Titus erneut ab, als er mich aus seinem Versteck hervor beäugte, einem in der Ecke stehenden Beistelltisch, der ihm an zwei von drei Seiten Deckung bot. Wenigstens schien er sich langsam zu beruhigen. Seine Waffen, die er mir eben noch großmäulig präsentiert hatte, waren inzwischen hinter einer harmlos wirkenden Zunge verschwunden, mit der er jetzt ausgiebig die Reste seiner Männlichkeit zu lecken begann.

Ich stöhnte: „Greta, es tut mir wirklich leid, aber ich muss mich um Titus kümmern. Hat mir dieser kleine Mistkerl doch gerade wieder sämtliche Zähne präsentiert!"

Meine Tante schnappte empört nach Luft. „Also wirklich, Marla, leg jetzt bloß nicht den Hörer einfach auf! Ich muss dir noch etwas sehr, sehr Wichtiges erzählen." Sie machte eine Kunstpause, bevor sie fortfuhr und trieb mich damit fast in den Wahnsinn. „Schließlich habe ich eine Kollegin von Katrin in diesem ganzen Durcheinander wiedererkannt. Eine junge Frau, mit der sie mich bei meinem letzten Besuch bekannt gemacht hat. Kollegin und Freundin, glaube ich. Jedenfalls habe ich die junge Dame angesprochen. Und die hat mir dann erzählt, dass Katrin ihren Chef heute Morgen tot an seinem Schreibtisch aufgefunden hat. Ist das nicht furchtbar?"

„Du meine Güte," entfuhr es mir, „das muss wirklich schrecklich gewesen sein. Arme Katrin, was für ein Schock. Und wie verkraftet sie ihn?"

Gretas Stimme entlud sich in einer phonetischen Explosion. „Hörst du mir eigentlich überhaupt nicht zu? Katrin. Ist. Verschwunden. Und wehe, du hältst mich jetzt für eine hysterische Ziege."

„Natürlich nicht", stotterte ich und begriff allmählich. „Aber wo mag sie stecken, wenn sie nicht an ihrem Arbeitsplatz ist?"

„Marla, bei dir fällt der Groschen mal wieder pfennigweise! Genau das versuche ich dir doch die ganze Zeit zu erklären. Sie ist nicht da! Die Polizei sucht sie ebenfalls, weil sie Katrin zum Tod ihres Chefs befragen will. Selbst wenn das bei einem Herzinfarktkandidaten wie diesem Gessner wohl eine reine

Formsache ist. Ich habe da so eine Hypothese. Katrin findet ihren Chef tot an seinem Schreibtisch, gerät in Panik, stürzt aus dem Gebäude und irrt seitdem verwirrt und in Panik durch die Stadt.“

Ich zögerte und überlegte. „Aber deine Hypothese passt so gar nicht zu unserer Katrin. Gut, sie mag vielleicht einen ziemlichen Schock erlitten haben, aber inzwischen ist es später Nachmittag. Wenn sie nicht gerade ein Verhältnis mit ihrem Chef hatte, müsste sie sich doch inzwischen etwas beruhigt haben. Hattest du eigentlich vor, bei ihr zu wohnen oder gehst du ins Hotel?“

„Nein, das hatte sie bestimmt nicht,“ bestritt Greta kategorisch. „Ich meine, ein Verhältnis mit ihrem Chef. Und zu deiner Frage kann ich nur sagen, dass man in meinem Alter keinerlei Lust mehr auf die Besucherritze verspürt.“ Sie klang mit einem Mal müde. „Mein Reisebüro hat ein Zimmer für mich im Jardin d`Eden reserviert. Das Hotel liegt zwar etwas außerhalb, aber dafür ruhig und im Grünen.“

Wenn das mal kein Swinger-Club ist, dachte ich amüsiert, verkniff mir aber eine vorlaute Bemerkung. Greta war alt genug, um auf sich selbst aufzupassen. Trotzdem tat sie mir leid. Erst die lange Bahnfahrt, dann das ewige Warten auf Katrin und jetzt auch noch die Sorge um die junge Frau. Ganz schön viel Aufregung auf einmal. Zum Glück war Greta noch fit mit ihren sechsundfünfzig Jahren, auch wenn sie mir in letzter Zeit manchmal etwas schlapp erschienen war.

„Fahr ins Hotel, Tante Greta“, riet ich ihr. „Ruhe dich aus. Leg die Beine hoch und iss was Gescheites.“ Nichts besänftige sie besser als ein gutes Essen, auch wenn man ihr das nicht ansah. Ihre Figur war tadellos. „Katrin wird sich schon bei dir melden. Du hast ihr doch den Namen deines Hotels mitgeteilt, oder?“ Sie schien es mit einer gemurmelten, unverständlichen Erwiderung zu bestätigen. „Warte einfach im Hotel auf sie. Sobald Katrin wieder klar denken kann, wird sie sich bei dir melden, da bin ich mir ganz sicher.“

Greta seufzte und klang entnervt. „Wird wohl das Beste sein. Was soll ich auch sonst machen.“

„Mach dir vor allem nicht so viele Gedanken. Was soll Katrin schon passiert sein?“ Endlich zahlten sich meine Krimi-Leserei und meine verkannten Autoren-Gene aus. „Ihr Chef starb an einem Herzinfarkt, sagst du? Dann ist sie zumindest keine Zeugin in einem Mordfall. Also alles halb so wild, für die Polizei ist das reine Routine. Und Katrin ist erwachsen. Über den Schreck vom Morgen wird sie schlichtweg vergessen haben, dass du heute ankommst. Vielleicht hat sie auch das Datum verwechselt. Oder sie heult sich gerade bei einer Freundin aus.“ Mir kam ein schlimmer Gedanke. „Vielleicht verliert sie jetzt ja ihren Job. Bestimmt sogar, denn ihr Chef ist schließlich tot. Oder sie hatte doch ein Verhältnis mit ihm“, murmelte ich leise und stellte mir vor, wie unerfreulich dieser Tag für Greta bisher verlaufen war. „Gib mir bitte die Nummer deines Hotels. Sollte sich Katrin hier melden, benachrichtige ich dich natürlich umgehend.“

Greta begriff, dass meine Sorge eher ihr galt als der jungen Frau, zu der ich so gut wie keinen Kontakt mehr gehabt hatte, seit die Ehe ihrer Eltern geschieden worden war. Diese Scheidung hatte ich ihrer Mutter bis heute nicht verziehen, mein Cousin und großer Bruder Manfred war danach nie mehr der Alte.

Außer niveaulosen Serien bot das Abendprogramm einen interessanten Beitrag über die schädliche Wirkung des Alkohols. Derart inspiriert kam mir die Idee zu einem

Selbstversuch. Während ich nach der Sendung mit einem Glas Rotwein in der Hand einfach nur da saß und meine Nerven von Barry Whites' volltönend samtiger Stimme beruhigen ließ, gab ich mich realitätsfremden Träumereien hin. Aber welcher Frau passierte das wohl nicht, wenn sie dieser unglaublich sexy Stimme lauschte. Auch wenn der Sänger inzwischen ein wuchtiger XXXL-Mann war, hätte ich mich nur zu gerne von ihm in den Schlaf singen lassen. Seine Stimme war unwiderstehlich.

Wie in einer dieser Liebesschnulzen, die in Cornwall gedreht wurden, strich der laue Sommerwind durch die weit offenstehende Terrassentür und blähte den leichten Vorhangstoff. Mein spärlich, aber edel möbliertes, überdimensioniertes Wohnzimmer wirkte dank unzähliger Gläser, in denen Kerzen brannten, angenehm wohnlich.

Eng an mich gekuschelt schlief Titus neben mir auf dem Sofa. Bei seinen Macho-Allüren hätte ich ihm das eigentlich nicht erlauben dürfen, aber ich brauchte selbst ein wenig Nähe. Während ich ihn automatisch kraulte, versuchte ich mir vorzustellen, was mit Katrin los sein mochte.

Als ich damit nicht weiterkam, las ich ein Weilchen im neuesten Patricia-Cornwall-Krimi. Trotzdem wurde ich einfach nicht müde. Schließlich griff ich nach einem dieser Politmagazine, die mir Greta kürzlich vorbeigebracht hatte. Natürlich erst, nachdem sie drüben von allen gelesen worden waren. Damit ging ich ins Bett. Solche Themen konnten doch nur schlaffördernd sein.

Dass ausgerechnet ich diesem bayerischen Oberlehrer einmal recht geben musste, hätte ich niemals erwartet. Aber seinen Aussagen in dem Interview unter dem Titel „Wir zahlen zu viel" musste ich einfach zustimmen. Er bekannte sich darin zu seinem Widerstand gegen den Brüsseler Zentralismus, monierte vor allem jedoch die weitreichenden Kompetenzen der EU-Kommission. Wie beabsichtigt fielen mir endlich die Augen zu, ohne dass ich ahnte, wie brennend mich dieses Thema noch interessieren sollte.

Beratungen in Osnabrück

Samstag, 20. Juni 1998

Wir standen uns mit emotionslosen Mienen gegenüber. Es war Heiligabend. Wir hatten es uns in unserer Wohnung gemütlich machen wollen. Der Tisch war edel gedeckt, die Bienenwachskerzen am Baum brannten. Ich küsste Frank versöhnlich, als ich ihm sein teures Geschenk, eine Armbanduhr, überreichte. Er legte die hübsch verpackte Schachtel achtlos auf den Couchtisch und ging hinaus, offenbar um mein Geschenk zu holen. Mit einem schweren, schwarzen Kübel kämpfend kam er zurück, stemmte ihn mühsam hoch und goss dessen Inhalt über meinem Kopf aus. Der Inhalt war eiskalt, glitschig und stank bestialisch. Ich schrie, ich tobte, geriet dabei zu nahe an die Tanne, machte eine zu heftige Bewegung und der Baum kippte wie in Zeitlupe um. Augenblicklich setzten die Kerzen die Gardinen und den Teppichboden in Brand. Kurz bevor die Flammen Frank und mich erreichten, standen plötzlich Feuerwehrleute im Zimmer und hielten mit einem starken Wasserstrahl auf mich. Ich verlor das Gleichgewicht und stürzte. Stürzte in die unendliche Schwärze eines eisigen Wintersees, der mich nie wieder hergeben würde, das begriff ich in genau dem Moment, als Eis und Finsternis mich umschlangen. Also atmete ich tief ein, um den quälend langsamen Prozess des Ertrinkens zu beschleunigen und hoffte, dass es schnell vorbei sein möge.

Als ich begriff, dass ich nicht die eisige Nässe eines Sees auf meinem Gesicht verspürte, sondern die warme Feuchtigkeit einer Hundezunge, war ich wieder einmal gerettet. Und dank der mich überflutenden Dankbarkeit, diesen hundsgemeinen Traum erneut überstanden zu haben, überlebte es mein Köter, dass er mir ins Schlafzimmer gepinkelt hatte und jetzt wie selbstverständlich neben mir im Bett lag.

Tierheimhund. Warum hatte ich mich nicht für den hässlichen Mischling im Nachbarzwinger entschieden? Die Tierheimleiterin hatte ihn in den höchsten Tönen als absolut umgänglich und freundlich gelobt. Aber ich hatte lange vor Titus' Zwinger im Dreck gekniet, bis er endlich auf mich reagierte. Allein das hätte mich warnen müssen. Der Foxterrier war überheblich und arrogant, aber es waren wohl genau diese Erfahrungen in puncto Männer, die mich so und nicht anders hatten handeln lassen. Sein Verhalten war vertraut. Ich hätte allerdings Stein und Bein geschworen, längst die richtigen Lehren aus meinen Erfahrungen gezogen zu haben. Und obwohl ich mir etwas unsicher bezüglich meiner Wahl war, hatte ich mich beim Unterschreiben der Adoptionspapiere wie eine Schönheitskönigin gefühlt, der man gerade die Krone aufsetzt.

Inzwischen waren gut vier Wochen vergangen. Titus war kürzlich vertragsgemäß kastriert worden und ich war um etliche Erfahrungen reicher. So dankte ich meinem Erbonkel Heinrich mehrmals am Tag für den Spleen, zu seinen Mitmenschen stets größtmögliche Distanz zu wahren. Denn die gut zwei Meter hohe Steinmauer, die unser Grundstück umgab, schaffte mein sportlicher Foxterrier trotz etlicher Versuche dann doch nicht. Er sprang verdammt hoch, aus dem Stand heraus manchmal das Drei- bis Vierfache seiner eigenen Schulterhöhe. Doch dank dieser Mauer konnte mein Satansbraten gefahrlos unseren Garten erkunden, ohne dass ich ihn anleinen oder ich danebenstehen musste. Allerdings hatte er leider freien Zugang zu Gretas Gartenbereich, denn das zu ändern hätte einen Zaun mitten durch unser Grundstück bedeutet. Und das wollte niemand.

Kurz bevor ich mit meinem Vierbeiner das Haus verließ, rief ich in Gretas Hotel an. Ich wusste, dass sie spätestens um sieben Uhr auf den Beinen war. Es stellte sich heraus, dass sich Katrin bei ihr, wie auch bei mir, nicht gemeldet hatte. Ich riet Greta, sich in den Zug nach Osnabrück zu setzen und heimzukommen. Dann machte ich mich mit Titus auf zur Gassirunde und widmete mich im Anschluss daran der Pflege meines Gartenanteils. Und schon war es an der Zeit, zum Mittagessen hineinzugehen. Es war heiß, ich hatte Durst und musste unbedingt kalt duschen. Na ja, lauwarm duschen.

Mein Anrufbeantworter zeigte mir drei entgangene Anrufe an, als ich nackt vom Ankleidezimmer in Richtung Badezimmer lief und am Telefon vorbeikam. Alle drei Nachrichten stammten von Greta, lauteten ähnlich und waren im Abstand von jeweils einer Stunde hinterlassen worden.

„Katrin ist und bleibt wie vom Erdboden verschluckt, Marla. Ich habe schon die wildesten Fantasien, Marla. Was, wenn das Kind entführt wurde? Es muss ja gar nicht mit dem Tod ihres Chefs zusammenhängen. Dahinter kann ja auch etwas ganz Anderes stecken. Ich weiß, du hältst mich garantiert für übergeschnappt, aber mein Instinkt sagt mir, dass Katrin in Gefahr ist. Verdammt, Marla, immer, wenn man dich mal wirklich braucht, läuft bei dir dieser Blechkasten! Kauf dir gefälligst endlich ein Handy, du bist schließlich keine kleine Bankangestellte mit Tarifbesoldung mehr. Du kannst es dir inzwischen weiß Gott leisten. Falls du dafür zu geizig sein solltest, kaufe ich dir eben ein Handy. Und mir auch, obwohl ich diesen neumodischen Kram hasse, wie du weißt. Und ruf mich verdammt nochmal umgehend zurück, sobald du das hier abhörst!“

Natürlich hatte ich sie sofort angerufen. Es gab keine Neuigkeiten. Katrin war und blieb verschwunden. Auch die Polizei fand das befremdlich, allerdings konnte eine erwachsene Person tun und lassen, was sie wollte. Man hatte sie beim Verlassen des Parlamentsgebäudes gesehen und da schien sie wohlauf zu sein, obwohl sie geweint hatte. Die Polizei hatte Greta versprochen, sie zu benachrichtigen, falls Katrin oder ihr Auto wieder auftauchten. Doch wo sollte Katrin stecken? Die junge Frau hatte keine Verwandten in Brüssel und Umgebung, zu denen sie hätte gefahren sein können. Sie war einfach verschwunden.

Nachmittags holte ich Greta vom Bahnhof ab. Sie wirkte genervt, erschöpft, verschwitzt und froh, wieder in Osnabrück zu sein.

Am Abend saß ich zum ersten Mal auf der windgeschützten Terrasse am anderen Ende des gemeinschaftlichen Gartens. Bislang hatte mich eine unerklärliche Scheu davon abgehalten, Gretas Freunde näher kennenlernen zu wollen. Wahrscheinlich war ich eine unverbesserliche Spießerin, wofür schon meine Berufswahl sprach: Bankkauffrau. Und ihre Clique, die sich in den wilden Zeiten auf Ibiza gefunden hatte, kam mir reichlich crazy vor.

Meine Tante war erst vor zwei Jahren in ihre Geburtsstadt zurückgekehrt, Anlass war der Tod ihres Bruders gewesen. Wir hatten Onkel Heinrich, den ich zu Lebzeiten nicht hatte ausstehen können, gemeinsam beerbt. Warum er mich nicht vom Erbe ausgeschlossen oder zumindest auf den Pflichtteil gesetzt hatte, blieb für immer ein Rätsel, denn er mochte mich genauso wenig wie ich ihn. Greta und ich hatten seine wundervolle Jugendstil-Villa, deren Architektur einem Betrachter viel zu bestaunen bot, unter uns aufgeteilt. Ihre Hälfte war deutlich größer als meine, aber ich lebte alleine und sie in einer Wohngemeinschaft mit ihren Freunden, da empfand ich das als nur fair. Auch wenn der Denkmalschutz eingebunden werden musste, ließen wir einen Architekten Pläne für eine getrennte Nutzung erstellen und deren Umsetzung vornehmen, bevor wir einzogen. So hatte jede Partei ihren eigenen Eingang. Das hinterlassene Vermögen, das zu gleichen Teilen an Greta und mich ging, da meine Eltern nicht mehr lebten und es keine weiteren Erben mehr gab, war durch die Baumaßnahme kaum beeinträchtigt worden. Ich war tatsächlich inzwischen wohlhabend, nein, reich, nach meinen Maßstäben. Und ich wohnte seitdem im teuersten Viertel der Stadt.

Westerberg. Villenviertel. Osnabrücks erste Adresse. Feine Nachbarschaft. Akademiker, hohe Beamte, erfolgreiche Kaufleute und Industrielle. Vielen dieser Herrschaften regnete es in die Nasen, die man hier gern sehr, sehr hoch trug. Als ehemalige Bankerin beeindruckten mich die unerschwinglichen Grundstückspreise im Quartier. Außerdem war mir mein plötzlicher Reichtum noch immer suspekt. Ich hatte noch nicht viel davon ausgegeben, weil ich es einfach nicht gewohnt war. Allerdings hatte ich bei meinem Arbeitgeber eine Beurlaubung für drei Jahre erbeten, um mir meinen größten Traum erfüllen zu können. Ich wollte ein Buch schreiben.

Ich hatte ein Buch geschrieben.

Und inzwischen unzählige Verlagsabsagen kassiert.

An diesem Abend trommelte Greta ihre Mitbewohner zusammen und wir hielten eine Krisensitzung ab. Ihre Clique war inzwischen über den Stand der Dinge informiert. Titus blieb bei mir im Haus, mein Bedarf an Ärger war für heute mehr als gedeckt. Ich hatte ihn in sein Körbchen geschickt und ihm sein Schicksal in den schwärzesten Farben ausgemalt für den Fall, dass mich bei meiner Rückkehr eine unliebsame Überraschung erwartete. Den ganzen Tag hatte er mich provoziert und dazu gehörte auch, dass er mir die Zähne zeigte, sobald ich ihm etwas untersagte. Natürlich verkroch er sich vorher in einen Winkel des Hauses, wo er den Rücken frei hatte und ich nicht nach ihm greifen konnte, ohne zu riskieren, dass er mich biss. Und genau das traute ich meinem Köter zu.

Jetzt lernte ich endlich die Alt-Hippies von nebenan näher kennen.

Hiltrud Eckebrecht machte auf mich den Eindruck einer patenten Hausfrau, was mich sehr überraschte. Bald war mir klar, dass sie zwar partout keine eigene Meinung besaß, dafür aber strikt gegen alles war. Wie man mit neunundvierzig Jahren schon so spießig aussehen und daherreden konnte, war mir ein Rätsel. Sie trug ihr dickes, braunes Haar, das ohne jeden Anflug von Grau war, zu einem Knoten geschlungen. Bei ihr wirkte es leider so gar nicht lässig, sondern furchtbar bieder. Sie wirkte insgesamt wie eine Frau lange vor der

Emanzipationsbewegung. Was hatte sie nur auf Ibiza gemacht?

Neben ihr saß Dagobert Frommeyer alias Dagobert Duck, wie ich ihn insgeheim wegen seiner seltsamen Art zu gehen nannte. Er grollte mir noch wegen des von Titus begangenen Mundraubes am Nachmittag und verweigerte sich auch sonst auf der ganzen Linie. Der Mann wirkte unscheinbar bis auf den leicht ergrauten, reichlich langen Bart. Damit hätte er wie ein Seeräuber aussehen können, zumal ich wusste, dass er den Großteil seines Lebens auf See verbracht hatte. Als Greta und er sich kennenlernten, verdiente er als Fischer sein Brot und stockte seine kargen Einnahmen mit Bootstouren für Touristen auf. Ich mutmaßte, auch mit dem diskreten Verkauf von bewusstseinserweiternden Substanzen. Von dem sonnengebräunten Seebären-Look von damals war so rein gar nichts übriggeblieben. Dabei wäre ihm der inzwischen kahle Schädel sicher sehr hilfreich gewesen. Greta hatte mir mal ein Foto von ihm aus ihrer gemeinsamen Zeit auf „der Insel" gezeigt. Sein sonnenverbrannter, muskulöser Body hatte mich schwer beeindruckt. Inzwischen musste der Mann Ende fünfzig sein. Vermutlich partizipierte er an Gretas Vermögen, denn er schien keiner geregelten Arbeit nachzugehen, doch das ging mich nichts an, das war allein ihre Angelegenheit.

Ich blickte hinüber zu der mir als sehr eitel erscheinenden Elvira van der Borg, wie immer mit hochhackigen Pumps an ihren zarten Füßchen. Sie tat in der recht lebhaften Diskussion Ansichten kund, die sich nur als Rosinen im Hirn bezeichnen ließen. Die Frau war klein, zierlich und trug das lange, platinblond gefärbte Haar offen. Greta hatte mir jedoch verraten, dass Elvira nur vier Jahre jünger war als sie und dass ihr wahres Alter unbedingt ein Geheimnis bleiben musste.

Elvira wirkte tatsächlich nicht einen Tag älter als Anfang vierzig, hatte die Figur eines Pin-up-Girls und ihre Brüste waren bestimmt sauteuer gewesen. Was sie auf Ibiza gemacht hatte, blieb Gretas Geheimnis. Eine von Elviras konfusen Ideen an diesem Abend lautete, man solle unbedingt eine Hellseherin einschalten.

Einzig Justus Vöcking, der Älteste der Truppe und auf mich stets wie ein Bonvivant wirkende Nachbar mit dem lockigen, mittellangen, grau melierten Haar und dem obligatorischen Seidenschal um den Hals, bot ein paar logische Diskussionsbeiträge an. Wenn diese auch leider zur Folge hatten, dass jemand zur weiteren Suche nach Katrin in Richtung Brüssel abkommandiert wurde.

Und dieser Jemand war ich.

Ob das von Anfang an Plan dieses illustren Quintetts gewesen war? Fast erschien es mir so. Greta zog jedenfalls sämtliche Register und beschwor die düstersten Bilder herauf, was Katrin und deren unerklärliches Verschwinden betraf. Spätestens als sie davon sprach, wohl langsam doch zum alten Eisen zu gehören, war mir alles klar. Greta war wirklich jedes Mittel recht.

Schließlich hatte ich mich geschlagen geben müssen. Mein Stolz war zwar durch die vielen Absagen lädiert und mein Selbstbewusstsein angeschlagen, ich fühlte mich müde, enttäuscht und balancierte, wie immer nach der Ablehnung meines Manuskriptes, am Rande der Resignation, wenn nicht gar Depression. Aber körperlich war ich fit, daran gab es nichts zu rütteln. Wie hätte ich da nein sagen können?

Bemerkenswert war die Showeinlage von Elvira van der Borg, als sie Greta mit schwacher Stimme hoch und heilig versicherte, alles für sie tun zu wollen, wäre da nicht dieser ständige Schwindel, der sie immer und immer wieder außer Gefecht setzte. Am liebsten hätte ich ihr flache Schuhe mit Einlagen empfohlen und spekulierte außerdem, welche Präparate zur Nahrungsergänzung sie wohl einnehmen mochte. Vermutlich Hanf in medizinischen Dosen.

Greta legte ihrer Freundin mitfühlend die Hand auf die vor Aufregung flatternden, blutleeren Finger, als sie antwortete. „Ich weiß, meine Liebe, ich weiß. Trotzdem danke ich dir von ganzem Herzen für dein Angebot." Sie hatte nachsichtig gelächelt, ihre Freundin jedoch nicht in den Arm genommen. Greta war keine Umarmerin. Das war sie noch nie gewesen. So wirkte sie immer etwas distanziert. Doch ich wusste, dass sie eine ganz und gar warmherzige Frau war.

Ich wäre mir für den Rest meines Lebens wie ein Schwein vorgekommen, hätte ich nicht am Ende zugesagt, mich vor Ort um diese leidige Angelegenheit zu kümmern und nach Katrin zu suchen.

Und außerdem hatte man mir als Kind viel zu gründlich beigebracht, zu gehorchen.

Gesittete Begegnung in Brüssel

Montag, 22. Juni 1998

Bereits seit über einer Stunde kurvte ich durch Brüssel auf der Suche nach der Rue des Patriotes, in der sich laut Greta die Wohnung von Katrin befinden sollte. Das Gekläff meines Köters hatte mich mittlerweile dermaßen entnervt, dass ich ihn jedem Passanten mit Freuden als Geschenk in den Arm gedrückt hätte. Im Viertelstundentakt verfluchte ich mich dafür, das Tierheim in Osnabrück jemals betreten zu haben. Allerdings stimmte mich die Tatsache, dass ich in einem klimatisierten Auto fuhr, ein klein wenig milder. Justus Vöcking hatte mir nicht nur wertvolle Tipps zur Hundeerziehung mit auf den Weg gegeben, sondern auch seinen neuen Ford-Mondeo-Kombi mit getönten Scheiben und Klima-Automatik anvertraut. Damit hatte ich niemals gerechnet, hatte er sich den Wagen doch erst kürzlich für seinen Job als Chefeinkäufer der Wohngemeinschaft zugelegt. Ich wusste sein Vertrauen in meine Fahrkünste sehr zu schätzen. Mein eigenes kleines Auto hatte keine Klima-Automatik und stand ihm während meines Aufenthaltes in Brüssel selbstverständlich zur Verfügung. Ein Netz zwischen Kofferraum und Rückbank sorgte dafür, dass Titus während der Fahrt nicht auf meinen Schoß springen konnte. Der stets sanft klingende Vöcking hatte vor meiner Abreise noch weitere Ratschläge für mich parat gehabt.

„Offen gesagt bereiten mir Restaurantbesuche und die Übernachtung im Hotel großes Kopfweh," hatte ich ihm gestanden, „garantiert benimmt sich Titus total daneben."

Aufmunternd lächelnd hatte mir Vöcking geantwortet. „Beschäftigen Sie ihn bei Ihren Spaziergängen ordentlich, dann ist er hinterher müde und kaputt. Vielleicht nehmen Sie einen Tennisball mit. Natürlich bleibt er dabei an der Schleppleine, sonst geht er Ihnen stiften. Und anschließend wird er im Hotel vor Müdigkeit einschlafen, während Sie in aller Ruhe Essen gehen können. Und mehr als drei oder vier Tage wird Ihr Aufenthalt in Brüssel sicher nicht dauern." Bei diesen Worten war er sich mit den langen, schlanken Fingern durchs Haar gefahren. Inzwischen mochte ich diesen Nachbarn, weil er stets sachlich und freundlich blieb.

„Sie glauben also auch nicht, dass an Gretas Befürchtungen etwas dran sein könnte? Sie glauben auch nicht, dass Katrin etwas zugestoßen ist?", hatte ich ihn gefragt.

„Wenn Sie mich fragen", dabei hatte er mir zugezwinkert, „dann hatte die junge Dame ein Techtelmechtel mit ihrem Chef. Aber davon will Ihre Tante natürlich nichts hören. Ihre Katrin hat vermutlich den Schock ihres Lebens erlitten, als sie diesen Gessner tot im Büro auffand. Dass sie ihn gefunden hat, ist inzwischen ja bekannt. Vielleicht fürchtete sie eine Szene mit der Ehefrau und wollte der Sache lieber aus dem Weg gehen. Also ist sie erst einmal abgetaucht."

Meinen Einwand äußerte ich nach kurzem Nachdenken. „Ich glaube, ihr Chef war gar nicht verheiratet."

„Tja dann." Resigniert seufzend hatte er mich angelächelt. „Bestimmt gibt es für alles eine harmlose Erklärung. Leider hört Ihre Tante nicht auf mich, sonst bliebe Ihnen diese Exkursion erspart, meine Liebe."

„Und zum Glück verfügt Ihr Auto nicht nur über eine Klimaanlage, sondern auch über eine abgedunkelte Heckscheibe. So brät Titus wenigstens nicht auf unserer Tour in Belgiens Metropole in der Sonne." Ein stabiles Hoch sorgte seit Wochen für sonniges und heißes Wetter über dem größten Teil Europas.

Während ich die Karte zu studieren versuchte, die ich auf dem Lenkrad platziert hatte und die immer wieder herunterzufallen drohte, wäre ich jede Wette eingegangen, alle Hundehalter Brüssels zu kennen, denn bei jeder Hundesichtung veranstaltete Titus einen Riesenradau. Es war inzwischen früh am Abend und ich fühlte mich etwas erschöpft.

Das Haus mit der Nummer 24 war sehr alt und schlicht, wirkte jedoch gepflegt und war offenbar vor kurzem frisch gestrichen worden. Ich mochte dieses Zartgelb, es verlieh alten Gebäuden eine Art gediegener Heiterkeit. Titus bei der Hitze im Auto zurückzulassen, kam natürlich nicht in Frage. Angeleint folgte er mir lammfromm, aber erst nachdem er, von mir zunächst unbemerkt, an die Hauswand gepinkelt hatte. Hoffentlich hatte es niemand gesehen.

Wübbers stand wie befürchtet auf der obersten Klingel. Ich probierte die Schlüssel, die ich in Katrins Büro eingesteckt hatte. Mit Erfolg. Die Haustür schwang auf. Niemand begegnete uns in dem angenehm kühlen, hohen Treppenhaus. Trotzdem war ich heilfroh, als sich wenig später Katrins Wohnungstür hinter uns schloss. Inzwischen ging mein Atem keuchend und ich verfluchte meinen blöden Grundsatz NO SPORTS.

Die Wohnung war winzig. In der Spüle der uralten Küchenzeile stand ein leerer Blumenübertopf. Kurzerhand benutzte ich ihn als Wassernapf für Titus, der ihn gierig leer schlabberte. Im Kühlschrank fand ich eine angenehm kalte Flasche Mineralwasser. Herrlich. Auch ich trank gierig.

Die Luft in der Mansardenwohnung war heiß, abgestanden und roch schal. Sofort riss ich beide Fenster in dem Ein-Raum-Appartement sowie dem gegenüber liegenden Badezimmer auf und sofort strich ein angenehmer Luftzug durch den aufgeheizten Raum. Bevor ich mich gründlich umsah, holte ich aus der kleinen Küche eine Tasse mit Wasser und goss damit die Grünpflanze auf der schmalen Fensterbank. Zu dumm, dass ich daran nicht in Katrins Büro gedacht hatte. Ich hasste es, Blumen sterben zu sehen.

Während ich damit beschäftigt war, ließ ich das Chaos des Raumes auf mich wirken. Es schien zu der Katrin, die ich kannte, nicht zu passen. Mehrere Blusen und ein kurzer Rock lagen auf dem Boden, daneben ein Sammelsurium von Zeitschriften und Büchern. Widerstrebend öffnete ich sämtliche Schränke. Nachdem ich in allen Fächern gründlich nachgesehen hatte, war mir klar, dass sie weder Schmuck noch Geld noch ein Sparbuch zurückgelassen hatte.

Plötzlich kraftlos setzte ich mich auf einen der Stühle an dem kleinen Esstisch und dachte nach. Steckte Katrin vielleicht doch in Schwierigkeiten? Ihr Chef war überraschend gestorben und sie hatte ihn gefunden. Dadurch konnte man schon einen Schock erleiden. Aber ich mochte einfach nicht glauben, dass die beiden ein Verhältnis gehabt hatten. Dagegen sprach auch das kleine, gerahmte Foto des jungen, attraktiven Mannes auf ihrem Schreibtisch. Welchen Grund aber sollte sie dann gehabt haben, Hals über Kopf zu verschwinden, all ihre Wertsachen mitzunehmen und dabei Gretas Besuch komplett zu vergessen?

In der guten Stube der Stadt leistete ich mir ein Zimmer in einem der Hotels, die in der Nähe der Grande Place lagen. Ich fand, das hätte ich mir verdient, auch wenn die Zimmerpreise gesalzen waren. Als ich mein Zimmer im „Auberge Martine et Michel" betrat, war ich schockiert. Es war frappierend schlicht ausgestattet, gemessen am Preis. Sicher lag es an der sensationellen Lage gegenüber dem Maison des Ducs de Brabants, einem der vielen Wahrzeichen dieser Stadt. Meinen Hund, der sich an der Rezeption artig wie selten benommen hatte, nahm man mit Gelassenheit und einem saftigen Preisaufschlag in Kauf.

Mein Schulfranzösisch war derart bescheiden, dass ich es mit Englisch versucht hatte. Der Mann an der Rezeption hatte ein Einsehen mit mir gehabt und ein paar Brocken Englisch hervorgekramt. Wir kamen überein, dass ich für zwei Nächte im Voraus zahlte, mir dafür jedoch offenlassen konnte, wann ich wieder abreiste. Das war großzügig, denn Hoteliers sehen es in der Hauptsaison ungern, wenn ihre Gäste keinen festen Abreisetag nennen.

Inzwischen war es kurz nach einundzwanzig Uhr und mich quälte ein gewaltiger Hunger. Auch Titus verschlang sein Futter, das ich in ausreichender Menge mitgenommen hatte. Offenbar war er genauso ausgehungert wie ich. Den Versuch, ihn im Hotel zu lassen und alleine in Ruhe irgendwo zu essen, musste ich aufgeben. Sein entrüstetes Bellen sorgte dafür, dass ich rasch nach seiner Leine griff und wir uns gemeinsam auf den Weg machten. Vielleicht würde ich mich mit ihm als

Begleiter in fremder Umgebung und zu später Stunde sicherer fühlen, tröstete ich mich.

Wir schlenderten an der historischen Grand Place entlang auf der Suche nach einem geeigneten Lokal. Alle Restaurants auf dem riesigen Platz wiesen gut besetzte Terrassen auf. Kleine Lampen auf den Tischen und flackernde Kerzen in unzähligen Windlichtern boten dem Gast ein wie verzaubert wirkendes Ambiente. Sehr idyllisch. Niemand schien bei der noch immer sehr warmen Abendluft drinnen sitzen zu wollen. Es würde wieder eine dieser warmen Sommernächte werden, meinte der Wetterbericht.

Meine Wahl fiel auf ein Restaurant mit einer massiven Holzbalustrade, an der sich Titus gut anleinen ließ. Von Greta gewarnt, dass in Brüssel jedes Lokal mindestens zwanzig Sorten Bier auf der Karte hat, bestellte ich mir daher einen trockenen Rotwein. „Un vin rouge pas trop fruité, s'il vous plaît", bestellte ich und erbat mir vom Ober eine Empfehlung fürs Diner. Dazu reichten meine Sprachkenntnisse noch gerade. Gebratener Fasan nach Brabanter Art auf geschmortem Chicorée, das klang verlockend.

Selten hatte ich ein so köstliches Mahl derart gierig verschlungen. Detektivarbeit ist ganz schön anstrengend, musste ich feststellen. Titus benahm sich recht ordentlich, während ich speiste, auch wenn er mir jeden Bissen sabbernd aus dem Mund zu stieren versuchte. Aber wenigstens kläffte er nicht.

Inzwischen war es Nacht und ich genoss das Ambiente der pompösen Fassaden ringsum, die historisch wirkenden Straßenlaternen, das Kerzenlicht in unzähligen Windlichtern. Um diese Uhrzeit wirkte der Grand Place noch imposanter als bei Tageslicht. Ich würde es zwar niemals freiwillig zugeben, aber im Grunde war ich eine schreckliche Romantikerin. Nichts hätte mir an meinem ersten Abend in dieser beeindruckenden Metropole mehr Entzücken bereiten können als eine laue Sommernacht mit Kerzenschein vor einer atemberaubenden Kulisse. Titus hatte es sich unter dem Tisch bequem gemacht, auf eine sehr menschliche Art und Weise geseufzt, gegähnt und war dann eingeschlafen.

Eine Akkordeon-Weise drang aus einiger Entfernung gerade noch vernehmbar an mein Ohr. Als mir der Kellner unaufgefordert eine neue Karaffe Rotwein kredenzte und mit diskretem Nicken in Richtung eines gut aussehenden Herrn wenige Tische weiter wies, war ich kaum überrascht. All das erinnerte ohnehin an eine Operetteninszenierung. Ich ignorierte den Wein und zündete mir gerade eine Zigarette an, als der Spender der Karaffe plötzlich neben meinem Tisch auftauchte. „Bonsoir, Madame, veuille' m'excuser." Das Lächeln des Mannes war charmant, mir aber eine Spur zu aufdringlich.

Ich nickte abweisend. „Bonsoir."

Es folgte seine andeutungsweise Verneigung in meine Richtung. „Vous êtes allemande," meinte der Mann mit Entzücken in der Stimme. Woher wollte er das wissen? Sah man mir das so deutlich an? Oder sprach ich mit einem ausgeprägt deutschen Akzent?

„Est-ce un problème?" Meine Frage, ob das ein Problem sei, klang, wie beabsichtigt, kühl, beinahe ungehalten.

„Pas de problème, Madame. Mais au contraire très intéressant!" Aha.

Ich hätte erneut die Wette mit mir selbst gewonnen, denn der Mann straffte sich und glättete sodann seine Krawatte. Voilà. Männer und Hunde waren sich ja so ähnlich, nur, dass

Titus sein bestes Stück beleckte, wenn er beeindrucken wollte. Warum? Weil er es konnte. Männer mussten mit ihren Krawatten vorliebnehmen. Bei diesem Gedanken stahl sich anscheinend unbemerkt ein Grinsen auf mein Gesicht. Falsche Reaktion.

„Darf ich mich zu Ihnen setzen? Auf ein Glas Wein?", fragte er auf Deutsch, mit diesem entzückenden Akzent, den ich eigentlich so mochte. Schon wollte ich ihn abweisen, als mir durch den Kopf ging, dass ich schon lange keine männliche Gesellschaft mehr genossen hatte. Sollte ich tatsächlich derart wählerisch sein? Ich nickte, dieses Mal etwas weniger abweisend.

Der Mann war gut einen Kopf größer als ich, vielleicht ein Meter fünfundachtzig, vermutlich fünf bis zehn Jahre älter, wirkte sehr gepflegt und sah insgesamt nicht übel aus. Er war leger gekleidet, passend für ein spätes Abendessen in einem guten Restaurant trug er Edeljeans, ein farblich abgestimmtes Hemd und ein leichtes Sommerjackett mit Einstecktuch, dazu einen dezenten Herrenduft. Und er besaß angenehme Umgangsformen. Alles in allem war nichts an ihm auszusetzen. Und er war leider genau der markante Typ Mann, den ich dummerweise bevorzugte.

„Bitte, nehmen Sie Platz." Sogleich verfluchte ich mich für meinen noch immer ziemlich rüden Tonfall. Es war wirklich schon viel zu lange her, dass ich mich in einer ähnlichen Situation befunden hatte. Der Fremde stellte sich mir als Gerard Minois vor.

Wie hatte ich nur erwarten können, dass sich Titus in diesem Moment gesittet benehmen würde? Wie alle Zweibeiner begrüßte er auch diesen mit überschwänglicher Begeisterung.

„Typisch Alpha-Rüde", meinte mein Tischnachbar lachend. Ich sah ihn fragend an. „Das ist ein Männerhund." Seine Feststellung verblüffte mich. „Wo ist das Herrchen?" Scheinheilig blickte er mich an und zog fragend die Augenbrauen hoch.

Schon bereute ich, mich auf diese Konversation eingelassen zu haben. „Noch knapp zwei Wochen im Gefängnis", erwiderte ich kühl. „Schwere Körperverletzung. Er ist sehr eifersüchtig." Tonfall, Blick und Körpersprache richtig eingesetzt sollte die Situation rasch klären. Aber da irrte ich mich. Stattdessen grinste mich Minois frech an.

In diesem Moment brachte der Kellner ihm ein frisches Weinglas und irgendwie war es damit amtlich: Ich hatte einen Begleiter. Der Kellner goss uns Wein aus der Karaffe ein und ließ uns allein. Während der Mann mich fragte, ob er rauchen dürfe und mich anschließend an seinen Erfahrungen mit Hunden teilhaben ließ, musterte ich ihn unauffällig. Gigolo? Eher nicht. Ledig, verheiratet, geschieden? Geschieden, entschied ich. Knackiger Hintern. Gute Lederschuhe. Teure Armbanduhr. Manikürte Fingernägel. Akkurater Haarschnitt. Mittellange, hellbraune Haare, nach Alain-Delon-Art nach hinten gekämmt. Blaue Augen. Sinnlicher Mund. Himmel hilf, dachte ich schließlich.

Endlich begriff ich, dass mein Tischnachbar mich offenbar schon länger amüsiert betrachtet hatte. Und natürlich nutzte er meine Verlegenheit aus. „Woran Sie haben gerade gedacht, Madame? Verraten Sie es mir doch. Bitte." Die Art und Weise, wie er an seiner Zigarette zog und mich dabei anschaute, hatte etwas Aufreizendes.

„An die barocke Fassade direkt hinter Ihnen, Monsieur. Wussten Sie, dass Victor Hugo über das Rathaus gesagt haben soll, es entstamme der Fantasie eines Dichters und sei in den Kopf eines Architekten gefallen?“

Dieser unverschämte Kerl lachte laut auf. „Touché.“ Leider gefiel mir auch sein Lachen. „À votre santé! Ein Prosit auf alle zungenfertigen Frauen dieser Welt.“

„Schlagfertig“, tapste ich ihm in die Falle. Für ein, zwei Sekunden teilten wir beide im Geiste die bildhafte Vorstellung einer pikanten Situation. Ein wenig hektisch winkte ich den Ober heran.‚„L‘addition‘ s‘il vous plaît.“ Ich wollte nur noch rasch zahlen und dann nichts wie ab ins Hotel. Mir war heiß und kalt zugleich. Und auch etwas schwindelig. Warum konnte ich nicht ein einziges Mal im richtigen Moment die Klappe halten?

„Madame, Sie flüchten? Doch nicht vor mir?“ Plötzlich lag seine Hand ganz leicht auf meinem Schenkel, auf diesem schmalen Streifen nackter Haut über dem Knie, den mein Rock nicht zu bedecken vermochte.

Energisch legte ich seine Hand aufs Tischtuch. „Ich mag solche Spielchen nicht.“

Ich gab ein zu üppiges Trinkgeld und forderte mit einem sanften Ruck an der Leine meinen nichtsnutzigen Beschützer auf, mitzukommen. Er hatte es sich mittlerweile wieder bequem gemacht, während sein liederliches Frauchen liederliche Gespräche mit liederlichen Herren führte. Knapp nickte ich Minois zum Abschied zu, dann überquerte ich den Platz und steuerte mit schnellen Schritten auf die Gasse zu, die zu meinem Hotel führte.

Ich hatte alles verlernt. Wirklich alles. Mir zitterten die Knie. Mit leergefegtem Kopf und Selbstvorwürfen in Endlosschleife über meine Naivität ging ich schnellen Schrittes in Richtung meines Hotels. Als Titus zu knurren begann, blieb ich stehen. Langsam drehte ich mich um. Als Wachhund war auf Titus Verlass. Leider quirlte seine Rute begeistert die schwüle Nachtluft.

Minois. Er war mir gefolgt, ohne dass ich es bemerkt hatte. Beinahe unkenntlich im Gegenlicht der Straßenlaterne, selbstsicher und lasziv nur wenige Schritte entfernt an einer Mauer lehnend, Rauchwölkchen mit seiner Zigarette in die Nachtluft hauchend, sah er mich an. Als sich unsere Blicke begegneten, warf er die Kippe fort und kam rasch auf mich zu. Wer wen in die überschätzte Diskretion eines zurückliegenden Kirchenportals drängte, wer Titus zuvor in angemessenem Abstand anleinte? Wer vermochte das im Nachhinein noch zu sagen?

Verdacht

Dienstag, 23. Juni 1998

Eine raue Zunge weckte mich aus meinem Schlafkoma. „Runter von meinem Bett, Titus. Pronto! Das wollen wir gar nicht erst anfangen, Bürschchen." Mit sanfter Gewalt schubste ich ihn über die Bettkante.

Und wie ein Blitz durchfuhr mich die Erinnerung!

Mit einem Satz war ich im Badezimmer und warf mir beidhändig kaltes Wasser ins Gesicht. Das Gesicht im Spiegel erkannte ich kaum, es starrte mir entsetzt entgegen. Ich schloss die Augen. Was war bloß letzte Nacht in mich gefahren? Und hatten wir wenigstens ein Kondom benutzt? Ich wusste es nicht. Mir wurde übel. Dann stürzte ich in die Duschkabine, drehte das Wasser so heiß es ging auf und seifte mich von Kopf bis Fuß ein. Heiß floss das Wasser an meinem Körper hinunter und genauso heiß ergriff mich meine Scham. So stand ich, an die Wand der Dusche gelehnt, mit geschlossenen Augen einfach da und wäre gerne mit dem Wasser im Abfluss verschwunden.

Der Taumel, den ich letzte Nacht im Zustand völligen Kontrollverlustes genossen hatte, war mit dem Abklingen unserer Höhepunkte verebbt. Kaum hatten wir unsere

Kleidung gerichtet, hatten wir einander auch schon verlegen einen flüchtigen Kuss aufgedrückt und jeder ging wortlos seiner Wege. Was für eine absurde Situation! Eigentlich hätte ich mich freuen sollen, dass die Lust wieder Einzug in mein Leben hielt. Aber auf diese billige Art und Weise? Mit einem Wildfremden? Na ja, wenigstens war der Kerl gesittet, wie es schien.

Ich stand eine geraume Zeit einfach nur da, spürte das heiße Wasser kaum auf meiner Haut und war unfähig, mich zu bewegen. Endlich gelang es mir, das Wasser abzustellen und mich abzutrocknen. Während ich mein Morgenritual wie auf Auto-Pilot verrichtete, schossen mir tausend Gedanken durch den Sinn.

Ob ich mir als Präventivmaßnahme künftig ab und an einen Callboy leisten sollte? Meine Scheidung war schon eine ganze Weile her und nach Frank war mein Bedarf an Männern mehr als gedeckt gewesen. Dachte ich zumindest bis gestern. Aber wie sich zeigte, hatte mein Körper eine eigene Meinung zu diesem Thema. Es gab gewiss unzählige Studien zum Thema Lustlosigkeit bei Frauen nach traumatischen Beziehungen, aber half mir das irgendwie weiter? Ich hatte meine rationale Denke für normal, ja sogar für sehr hilfreich gehalten. Was nicht hieß, dass ich nicht gefühlsbetont sein konnte. Aber seit der Sache mit Frank misstraute ich dieser Seite meiner Persönlichkeit und den Kerlen, was sicher nicht verwunderlich war.

Aber so was wie das mit Minois letzte Nacht sollte mir nie wieder passieren.

Beim Frühstück, das ich als verantwortungsbewusstes Frauchen erst einnahm, nachdem ich mit Titus Gassi gewesen war, sah ich mir Katrins Filofax etwas gründlicher an. Jede

Menge Namen, Telefonnummern und Adressen, aber mit dem Gesicht des jungen Mannes auf dem gerahmten Foto ließ sich keiner der Namen auf den ersten Blick in Verbindung bringen. Allerdings war auch niemand unter der Rubrik „Filou" vermerkt. Sollte ich etwa all diese Leute anrufen müssen? Ganz abgesehen davon, dass die meisten Namen Französisch klangen und ich mir die entsprechenden Telefonate gar nicht vorzustellen vermochte, bei meinen bescheidenen Kenntnissen der französischen Sprache. Es würde unzählige Stunden benötigen. Und wer garantierte mir, dass mich diese Aktion weiterbringen würde?

Bei meiner Rückkehr ins Hotelzimmer sah ich mich um und lobte Titus, der sich während meiner Abwesenheit anständig verhalten hatte, auch wenn mich die noch warme Kuhle auf meinem Bett leicht verdrießlich stimmte. Dann nahm ich mein nagelneues Handy zur Hand und meldete mich bei Greta.

„Marla, du hast ja keine Ahnung, welche Sorgen ich mir gemacht habe", bekam ich prompt in anklagendem Tonfall zu hören.

„Tut mir leid," murmelte ich schuldig, auch wenn ich keinen Grund dazu hatte.

„Oh, tut es das? Nun, wenigstens etwas. Jetzt hast du dir endlich ein Handy gekauft und bist trotzdem nicht erreichbar, es meldet sich trotzdem nur wieder diese bescheuerte Mailbox." Ihre Empörung war filmreif. „Du hast das Handy doch nicht etwa ausgestellt?"

Ich war nicht so verrückt, dieses Thema zu vertiefen. „Katrin hat sich also inzwischen nicht bei dir gemeldet," stellte ich in nüchternem Ton fest.

Gretas Nerven waren definitiv überstrapaziert. „Merkt man das etwa?" Ihre pampige Frage verzieh ich ihr großmütig angesichts eigener Versäumnisse. Die Berichterstattung über den gestrigen Tagesverlauf fand Greta absolut unzufriedenstellend. Sie ermahnte mich nochmal eindringlich, alles Erdenkliche zu versuchen, um das Kind zu finden.

„Ich werde nachher mit Katrins Kollegin reden", versuchte ich, sie zu beschwichtigen.

„Was? Das hast du noch gar nicht?"

„Ich habe dir doch gerade erzählt, dass ich von einem dieser Sicherheitstypen aus dem Gebäude eskortiert wurde. Besser gesagt rausgeschmissen. Er hat mich in Katrins Büro erwischt, bevor ich mit der jungen Frau reden konnte."

Noch einmal berichtete ich, was mir in Katrins Büro aufgefallen war, nämlich rein gar nichts. Außer dass ich mich jetzt im Besitz eines Fotos befand, das vermutlich ihren Freund zeigte. Und dass das Büro ihres Chefs verschlossen, aber nicht versiegelt gewesen war. Also keine Mordermittlung, sondern ganz normale Ermittlungen angesichts einer natürlichen Todesursache. Aus unzähligen Kriminalromanen wusste ich, dass trotzdem eine Autopsie durchgeführt wurde, wenn jemand ohne Zeugen verstarb. Leider war der Abgeordnete nicht in einem Krankenhaus verstorben.

Nachdem ich aufgelegt hatte, fiel mir wieder Gessners Medikamentenbox ein. Es war zwar nicht viel, was ich tun konnte, aber es war ein erster Schritt. Wir waren vorhin an einer Apotheke vorbeigekommen und machten uns erneut auf den Weg.

„Madame, wie bereits gesagt, handelt es sich offenbar um häufig verschriebene Herz-Präparate mit Langzeitwirkung, um Blutdrucksenker und Betablocker," belehrte mich der Mann ungehalten. Sehr kooperativ war dieser Apotheker nicht, aber wenigstens sprach er leidlich gut Deutsch. „Es macht absolut keinen Sinn, den Inhalt dieser Medikamente untersuchen zu lassen. Ich habe die Medikamente erkannt und die sehr hilfreichen Beipackzettel schlüsseln detailliert die Zusammensetzung der Präparate auf. Hier, lesen Sie selbst." Er hielt mir mehrere Zettel mit Erklärungen auf Französisch unter die Nase.

Bei Fragen oder Nebenwirkungen erschlagen Sie Ihren Arzt oder Apotheker! Äußerlich blieb ich jedoch ruhig. „Bitte Monsieur, erläutern Sie mir noch einmal, wann ein Arzt diese Medikamente verordnet." Ich gab mich bewusst schüchtern, denn studierte Machos mochten meiner Erfahrung nach kleinlaute, unsichere Frauen.

„Man verordnet sie zum Beispiel nach einem schweren Herzinfarkt oder wenn ein Patient unter einem unregelmäßigen Herzschlag leidet." Der Apotheker reagierte immer genervter.

Ich stellte mich begriffsstutzig. „Und was genau bewirken diese Präparate?"

„Laienhaft ausgedrückt, dass das geschädigte Herz weiterhin seinen Dienst tut, auch und gerade unter Belastung. Sie wirken quasi als Regulatoren, Madame."

„Dann nimmt man sie also nur dann ein, wenn man sich schlecht fühlt oder wenn..."

„Nein," unterbrach er mich unwirsch und mit theatralischen Armbewegungen. „Wichtig ist eine kontinuierliche, prophylaktische Einnahme. Dreimal täglich. Bei akuten Anfällen zusätzlich natürlich noch das Spray. Das allerdings nur bei Bedarf."

„Welches Spray", fragte ich verwirrt.

„Zu dieser Medikamentierung gehört in der Regel ein Nitro-Spray."

„Das ich aber nicht gefunden habe." Ich hatte ihn gebeten, sich die Medikamente meines herzkranken Onkels auf Vollständigkeit und deren Kombination auf Wirksamkeit zu prüfen, da dies die Pillen waren, die mein Onkel bei seinem letzten Besuch bei mir vergessen hatte. Und leider sei er inzwischen so schusselig, dass ich erneut damit rechnete, dass er seine Medikamente wieder zuhause vergessen würde, wenn er mich jetzt erneut besuchte.

„Merci beaucoup, Monsieur!", bedanke ich mich überschwänglich. „Jetzt bin ich etwas ruhiger, denn er ist ja zum Glück durch die Einnahme dieser Medikamente vor einem erneuten Herzinfarkt geschützt. Es muss ja nicht ausgerechnet während des Aufenthaltes bei seiner Lieblingsnichte etwas passieren."

„Mon dieu!" Der Mann raufte sich die Haare und für eine Weile verstand ich kein Wort, denn der Apotheker verfiel in eine Sprache, die sich auch mit viel Fantasie nicht identifizieren ließ. Ob es dieses „Bruxellois" war, eine Melange aus Wallonisch und Flämisch? Angeblich wurde es nur noch von wenigen Brüsselern beherrscht.

„Madame, vor einem Herzinfarkt schützt Sie nichts und niemand, außer vielleicht eine gesunde Lebensweise und sehr, sehr viel Sport. Vielleicht! Doch diese Medikamente," er deutete auf Gessners Pillen, „senken zumindest deutlich die Wahrscheinlichkeit eines erneuten Infarktes."

Na bitte, wenn er wollte, sprach der Mann sogar in ganzen Sätzen. „Was genau verursacht denn eigentlich einen Herzinfarkt?", nervte ich unerschrocken weiter.

Er antwortete erst, nachdem er die Augenbrauen hochgezogen und genervt geseufzt hatte. „Ungesunde Lebensweise, Übergewicht, anhaltender Stress, zu viel Aufregung, zu wenig Bewegung, zu viele zu schwere Mahlzeiten und natürlich auch eine familiäre Disposition," leierte er einige Gründe herunter. „Es gibt tausend Gründe für einen Infarkt. Suchen Sie sich einen aus, Madame."

„Gut, ich habe verstanden, Monsieur. Nochmals vielen Dank für Ihre Geduld. Au revoir." Ich grapschte nach den Tabletten und sah zu, dass ich verschwand, bevor ich das Infarktrisiko des Apothekers weiter in die Höhe trieb.

Über den Politwahn dieser Stadt, die sowohl Sitz der NATO als auch der Europäischen Union nebst sämtlicher ihr angeschlossenen Organisationen ist, hatte ich mir bislang keinen Kopf gemacht. Erst mein Brüssel-Handbuch hatte mich davon in Kenntnis gesetzt, dass Brüssel als bedeutende Messe- und Kongressstadt rund eine halbe Million Arbeitsplätze im Dienstleistungsbereich zu bieten hatte. Und das bedeutete rein rechnerisch, dass mehr als jeder Zweite der rund 950.000 Einwohner in diesem Sektor beschäftigt sein musste.

Das imposante Gebäude des Europäischen Parlaments, im „Quartier Leopold" gelegen, wurde nach einer bekannten Brie-Sorte vom Volksmund auch „Caprice des Dieux" genannt. Das bezog sich laut dem recht unterhaltsam geschriebenen Reiseführer einerseits auf die elliptische Form des Bauwerkes mit der imposanten Glaskuppel und dessen Ähnlichkeit mit dem gleichnamigen Camembert, sollte aber auch auf gewisse Capricen innerhalb dieser Institution hinweisen.

In diesem luxuriösen Parlamentssitz fanden offenbar nur wenige Sondersitzungen pro Jahr statt, während die regulären Sitzungen abwechselnd in Luxemburg und im kürzlich fertiggestellten Glaspalast in Straßburg abgehalten wurden. Einem Bauwerk, das angeblich 900 Millionen D-Mark ver-schlungen hatte. Lesen bildet, befand ich und auch, dass das eine gewaltige Summe war. Steuergelder. Dieses Verfahren machte es notwendig, ganze LKW-Ladungen voller Akten zwischen Straßburg, Luxemburg und Brüssel hin und her pendeln zu lassen. Auch das hatte ich dem Reiseführer entnommen. Warum wusste das denn niemand? Oder war nur ich derart ungebildet?

So lässt sich die Wirtschaft natürlich auch ankurbeln, staunte ich kopfschüttelnd und fragte mich, wie viele Vorgänge bei dieser in Kauf genommenen Konfusion wohl bei den falschen Sachbearbeitern landen mochten. Es erschien mir mehr als wahrscheinlich, dass bei einer so großen Anzahl von Mitarbeitern Namensähnlichkeiten an der Tagesordnung sein mussten.

Ganz zu schweigen von der Mühsal, die es für die Beschäftigten der Europäischen Kommission, dem Kontrollorgan des Europäischen Parlamentes, mit sich bringen musste, kürzlich in über sechzig verschiedenen Gebäuden untergebracht worden zu sein. Man hatte ihren bisherigen Arbeitsplatz im Palais Berlaymont als asbestverseucht entlarvt. Dass so viele Menschen bei der Kommission beschäftigt waren, dass sechzig Gebäude für ihre Unterbringung notwendig gewesen waren, hätte ich nie im Leben vermutet.

Sicherheitshalber hatte ich vom Auto aus das Gebäude lange beobachtet, bevor ich erneut in der Tiefgarage einparkte und energischen Schrittes auf den Lift zusteuerte. Wieder beeindruckte mich das weitläufige Foyer, und wie am Vortag waren ein paar schwarze Lederjacken anwesend. Zum Glück für diese Herren verfügte das hohe Haus über eine ausgezeichnete Klimatisierung.

Zuvor hatte ich beobachtet, wie Guiader vor einer Weile das Gebäude verließ, in einen direkt vor dem Eingang verkehrswidrig parkenden SUV stieg und losbrauste. Trotzdem konnte ich ein gewisses Unbehagen nicht unterdrücken, als ich den Aufzugknopf betätigte.

Das Plastik-Etikett am Revers meines Kostüms wies mich erneut als Marla Richter, Besucherin von Madame Ines Rückert, 2. Stock aus. Wohl oder übel musste ich die junge Dame an ihrem Arbeitsplatz aufsuchen, denn meine Recherchen sowohl im Telefonbuch von Brüssel als auch in Katrins Filofax waren gescheitert.

Ines Rückert schien vielbeschäftigt zu sein, war aber höflich. Sie führte mich in ein winziges Besucherzimmer am Ende des Flures. „Hier stört uns meine Chefin garantiert nicht." Sie deutete auf eine der modernen Sitzgelegenheiten, halb Stuhl, halb Sessel und holte mit geübtem Griff eine Zigarettenschachtel nebst Feuerzeug aus ihrer Blazer-Tasche hervor. „Es macht Ihnen doch hoffentlich nichts aus?"

Eine Frage, die keine war. Da ich mir gerade das Rauchen abgewöhnen wollte, hätte ich die pummelige Blondine töten können. „Sie und Katrin kennen sich sicher schon sehr lange", riet ich aufs Geratewohl und lächelte zuckersüß.

„Nein", erwiderte sie mein falsches Lächeln, „erst seit gut einem Jahr." Mit der Hektik des Rauchers, der auf den Moment hin fiebert, bis sich die Lungen endlich wieder mit Nikotin füllen, inhalierte sie ihren ersten Zug.

Es konnte sich nicht gut anfühlen, auf dem Laufsteg der Eitelkeiten von mindestens fünfzehn Kilo, wenn auch gut kaschiertem Hüftgold, deklassiert zu werden. Aus eigener Erfahrung wusste ich um die Gnadenlosigkeit von Erfolg suchenden Frauen. Ich kannte mich aus mit stutenbissiger Rivalität und konnte mir nur zu gut vorstellen, dass es für die Rückert schwierig sein musste, mit einer athletischen und

stets ein wenig geheimnisvoll wirkenden Katrin Wübbers
zusammen gesehen und automatisch mit ihr verglichen zu
werden. Aus Gründen der Fairness musste ich allerdings
zugeben, dass die Sekretärin, die wenig selbstsicher erschien,
sehr freundlich und sehr hilfsbereit war. Sie tat mir leid.

„Wir wollten eigentlich zusammenziehen und gemeinsam
eine große, komfortable Wohnung suchen", gestand sie leise
und versuchte erfolglos, ihre Enttäuschung vor mir zu verbergen.

Eigentlich. Der junge Mann vom Foto.

„Und dann lernt sie diesen Burschen kennen, wie heißt er
noch gleich?" Ein paar Jahre später würde sie auf einen so
plumpen Trick hoffentlich nicht mehr hereinfallen.

„Frederic van der Heijden." Sie sprach den Namen mit einer
Spur von Verachtung aus.

Insgeheim hatte ich bei seinem Aussehen mit einem
spanischen oder italienischen Namen gerechnet. „Wir meinen
aber beide diesen gutaussehenden Dunkelhaarigen, von dem
Katrin ein Bild auf ihrem Schreibtisch stehen hat?"

„Ja klar", bestätigte sie, als ich ihr das gerahmte Foto unter
die Nase hielt. Dass sie in Tränen ausbrechen würde, konnte
ich schließlich nicht ahnen. „Elender Mistkerl. Eitler Fatzke."
Die junge Frau schniefte leise. „Sehen Sie ihn sich doch an, nie
im Leben meint der es ernst mit Katrin." Die junge Sekretärin
grinste tapfer, aber ihr Gesicht verriet dennoch den Schmerz
von erlittenem Verrat. „Alleine kann sich kaum jemand in
Brüssel eine nette Wohnung leisten. Und seit sie ihn da kennt,
lässt sie mich mit der Suche nach einer geeigneten Wohnung
in der Luft hängen."

Meine Antwort fiel sehr vorsichtig aus. „Schade, dass ich
diesen Frederic van der Heijden noch nicht kennengelernt

habe. Sicher wüsste ich sonst, was Sie meinen." Jetzt, da ich seinen Namen kannte, würde mir Katrins Filofax hoffentlich weiterhelfen. „Katrin und ich waren verabredet, aber das wissen Sie vermutlich." Dass eigentlich Greta eine Verabredung mit Katrin gehabt hatte, war nebensächlich. „Ich bin zum ersten Mal in Brüssel und lebe in Osnabrück. Doch Katrin kam nicht wie verabredet zu meinem Hotel. Zuerst wunderte ich mich nur. Aber dann, nach ein paar Stunden, machte ich mir langsam Sorgen. Spätestens als ich erfuhr, dass ihr Chef unter... na, sagen wir mal ungeklärten Umständen ums Leben kam."

„Unter ungeklärten Umständen? Wer erzählt denn so einen Schwachsinn?" Frau Rückert schüttelte mit Vehemenz den Kopf. „Der Abgeordnete Gessner war ein Workaholic, das weiß hier jeder. Und das trotz mehrerer Herzinfarkte und Bypässe, wie man sich erzählt. Du meine Güte, war Katrin besorgt um ihren Chef. Auf die Minute genau hat sie ihm stets seine Tabletten gebracht. Einmal saß er sogar bereits im Plenarsaal. Aber so etwas ist Katrin scheißegal, da pfeift sie drauf. Hätte ich es nicht besser gewusst, hätte selbst ich geglaubt, dass die beiden etwas miteinander haben... äh... hatten." Sie senkte den Blick, als sie begriff, wie unpassend ihre Bemerkung mir gegenüber war.

Wer von Gretas WG-Freunden hatte diese Vermutung noch ausgesprochen? Justus Vöcking. „Also glauben alle, Katrin und Gessner wären ein Paar gewesen," mutmaßte ich.

„Na ja, ich weiß nicht. Bei der Mehrzahl unserer geschätzten Europahüter dreht sich nur alles um sie selbst, auch wenn hier gerne mal getratscht wird. Aber wenn ich mir vorstelle, ich wäre eine Parlamentarierin, sitze gemütlich in meinem Sessel im Plenarsaal und plötzlich kommt meine

Sekretärin hereingestürzt und serviert mir meine Pillen. Na, dann würde ich vielleicht auch auf die Idee kommen, Sie etwa nicht?"

Inzwischen verstand ich Katrins Vorsicht bezüglich dieser jungen Dame ein klein wenig besser. Diskretion gehörte nicht zu ihren Stärken. „War seine Frau denn gar nicht eifersüchtig?"

Ines Rückert sah auf die Uhr. „So spät schon? Du meine Güte, da wird sich die Chefin aber mal wieder künstlich aufregen." Sie drückte die Kippe mit einer energischen Bewegung im Aschenbecher aus. „Dabei schiebe ich hier Überstunden wie der Nikolaus zur Weihnachtszeit." Hektisch zündete sie sich eine neue Zigarette an. „Sorry, aber drüben im Büro ist Rauchen verboten. Ich hoffe, Sie kommen mit meiner Qualmerei klar." Ich nickte ergeben. „Wo waren wir stehengeblieben? Ach ja, seine Frau. Nein, eine Frau Gessner gibt es nicht mehr, er war wohl geschieden. Und ob Gessner scharf auf Katrin war, weiß ich nun wirklich nicht. Glaube ich aber eher nicht. Obwohl,", sie hielt einen Moment inne, „er war immer sehr freundlich zu Katrin." Ihr SEHR klang ausgesprochen akzentuiert. „Wie gesagt, der Gessner hat sich totgearbeitet. Im wahrsten Sinne des Wortes, wie man sieht. Aber supergut verstanden haben sich die Beiden schon. Im Gegensatz zu mir hat Katrin mit ihrem Chef keinen Griff ins Klo getan. Hatte", korrigierte sie sich hastig.

„Hatte?", fragte ich irritiert. „Wird Katrin denn hier schon abgeschrieben?

Die Rückert schaute mich fragend an. Endlich begriff sie. „Nein, natürlich nicht. Aber der Gessner ist doch jetzt tot."

„Stimmt, Entschuldigung." Meine Gedanken kreisten viel zu eingleisig um Katrin. War das der Grund für die Absagen meines Manuskriptes? Dachte ich einfach zu eindimensional?

Energisch drückte die junge Frau auch ihre zweite Zigarette aus. Wollte ich noch irgendeinen Anhaltspunkt für meine Suche nach Katrin erhalten, musste ich mich beeilen. „Wo könnte ich Ihrer Meinung nach denn am besten meine Suche nach Katrin fortsetzen?"

Sie zögerte. „Ich weiß nicht. In letzter Zeit haben wir uns ja nicht mehr so oft gesehen." Sie stand auf und strich sich den vorteilhaft wadenlangen, wenn auch nicht unbedingt modischen Rock glatt. „Fangen Sie doch einfach bei dem jungen van der Heijden an. Aber Vorsicht, sein Vater ist hier ein ganz hohes Tier."

„Ein hohes Tier im Europaparlament", murmelte ich beeindruckt.

„Nein." Sie schüttelte vehement verneinend den Kopf. „Ein hohes Tier in der Europäischen Kommission!" Anscheinend musste es sich bei dieser Kommission um den Hochadel von Europa handeln, so ehrfurchtsvoll wie die Rückert diesen Namen aussprach. „Seine Familie wohnt etwas außerhalb, am Stadtrand, in einem wahnsinnig pompösen Kasten." Sie atmete heftig aus und senkte die Stimme zu einem Flüstern. „Die van der Heijdens stinken vor Geld, wenn Sie verstehen, was ich meine."

„Und ausgerechnet dort soll ich nach Katrin suchen", entfuhr es mir.

„Verstehe." Ich wollte ihr Mitgefühl nicht, aber da legte sie mir bereits eine Hand auf den Arm. Ihre Finger waren warm und feucht. Ich zog meinen Arm bewusst nicht weg. „Mal überlegen. Katrin hatte doch was von einer Kneipe erzählt, wo die Beiden angeblich Stammgäste sind." Sie schloss die Augen, legte den Kopf in den Nacken. Dann sah sie mich triumphierend an. „„À la Votre" heißt der Laden. Meine ich jedenfalls. Die Kneipe ist gegenüber der Kirche Saint Nicolas." Mein Blick sprach offenbar Bände. „Aber den Grand Place kennen Sie schon, oder muss ich Ihnen den etwa auch noch erklären, Madame?" Endlich nahm sie ihre Hand weg.

„Natürlich. Ich bin um die Ecke abgestiegen, in der „Auberge Martine et Michel"." Meine Antwort klang unbeabsichtigt eine Spur überheblich.

Sie kannte anscheinend die gesalzenen Zimmerpreise. „Alle Achtung! Okay, dann gehen Sie am besten vom Rathaus aus die Rue au Beurre entlang, dann laufen Sie direkt auf die Kirche zu." Ich erstarrte.

Ich ließ ihr meine Handynummer da für den Fall, dass sich Katrin bei ihr melden sollte. Doch kaum hatte ich mich von der jungen Frau verabschiedet, fing mich ein gewisses Arschloch mit düsterem Blick und leiser Stimme am gläsernen Besucheraufzug ab.

„Haben Sie es denn noch immer nicht kapiert, Madame?" Guiader schüttelte betrübt den Kopf, er klang weniger wütend als verärgert. „Was haben Sie schon wieder hier zu suchen? Sie wollen sich anscheinend unbedingt ein Hausverbot einhandeln, n`est-ce pas?"

Ich war es leid, mir ständig meinen Arm misshandeln zu lassen. „Wenn Sie mich nicht augenblicklich loslassen, schreie ich laut um Hilfe," warnte ich Guiader.

„Ganz wie Sie wollen, Madame. Aber dann sehe ich mich allerdings gezwungen, Sie in Handschellen zu unserem Verhörraum zu bringen."

„Ja ne, ist klar." Atze Schröder war stets meine erste Wahl in Situationen wie dieser. Und auch ich konnte aggressiv werden. „Aber vorher zerquetsche ich dir noch die Cochonnes, Bürschchen."

Ich hatte nicht vorgehabt, zur Erheiterung dieses Möchtegern-Bruce-Willis beizutragen. „Sie trauen sich was", brüllte der Mistkerl, während ihm Tränen über die Wangen liefen. Aber immerhin ließ er mich los.

Langsam begann ich mich zu fragen, ob mich in Belgien ein unbekannter Virus befallen hatte. Kaum kam mir ein Kerl näher als drei Schritte, scannte ich ihn gierig. Zu viel Sex erweicht einem angeblich das Hirn. Und welchen Schaden richtet dann null Sex an, fragte ich mich im Stillen.

Wie zu erwarten, trat der massige Kerl dichter an mich heran. „Ich warte noch immer auf eine Erklärung, Madame... wie war noch gleich der Name?" Er vermied es tunlichst, mir auf den Besucherausweis an meinem Revers zu starren.

„Richter. Noch immer Richter. Und noch immer bin ich auf der Suche nach Katrin Wübbers."

„Ach, die taucht schon wieder auf." Er unterstrich seine unmaßgebliche Meinung mit einer lahmen Handbewegung.

„Jetzt hören Sie aber mal auf! Ich mache mir ernsthafte Sorgen um Frau Wübbers, nehmen Sie das gefälligst zur Kenntnis!"

Guiader trat noch einen winzigen Schritt näher, starrte mir direkt in die Augen und senkte seine Stimme zu einem heiseren, in meinen Ohren leider erotisch klingenden Flüstern herab. „Warum sich Sorgen machen? Diese jungen Dinger haben doch alle immer nur eines im Sinn." Nein, er verkniff sich die vulgäre Handbewegung, mit der ich in diesem Moment beinahe rechnete. „Wissen die Götter, wo sich La Gamine herumtreibt. Genießen Sie einfach Ihren Aufenthalt in Bruxelles, Madame. Einer Frau wie Ihnen kann es wohl kaum schwerfallen, sich ein wenig zu amüsieren."

„Lassen Sie das!" Ich stieß ihn energisch von mir weg.

„Oh lala, ein wunder Punkt!" Dieses selbstgefällige Grinsen! Am liebsten hätte ich Guiader eine geknallt.

„Wie kommen Sie bloß auf die Idee, ich sei ohne Begleitung in Brüssel?"

„Sie sind ohne Begleitung in Bruxelles", meinte er, jedes einzelne Wort betonend. „Und nur un imbécile lässt eine Frau wie Sie ganz allein in diese Stadt reisen. Mais vous n'aimez pas les imbéciles, Madame." Er ließ sich zu einer Übersetzung herab. „Sie mögen keine Narren."

Der Fahrstuhl ließ wieder einmal stundenlang auf sich warten. Ich hämmerte entnervt auf die Abwärtstaste. Dabei bemühte ich mich, den Kerl neben mir zu ignorieren. Seine Stimme, die mir idiotischerweise eine Gänsehaut verursachte, seinen Blick, der dunkel war und mir zweideutig vorkam, seinen Körper, der in meinen Augen wie geschaffen war für ein gewagtes Abenteuer. Herrgott, seit wann war ich nur derart ausgehungert?

Ein Herr in einem makellos glatten, dunklen Anzug gesellte sich zu uns und lächelte. „Warten Sie auch auf den Aufzug?"

Guiader warf ihm einen finsteren Blick zu. „Nein, wir hoffen, die sechste Etage kommt gleich runter." Umgehend machte sich der Mann auf die Suche nach einem anderen Fahrstuhl.

Als sich die Aufzugtür endlich vor uns öffnete, spürte ich seine Hand unauffällig in meine Jackentasche gleiten. Seine Stimme war nur ein heiseres Wispern und seine Lippen bewegten sich kaum, als er sprach. „Wenn Sie wirklich so scharf auf die Wahrheit sind, dann kommen Sie dorthin! Vingt-trois heures. Heute Abend dreiundzwanzig Uhr. Jeanshose, Jeanshemd, kein Make-up, die Haare unter einer

Casquette." Ich zog fragend Schultern und Augenbrauen hoch. „Unter einer Schirmmütze," übersetzte er gnädig.

Der hatte sie doch nicht alle! Rasch zwängte ich mich in den Pulk von Leuten in den gerade angekommenen, gläsernen Fahrstuhl, in dessen Pendant zur Linken ich für einen Moment Minois, eingekeilt in einer Gruppe von Business-Anzügen, an mir vorbeigleiten zu sehen glaubte. Ich musste unter Halluzinationen leiden!

Wie ein Cowboy, den man an den Schwanz seines Gauls gebunden hat, hechtete ich wenig später hinter Titus durch den Parc de Bruxelles. Trotz Schatten spendender Bäume lief mir der Schweiß in Strömen am Körper hinab. Deshalb verordnete ich uns eine Pause an einem der vielen Brunnen in dieser Grünanlage. Im Gegensatz zu meinem Vierbeiner, der sich in voller Länge in die Fluten eines sehr niedrigen Brunnens stürzte, hielt ich schicklich nur meine Füße hinein, nachdem ich mir die Sandaletten ausgezogen hatte. Ein Schild neben dem Brunnen klärte mich darüber auf, dass ich für die Konzertreihe „Boterhammen in de Parc", was vielleicht so viel wie „Butterbrote im Park" heißen mochte und für mich keinerlei Sinn ergab, entweder Tage zu früh oder zu spät dran war. Freitags fanden offenbar in der Mittagszeit kleine Konzerte genau hier statt. Musste ich bedauern, dass mir diese kulturellen Highlights wohl entgehen würden? Ich hatte wahrlich nicht vor, lange genug zu bleiben, um in den Genuss dieser Veranstaltung zu gelangen. Am liebsten wäre ich auf der Stelle zurück nach Osnabrück gefahren, zurückgekehrt in die vertraute Trägheit meiner, mit Brüssel verglichen, beschaulichen Geburtsstadt. Osnabrück bot mir Ruhe und Gediegenheit und damit genau das, was ich unter dem Begriff „Heimat" verstand.

Während sich meine Körpertemperatur nur langsam regulierte, zog ich in Gedanken Resümee. Es war Dienstag, kurz nach sechzehn Uhr. Vor dem nächsten Morgen würde ich im Dienste für Europa niemanden mehr erreichen. Aber das war nicht weiter schlimm, denn nach diesem Frederic van der Heijden konnte ich ohnehin am besten abends suchen. Die angebliche Stammkneipe war zwar ein erster Anhaltspunkt, schien mir aber kein Garant für einen Erfolg zu sein. Ich konnte natürlich auch dieser seltsamen Aufforderung Guiaders nachkommen, was sich mir aber von selbst verbot. Eine verrücktere Aufforderung zu einem Treffen war mir noch nie untergekommen.

Natürlich könnte ich auch noch einmal zur Rue des Patriotes fahren und nachsehen, ob Katrin inzwischen nicht schlicht und ergreifend nach Hause zurückgekehrt war. Allerdings ließen meine vergeblichen Anrufe bei ihr nichts dergleichen vermuten.

Warum sollte ich eigentlich überhaupt weiter nach ihr suchen? Katrin war erwachsen, es ging ihr bestimmt den Umständen entsprechend gut. Gewiss trauerte sie um ihren Chef, aber ich machte mir keinerlei Sorgen, dass mit ihr nicht alles in bester Ordnung sein mochte. Allerdings gab mir ihr anscheinend überstürzter Aufbruch schon zu denken.

Ich ließ die Ereignisse seit meiner Ankunft in Brüssel nochmals Revue passieren. Verrückt, dass mich der für das europäische Parlamentsgebäude zuständige Chef des Sicherheitsdienstes zu einer Art konspirativem Treffen aufgefordert hatte, nachdem er mich zuvor doch wie eine Spionin behandelt hatte. Oder hatte ich diesen Guiader nur gründlich missverstanden und er war einfach nur scharf auf mich?

„Ich bitte dich, Marla, suche weiter. Irgendwo muss Katrin doch stecken“, meinte Greta und sie klang verzweifelt, als ich sie wenig später vom Hotel aus anrief.

„Und was, wenn ich sie nicht finde?“ Meiner eingeschränkten Möglichkeiten war sich niemand bewusster als ich selbst. Aber ich hatte auch niemals behauptet, zur Detektivin zu taugen. Vielleicht wollte ich später über Verbrechen und ihre Aufdeckung schreiben. Schreiben, nicht selbst erleben.

„Wenn alle Bemühungen nicht fruchten, dann musst du wohl...,“ Greta stockte, „dann solltest du vielleicht eine Vermisstenanzeige aufgeben.“ Sie klang schrecklich verzweifelt.

„Greta, jetzt male mal nicht gleich den Teufel an die Wand“, versuchte ich, sie zu beruhigen, obwohl mir der Gedanke bereits selbst gekommen war. „Bestimmt finde ich sie. Vielleicht taucht Katrin ja auch in den nächsten ein, zwei Tagen von selbst wieder auf.“

„Ich weiß einfach nicht mehr, was ich noch glauben soll.“ Gretas Stimme klang kraftlos. „Wann meinst du, ihren Freund treffen zu können?“ Natürlich hatte ich ihr von Frederic van der Heijden erzählt, allerdings nicht, dass ich ihn dem Foto nach für einen ausgemachten Filou hielt.

„Erst einmal muss ich den Kerl finden, Greta. Ihn in den Kneipen der Stadt zu suchen ist wie die Suche nach der berühmten Stecknadel im Heuhaufen. Wenn du mich fragst, dann sind die beiden abgehauen, vielleicht ins Grüne gefahren, einfach ein paar Tage ausspannen. Spontan. Ein wenig überstürzt vielleicht, aber unter solchen Umständen wäre das sicher mehr als verständlich. Und dann vergisst man vielleicht schon mal die eigene Tante.“

„Soll ich dir jetzt dankbar dafür sein, dass du nicht alte Tante gesagt hast“, erwiderte Greta ungewohnt bissig. Im Hintergrund hörte ich jemanden leise etwas sagen „Übrigens schöne Grüße von Justus. Er will wissen, wie du mit deinem Killer klarkommst.“

„Mit Titus? Na ja, mehr oder weniger gut. Er knurrt mich nur noch höchstens dreimal am Tag an. Aber durch die Tipps von Justus komme ich inzwischen halbwegs klar damit. Sag ihm, dank seiner Ratschläge ist meine Frustrationstoleranz um mindestens 90 Prozent gestiegen.“ Davon, dass Leute wie Guiader ihren Anteil daran hatten, diese Toleranz wieder auf null zu fahren, erzählte ich ihr nichts.

Das Thema Hund hatte offenbar ausgedient „Und wie gefallen dir Land und Leute?“

Erwartete Greta, mir würde gleich der Mann fürs Leben über den Weg laufen, kaum, dass ich einmal den Kopf aus meinem Schneckenhaus steckte? „Uninteressant“, hörte ich mich lügen.

Abendessen fiel aus, denn ich hatte mich nicht beherrschen können und außer einem Eisbecher auch noch eine dieser köstlichen Waffeln verdrückt, die sich nur mit weit vorgebeugtem Oberkörper essen lassen. Diesem wohlgemeinten Rat einer Brüsselerin, die sich wie ich das Gebäck in einer Waffelbude bestellt hatte, war es zu verdanken, dass meine gute Bluse vor dem Ruin bewahrt worden war.

Katrin hatte ich natürlich nicht in ihrer Wohnung angetroffen. Und sie war anscheinend auch nicht zwischenzeitlich dort gewesen, denn alles sah unverändert aus, als ich kurz in ihrer Wohnung vorbeigeschaut hatte. Und diesen Frederic konnte ich unter der in ihrem Filofax angegeben

Handynummer leider auch nicht erreichen, obwohl ich es halbstündlich versuchte.

Abends gingen Titus und ich noch einmal lange im Park spazieren bis ich befand, er habe jetzt wirklich genug Auslauf gehabt und einem ausgiebigen Schläfchen auf seinem Fell im Hotelzimmer dürfe eigentlich nichts mehr im Wege stehen.

Als ich mich von meiner kleinen Bestie verabschiedete, die sich tatsächlich brav auf ihrem Lammfell eingekringelt hatte und mich mit Verachtung strafte, da ich sie mehrfach von meinem Bett hatte schubsen müssen, tat ich dies wie befohlen in Bluejeans und einem leger über die Hose fallenden Jeanshemd. Eine Schirmmütze schaute lässig aus einer meiner Gesäßtaschen.

Wie lange war ich schon nicht mehr ausgegangen? Zu lange. Deshalb auch diese Nervosität, dieses Flattern im Bauch, obwohl ich doch mit einer Mission betraut war und mich nicht zu meinem bloßen Vergnügen in Kneipen herumtrieb. Hätte ich geahnt, was mir bevorstand, hätte ich mich in meinem Hotelzimmer eingeschlossen und den Schlüssel im hohen Bogen aus dem Fenster geworfen.

Es nieselte, aber zum Glück waren es nur wenige Schritte vom Hotel bis zu der Kneipe „À la Votre“. Kurz nach 21 Uhr betrat ich das Lokal. Niemand hätte behaupten können, hier tobe das pralle Leben. Vielleicht lag es daran, dass junge Leute heutzutage wesentlich später losziehen, als es meine Generation noch getan hatte. Doch wenn ich ernsthaft in Betracht zog, mich um dreiundzwanzig Uhr doch mit Guiader zu treffen, konnte ich nicht länger warten.

Der Patron hinter der Theke gereichte jeder bretonischen Spelunke zur Ehre, auch wenn ich diese nur aus Filmen kannte. Mit einer Baskenmütze auf dem riesigen Schädel sah er aus wie Jean Gabin in einem seiner späten Werke. Und da unterstellt man Schriftstellern, sich Klischees zu bedienen, dachte ich innerlich kopfschüttelnd. Wie vom Wirt empfohlen bestellte ich mir die Spezialität des Hauses. Lambic, ein erfrischend säuerliches Bier. Und leider konnte ich nicht widerstehen, als er mich auf die traditionelle „Tartine au Fromage blanc" hinwies, was sich als Graubrot mit Quark entpuppte. Simpel, aber köstlich. Und Quark war gesund.

Ich hatte mich mit meiner Beute an einen kleinen Tisch verzogen, von dem aus ich den ganzen Raum im Blick hatte. Eine halbe Zigarettenschachtel später gab ich auf. Warum mich diese Warterei so nervte, konnte ich mir selbst nicht erklären. Irgendwann hatte mich jedenfalls mein innerer Schweinehund besiegt und ich hatte mir eine Schachtel Zigaretten im Automaten gezogen. Frederic van der Heijden war nicht aufgetaucht, von Katrin ganz zu schweigen. Ein Blick auf meine Armbanduhr ließ mich die Bedienung rufen. Wollte ich nicht zu spät ins „À la Queue Leu Leu" kommen, musste ich mich sputen. Gehorsam setzte ich mir die Baskenmütze auf und schob meine Haare darunter. Trotzdem konnte jeder sehen, dass ich eine Frau war.

Von der Rue au Beurre zur Rue des Bouchers ging es ein kleines Stück zurück in Richtung meines Hotels. Dass die meisten Straßen und Gassen rund um den Grand Place namentlich mit Essen zu tun haben, amüsierte mich, während ich zügig die alten, ausgetretenen Gassen entlangging.

Unschlüssig verharrte ich einen Moment vor der Kneipe „À la Queue Leu Leu", zu der mich Guiader bestellt hatte. Ohrenbetäubende Rockmusik quoll wie dichter Qualm aus den Ritzen der, trotz milder Temperaturen, fest verschlossenen Fenster. Kaum war ich eingetreten, gewann ich den Eindruck, vom Wirt umgehend vor die Tür gesetzt zu werden. Doch da stand Guiader bereits neben mir. „Kein Wort,“ raunte er mir leise zu und griff nach meinem Ellbogen. Was er in Richtung des Wirts knurrte, war für mich nicht zu verstehen.

Weniger wie eine Begleiterin, sondern eher wie eine Delinquentin führte er mich zum abgelegensten Tisch im Lokal. Und obwohl sowohl sein als auch das Verhalten des Hausherrn mich irritierte, nahm ich auf unserem Parcours hautenge Lederhosen und Ketten besetze Lederblousons eines ausschließlich männlichen Publikums wahr. Für einen geordneten Rückzug war es leider zu spät. Ich fühlte, wie meine Hände und mein Rücken feucht wurden und mein Mund trocken.

„Hinsetzen und Klappe halten!“

Verwundert stellte ich fest, dass Guiader keine Lederkluft trug und so wie ich die Kleiderordnung dieses Etablissements missachtete. Schon wollte ich protestieren, als ich erneut den hinreichend bekannten festen Griff um meinen Arm verspürte. „Wenn Ihnen Ihre Gesundheit lieb ist, dann sind Sie ab sofort unsichtbar!“

Witzig! Wir stachen unter den Gästen hervor wie Kanarienvögel in einer Voliere voller Raben. Ohne dass wir etwas bestellt hätten, knallte man uns zwei große, halb mit einer trüben Flüssigkeit gefüllten Gläser, und eine Karaffe Wasser aufs fleckige Tischtuch. Inzwischen hatte sich mein Magen zu einer festen Kugel zusammengezogen, meine Atmung ging gepresst und ich fürchtete, mich jede Sekunde übergeben zu müssen. Das Brausen zwischen meinen Ohren schwoll auf Symphonielautstärke an. Dann schien meine Atmung ganz aussetzen zu wollen. Obwohl ich mich benommen fühlte, war ich gleichzeitig hellwach wie selten zuvor. Kein Wunder bei der Sintflut an Stresshormonen, die durch mein Blut schäumten. Wenngleich diese Spelunke unter strikten Sparmaßnahmen betreffs Beleuchtungskörper litt, hatte ich längst begriffen, in einer Schwulenkneipe gelandet zu sein. All das zur Schau gestellte Testosteron, von hautengem Leder nur unzulänglich verhüllt, sprach Bände. Doch gab es entgegen den eigenen Vorurteilen weder lila Seidenhosen noch silberne Oberteile noch tuntige Perücken noch schrilles Make-up. Hier trafen sich offenbar die Jungs, die es auf die harte Tour mochten. Verwirrt fragte ich mich, wie ich nur so begriffsstutzig hatte sein können und warum ich nicht am Eingang der Kneipe eine prompte Kehrtwendung hingelegt hatte.

„Enge Freunde, wie?", spie ich Guiader verächtlich entgegen und verfluchte meine Naivität. Und ausgerechnet ich maß mir an, Leser mit meinen Beobachtungen und meiner beschämend beschränkten Lebenserfahrung zu konfrontieren. Plötzlich ahnte ich den Grund, warum mir mein Manuskript wieder und wieder zurückgeschickt wurde.

Der riesige Blonde, der vorn an der Theke stand und bis gerade eben noch die Zunge im Ohr seines Nachbarn versenkt hatte, erhob das Glas und grölte etwas in meine Richtung, was vermutlich mit „verpiss dich" zu übersetzen war. Sämtliche Gäste fielen in sein Grölen mit ein. Meine Nackenhaare stellten sich auf wie bei Titus, wenn er eine Katze entdeckte. Das da war ein Riese, der Kerl war über zwei Meter groß, hatte Pranken wie Mülleimerdeckel und das eisengraue Metall an seinen Händen waren mit Sicherheit keine Freundschafts-ringe. Außerdem sah das Riesenbaby nicht so aus, als ginge es jemals unbewaffnet aus dem Haus. Ich wünschte mir, Guiader würde wenigstens genug gesunden Überlebenswillen besitzen und in einem Notfall seine Dienstwaffe zücken können.

„Ta geule“, brüllte er stattdessen auffordernd in Richtung des riesigen Lustknaben. Das verstand sogar ich. Einem Sado-Maso-Typen die Schnauze zu verbieten hatte zwar Stil, zeugte aber von einem schweren Fall von Größenwahn. Mittlerweile feixten mich sämtliche Kerle im Raum an. Doch offenbar genoss mein Begleiter selbst in diesen Kreisen Respekt. Das blonde Mammut hielt jedenfalls überrascht den Mund und wandte sich wieder seinem Verlobten zu. Auch die übrigen Gäste beruhigten sich allmählich.

„Los, komm!“

Jetzt waren wir also schon per du! Guiader ergriff wie gewohnt meinen Ellbogen, zog mich hoch und stieß mich in Richtung einer Eisentür, die ich bislang nicht bemerkt hatte. Bevor ich aufbegehren konnte, fand ich mich in einem stockfinsteren Raum wieder. Der leise Knall, mit dem die schwere Tür hinter uns ins Schloss fiel, fuhr mir durch Mark und Bein. Sofort umgab uns eine undurchdringliche Schwärze. Und eine Luft ohne jeden Sauerstoffanteil, süß und giftig. Hasch? Jedenfalls wurde mir schwindelig. Tief einzuatmen, verbot ich mir. Nach und nach tauchten schemenhafte Konturen vor meinen Augen auf. Mühsam erkannte ich mit Stoffbahnen abgetrennten Kabuffs, die sich im Halbdunkel teils offen, teils mit zurückgezogenen Vorhängen prä-sentierten. Das, was zu erkennen war und die entsprechende Geräuschkulisse erteilten jede nur gewünschte Auskunft über das Geschehen dort drinnen.

Guiader zog mich hinter sich her, doch ich riss mich zornbebend los. Augenblicklich knallte ich frontal gegen einen aus dem Nichts auftauchenden Pfahl aus Metall, mit auf unterschiedlicher Höhe angebrachten Eisenringen, von denen Ketten herabhingen. Würgend wünschte ich Sekunden später, wenigstens auf Guiaders makellos saubere Stiefel gekotzt zu haben. Und obwohl mir mein eigener Gestank die Nase ätzte, gab er seinem Missfallen keinen weiteren Ausdruck als den eines angewiderten, kurzen Aufstöhnens. Ich hingegen gab mir alle Mühe, ihm mein Knie möglichst effektvoll unter die Eier zu knallen und wäre bei diesem Versuch lang hingeschlagen, hätte er den Schwung meines Körpers einfach ins Leere laufen lassen. Er fing mein Knie jedoch ab und zog es so hoch, dass es fast meinen Busen berührte. Automatisch klammerte ich mich an ihn.

„Dachte ich mir doch, dass du bist ein kleiner Wildfang", raunte er. Wütend, amüsiert oder erregt? Diese ganze unappetitliche Umgebung, dazu meine ausgespuckten Eingeweide, die diffuse Finsternis und der verdammte, Moschus ähnliche Gestank hätten mich beinahe in Ohnmacht fallen lassen. Doch ich verbot mir derart weibisches Verhalten, solange Guiader beinahe jeden Quadratzentimeter meines Körpers an sich presste. Wenigstens trug ich Jeans. Trotzdem mussten seine Hände nur ein wenig in meinen Hosenbund und abwärts gleiten, um den ultimativen Beweis meiner Weiblichkeit zu berühren. Beinahe erwartete ich, jeden Moment zu Boden geworfen und überwältigt zu werden. Niemanden würde das hier stören.

„Kapierst du noch immer nicht, warum wir hier sind," flüsterte er mir zu. Ich war derart konfus, spürte jedoch, dass ich gerade eine viel größere Angst als je zuvor durchlebte. „Est-ce que tu as compris? Begreifst du denn nicht, dass ich dir ein Geschenk mache, Chouchou? Ich befreie dich!" Sein tonloses Wispern paralysierte mich und ich bekam kein Wort heraus.

Seinen Atem über mein Gesicht verteilend zwang er mich, meine hilflose Position beizubehalten und diesen ewig gleichen Tanz zwischen Mann und Frau zu vollführen. Sein Becken bewegte sich nur minimal, während heißer Atem über mein Gesicht und meinen Hals strich und mir schließlich in den Ausschnitt meiner Bluse fuhr. „Die Wahrheit," lachte er meckernd, „du bist doch auf der Suche nach ihr? Tu es à la recherche de la vérité, n´est-ce pas? "

Die Pose, die mein Körper einzunehmen gezwungen wurde, erinnerte mich urplötzlich an Minois. Keine vierundzwanzig Stunden war das her und doch verbot sich jeder Vergleich!

„La vérité! Ein großes Wort", fuhr Guiader ungerührt fort. „Und ausgerechnet über die neuen Liebesgewohnheiten deines Ex-Gatten willst du nichts wissen." Er keuchte amüsiert. Oder vor Lust? Sein Blick hatte etwas Diabolisches. „Das begreife ich nicht."

Vor meinem inneren Auge sah ich wieder Frank, als er mir sagte, was zu sagen er gezwungen gewesen war. Zum Beispiel, dass er sich während unserer Ehe die ganze Zeit über hatte verleugnen müssen. Und dass er mich nie geliebt hatte. Dass ihn mein Körper angeekelt hatte. Und seine ehelichen Verpflichtungen. Und dann explodierte erneut dieser beschissene Tannenbaum, züngelten erneut Flammen an mir empor. Das Remake meiner inzwischen ach so vertrauten Albträume brandmarkte mich ein weiteres Mal mit dem Ekel verratener Gefühle, dem Stigma hilfloser Empörung, dem Terror blanker Fassungslosigkeit. Ich spürte wieder die vertraute Hitze unter meinen Füßen, hörte Sauerstoff mit einem hohen Pfeifton dem Raum entweichen und fühlte mich schwerelos. Ich erwachte von dem Geräusch klatschender Ohrfeigen, mit denen mich Guiader meiner Ohnmacht zu entreißen versuchte.

„Du Schwein! Du verdammtes, dreckiges Schwein," gelang es mir, vor Wut und Ekel bebend, hervorzupressen. Und wie eine Collage schob sich plötzlich die Erinnerung von Franks, von Abscheu verzerrtem Gesicht vor das von Guiader. Erneut ließ mich die Erinnerung meiner Schmach mit genau denselben Worten wie damals Ausdruck verleihen; erlebte ich erneut die erlittene und sich für mich beinahe als tödlich erwiesene Pein. Ich war wie von Sinnen, doch schlugen meine Fäuste entweder ins Leere oder glitten, ohne an dem Scheißkerl ernsthaften Schaden anzurichten, von ihm ab. Ohne zu begreifen, warum, blieben Finsternis und Gestank plötzlich hinter uns zurück und ich tauchte ein in einen Ozean aus Sauerstoff und Vollmond.

„Lauf," schrie Guiader, stellte mich auf die Füße und riss mich mit sich fort.

Ich torkelte. Mit einem Mal war ich wieder bei Sinnen, riss mich zusammen und nie zuvor war ich schneller gerannt. Mir war klar, wie übel es für uns ausgehen könnte, erwischten uns diejenigen, denen ich mit meinem Theater gründlich den Spaß verdorben hatte.

Völlig außer Atem hockte ich Lichtjahre später auf meinen Fersen gegen eine Hauswand gelehnt und hielt mir die schmerzenden Rippen, während Guiader neben mir stand und mich von oben herab betrachtete. Amüsiert, ohne Mitgefühl, und dabei so unbeschwert Luft holend, als sei er die Strecke mit dem Auto gefahren.

„Du verdammtes, dreckiges Schwein. Du verdammtes, dreckiges Schwein,“ presste ich in genau dem Rhythmus hervor, den mir sowohl meine Seelenqual als auch meine malträtierte Lunge vorgaben, während mich hinterrücks der altbekannte Schmerz wie ein Raubtier überfiel. Ein Schmerz, gegen den es keinerlei Abwehr zu geben schien. Er hieb mir jedes Mal heftiger seine wuchtigen Pranken in die kaum vernarbten Stellen meiner Seele, die unter dieser Wucht erneut aufbrachen wie schwärende Eitergeschwüre unter dem vorsichtig tastenden Griff des Chirurgen.

Hilflos musste ich irgendwo zwischen der Rue des Bouchers und dem Palais du Roi zulassen, wie ein neues Kapitel der Selbstheilung schmerzend bei mir einzusetzen begann. Etwas, was weder Medikamente noch Therapien bisher hatten bewirken können. Musste ich hilflos zulassen, dass Guiader mich einfach hochhob, mich wie ein Kind an sich drückte, mich in seinen Armen wiegte und damit meine Erniedrigung vollendete.

„Warum demütigst du mich so?“, fluchte ich tonlos in seine Jeansjacke. Ich weinte nie. Durch den Schleier vor meinen Augen erkannte ich, dass Guiaders Mundwinkel nach unten zeigten. Als er antwortete, klang seine Stimme, als würde er täglich mit Kieselsteinen gurgeln. Und sehr, sehr leise.

„Demütigen? Merde, ich versuche dich wach zu rütteln, Marla.“ Nicht einmal ansatzweise der Versuch einer Ent-schuldigung! „Hast du überhaupt eine Ahnung, wie gefährlich es sein kann, was du da tust? Kapierst du vielleicht endlich, dass jemand, der sich überlegen genug fühlt, um im Leben von anderen herumzuschnüffeln, erst einmal bei sich selbst anfangen muss? Mais tu es comme un bébé ! Bist sensibel wie ein Baby. Casse-toi! In Bruxelles du wirst nichts erreichen, Marla Richter. Nicht das Geringste."

In dem riesigen Alleebaumdach über uns rauschte der Wind, und ohne es zu merken, heulte ich Rotz und Wasser. Und erst ganz, ganz allmählich wurde ich wieder zu der Frau, die ich die meiste Zeit meines Lebens darzustellen versuchte. Erst allmählich gewann ich etwas von der Stärke zurück, die meine Umwelt so sehr an mir schätzte. Erst allmählich besaß ich genügend Kraft, Guiader von Abscheu erfüllt zurückzustoßen.

„Ganz wie du willst, du Arschloch," keuchte ich, während ich nach Luft rang und ihn endlich von mir stieß. „Damit erreichst du genau das Gegenteil. Keine Frage, ob ich bleibe oder nicht." Ich kämpfte noch immer um Luft, meine Atmung war die einer alten Frau mit Asthma. „Du meinst, mich einschüchtern zu müssen? Du rätst mir, abzureisen? Keine Chance." Mir gelang ein verächtliches Kichern. „Ich bleib in Brüssel, kapiert? In dieser Scheißstadt, dieser Kloake! Anscheinend hat sich hier der Abschaum versammelt, leicht daran zu erkennen, dass du hier lebst, Guiader!" Inzwischen klang meine Stimme kräftiger und ich peitschte ihm mit aufgeblähten Lungenflügeln meine Worte um die Ohren. Es war mir scheißegal, ob einer der Anwohner die Polizei wegen nächtlicher Ruhestörung alarmierte oder nicht. „Du! Wirst! Mich! Nicht! Los! Du nicht, Guiader! Und auch sonst niemand! Egal, weshalb das gewollt ist und mit welch dreckigen Mitteln ihr das zu erreichen versucht. Aber es wird euch nicht gelingen." Mit meiner Wut kamen auch meine Energie und Entschlossenheit zurück.

Das matte Mondlicht gaukelte mir vor, er trüge eine venezianische Maske, die die mir zugewandte Hälfte seines

Gesichtes zu bedecken schien. Sein Blick blendete wie brennender Phosphor. „Was willst du eigentlich, Marla Richter,“ fragte er mit so ruhiger Sachlichkeit, als habe es die letzte halbe Stunde nie gegeben. Mein Hass schien an ihm abzuprallen wie Regentropfen an einer Öljacke.

Plötzlich fühlte ich mich stark wie in der Glut geschmiedetes Eisen. Unbesiegbar. „Genau das werde ich herausfinden,“ entgegnete ich sehr leise und sehr entschlossen. „Ich werde herausfinden, was auch immer hier vertuscht werden soll. Etwas, wovon du ganz offensichtlich Kenntnis hast. Was immer es auch sein mag, Guiader, ich kriege es heraus, verlass dich drauf!“

Völlig überrascht von der Geste griff ich automatisch zu, als er mir eine Schachtel Zigaretten unter die Nase hielt. Ich wandte den Blick ab, sah dem Qualm unserer Zigaretten hinterher und fast schien es, als tanzten sie einen Pas des Deux im Nachthimmel. Während ich gierig inhalierte, beruhigte ich mich allmählich.

„Worin ist Katrin verstrickt?“ Mein Herz klopfte wild vor Sorge um eine junge Frau, die ich kaum kannte. Ich hatte soeben etwas begriffen. Was genau hier los war, war zwar noch unklar, aber ich konnte es spüren. Katrin war in irgendeine Sauerei verstrickt. Es gab keine andere Erklärung dafür, wenn man jemanden, der so harmlos war wie ich, um jeden Preis zu vertreiben versuchte.

„Woher soll ich denn wissen, was deine Katrin so alles treibt“, brummte Guiader. Doch er log, da war ich mir sicher.

„Du kennst sie ziemlich gut, oder?“ Es war seine Stimme. Sie verriet ihn jedes Mal, wenn er Katrins Namen aussprach. „Und du magst sie.“

Dieser Typ setzte alles daran, mich einzuschüchtern, mich daran zu hindern, nach ihr zu suchen und gleichzeitig sorgte er sich um sie. Diese Erkenntnis traf mich völlig unvermittelt. Guiader schüttelte kaum merklich den Kopf und warf seine Kippe in den Rinnstein, wo er ihre Glut mit übertrieben heftiger Bewegung austrat.

„L´absurdité. Hör zu, Marla Richter, je suis loyal. Ich bin loyal. Nicht mehr, nicht weniger. Und jetzt hau endlich ab! Verschwinde! Casse-toi!" Dazu machte er eine wegscheuchende Handbewegung.

Der Ausdruck seiner Augen wechselte ebenso überraschend wie der Tonfall seiner Stimme. Besorgnis wechselte Ärger ab, auch wenn er sich Mühe gab, es nicht zu zeigen. „Oder pass gefälligst besser auf dich auf," schnauzte er mit einem seltsam weichen Klang in der Stimme, bevor er sich umdrehte und mit weitgreifenden Schritten in der Nacht verschwand.

„Verdammt, warum hilfst du mir dann nicht, du verdammter Scheißkerl?", brüllte ich ihm in die dunkle Gasse hinterher.

Eine Panikattacke griff nach mir, packte mich unvermittelt, diese vertraut schiere Verzweiflung, die mich japsend nach Luft schnappen ließ und mich zwang, mich wie ein Kind im dunklen Wald vor und zurück zu wiegen, unter einem sternenlosen Nachthimmel, der nach Verzweiflung, Urin und Regen roch. Der Taxifahrer, der mich irgendwann zufällig auflas und zu meinem Hotel brachte, war ein reifer Mann mit grauem Haar. Er kannte anscheinend genug vom Leben, um mich in Ruhe zu lassen.

Guissény in der Bretagne II

Sommer 2015

„Warum steigst du nicht ins nächste Flugzeug und kommst her, Greta?"

Ich sah vor mir, wie meine Tante den Kopf schüttelte, als sie antwortete. „Nein, nein, diese Einöde ist nichts für mich, mein Mädchen." Ich hörte sogar das Lächeln auf ihrem Gesicht.

Mit meinen fünfzig Jahren war ich für Tante Greta immer noch ihr Mädchen. Und ich war zutiefst dankbar dafür, dass sie ein sehr, sehr wichtiger Teil meines Lebens geworden war. Es gab keine Anzeichen für eine ernsthafte Erkrankung, aber mit ihren 73 Jahren gehörte sie auch nicht mehr unbedingt zu den Best-Agern. Sie war in den letzten Jahren alt geworden, grau ihr Haar. Sie war nicht gebrechlich, sondern einfach nur alt. Älter. Und ich liebte sie mehr denn je.

„Ach Greta," seufzte ich im Brustton stiller Begeisterung, „hier ist es so schön. So schön ruhig und das Meer liegt direkt vor meiner Haustür. Und die Bretonen sind alle so ausgesprochen freundlich zu mir. Und dann das Essen! Es ist genauso gesund wie die Luft. Ich sage dir, hier kann man herrlich abschalten." Und sogar ungestört arbeiten, wenn einen nicht das schlechte Gewissen plagte und Zuhause anrufen ließ. Aber das sagte ich natürlich nicht. Tatsächlich war ich mit dem neuen Manuskript ein gehöriges Stück weitergekommen, ich hatte keinerlei Grund zu klagen. Doch Greta vermisste ich.

Sie stöhnte theatralisch. „Lass uns lieber zusammen nach Ibiza fliegen, wenn du zurück bist. Dort ist es schön." Mit Betonung auf dort. „Und überhaupt nicht ruhig. Du weißt doch, ich hasse die Beschaulichkeit und Ruhe. Die werde ich später noch ausführlich genießen dürfen."

Wie ich es hasste, wenn sie das Thema Tod kurz streifte. „Bei aller Liebe, Greta, aber Ibiza ist leider absolut nichts für mich. Viel zu viel Trubel." Ich klang dennoch wie beabsichtigt heiter.

„Jedenfalls lieb, dass du dich nach uns erkundigst," lenkte sie ein und gab unserem Telefonat damit eine andere Richtung. „Es geht uns gut. Richtig gut. Alles geht seinen geregelten Gang und ab und an fahren wir nach Holland. Dann machen wir uns einen schönen Tag in Enschede und essen frittierten Fisch auf dem Markt. Kibbeling. Den magst du doch auch so gerne, nicht wahr?"

Ich konnte mir ein spöttisches Lachen nicht verkneifen. „Jetzt erzähl mir bloß noch, ihr fahrt nach Enschede, um euch einen schönen Tag zu machen und Kibbeling zu essen. Gib es zu, dass es die Coffeeshops sind, die euch locken." Ich lachte laut. Was für eine verrückte Bande. Doch jeder meiner Nachbarn war mir in der langen Zeit Wand an Wand ans Herz gewachsen, alle ohne Ausnahme liebenswerte Menschen. Mit der einen oder anderen Marotte, aber charakterlich war jeder von ihnen wertvoll.

„Wie kommst du mit dem neuen Krimi voran," wollte Greta wissen.

„Ich bin, wie immer im Finistère, voller Ideen und platze vor Schreiblust. Abends gehe ich zeitig schlafen, morgens stehe ich sehr früh auf, dann machen Pablo und ich einen langen Spaziergang am Meer, danach gibt es ein kurzes Frühstück und den Rest des Tages schreibe ich, bis ich wieder müde bin."

„Und wo bitte bleibt da der Spaß, Marla?"

Ich konnte ihr schlecht erzählen, dass der mich hin und wieder besuchte und über Nacht blieb. „Alles in Ordnung, Tantchen, mir geht es ganz wunderbar. Ich bin hier sehr glücklich."

Tantchen ließ mir Greta gerade noch durchgehen. Schon lange nannte ich sie nicht mehr Tante Greta. Den verträumten Unterton in meiner Stimme hatte sie anscheinend überhört. „Isst du denn wenigstens genug?"

„Aber ja." Ich freute mich, meine Begeisterung mit ihr teilen zu können. „Fisch direkt vom Boot. Es gibt nichts Gesünderes. Und Käse. Und Baguette. Und Obst. Ach Greta, es gibt in dieser Region ganz wundervolle Märkte. Ich ernähre mich derart gesund, dass sogar ein paar Kilo geschmolzen sind, ohne dass ich es darauf angelegt hätte."

Die Wochenmärkte in den etwas größeren Orten im Hinterland waren für mich wie kleine Edelsteine, auch wenn das Finistère für einen Franzosen absolute Provinz bedeutete. Ich jedoch liebte sowohl die Marktflecken als auch diese kleinen Dörfer direkt am Meer, mit zumeist nicht mehr als vierzig, fünfzig Häusern. Das typische an den bretonischen Häusern waren die Schornsteine an beiden Enden des Dachgiebels. Und wer sein Haus etwas schmucker gestalten konnte, leistete sich einen Sockel aus Findlingen. Die eher schlichten Häuser waren in meinen Augen kleine Schmuckstücke, denn hier gediehen Hortensien und Calla-Sträucher in üppiger Pracht. Callas waren meine Lieblingsblumen. Und je spiritueller ich wurde, umso sicherer war ich mir, in einer Inkarnation bereits hier gelebt zu haben. Mit meinem Leben in Osnabrück war ich mehr als zufrieden, doch im Finistère war ich wunschlos glücklich.

Magdas Stimme riss mich aus meinen Gedanken. „Nicht zu vergessen der französische Wein. Pass bloß auf, Marla, in unserer Familie liegt eine gewisse Disposition zum Alkoholismus."

Kiffen ist natürlich etwas völlig anderes, lachte ich still in mich hinein und musste grinsen.

Und plötzlich fiel mir Manfred wieder ein und ich wurde wie immer, wenn ich an meinen toten großen Bruder dachte, der eigentlich mein Cousin gewesen war, unendlich traurig. Auch an meine Eltern musste ich denken, die gemeinsam bei einem Autounfall ums Leben gekommen waren. Allerdings war der andere Fahrer betrunken gewesen und nicht meine Mutter, die am Steuer saß, als es passierte. Hätte mein Vater etwas am Unfallgeschehen ändern können? Diese Frage hatte ich mir oft gestellt. Papa war der erfahrenere Autofahrer von beiden gewesen. Hätte er noch ausweichen können? Vielleicht, vielleicht auch nicht. Es war schwer für mich, mir diese Tod bringenden Sekunden auszumalen. Und die Gewissheit ertragen zu müssen, mich nicht mehr mit meinen Eltern aussöhnen zu können.

Vor allem nicht mit meinem Vater, der mir eine gewaltige Hypothek ins Poesie-Album schrieb, als ich elf oder zwölf Jahre alt gewesen sein musste.

Zeige der Welt ein lachend' Gesicht.
Weinende Augen versteht sie nicht.
Wenn das Herz dir auch brechen will

Zunächst hatte ich mir wohl nichts dabei gedacht. Erst als ich etwas älter und in der Pubertät war, hatte ich meine Konsequenzen aus diesem für ein Kind unbarmherzigen Ratschlag gezogen. Ich weinte nicht mehr. Ich hatte begriffen, dass ich jedes Mal, wenn ich vor meinen Eltern in Tränen ausbrach, insgeheim einen nicht erklärten Kampf verlor. Wenn ich aufs Zimmer geschickt wurde und Hausarrest erhielt, weil unter meiner Mathearbeit wieder eine Fünf stand, brach ich in Tränen aus. Aber ab diesem Zeitpunkt nicht mehr. Nie mehr!

„Keine Sorge, Greta, ich mache mir noch immer nicht viel aus Alkohol."

Ich hörte Greta erleichtert ausatmen. „Wir vermissen dich, mein Mädchen. Und natürlich auch Pablo." Ihr leises Lachen klang wie immer in den letzten Jahren ein wenig heiser. „Nach all den Erlebnissen mit Titus, diesem Teufelsbraten, ist er für uns eine wundervoll neue Erfahrung."

Nachdem wir noch eine Weile Neuigkeiten und Eindrücke ausgetauscht hatten, beendeten wir unser Telefonat und ich ging auf meine kleine Terrasse.

Die Nachmittagssonne stand inzwischen jeden Tag ein winziges Stückchen tiefer. Der Sommer ging dem Ende zu. Bald würde ich an meine Rückkehr nach Deutschland denken müssen, ob ich wollte oder nicht. Doch noch musste ich diesen für mich so paradiesischen Ort nicht verlassen. Dieses Fleckchen Erde, an dem ich einfach nur entscheiden musste, ob ich den Strand „Le Curnic" linker Hand entlanglief oder ob ich in den trichterförmigen „Porz Olier" zu meiner Rechten einbog. Das war ein zweihundert Meter breiter Meeresarm, der sich tief ins Hinterland gegraben hatte und durch den sich kleine Rinnsale wie Bäche bis zum Meeressaum hinzogen. Wie zwei kleine Halbinseln umschloss den Trichter am Ende unbewohntes Festland. Manchmal legte ich meine Sachen auf einen der halbhohen Felsen und badete nackt im Meer, das hier flach abfallend und daher recht warm war. Außerdem fühlte ich mich absolut unbeobachtet. Schwamm ich jedoch etwas weiter hinaus, verspürte ich sofort, um wie viel kälter das Meer mit jedem weiteren Meter wurde. Ich verstand die Warnung und schwamm dann umgehend zurück. Nicht nur die unzähligen Felsen, die sich unter dem blauen und türkisgrünen Meer versteckten, konnten lebensgefährlich sein. Allein die eisige Kälte des Ärmelkanals löschte bereits nach kurzer Zeit Leben aus.

„Ma chérie," erklang es plötzlich dicht hinter meinem rechten Ohr und im nächsten Moment umfingen mich starke Arme, als er mich an sich zog. Er begehrte mich noch immer, ebenso wie ich ihn, wir hatten es nicht nötig, Spielchen miteinander zu spielen. Sein warmer Atem an meinem Nacken paralysierte mich und weckte augenblicklich meine Lust.

„Quelle surprise, Monsieur." Ich drehte mich zu ihm herum, um seinen fordernden Kuss zu empfangen, zu erwidern und um mich gegen seine spürbare Männlichkeit zu pressen. „Quelle surprise," wiederholte ich. Oh ja, ich liebte die Bretagne!

Szene im Restaurant

Mittwoch, 24. Juni 1998

Ich hatte beschissen geschlafen und noch beschissener geträumt. Gegen halb sechs fand ich mich damit ab, kein Auge mehr zu tun zu können und drehte mit Titus eine ausgiebige Runde. Zu dieser frühen Stunde präsentierte sich Brüssel beinahe menschenleer.

Bevor ich eine Stunde später den Frühstücksraum betrat, ging ich zum Portier und bat ihn, mir die Adresse der Familie van der Heijden zu besorgen. Einige Zeit später, ich knabberte gerade an einem köstlichen Croissant, reichte er mir einen Zettel mit einer Telefonnummer. Eine Adresse hatte der freundliche Herr leider nicht herausfinden können, sie stand nicht im Telefonbuch, wie er mir versicherte.

Als ich gegen halb neun von meinem Zimmer aus diese Nummer wählte, schien ich nicht den Hausherrn, wohl aber den Hüter des Hauses am Apparat zu haben. „Würden Sie mich bitte mit Monsieur Frederic van der Heijden verbinden", fragte ich, nachdem ich den Wunsch für einen guten Tag mit gleicher Ernsthaftigkeit erwidert hatte.

„Bedaure", sagte der Angestellte gedehnt und erweckte damit den Anschein, als hätten wir uns in einen alten Edgar Wallace Film verirrt.

„Bedaure, mich nicht verbinden zu dürfen oder bedaure, dass Monsieur nicht anwesend ist," änderte ich das Drehbuch.

„Leider kann ich mit Monsieur Frederic nicht dienen. Ich verbinde Sie mit seinem Vater, Monsieur Albert van der Heijden. Un moment, s'il vous plaît."

Bevor ich etwas erwidern konnte, säuselte auch schon die kleine Nachtmusik in der Leitung und ich war bitter enttäuscht über den Musikgeschmack der sogenannten feinen Gesellschaft.

„Madame Richter", fragte plötzlich eine autoritär klingende Stimme im Hörer, „womit kann ich Ihnen dienen?"

„Bonjour," erwiderte ich, um van der Heijden daran zu erinnern, dass mir ein Mindestmaß an Höflichkeit angebracht erschien, „ich möchte gerne Ihren Sohn sprechen, Monsieur van der Heijden. Ihren Sohn Frederic, um genau zu sein."

Ein kurzes Zögern. „In welcher Angelegenheit?"

„Verzeihen Sie, aber Ihr Sohn ist volljährig, richtig? Den Grund meines Anrufes werde ich ihm daher selbst mitteilen."

Das Lachen klang unerwartet angenehm. „Ich verstehe, Madame. Ich kann nur hoffen, dass es sich nicht um etwas Unangenehmes handelt." Der Mann sprach fast akzentfrei Deutsch.

„Eher um etwas Privates."

Wieder ertönte das sonore Lachen. „Madame, unter uns gesagt, sind es nicht gerade die privaten Dinge, die manchmal so schrecklich unangenehm sein können?"

„Und gehe ich recht in der Annahme, dass Sie dessen ungeachtet nicht der Zensor Ihres erwachsenen Sohnes sind?"

Der Mann zögerte kurz, seine Stimme klang jetzt sachlicher. „Sie haben Kinder?“ Er war so höflich, keine Antwort zu erwarten. „Müssen wir dann nicht dauernd auf Unannehmlichkeiten gefasst sein, Madame?“

„Zählt darunter für Sie auch die Liebe, Monsieur?“

Ich hörte, wie van der Heijden überrascht Luft holte. „Madame, darf ich Ihnen einen Vorschlag unterbreiten? Lassen Sie uns doch heute Mittag zum Déjeuner treffen. Mir scheint, dass wir ein interessantes Gespräch führen werden.“ Er wartete meine Zustimmung nicht ab. „Kennen Sie das Hotel Metropole am Place de Brouckère? Bon. Das Hotelrestaurant dort ist ganz ausgezeichnet. Darf ich Ihnen meinen Wagen schicken?“

So etwas gibt es doch nur beim Denver Clan, dachte ich kopfschüttelnd. „Nein danke.“ Ich hatte nicht nur meinen Stolz, ich war inzwischen auch etwas vorsichtiger geworden. „Ich schlage vor, wir treffen uns im Hotel. Am besten bringen Sie Ihren Sohn gleich mit. Au revoir.“ Damit war das Gespräch für mich beendet. Ich legte auf.

Da ich weder einen Anhaltspunkt noch eine Idee hatte, wo ich noch nach Katrin suchen könnte, vertrieb ich mir die Zeit bis zum Mittag, sehr zur Freude von Titus, mit einem weiteren Spaziergang. Dann zog ich mein Kostüm an, schnappte mir Justus Aktenmappe und ließ mir vom Portier ein Taxi rufen. Kleider machen nicht nur Leute, sie täuschen mitunter selbst ihre Träger. Wann immer ich dieses Outfit trug, fühlte ich mich gleich businesslike.

Im Hotel Metropole nannte ich dem Empfangschef meinen Namen und ärgerte mich, ihm keine Visitenkarte überreichen zu können. Während er in einer Liste nachschaute, trat ich einen Schritt zurück und stieß dabei mit zwei Herren zusammen, die unbemerkt hinter mich getreten waren. Gerade wollte ich mich entschuldigen, als mir das Blut in den Kopf stieg. Ich spürte die Hitze wie eine Welle, die zuerst meine Wangen erreichte und mir dann mit einem gewaltigen Schlag ins Gedärm fuhr.

Minois.

Auch er schien perplex zu sein, denn er verstummte mitten im Wort, blinzelte, fasste sich jedoch schneller als ich. Es gelang ihm, mich anzulächeln. „Bonjour Madame, je suis surpris."

Jede Wette, dass er nicht einmal mehr meinen Namen kannte? Minois war in Begleitung eines elegant gekleideten Mannes Ende fünfzig oder Anfang sechzig, der interessiert von einem zum anderen sah, als sich der Empfangschef plötzlich seiner Pflichten besann. „Madame Richter, wenn Sie mir bitte folgen würden."

„Madame Richter?" Minois Begleiter lächelte mich freundlich an, aber überrascht an. „Aber dann sind wir miteinander verabredet, nicht wahr? Gestatten, van der Heijden." Routiniert führte er meine Finger andeutungsweise in Richtung seiner Lippen. „Sehr erfreut, Ihre Bekanntschaft zu machen, Madame." Wieder fiel mir sein akzentfreies Deutsch auf.

Minois wollte sich mit einer Geste entschuldigen und davonstehlen.

„Angenehm", murmelte ich und versuchte mich an einem Lächeln, während ich mich irritiert fragte, wie man als derart semmelblonder Vater nur an einen so südländisch aussehenden Sohn kommen konnte.

Van der Heijdens fragender Blick suchte noch immer lächelnd den von Minois. „Sie kennen sich?" Obwohl er freundlich fragte, war seine Irritation unverkennbar. Und auch die Aufforderung an Minois.

Mein Ex-und-Hopp-Lover war offenbar noch verwirrter als ich, denn sein Unbehagen trat immer deutlicher zutage. „Madame und ich... wir waren... äh... vor ein paar Tagen zufällig... wie sagt man... Tischnachbarn in einem Restaurant am Grand-Place. Wir haben nett geplaudert und ein Glas Wein zusammen getrunken, n`est-ce pas?“

Ich hätte es kaum besser ausdrücken können. Und es ehrte Minois, dass er bei seinen Worten rot wurde. Mich ehrte jedoch keineswegs die Hitze an meinem Hals, als die Erinnerung an unsere Episode in mir aufflackerte. „Wie der Zufall manchmal spielt. Plötzlich sieht man sich wieder, Monsieur.“

Endlich kam Bewegung in den erstarrten Minois. „Chef, ich wollte...“

„Gut Minois, wir sehen uns in“, er schaute auf seine Armbanduhr, „na, sagen wir zwei Stunden in meinem Büro, okay?“ Die Frage war eine reine Höflichkeitsfloskel. Das war ein Befehl.

Es schien eine Ewigkeit zu dauern, bis wir an unserem Tisch Platz nahmen. Wenngleich van der Heijden mit keiner Silbe meine Verwirrung kommentierte, erklärte er mir unaufgefordert, dass Minois sein persönlicher Sekretär sei. Während wir die Speisekarte studierten, gab er ein paar amüsante Anekdoten zum Besten. Sie handelten entweder von verrückten Lobbyisten oder arbeitswütigen Eurokraten und ließen mich allmählich etwas lockerer werden. Im Gegenzug lobte ich sein exzellentes Deutsch.

„Wir Holländer sind doch bekannt für unsere sprachliche Flexibilität, nicht wahr?“

Wie bescheiden. Meinen Lieblingswitz, dass alle Holländer, die drei Mal durch die Führerscheinprüfung gefallen sind, ein gelbes Nummernschild bekommen, ließ ich wohl besser unerwähnt. Mein Essen rührte ich kaum an, mochte mich van der Heijden ruhig für eine Diät besessene Idiotin halten. Das plötzliche Zusammentreffen mit Minois steckte mir noch in den Knochen. Erst als die Nachspeise serviert wurde kamen wir zum eigentlichen Grund unserer Zusammenkunft.

„Bitte verraten Sie mir, wo ich Ihren Sohn finden kann", bat ich.

„Erst möchte ich den Grund für Ihre Bitte erfahren", erwiderte van der Heijden höflich, aber mit überraschender Kälte in der Stimme.

„Ich bin auf der Suche nach einer jungen Frau, mit der ihr Sohn eine Beziehung hat."

„Aha. Und warum suchen Sie nicht der Einfachheit halber nach der jungen Dame, anstatt den Umweg über ihren Freund zu wählen? Sofern es sich dabei tatsächlich um meinen Sohn Frederic handelt."

Ich griff nach meiner Serviette und knetete sie. „Würde ich ja gerne, aber da gibt es ein Problem. Ich kann die junge Dame nirgends finden. Übrigens ist sie eine Verwandte von mir. Wir... ich sorge mich ein wenig um sie", korrigierte ich mich hastig.

Er wandte mir sein Gesicht frontal zu. „Wie heißt denn diese junge Dame?", fragte er mitfühlend und mich traf ein gütiger-Onkel-Blick.

„Katrin Wübbers."

Van der Heijden stutzte, hatte sich für eine Sekunde nicht im Griff. „Gessners Sekretärin?"

Ich sah ihn forschend an. „Woher kennen Sie denn seine Sekretärin? Oder vielmehr, woher kennen Sie Gessner?"

„Nicht persönlich, in beiden Fällen, wie ich zugeben muss", erwiderte der Holländer hastig. „Aber natürlich habe ich von Gessners Tod in der Zeitung gelesen."

Lange musterte ich ihn. „Da der Abgeordnete Gessner einem Herzinfarkt erlegen ist, stand wohl kaum mehr als eine Fußnote in den Zeitungen. Und Sie behalten sogar den Namen seiner Sekretärin? Oder hat Frederic doch von Katrin gesprochen?"

Ich nahm mir vor, mir umgehend alle Zeitungsartikel zu besorgen, in denen über Gessners Tod berichtet worden war. Das hier war Schmierentheater für Fortgeschrittene.

Mit Nachdruck legte mein vis à vis seine Serviette aufs Tischtuch. Für ihn schien das Gespräch damit beendet zu sein. „Schreiben wir es der Einfachheit halber meinem photographischen Gedächtnis zu." Dann winkte er dem Ober, der sofort zu ihm eilte und dem er diskret eine Geldnote in die Jackentasche gleiten ließ.

„Wie immer, Monsieur?" Der Kellner schien sehr vertraut mit seinem Gast zu sein.

„Wie immer, Adrienne." Die Begleichung der Rechnung schien keiner weiteren Formalien zu bedürfen. In weniger als zehn Sekunden würde mein einziger Anhaltspunkt bezüglich Katrins Verbleibs aufstehen und das Restaurant verlassen.

„Entweder Sie sagen mir auf der Stelle, was hier los ist, oder ich mache Ihnen hier und jetzt eine Szene, die sich gewaschen hat und nach der Sie sich in diesem Restaurant nie wieder blicken lassen können, Monsieur van der Heijden." Einige Gäste schauten bereits zu uns herüber, weil meine Stimme scharf klang und somit anscheinend unangemessen in dieser Location.

Mir war anscheinend meine Entschlossenheit anzusehen. Van der Heijden lehnte sich langsam zurück, jedoch ohne dass sich sein Körper dabei auch nur um einen Deut entspannt hätte.

„Sie haben selbst gesagt, dass mein Sohn ein Verhältnis mit Gessners Sekretärin hat." Seine Stimme klang eisig. „Also kenne ich sie wohl privat, Madame."

„Das fällt Ihnen aber reichlich spät ein. Außerdem habe ich nichts dergleichen gesagt. Ich sprach von Liebe. Jedenfalls habe ich mit Sicherheit nicht erwähnt, dass sie Gessners Sekretärin ist. Wo steckt verdammt noch mal Ihr Sohn? Und wo befindet sich Katrin Wübbers?"

Van der Heijden imitierte eine hilflose Geste, die bei einem Mann mit seinen Machtbefugnissen grotesk wirkte. „Keine Ahnung." Selbst seine Körpersprache strafte ihn Lügen. Mijnheer van der Heijden war auf der Hut. Und er hatte etwas zu verbergen.

„Sie lügen!"

Bereit, ihm die angedrohte Szene hinzulegen, sprang ich auf. Im hohen Bogen flog meine Serviette durch die Luft und landete wie beabsichtigt auf dem Nachbartisch. Hundert Punkte! Sie schwamm leider in einem der vier Suppenteller. Wie erwartet wandten sich uns vier verärgert blickende Augenpaare zu. Aber ich dachte nicht daran, mich bei den Herren zu entschuldigen, sondern legte stattdessen nach. „Sie haben etwas zu verbergen", sagte ich laut und mit Nachdruck, „was ist..."

„Setzen Sie sich! Augenblicklich", forderte mich mein Gesprächspartner wütend auf. Dann wandte sich van der

Heijden mit einer um Verzeihung bittenden Geste an die Gäste neben uns, die ihm anscheinend nicht unbekannt waren, denn sie tauschten kurz Höflichkeiten aus, denen je eine persönliche Anrede vorausging.

Verärgert wandte er sich mir schließlich wieder zu. „Was sollte das?" Verlor der Politiker allmählich die Contenance? Seine Stimme sank zu einem bedrohlichen, kaum hörbaren Flüstern herab. „Also gut. Wenn Sie es genau wissen wollen, dann muss ich es Ihnen wohl sagen. Aber wehe, diese Information gelangt an die Öffentlichkeit. Mein Sohn befindet sich mal wieder irgendwo auf einer seiner Sauftouren. Keine Ahnung, wo genau er sich gerade herumtreibt", presste er aus zusammengebissenen Zähnen hervor. Obwohl es mir nicht in den Kram passte, erkannte ich, dass er die Wahrheit sagte. „Und jetzt werden Sie mich bitte entschuldigen."

Ohne Abschied verließ van der Heijden den Speisesaal.

Ich ließ ein paar Minuten verstreichen, bevor ich es ihm gleichtat. Inzwischen hatte ich eine kleine Komödie geplant. Am Empfang zog ich daher ein Kuvert aus meiner Tasche. „Das darf doch wohl nicht wahr sein! Oh nein. Da treffe ich mich hier mit Monsieur van der Heijden, um ihm wichtige Unterlagen im Auftrag meines Chefs zu übergeben. Und dann vergessen wir über unserer netten Plauderei ganz den Job." Schamlos appellierte ich an die Solidarität unter Frauen, nachdem inzwischen eine junge Dame den älteren Empfangs- chef abgelöst hatte. Ich hoffte, mein Theater würde ihr Mitgefühl für eine Geschlechtsgenossin wecken.

Sie lächelte mitfühlend. „Warum bringen Sie ihm den Um- schlag denn nicht einfach ins Büro, Madame? Es liegt doch hier ganz in der Nähe."

Ich fuchtelte weiter mit den Händen und imitierte eine hilflose Geste, bevor ich erneut beidhändig meinen Aktenkoffer durchwühlte. „Merde, merde, merde", murmelte ich mit der Verzweiflung einer Angestellten die fürchtet, ihren Fehler mit einem Rausschmiss bezahlen zu müssen. „Diese Unterlagen sind streng vertraulich. Und wissen Sie, wo sich mein Filofax mit seiner Büroadresse befindet? Natürlich auf meinem Schreibtisch, wo auch sonst. Und ich kann mir einfach keine Adressen merken. Wissen Sie", gestand ich sehr leise, „ich bin noch nicht lange in der Stadt und deshalb noch etwas orientierungslos. Garantiert laufe ich an dem Gebäude vorbei, in dem sich Monsieur van der Heijdens Büro befindet. Wer soll sich das denn auch merken können, schließlich hat man uns über die ganze Stadt verteilt."

Laut Ines Rückert gehörte van der Heijden zur EU-Kommission. Und die war laut Reiseführer in über 60 Gebäuden untergebracht. Asbest. Kleine Ursache, große Wirkung.

„Gehen Sie am besten da vorne links, Madame, dann über die Ampel und das Gebäude direkt gegenüber, das ist es. Genau dort befindet sich das Büro von Monsieur van der Heijden." Die junge Rezeptionistin klang mitfühlend und lächelte beruhigend.

„Wie heißt das Ressort nochmal genau?" Es gelang mir, meine Frage beiläufig klingen zu lassen.

Offenbar hielt mich die junge Hotelangestellte nun doch für ziemlich verpeilt, sie konnte sich ein Grinsen nicht länger verkneifen. „Ganz genau weiß ich es auch nicht, aber irgendwas mit Betrugsbekämpfung, wenn ich mich nicht irre, Madame."

Auf dem Weg zurück zum Hotel kaufte ich an einem Zeitungskiosk sämtliche deutschsprachigen Zeitungen und Zeitschriften, derer ich habhaft werden konnte. Damit setzte ich mich auf den winzigen, von einer schmiedeeisernen Balustrade begrenzten Balkon, der vor meinem Hotelzimmer an der Fassade klebte. Titus hatte ich im Hotelzimmer gelassen und freute mich, dass er während meiner Abwesenheit brav gewesen war.

Betrug. Das Wort elektrisierte mich, setzte eine Reihe von Assoziationen frei und mein Hirn fuhr Achterbahn, bis sich mir ein anderer Begriff aufdrängte. Korruption.

Nachrichtenfetzen erschienen vor meinem geistigen Auge, doch ließen sie sich partout nicht logisch zusammensetzen. Warum hatte ich mich in Sachen Politik auch so lange als Vogel Strauß betätigt? Hatte ich all meine Aufmerksamkeit zunächst meiner Seele und dann ausschließlich dem Schreiben gewidmet? In den vergangenen zwei Jahren hatte ich kaum je ferngesehen und noch seltener eine Zeitung gelesen. Und warum war ich mir jetzt so verdammt sicher, auf eine Fährte gestoßen zu sein?

Obwohl sich Titus alle Mühe gab, unser Zimmer mit Konfetti aus Zeitungspapier zu verschönern, gelang es mir, die wichtigsten Artikel vor ihm in Sicherheit zu bringen. Eine Meldung berichtete von dem Plan der deutschen Bundesregierung, bei ihrer Zusammenarbeit mit Entwicklungsländern künftig Anti-Korruptions-Klauseln in die Verträge aufzunehmen, in denen sich beide Seiten zu effektiven Maßnahmen gegen Bestechung verpflichteten. Ferner hieß es, Korruption sei ein globales Phänomen, dem bedingungslos der Kampf angesagt werden müsse.

Eine andere Zeitung ließ sich über die in Brüssel angeblich gängige Praxis aus, Freunden lukrative Posten zuzuschanzen. Und dafür abzukassieren, mutmaßte ich.

Ohne die Bedeutung dieser Meldung zu erkennen, las ich, dass die Abgeordneten des Europäischen Parlaments in diesem Jahr der Europäischen Kommission vielleicht erstmals keine Entlastung für die ordnungsgemäße Ausführung des Haushaltes 1996 erteilen würden. Die Summe des Gesamthaushaltes belaufe sich auf immerhin 169 Milliarden D-Mark. Diese ungeheure Summe machte mir deutlich, mit welch mächtigen Leuten ich es hier in Brüssel zu tun hatte.

Es war schließlich eine kleine Meldung mit Foto, die mich beinahe vom Stuhl riss. Darin wurde behauptet, eine belgische Bewachungsfirma, die Anfang der neunziger Jahre von der EU einen zig-Millionen-Auftrag zur Bewachung von über 100 Gebäuden erhalten habe, stelle Rechnungen über nie erbrachte Leistungen aus. Zwei geschmierte, in dem Artikel natürlich nicht namentlich genannte EU-Beamte, würden diese Praxis decken. Das winzige, aus größerer Entfernung aufgenommene Foto neben dem Artikel zeigte den beflaggten Eingang eines mir unbekannten Gebäudes. Einige Männer in für Security Personal obligatorischen Lederjacken gingen gerade hinein. Einer von ihnen war im Profil zu sehen.

Ich war mir sicher, in ihm Guiader zu erkennen.

Treffen mit Minois

Greta schimpfte wie ein Rohrspatz. „Wieso in aller Welt war dein Handy ausgeschaltet?"

„Tut mir leid", erwiderte ich lahm.

„Jedes Mal kann ich mir die Finger wund wählen, bis ich dich endlich an die Strippe kriege. Und deine Mailbox hörst du anscheinend auch nie ab."

Ich gelobte Besserung und plötzlich bemerkte ich, dass ich es gar nicht mehr so eilig damit hatte, wieder nach Hause zu kommen. Sollte ich mich etwa darüber beschweren, dass endlich etwas Aufregendes in meinem Leben passierte? Dass ich vielleicht, wie die von mir sehr verehrte Kay Scarpetta, eine fiktive Gerichtsmedizinerin in den USA, einen Fall zu lösen hatte? Gut, vielleicht keinen Mordfall, aber immerhin ging es um Ungereimtheiten, die mit dem plötzlichen Verschwinden einer jungen EU-Sekretärin zu tun hatten. Mit dem mysteriösen Verschwinden der Mitarbeiterin des kürzlich verstorbenen EU-Parlamentariers Gessner. Dass Katrin etwas zugestoßen war, hielt ich zwar nach wie vor für eher unwahrscheinlich und Gretas diesbezügliche Besorgnis erschien mir noch immer übertrieben. Aber irgendwas stimmte da nicht. Nur was?

Ich erzählte Greta, was inzwischen passiert war, mit Ausnahme der Konfrontation mit der Brüsseler Schwulenszene. Die ließ ich lieber unerwähnt, denn auch so war das Ganze schon peinlich genug. Dabei hatte ich prinzipiell nicht das Geringste gegen Homosexuelle. Die wenigen, die ich von früher kannte, waren mir überaus freundlich, zuvorkommend und zumeist sehr gebildet und humorvoll erschienen. Dumm nur, dass Schwule einem das Herz aus der Seele reißen können, wenn man mit ihnen verheiratet war.

Greta und ich beratschlagten, was noch zu tun sein könnte. Ich murmelte irgendwas von Recherche und mal sehen, was mir noch so einfiele. Dann beendeten wir unser Telefonat. Das Wort „Vermisstenanzeige" hatten wir beide vermieden.

Nach längerer Überlegung fand ich, dass nichts näherlag, als meinen Kontakt zu Minois zu reaktivieren. Allerdings schwebte mir diesmal ein wesentlich formellerer Kontakt vor. Zu blöd, dass unser erstes Zusammentreffen so eindeutig zweideutig verlaufen war, aber davon wusste Greta glücklicherweise nichts. Da ich jetzt das Ressort kannte, für das van der Heijden arbeitete und da mir nun ebenfalls bekannt war, dass Minois dessen Sekretär war, bedeutete es lediglich einen Anruf und ich hatte, was ich wollte.

Eine Verabredung mit Minois.

Sich auf dem Grand-Place im selben Restaurant zu treffen, wo unser One-Night-Stand seinen Ursprung genommen hatte, wäre geschmacklos gewesen. Diplomatisch schlug ich das Restaurant des Ibis Hotels vor, ein modernes Kettenhotel, das in ganz Europa Gäste beherbergt. Es lag praktischerweise nahe dem Grand-Place. Ich ließ nicht erkennen, dass ich in der Nähe wohnte. Wir verabredeten uns für 19.00 Uhr.

So blieb mir also noch genügend Zeit, mit Titus einen ausgiebigen Spaziergang zu machen. Wie gestern machte ich mich mit meinem Terrier auf den Weg zum Parc de Bruxelles und wieder wurde ich durch einen Prospekt daran erinnert, Boterhammen in de Park verpasst zu haben. Sollte ich mich am Freitagmittag noch immer in Brüssel aufhalten, würde ich vielleicht herkommen, um mir anzusehen, was man darunter zu verstehen hatte.

Mittlerweile kamen Titus und ich leidlich miteinander klar. Allerdings hatte ich ihm in den letzten zwei Tagen auch kaum Grenzen aufzeigen müssen. In der Stadt mit ihm an der Leine zu gehen, war allerdings noch immer ein mühseliges Unterfangen, denn es gab für ihn kein „bei Fuß". Und als ich im Hotel versucht hatte, ihm die Zeitungen wegzunehmen, hatte er mich erneut böse angeknurrt. Trotzdem liebte ich es, wenn mir der Wildfang aus dem Stand mit allen Vieren gleichzeitig auf den Schoß sprang. Dann stupste er mich so lange an, bis ich ihn kraulte. Danach machte er es sich auf meinen Oberschenkeln bequem, rollte sich mit einem tiefen Seufzer zusammen und schlief ein. Ich liebte es, seine feuchte, kalte Nase morgens an meinem Gesicht zu spüren, wenn er mich dazu bewegen wollte, endlich aufzustehen. Ich liebte es, wie verschmitzt er mich ansah oder wie er sich plötzlich auf den Rücken drehte, damit ich ihm den Bauch kraulte. Allerdings fragte ich mich, ob es wohl Liebe auf Gegenseitigkeit war.

Doch macht Liebe bekanntlich blind. Während wir durch den Park schlenderten, tat mir mein armer, kleiner Hund wieder einmal furchtbar leid, weil er immer angeleint war. Sein Körper vibrierte vor innerer Anspannung und ständig war er mit der Nase am Boden auf Erkundungstour. Titus war noch so jung, so voller Energie und kaum zu bändigen. Er zog und zerrte mich bald hier hin, bald dort hin, und mir war klar, dass ich mit dieser Art des Spazierengehens seinem Temperament nicht gerecht wurde.

Ich musste Minois beinahe eine Stunde warten lassen und war dankbar, dass er trotzdem auf mich gewartet hatte. Denn kaum hatte ich den Karabinerhaken von Titus' Halsband gelöst, war er auf und davon und weder rufen noch locken noch das Versprechen von Leckereien halfen. Da er in einer fremden Stadt niemals zu unserem Hotel zurückfinden würde, hatte ich, ob ich wollte oder nicht, auf ihn warten müssen. Als er endlich wieder vor mir stand, die letzten Meter mit dem Bauch fast auf der Erde schleifend und mich ansah, als würde er Schläge erwarten, war meine Wut umgehend verflogen. Was mochte der Kleine bereits erlebt haben? Ich war einfach nur unsagbar glücklich, den kleinen Tyrannen zurückzuhaben, der plötzlich sogar zu begreifen schien, wie der brave Hund bei Fuß geht.

Endlich saß ich Minois gegenüber, bedankte mich erneut für seine Geduld und fragte mich, wie ich mich nur derart hatte hinreißen lassen können. Sicher, der Typ war charmant, sah gut aus, wirkte gepflegt und war wie an besagtem Abend tadellos gekleidet, wenn er auch heute Abend einen Büroanzug trug. Doch dieser Mann war ein Lackaffe, ein selbstverliebter Mensch, der sich am liebsten selbst reden hörte. Nach kaum einer halben Stunde hätte ich alles dafür gegeben, um einfach aufstehen und weggehen zu können. Aber war ich nicht in geheimer Mission unterwegs? Mein Tischherr hatte uns ein üppiges Drei-Gänge-Menü zusammengestellt. Ich seufzte. Wahrscheinlich passte mir bald keine Hose mehr, von dem Kostüm ganz zu schweigen.

Vorsichtshalber trug ich es anlässlich dieses Treffens nicht, sondern einen legeren Jeanslook.

Wurde Minois seiner eigenen Geschichten niemals müde, fragte ich mich irgendwann. Es fiel mir immer schwerer, ihm aufmerksam zuzuhören. Leider plauderte er nicht aus dem politischen Nähkästchen, was mich mehr als enttäuschte. Zwar liebte er die Indiskretion, aber mehr die privaterer Natur. Doch was auch immer er mir unter dem Siegel der Verschwiegenheit erzählte, er nannte niemals mehr als einen Vornamen. Wahrscheinlich war das die Grundvoraussetzung dafür, im Dschungel der mir von ihm als enthemmt beschriebenen Eurokraten nicht irgendwann Harakiri begehen zu müssen.

Minois kannte scheinbar jedes Detail, wer mit wem, wo, wie genau und wie oft. Manchmal gab er einen Dienstgrad ohne Namen preis. Der Leiter des Ressorts sowieso mit der Übersetzerin für die und die Sprachen, Bürovorsteher XY mit der Küchenhilfe Z. Quelle scandale! Einmal sogar ein Diplomat namens Enrique mit einem Chauffeur. Terriblement! Jedoch nicht für eine frisch gebackene Privatdetektivin, die ihre Feuertaufe im berüchtigten Schwulentreff der Stadt erhalten hatte, was ich ihm natürlich nicht auf die Nase band. Minois war ein Spanner. Kein Grund also, auf diese Eroberung stolz zu sein. Ich schwor mir, ihn nie mehr näher als drei Schritte oder die Breite eines Tisches an mich heranzulassen. Nicht ohne leises Bedauern, hatte er mich doch in einer gewissen Gasse im Eingang einer gewissen Kirche in einen gewissen orgiastischen Taumel versetzt. Dieses Intermezzo würde mir Zeit meines Lebens beschämt unvergessen bleiben.

Inzwischen hatte ich genug der Schlüpfrigkeiten, auch wenn er inzwischen bei einem bisexuellen, spanischen

Parlamentarier angelangt war, der unerkannt als Flittchen verkleidet spätabends durchs Parlamentsgebäude marschierte, wann immer es ihm in den Kram passte oder besser, wann immer ein Schäferstündchen dort auf ihn wartete. Unter dem ältesten Vorwand der Welt verabschiedete ich mich. Migräne vorzutäuschen, fiel mir nicht schwer, denn mir brummte inzwischen der Schädel. Leider hatte ich bei diesem Palaver rein gar nichts über die van der Heijd'sche Sippe in Erfahrung bringen können, obwohl ich mehrmals versucht hatte, die Sprache sowohl auf den Senior als auch seinen Sohn Frederic zu bringen. Aber da hatte sich Minois verschlossen wie eine Auster gezeigt und ich war noch genauso schlau wie vorher.

Ich gab auf. Außerdem war ich zu dem Schluss gekommen, dass es mir niemals gelingen würde, Katrin in dieser Metropole aufzustöbern, wenn sie nicht gefunden werden wollte.

Es war beinahe Mitternacht, als ich zurück im Hotel war. Titus begrüßte mich schläfrig. Trotzdem schnappte ich mir den kleinen Kerl und ging mit ihm noch kurz hinunter in die kleine Gasse vor dem Hotel. Hoffentlich würde er mich dafür am nächsten Morgen etwas länger schlafen lassen, wenn er jetzt noch einmal ausgiebig pinkeln konnte.

Spionierte mir der Kerl etwa hinterher?

Das Nackenfell des Terriers sträubte sich, dann begann Titus zu knurren. Guiader, durch ihn entlarvt, trat grinsend aus dem Schatten einer Einfahrt, die dem Odeur nach sämtlichen Vierbeinern des Viertels als Pissoir diente. Zum Vergnügen stand man dort sicher nicht herum. Jeder Depp konnte erkennen, dass mein Hund ihm nicht wohlgesonnen war. Es war müßig, sich zu fragen, ob das an der dunklen Uniform lag oder ob Titus diesen Mann einfach schneller durchschaute als ich. Mit beiden Händen musste ich seine Leine packen, damit Guiader ihn nicht am Hosenbein hängen hatte.

„Comment-ça va?" Er zündete sich eine Zigarette an. "Qu'est-ce que c'est ? Un chien?" Guiader brach in schallendes Gelächter aus. „Das da ist doch kein Hund! Warum fütterst du ihn nicht richtig, damit er eines Tages ein richtiger Hund werden kann?"

Nie erlebte ich eine Begegnung mit Guiader in einem anderen Zustand als dem in höchster Nervenanspannung. „Was hast du hier zu suchen?" Ich versuchte gar nicht erst, mein Missfallen zu verbergen. „Oder besser gefragt, seit wann spionierst du mir schon hinterher, Guiader?"

Hatte er etwa auch das Treffen mit Minois beobachtet? Meine Stimme zitterte vor Zorn und Hilflosigkeit. Doch Guiader drehte sich einfach um und ließ mich stehen. Mit jedem Meter Distanz zwischen uns kochte meine Wut höher. „Hey, glaubst du, jetzt einfach abhauen zu können? Ohne Erklärung, was du um diese Zeit hier zu suchen hast?" Wieder scherte es mich nicht, ob ich Anwohner in ihrer Nachtruhe belästigte oder nicht. „Du Scheißkerl! Was für ein mieses Spiel treibst du eigentlich, Guiader? Schleichst hier herum wie... wie... Fantomas!" Mir fiel nichts besseres ein.

„Oh, Madame, zu viel der Ehre", hörte ich ihn leise meckernd lachen. Doch bevor er um die Straßenecke bog und damit endgültig aus meinem Blickfeld verschwand, warf er mir über die Schulter noch eine letzte Bemerkung zu, die nur schwer zu verstehen war, da er die Zigarette dabei nicht aus dem Mund nahm. „Besser, du besorgst dir einen richtigen Beschützer. Keinen Zwerg wie den da!" Dann war er weg.

Gut, würde ich also wieder einmal nicht einschlafen können. Wie sollte ich auch, mit derart viel Adrenalin im Blut. Dieser Schmalspur-Macho war für mich wie das rote Tuch für den Stier. Stier. Mein Sternzeichen.

Zum Glück beschwerte sich Titus nicht, dass ich ihm die Bude vollqualmte und zum Glück hatte ich mein Hotelzimmer für weitere zwei Nächte gebucht. Inzwischen schien Brüssel vor Touristen überzuquellen.

Erst nach der vierten Zigarette besaß ich genügend Mumm, es zu tun. Es klingelte dreimal, bevor abgehoben wurde.

„Hallo...“

Die früher so vertraute Stimme klang in meinen Ohren auf einmal fremd. „Janna?“, vergewisserte ich mich zögernd.

„Jetzt schlag aber einer lang hin. Sag bloß nicht, du bist es, Marla.“ Ich hörte Janna überrascht schnauben. „Das glaub‘ ich doch einfach nicht!“

„Du freust dich wirklich über meinen Anruf?“ Mein Verhalten war durch nichts zu entschuldigen, das wusste ich. „Wenn du mir böse bist, kann ich das verstehen. Ich liege nur wach und hab gerade an dich denken müssen. Und ganz spontan...“

„Mensch, das ist die reinste Gedankenübertragung“, unterbrach mich die einzige Person, die sich mit Fug und Recht als meine beste Freundin bezeichnen durfte. Sie schien sich tatsächlich über meinen Anruf zu freuen, selbst um diese unmögliche Uhrzeit. „Und ich habe schon gedacht, du hättest mich abgeschrieben.“

„Tut das gut, deine Stimme zu hören!“ Ich holte tief Luft und schluckte. „Weißt du, keine Ahnung, warum ich mich jetzt erst melde. Ich habe mich wohl viel zu lange in mir selbst vergraben. Tja, und irgendwann war es dann zu spät einfach so zu tun, als hätte ich nur ein bisschen zu viel um die Ohren gehabt. Ich habe mich einfach nicht mehr getraut, hab mich einfach nur noch geschämt, Janna. Dafür, mich nicht früher bei dir gemeldet zu haben."

„Hör auf, alte Kamellen aufzuwärmen. Erzähl mir lieber, wie es dir geht. Was hast du inzwischen so alles gemacht, Süße?"

„Ich habe dich doch hoffentlich nicht aus süßen Träumen gerissen", fiel es mir reichlich spät ein zu fragen.

Janna lachte tief und kehlig. „Doch nicht nachts um halb drei, wo denkst du hin!" Genauso war sie, meine Janna. Immer eine Spur sarkastisch und trotzdem gutmütig bis zur Selbstverleugnung. „Du hast Glück. Weißt du, es ist mal wieder eine dieser Nächte. Und ein beschissen langweiliges Nachtprogramm. Lambrusco hilft. Etwas jedenfalls."

„Du schläfst immer noch so schlecht?"

So dreckig wie sie lachte niemand sonst. „Noch beschissener, ich werde schließlich auch nicht jünger, Süße. Aber lass uns um Himmelswillen nicht von mir reden. Erzähl mir von dir. Du hast inzwischen das Erbe angetreten und so richtig dicke, fette Kohle eingeheimst?"

„So richtig dicke, fette Kohle", bestätigte ich. „Inzwischen wohne ich in dem alten Kasten. Du musst mich unbedingt mal besuchen kommen, Janna."

Ich erzählte ihr von den Hippies, die Greta um sich versammelt hatte, von Titus, von dem herrlich alten Garten, der meine Oase in der Wüste war und von den schönen, hohen, spärlich möblierten Räumen, die ich bewohnte. Und plötzlich merkte ich, wie sehr mir das alte Gemäuer nach zwei Jahren doch ans Herz gewachsen war.

„So weit zu deinem neuen Haus und deinem neuen Hund. Und was ist mit einem neuen Mann? Muss ja kein Ehemann sein, man soll ja nie zweimal denselben Fehler begehen.“

„Sorry, kein Ehemann. Gar kein Mann.“ Ich grinste. „Nur ein Ex-und-Hopp-Lover.“

Mit wenigen Worten erzählte ich von Minois und was für ein göttliches Gefühl es gewesen war, wieder einen Kerl in mir zu spüren. Mich zu spüren. Gierig. Fordernd. Lebendig. Zum ersten Mal seit einer Ewigkeit! Janna war der einzige Mensch, dem ich das ohne Scham beichten konnte, und zwar jedes verdammte Detail. Unsere Biografien schweißten uns so fest aneinander, fester ging es gar nicht. Und die gemeinsamen Erlebnisse, wenn auch weit mehr schlechte als gute.

„Mag ja für den Anfang ganz nett gewesen sein, Kleine“, meinte sie, als ich meine Schilderung beendet hatte, „aber wo bleibt der Wiederholungskick? Jetzt, wo du endlich wieder auf den Geschmack gekommen bist?“ Wieder dieses dreckige Lachen.

„Ich liebäugele gerade mit der Idee, mir ab und an einen Callboy zu gönnen, leisten könnte ich es mir ja. Sex, mehr brauche ich nicht.“ Meine Stimme klang selbstsicherer als ich es war.

Jannas Stimme klang unerwartet schmerzlich. „Begehe nicht denselben Fehler, den ich begangen habe. Es gibt keinen Ersatz für die Liebe, nicht einmal für die der bescheidenen Sorte.“ Einige Sekunden lang lastete eine Totentuch ähnliche Stille auf uns, bevor sie das Schweigen aufgab. „Von Ehe habe ich bewusst nicht geredet. Und jetzt mal raus mit der Sprache. Warum bist du in Brüssel? Du und die Großstadt! Ach, was sag ich, du und die große, weite Welt. Du stürzt dich doch nicht grundlos ins Getümmel.“

Nachdem ich ihr von der Suche nach Katrin erzählt hatte, kommentierte sie das mit den Worten: „Das ist ja ein dicker Hund."

„Am meisten ärgert mich, wie sehr ich mich überschätzt habe. Ich bin eben keine Miss Marple. Scheiße, Janna, ich bin eine verkannte Romanautorin, deren Manuskript weder Lektoren aus der Reserve locken kann noch kann ich Katrin mit meinen Bemühungen aus ihrem Versteck hervorzaubern. Ich bin bloß eine Versagerin mit deutlichen Ansätzen zum Größenwahn."

„Hörst du wohl auf damit! Deine Fähigkeiten als Freizeitdetektivin kann ich nicht beurteilen, aber irgendwann schaffst du es noch als Schriftstellerin, glaube es mir!" Janna hatte als Einzige einige meiner Kurzgeschichten lesen dürfen. Wie immer gab sie sich Mut machend. „Bleib dran, Süße, gib nicht auf! Du schaffst es!"

Ich sah vor mir, wie sie ihre kleine Faust ballte und diese wie eine Revoluzzerin in die Luft stieß. „Sag nicht Schriftstellerin", lachte ich verlegen, „das sind für mich die wahrhaft Geweihten. Ich wäre schon glücklich, am Rande des Olymp stehen und mich Autorin nennen zu dürfen. Und auch das tut man schicklicherweise erst dann, wenn es dein Werk zwischen zwei Buchdeckel im Schaufenster zu sehen gibt. Der gesellschaftliche Stellenwert eines nicht veröffentlichten Autors ist dem eines Penners nicht unähnlich."

„Sagt wer?"

„Insider." Und plötzlich musste ich lachen, lachten wir beide.

„Also gut, du Klugscheißerin, dann nennst du dich eben irgendwann Autorin."

Als wir eine Ewigkeit später auflegten war ich entschlossen, die Suche nach Katrin aufzugeben. Was schuldete ich ihr? Nichts. Wenn sie morgen kein Lebenszeichen von sich gab, würde ich eine Vermisstenanzeige aufgeben und heimfahren. Mehr konnte ich nicht tun. Weder für Katrin noch für Greta. Mein Entschluss stand fest.

Aber da hatte man den Toten im Park auch noch nicht gefunden.

Katrins Angst

Donnerstag, 25. Juni 1998

Was nützt es, den Hund mitten in der Nacht zum Pinkeln nach draußen zu führen, wenn man in aller Herrgottsfrühe vom Telefon geweckt wird? „Jaaaa," murmelte ich schlaftrunken in mein Handy.

Anscheinend war ich mit dem Handy in der Hand wieder eingenickt und schrak hoch, als zorniges Gebrüll auf mein Trommelfell traf. „Marla! Verdammt, jetzt wach doch endlich auf!"

„Wasislos?"

Greta schaltete einen Gang zurück. „Seit zwei Minuten versuche ich dir klarzumachen, dass du nach Osnabrück zurückkommen kannst. Zurückkommen musst. Umgehend. Auf der Stelle."

„Wieso das denn", nuschelte ich schlaftrunken und strubbelte mir durchs Haar. Kaffee. Ich brauchte einen Kaffee. Dringend. Sofort. Konnte ich den beim Zimmerservice bestellen?

„Wieso? Weil Katrin neben mir steht", flüsterte Greta leise in den Hörer.

Es dauerte, bis diese Neuigkeit auf meiner internen Festplatte abgespeichert war. „Katrin? In Osnabrück?" Ich gähnte, mein Gehirn war jedoch schon aufnahmebereit. „Was zum Henker sucht sie denn in Osnabrück?"

Noch immer ging Greta nicht sonderlich freundlich mit mir um. „Pack sofort deine Sachen und komm her, dann erfährst du alles." Damit legte sie auf.

Auf der Heimfahrt verbot ich mir Spekulationen darüber anzustellen, was inzwischen passiert sein mochte. Ich würde es noch früh genug erfahren. Stattdessen erlaubte ich mir, in alten Erinnerungen zu kramen.

Janna und ich waren uns während einer Gruppentherapie erstmals begegnet. Und beide waren wir aus denselben Gründen in dieser Klinik gelandet. Ich wegen Frank, sie wegen Karl-Heinz. Karl-Heinz hatte sich wegen einer halb so alten Studentin von ihr getrennt und scheiden lassen. Jetzt hütete er, als Opa seines eigenen Kindes verkannt, Haus und Hof, während seine Gattin Karriere an der Uni Hamburg machte. Von Frank hatte ich nur die gemeinsame Story bis zu unserer Trennung erzählen können. Danach hatte ich mir jeden Kontakt von ihm verbeten. Unsere Scheidung war eine reine Formsache. Janna und ich erzählten uns alles, litten gemeinsam, stützten uns gegenseitig so gut es ging und fühlten uns beinahe wie Schwestern.

So hatte eine Freundschaft begonnen, die ohne Versteckspiel und Geheimnisse auskam. Kurz hatte ich überlegt, in ihre Nähe nach Bad Segeberg zu ziehen. Eine schöne Ecke, das ließ sich nicht leugnen. Aber dann hatte ich geerbt und mich das Schreiben gepackt. So hatten Janna und ich uns mehr und mehr aus den Augen verloren, unsere Telefonate waren spärlicher geworden und die Abstände dazwischen immer länger.

Während ich auf der Autobahn einem Gewitter davonraste, das mich einzuholen versuchte, gestand ich mir zu, richtig gehandelt zu haben, als ich damals meiner seelischen Gesundung den Vorrang gab. Das Schreiben hatte durchaus dazu beigetragen. Jetzt aber verlangte es der Anstand, meine Freundin nicht noch einmal so sträflich zu vernachlässigen. Ich würde sie so schnell wie möglich in Schleswig-Holstein besuchen.

Hatte ich erhofft, man würde mich wie eine Frontheimkehrerin freudig begrüßen, sah ich mich in meinen Erwartungen enttäuscht. Gut, dann schloss ich eben selbst das Gartentor hinter mir und schleppte selbst mein Gepäck ins Haus. Wenig später entließ ich Titus in den Garten in der hinterhältigen Hoffnung, er würde Greta und ihrer undankbaren Clique einen riesigen Haufen direkt neben die Terrasse setzen. Klar interessierte ich mich dafür, was Katrin zu berichten hatte. Aber ein Mindestmaß an Aufmerksamkeit hatte auch ich verdient.

Beleidigt wie ein Teenager verkrümelte ich mich aufs Sofa, aß einen Teil der Brüsseler Pralinen, die ich eigentlich für Greta gekauft hatte und überlegte, ob ich mich nicht einfach ins Bett legen sollte, als es bei mir Sturm klingelte. Titus hatte also meinen Auftrag ausgeführt.

Mit Justus Vöcking hatte ich nicht gerechnet. „Meine Liebe, wo bleiben Sie denn? Schön, dass wir Sie wohlbehalten zurückhaben." Er gab mir die Hand. „Drüben warten schon alle auf Sie."

„Ach ja?", entgegnete ich schnippisch. Bildete sich Greta etwa ein, ich würde auf Befehl Männchen machen? Wenn sie es nicht einmal für nötig hielt, mich nach meiner Odyssee zu begrüßen, konnte ich mir doch wohl so viel Zeit lassen, wie ich wollte. „Ich hatte gerade vor, mich ein Stündchen oder zwei aufs Ohr zu legen, ich habe leider nicht viel geschlafen in den letzten Tagen. Sagen Sie bitte drüben Bescheid, Justus?"

„In der Tat, Sie sehen ein klein wenig mitgenommen aus, meine Liebe. Aber wenn Sie Hiltrud gewähren lassen, wird sie Sie nach Strich und Faden verwöhnen, während wir Sie über die neuesten Ereignisse ins Bild setzen, das verspreche ich Ihnen. Kommen Sie, geben Sie sich einen Ruck. Wir sind schrecklich gespannt darauf, was Sie uns zu erzählen haben."

Es wäre kindisch gewesen, sich länger bitten zu lassen.

Als ich die Bibliothek in Gretas Haus betrat, einen geschmackvoll eingerichteten Raum mit einer großen Anzahl bequem wirkender Sessel und staubfreier Literatur, die nach Metern und nicht nach Stückzahl bemessen werden konnte, richteten sich alle Augen erwartungsvoll auf mich. Doch ich hatte nur Augen für Katrin.

Seit wir uns das letzte Mal begegnet waren, war sie erwachsen geworden. Gereift wäre vielleicht der richtigere Ausdruck. Alles Kindliche war aus ihrem Gesicht verschwunden. Geblieben war jener Schalk in Katrins Blick, der mich schon immer fasziniert hatte. Sie war nie ein Teenie gewesen, dem man eine Bitte abschlagen konnte. Aber auch keiner, der ständig sein Konto überzog. Und nie blitzte Berechnung in ihren Augen, sondern die pure Lebenslust. Wie hatte ich dieses Mädchen früher um ihren Charme und um die scheinbare Leichtigkeit beneidet. Und lag der Schalk auch heute noch irgendwo in ihrem Blick verborgen, so spürte ich doch, dass sich Trauer, Furcht und Skepsis inzwischen ebenfalls einen festen Platz in ihrem Leben erobert hatten.

Nach dem allgemeinen Hallo kam der mütterliche Auftritt von Hiltrud Eckebrecht, die mir eine große Tasse Kaffee einschenkte und einen Teller mit einem riesigen Stück Erdbeertorte reichte. Gut, dass ich nicht immer von ihr verköstigt wurde. Man nötigte mich, mit vollem Mund zu reden und einen ersten Rapport abzugeben, obwohl ich viel gespannter auf Katrins Bericht war. Daher beschränkte ich mich auf die Eindrücke, die ich von Guiader, van der Heijden und Ines Rückert gewonnen hatte, aber mehr hatte ich ohnehin nicht zu bieten.

„Und jetzt möchte ich endlich hören, was du zu erzählen hast, Katrin." Die einsetzende Spannung konnte nichts mit meiner Neugierde zu tun haben. Was wussten alle, wovon ich keine Ahnung hatte?

Mit einer geschmeidigen Bewegung schnellte Katrin auf die Füße. Ihr Lächeln, dem niemand widerstehen konnte, zeugte inzwischen auch von einer gewissen Führungsqualität. „Dann lass uns zu dir rüber gehen, Marla. Es wäre unhöflich, alle noch einmal mit meiner Geschichte zu langweilen."

Ganz offensichtlich deklarierte Titus sie bereits als sein Weibchen, denn er wich Katrin nicht mehr von der Seite, nachdem sie ihm einmal den Bauch gekrault hatte. Auf ihre Frage hin erzählte ich, dass er aus dem Tierheim stamme und weit mehr Macken im Repertoire hatte, als man mir gegenüber zugegeben hatte. Inzwischen kuschelten wir, jede von uns mit einem Glas Weinbrand in der Hand, untergeschlagenen Beinen und mit Titus in unserer Mitte, auf der Couch.

„Ich wüsste gerne, weshalb du so überstürzt aus Brüssel verschwunden bist. Klar, dein Chef ist tot, aber dein Verhalten ergibt nur dann einen Sinn, wenn..."

„Wenn wir ein Verhältnis hatten, meinst du?"

Hatte ich mir wirklich eingebildet, sie habe sich nach so kurzer Zeit des Trauerns schon wieder unter Kontrolle? Unvermittelt brach Katrin in Tränen aus. „So sehr hast du ihn geliebt?", fragte ich leise.

Zornig wischte sie sich über das Gesicht. „Ihr versteht rein gar nichts!"

„Dann klär mich bitte auf. Den Zustand privilegierter Unwissenheit bin ich nämlich leid." Meine Stimme klang gereizt und das mit Absicht. „Ich habe mir die Hacken abgelaufen, um dich zu finden, um herauszukriegen, was mit dir passiert ist, warum du plötzlich verschwunden warst. Vergeblich, das muss ich leider eingestehen. Aber das Mindeste, was du mir schuldest, ist eine Erklärung, Katrin. Und ein Dankeschön wäre ebenfalls angebracht."

Katrin beugte sich über Titus zu mir rüber und umarmte mich. „Ich danke dir von Herzen."

Wir redeten stundenlang und immer wieder versuchte Katrin, sich ihrer Tränen zu erwehren. „Gessner war der gütigste Mensch, der mir je begegnet ist." Von Anfang an habe die Chemie zwischen ihnen gestimmt, berichtete sie. „Aber ich habe ihn nicht geliebt wie einen Mann, sondern wie einen Vater-Ersatz, kannst du das bitte verstehen?"

Vor allem begriff ich, wie schwer es für sie gewesen sein musste, im Internat zu leben. Dabei hatte ich immer geglaubt, ihr habe es dort gefallen. Sie hatte bei ihren Urlauben zuhause stets unbeschwert und glücklich gewirkt.

„Manchmal war ich das ja auch," bestätigte sie meinen Eindruck, „dennoch hasste ich meine Mutter dafür, dass sie mich dorthin abgeschoben hat. Blöd, dass ich nicht damals schon begriffen habe, wie leicht es sich mein leiblicher Vater gemacht hat, als er kurz nach der Scheidung nach Australien auswanderte und es einfach meiner Mutter überließ, was aus mir werden sollte." Sie seufzte. „Zurück zu Gessner, der so gar keine Ähnlichkeit mit meinem Vater hatte." Sie schluckte. „Und auch nicht mit Manfred, meinem Ersatz-Papa. Stiefvater klingt so dämlich. Manfred war einfach nur lieb, aber das weißt du ja am besten."

„Lass uns bitte nicht von Manfred reden."

Sie schaute mich mitleidig an. „Haderst du immer noch mit seinem Tod?"

„Bitte!" Mein Ton hatte jetzt nichts Freundliches mehr.

„Schon gut." Sie tätschelte kurz meinen Arm. „Gessner akzeptierte mich vom ersten Moment an, obwohl ich noch ein unerfahrenes Büroküken war, als ich bei ihm in Münster mein Praktikum absolviert habe. Frisch von der Fachschule weg und zum ersten Mal mit dem richtigen Leben konfrontiert." Sie zog sich die Knie bis fast unter die Nase und hielt sie mit den Armen umschlungen, so als suche sie Halt. „Ich habe anfangs noch jede Menge Blödsinn gemacht. Sogar noch, als er mich später nach Brüssel holte. Doch es gab im ganzen Parlament garantiert niemanden, der sich mehr Zeit für die Einarbeitung seiner Sekretärin genommen hat als ihn. Andere haben sogar zwei oder drei Sekretärinnen, aber ich reichte ihm voll und ganz."

Katrins Gedanken gingen auf Wanderschaft und ich ließ sie gewähren, störte sie nicht in ihren Erinnerungen. „Irgendwann habe ich dann begriffen, wie stark seine Gesundheit angeschlagen war, denn der Herzinfarkt oder besser gesagt die beiden Herzinfarkte sind ja noch in Münster passiert. Ich habe mir vorgenommen, gut auf ihn aufzupassen. Er hat von früh bis spät geackert und seine Tabletten oft schlichtweg vergessen. Dann fand ich ihn am nächsten Morgen manchmal im

Sessel schlafend vor, hinter seinem Schreibtisch." Sie lachte plötzlich. „Du, das ist so ein Monstrum aus Eiche, völlig unvereinbar mit der Ausstattung der übrigen Büros. Den Schreibtisch hat er heimlich mit Möbelpolitur bearbeitet, wenn er glaubte, ich bemerkte es nicht. Vielleicht war ihm seine Sentimentalität peinlich. Das Teil ist nämlich das Meisterstück seines verstorbenen Vaters, der Möbeltischler war. Gessner ist," sie schloss kurz die Augen, „Gessner war völlig vernarrt in das Möbel."

Vor meinem Auge entstand allmählich das Bild eines lebendigen Menschen, das Bild eines Mannes mit Ehrgeiz, Stärke, mit Gefühlen und Schwächen behaftet wie jeder andere auch. Dieses Bild verdrängte die vage Vorstellung, die ich mir von dem Verstorbenen gemacht hatte. Mit leichter Hand skizzierte Katrin einen Mann, den ich wirklich gerne kennengelernt hätte.

„In letzter Zeit wirkte er manchmal arg mitgenommen, dann atmete er schwer und war weiß wie die Wand. Sofort habe ich dann kontrolliert, ob er seine Medikamente eingenommen hatte. Aber ja, hatte er. Meistens habe ich sie ihm gebracht und bin dabei stehen geblieben, bis er sie schluckte." Sie strich sich müde über die Augen. „Mein Leben in Brüssel besteht hauptsächlich aus Arbeit, genau wie seines. Aber mein Chef war in keinster Weise karrieregeil. Dieser Mann wollte wirklich etwas bewirken, etwas verändern. Sonst hätte er nicht so viel gearbeitet, sondern wie viele andere dauernd Verabredungen zum Essen oder zu Partys angenommen. Er hätte sich ganz einfach mehr um nützliche Kontakte kümmern können, als um das gemeinsame Haus Europa, wie es unser Kanzler neuerdings so schön tituliert, besorgt zu sein. Viel weiter oben in der Hierarchie hätte Gessner sein können, aber er war halt ein Workaholic, ein Mann mit Visionen und so gar kein Lobbyist." Ihre Augen flehten mich an, zu begreifen. „Gessner war ein ganz wundervoller Mensch, Katrin."

Es tat mir von Herzen weh, sie nicht oder nur unzureichend trösten zu können. Sie holte ein Foto aus ihrer Tasche. „Hier, das ist er."

Ich betrachtete einen leicht untersetzten Mann mit schütterem Haar und den gütigsten Augen, denen ich seit langem begegnet war. „Verstehe", murmelte ich leise.

„Schön, dass du es wenigstens versuchst ", wies sie mich müde in meine Schranken.

Ich ließ mich nicht von ihr beleidigen. „Jetzt sag' schon, warum du abgehauen bist."

Hektisch fuhr sie sich mit den Fingern beider Hände durchs Haar. „Hast du das denn noch nicht begriffen?"

„Nein, ich weiß inzwischen nur, dass du den besten Chef hattest." Ich korrigierte mich. „Dass du einen wahren Freund verloren hast. Aber warum kam tagelang kein Lebenszeichen von dir? Weißt du, welche Sorgen sich Greta gemacht hat?" Und ich, aber das band ich ihr nicht auf die Nase.

Katrin holte tief Luft, so als ob ihr ein langer Tauchgang bevorstünde. „Warum ich abgehauen bin? Na, weil man ihn umgebracht hat, deshalb."

In einem Schwall stieß Katrin den Atem aus. Sie zitterte.

Ich sah sie entgeistert an. „Was redest du denn da? Katrin, Gessner ist eines natürlichen Todes gestorben. Er hatte einen tödlichen Herzinfarkt. Seinen dritten!"

„Du musst es ja wissen", fauchte sie mich an. Ihr langes, blondes Haar fiel ihr dabei wirr ins Gesicht. In ihrer mädchenhaften Entrüstung sah sie noch hübscher aus. Katrin war das, was man eine Nordische Schönheit nennt, eine Nixe ohne

Schwanzflosse, mit Beinen von hier bis nach Amerika. Doch trotz ihrer Schönheit schien Arroganz ein Fremdwort für sie zu sein. Sie wirkte jedoch sehr selbstbewusst und ich wünschte mir, selbst nur mit einem Zehntel davon gesegnet zu sein. Mit meiner durchschnittlichen Figur und den stets strubbeligen, dunklen Haaren hätte ich mich dann sicher leichter versöhnen können.

„Alle sagen das“, bekräftige ich meine Worte.

„Ach ja? Und wenn alle es sagen, muss es ja wohl stimmen, oder?“

Ich blieb ruhig. „Ines Rückert hätte es wohl kaum behauptet, wäre man gegenteiliger Meinung. Sie kennt anscheinend jeden Klatsch und Tratsch. Und soviel ich weiß, ist seitens der Staatsanwaltschaft auch keine Untersuchung eingeleitet worden, das hätte nämlich in den Zeitungen gestanden. Auch wurde Gessners Büro nicht versiegelt.“

„Was glaubst du wohl, wie viele natürliche Todesfälle in Wirklichkeit Morde sind? Marla, hast du noch nie etwas von dem Begriff Dunkelziffer gehört?“ Langsam geriet Katrin in Rage.

„Besser, du redest dir nichts ein!“ Behutsam, aber mit Nachdruck versuchte ich, sie zur Vernunft zu bringen. „Du hast für einen Abgeordneten gearbeitet, der zwei schwere Herzinfarkte hinter sich hatte und der sich weiß Gott nicht geschont hat. Er war ein Workaholic, wie du selbst sagst. Glaubst du nicht, das sei Grund genug, um jung zu sterben?“

„Mensch Marla, meinst du ich wüsste nicht, dass mir keiner glauben wird, sobald ich meinen Verdacht ausspreche? Du hältst mich für naiv, ja?“ Sie griff mich stellvertretend für alle anderen an. „Ich musste doch erst einmal in Ruhe nachdenken und in meinen Erinnerungen kramen. Und um es gleich vorwegzunehmen, nein, ich habe keine Erklärung dafür, wer es war, noch warum und vor allem nicht, wie. Aber eines weiß ich genau. Gessner wurde beseitigt!"

Darauf konnte es nur eine einzige Frage geben. „Warum?"

Katrins Blick verlor sich in der Ferne. „Irgendwas Politisches. Etwas Anderes kann es nicht sein!" Sie beruhigte sich, sprach jetzt leise und stockend weiter. „Und außerdem... Meinst du nicht, dass ich auch bald weg vom Fenster wäre, wenn ich es wüsste?"

Mir brach der kalte Schweiß aus. „Deshalb also bist du untergetaucht!"

Sie schnaubte. „Na klar. Aber erst, als mir auf der Autobahn bei 130 Stundenkilometer der Reifen geplatzt ist. Ich war da gerade auf dem Weg zu einem der Lieblingsplätze von Frederic und mir, als es passierte, außerhalb der Stadt. Ich konnte meinen Freund telefonisch nicht erreichen und hatte gehofft, ihn dort zu finden. Manchmal schnappt er sich einfach sein Zelt und taucht dort für ein paar Tage ab. Nach meinem Beinahe-Unfall habe ich mich allerdings sofort verdrückt. Könnte ja ein Anschlag auf mich gewesen sein."

Ich riss die Augen auf. „Und dir ist nichts passiert?" Das konnte ich einfach nicht glauben. „Bei 130 Stundenkilometer fliegt dir ein Reifen um die Ohren und du kommst trotzdem heil aus der Karre raus? So was packt kaum ein erfahrener Fahrer, ein Langstreckenprofi."

Katrin machte eine wegwerfende Handbewegung. „Hast du vergessen, dass ich als Teenager unbedingt Autorennen fahren wollte? Spätpubertät, du erinnerst dich vielleicht selbst noch an die Hirngespinste, die man da hat. Manfred hat mich zumindest dadurch unterstützt, dass er mir ein Sicherheitstraining spendierte, sobald ich den Führerschein in der Tasche hatte. Habe dabei offenbar fürs Leben gelernt, denn es gelang mir, meinen Wagen irgendwie abzufangen. Ich war jedoch derart in Panik, dass ich das Auto einfach auf dem Standstreifen hab stehen lassen. Zu Fuß bin ich bis zur nächsten Ortschaft gelaufen, immer querfeldein. Dann hat mich eine nette Frau aufgelesen und zum nächsten Bahnhof gebracht. Ich fuhr also zurück nach Brüssel, ging sofort in meine Wohnung, habe nur die nötigsten Klamotten gepackt und bin mit dem nächsten Zug zu einem Familienbadeort an der Küste gefahren, weil ich dachte, dort sei ich fürs erste sicher unter all den Touristen."

Und ich hatte geglaubt, nachdem der Fall Dutroux so viel Staub aufgewirbelt hatte, würde niemand mehr mit Kindern an die Belgische Küste in Urlaub fahren. „Gibt es irgendwelche Beweise für einen Anschlag?"

„Wäre ich dann hier?", funkelte mich Katrin zornig an.

In begütigendem Tonfall sprach ich auf sie ein. „Dann bist du also nicht zur Polizei gegangen, um den Vorfall zu melden?"

„Nein." Sie schüttelte den Kopf und ihre nächsten Worte klangen ironisch. „Ich hatte darauf gehofft, Frederic könne mir weiterhelfen. Sein Vater hat einen ziemlichen Einfluss in Brüssel, weißt du. Aber auf ihn war wie immer kein Verlass." Sie seufzte. „Frederic ist mein Freund", meinte sie.

Hatte ich es nicht gewusst? Der Kerl war ein Filou. „Ich habe kürzlich seinen Vater kennengelernt."

Sie starrte mich entgeistert an. „Du hast den großen van der Heijden, die graue Eminenz von Brüssel kennengelernt? Alle Achtung, Marla, da hast du in wenigen Tagen mehr erreicht als ich in einem halben Jahr."

„Dieser Frederic hat dich also nicht seiner Familie vorgestellt." Aber das hatte ich nach dem Gespräch mit seinem Vater ja bereits begriffen.

„Habe nur mal von weitem ein Auge auf ihn werfen können, mehr nicht."

„Wie lange geht ihr denn schon miteinander, du und dieser Frederic? Ein halbes Jahr, richtig?" Was war so falsch an meiner Frage, dass sie einfach überhört wurde?

„Gessner hat immer behauptet, van der Heijden sei einer der Drahtzieher in Europa, an ihm führe in Brüssel kein Weg vorbei, egal in welcher Angelegenheit."

„Was immer das auch heißen mag", entgegnete ich nachdenklich. Was immer das auch heißen mag. Darüber musste ich mir unbedingt gründlich Gedanken machen.

Obwohl wir beide keinen Appetit hatten, machte ich uns in meiner schönen, neuen Küche einen Tomatensalat, leichte Kost und vitaminreich. Greta hatte anscheinend für mich eingekauft und eine kleine Auswahl an Lebensmittel in meinem Kühlschrank deponiert. Ein Stück frisch aufgebackenes Baguette aus der Tiefkühltruhe, etwas Käse und eine Flasche Rotwein rundeten unseren späten Imbiss ab.

Inzwischen hatte mich das Gewitter eingeholt, dem ich auf der Autobahn noch entwischt war. Vor den Fenstern zum Garten schraffierte der Regen eine viel zu früh hereinbrechende Dämmerung. Vor dieser Nässe war mein Hund kurz zuvor ins Haus geflohen, nachdem ich seinen Abendspaziergang gestrichen hatte und er im Garten stattdessen in Sekundenschnelle seinen Geschäften nachgegangen war. Zu unseren Füßen lag er jetzt zusammengerollt auf dem Teppich unter dem Esstisch und schien zu träumen. Hin und wieder gab er gedämpftes Bellen von sich, während sich seine Pfoten bewegten, als würde er rennen. Ob Titus von der Jagd auf Mäuse träumte?

Nach dem schweigsamen Abendessen setzten wir unsere Unterhaltung im Wohnzimmer fort, wo wir es uns wieder auf der Couch gemütlich machten. „Wie lief das mit Gessners Medikamenten?", wollte ich von Katrin wissen.

„Was weißt du denn von seinen Medikamenten?"

Ich lächelte nachsichtig. „Erstens bin ich nicht völlig unbedarft auf medizinischem Gebiet, schließlich lese ich regelmäßig die Apotheken-Monatsinfo. Zweitens hast du vorhin selbst davon erzählt und drittens war ich in deinem Büro."

„Du warst in meinem Büro?" Katrin machte große Augen. "Alle Achtung."

„Aber nur, bis ein gewisser Guiader kam und mich hinauswarf. Vorher habe ich die Dosierbox gefunden, in der sich noch die Medikamente für die restliche Woche befanden. Muss ein Reflex gewesen sein, der mich sie einstecken ließ."

Ein kleines Grinsen stahl sich auf Katrins Gesicht. „Man hat dir doch sicher erzählt, dass man sich mächtig darüber mokiert hat, als ich meinem stressgeplagten Chef einmal seine Medizin in den Plenarsaal hinterhergetragen habe?" Als sie meinem verlegenen Blick begegnete, lachte sie spöttisch. „Mein Gott, war dieser Mann mitunter schusselig. Jedenfalls was ihn selbst anging, sonst war Gessner stets überkorrekt. Aber seine Gesundheit nahm er leider oft auf die leichte Schulter. Er sagte immer: Was von alleine kommt, geht auch von alleine wieder. Er wäre längst tot, wenn ich ihm nicht seine Medikamente..." Sie erschrak über ihre Formulierung. „Oh mein Gott, wie leicht man so etwas einfach dahin plappert."

Wir schwiegen, bis ich unsere Gläser nachgefüllt hatte. „Trink noch einen Schluck, dann kannst du besser schlafen.“

„Das ist das Einzige, was ich immer kann.“ Katrin entfuhr ein gequältes Lächeln. Glückliche Jugend, schlafen können, wann immer man will, dachte ich, sagte jedoch nichts. Nach einer Weile fuhr sie mit ihrem Bericht fort. „Seit er seine Medikamente regelmäßig einnahm, hatte Gessner seinen Herzkasper, wie er es formulierte, besser im Griff.“ Seltsam, dass sie ihn nicht beim Vornamen nannte. „Dachte ich jedenfalls. Wir haben uns übrigens gesiezt,“ erklärte sie, als erriete sie meine Gedanken. „Ich habe ihn Chef genannt oder Boss und er mich Katrin und Sie. Ganz respektvoll. Er war da ein wenig altmodisch.“

„Ging Gessner regelmäßig zum Arzt?“

„Regelmäßig wäre stark übertrieben. Wir haben bei uns im Haus eine Art Betriebsarzt. Zu dem ging Gessner, wenn wieder ein neues Rezept fällig war. Wahrscheinlich hat ihn Doktor Rahe bei dieser Gelegenheit untersucht. Hoffe ich jedenfalls.“

„Ist dieser Doktor Rahe ein Herzspezialist?“

„Mit Sicherheit nicht.“ Katrin schüttelte den Kopf.

„Aber ein Landsmann, richtig? Rahe, das klingt so deutsch.“

„Ich glaube, er stammt aus Nordrhein-Westfalen und ist ganz in Ordnung, obwohl er sich auch nicht gerade totarbeitet.“ Wieder wurde das zaghafte Lächeln von einem Moment auf den anderen aus ihrem Gesicht gefegt. „Verdammt, ich sollte mir endlich diese dämlichen Redensarten abgewöhnen! Wie leicht sich das so sagt, totgearbeitet.“ Erneut brach sie in Tränen aus, aber ihr Schmerz verebbte dieses Mal deutlich schneller. „Entschuldige.“

„Du musst dich für nichts entschuldigen.“

„Er fehlt mir halt so sehr." Sie starrte in den Garten, in die Dunkelheit, die das Gewitter früher als sonst mit sich gebracht hatte.

Noch war Sommer, aber schon bald würde sich eine neue Jahreszeit ankündigen, würde der Sommer dem Altweibersommer weichen und schließlich dem Herbst den Vortritt lassen müssen. Ich wusste genau, welche Mühe ich mir dann geben musste, nicht erneut in eine Depression zu fallen. Wie ich den Spätherbst und Winter hasste, diese endlos norddeutschen Schietwettertage, die schon lange keinen Schnee mehr mit sich brachten und selten mal einen prächtigen Sonnentag. Ja, ich verstand nur zu gut.

Plötzlich fiel mir auf, dass ich noch gar nicht geraucht hatte, seit mich die Heimat zurückhatte. Umgehend machte sich Nikotinentzug bemerkbar. „Rauchst du eigentlich, Katrin?"

„Nicht wirklich. Aber ich habe immer eine Schachtel Zigaretten dabei, wenn du das meinst. Manchmal brauchte der Chef eine Fluppe. Er war Gelegenheitsraucher." Mit sicherem Blick war meine Sucht erkannt worden und Katrin kramte eine leicht zerdrückte Schachtel aus ihrer Tasche hervor, die neben ihr auf dem Fußboden lag.

Ich zierte mich nicht und war verblüfft, als auch Katrin zugriff. Während ich tief inhalierte, paffte sie tapfer gegen den Qualm an. „Lass es lieber bleiben, Mädchen," meinte ich grinsend als ich sah, wie widerwillig sie rauchte. „Man gewöhnt es sich so leicht an, aber es ist so verdammt schwer, es sich wieder abzugewöhnen. Kannst es mir glauben, ich versuche es andauernd."

Ihr trauriges Lächeln schmerzte mich. „Genau dasselbe hat Gessner auch immer gesagt. Das war übrigens der einzige

Anlass, bei dem er mich duzte, ganz der väterliche Freund, der sich für mich verantwortlich fühlte."

Ob dieser Gessner nicht doch ein klein wenig von diesem mädchenhaften Wesen verzaubert gewesen war? Aber diese Vermutung behielt ich für mich.

„Lebst du eigentlich gerne in Brüssel?", wollte ich von ihr wissen.

Wenn sie mein Gedankensprung irritierte, zeigte Katrin es nicht. „Brüssel ist schon eine tolle Stadt, so zukunftsorientiert und dabei gleichzeitig auch so traditionell, wenn du weißt, was ich damit meine."

„In etwa", grinste ich, „vor allem erscheint mir Brüssel wie ein gigantisches Karussell der Eitelkeiten."

Ihr Mund verzog sich zu einem spöttischen Grinsen. „Klar, jede Metropole ist gleichzeitig auch ein Stück Disneyland. In Brüssel richtet man zwar angeblich die volle Aufmerksamkeit auf die Zukunft, aber manchmal bleibt man doch im Zuckerguss vergangener Epochen stecken. Es wird behauptet, dass der Brüsseler ein Entdecker und Bewahrer in Personalunion ist."

Mich hätte interessiert, wo sie das gelesen hatte. Das klang nach Reiseführer oder Werbebroschüre. Was für ein poetisch überzogenes Resümee! Brüssel hatte allerdings nicht nur meinen Schönheitssinn angesprochen, sondern mir vor allem einen Ausblick von der europaweit gelobten Dynamik vermittelt, die sich bei uns in Deutschland einfach nicht einstellen wollte. Doch welcher Stadt oder welchem Stück Land man seine Liebe schenkt, ist nicht zu beeinflussen, außer vielleicht durch einen sehr stark ausgeprägten Patriotismus.

Mir gefiel mein Osnabrück, meine Heimatstadt, die sich im Laufe der Jahrhunderte ganz vorsichtig aus ihrem mittelalterlichen Wall mit seinen Türmen geschält hatte. Türme, deren klägliche Reste inzwischen nur noch wehrhaft dem sie umtosenden Verkehr trotzten. Meine Heimatstadt erschien mir als recht beschaulich, ruhig, gesittet und sauber. Und genau damit versprach mir Osnabrück Sicherheit und Kontinuität, fühlte ich mich behütet, obwohl ich ahnte, mit dieser Einschätzung einem gehörigen Selbstbetrug aufzusitzen.

„Kennst du eigentlich einen gewissen Guiader?" Wie hatte sich der Kerl ausgerechnet in diesem Moment in meine Gedanken einschleichen können? Gerade er stellte für mich doch Konfusion und Unsicherheit dar. Und Gewalt.

Katrin reagierte unbekümmert. „Meinst du Philipp Guiader, den Sicherheitschef?"

„Ja, genau den. Sag mal, wie gut kennst du den Typen?"

„Wie man sich halt so kennt, wenn man wie ich ständig Überstunden macht und sich nachts durch halbdunkle, verlassene Flure nach Hause stiehlt."

„Ach, dann hat er dir also auch Angst eingejagt."

„Unsinn! Wie kommst du denn darauf, Marla? Ich mag Guiader. Der ist total nett."

„Dann können wir unmöglich vom selben Mann sprechen. Der Kerl, den ich meine, gibt sich geheimnisvoll, düster und..."

„Drohend?" Sie lachte schallend. „Bist du ihm also auch auf den Leim gegangen? Mein Gott, was bin ich erschrocken, als er mich zum ersten Mal nachts in der Lobby abfing. Es war kurz vor Mitternacht und nur die Notbeleuchtung brannte. Ich dachte, der Leibhaftige steht vor mir!"

„Okay, dann reden wir doch von demselben Kerl."

Katrin winkte ab. „Ach, Guiader ist ganz in Ordnung. Nachdem ihm klar wurde, dass ich weder Spionin noch Nutte bin, eskortierte er mich immer zu meinem Parkplatz. Er wolle nicht, dass mir etwas zustößt, meinte er lapidar. Seitdem halten wir manchmal ein kleines Schwätzchen, wenn wir uns über den Weg laufen. Und wann immer ich spätabends allein durchs Haus gehe, taucht er wie aus dem Nichts plötzlich neben mir auf und begleitet mich zu meinem Wagen in die Tiefgarage."

„Nutte? Hast du eben Nutte gesagt?"

„Habe ich etwa vergessen zu erwähnen, dass Brüssel der reinste Sündenpfuhl ist? Europolitiker sind weiß Gott keine Heiligen, Marla."

Guissény in der Bretagne III

Sommer 2015

„Die Frankfurter wollen endlich wissen, ob du im Oktober auf der Buchmesse dabei bist."

Mit einem genervten Unterton in der Stimme antwortete ich mit einer Gegenfrage. „Von wann bis wann ist die nochmal, liebste Gitti?"

Ein tiefer Seufzer war alles, was ich zunächst vernahm. Dann ging meine Freundin und Agentin widerwillig auf meine Frage ein, wenn auch in einem Tonfall, der zumeist begriffsstutzigen Kindern vorbehalten ist. „Sie beginnt am zehnten und endet am vierzehnten Oktober. Aber das weißt du auch ganz genau. Was ist denn los mit dir, Süße?" Ich hörte sie entnervt ausatmen.

„Ach, ich weiß auch nicht." Wie sollte ich ihr das erklären? „Dieses Mal habe ich irgendwie so gar keine Lust hinzufahren. Weißt du, am liebsten möchte ich überhaupt nicht mehr nach Deutschland zurückkehren. Hier in der Bretagne ist alles so herrlich entspannt, übersichtlich, pittoresk. Da kann man sich echt dran gewöhnen." Noch nie war ich im Winter hier gewesen. Ich sah das hier und jetzt vor mir, sah das gemächliche Treiben auf einem der Wochenmärkte vor meinem geistigen Auge. Im Schwäbischen gab es einen Begriff dafür: No ned hudla. Auf Hochdeutsch: Nur die Ruhe. So kamen mir die Bretonen vor, alles mit der Ruhe. Und ich beneidete sie darum.

„Quatsch", fiel Gitti mir ins Wort, „jetzt erzähl mir doch nichts. Du als altes Zirkuspferd? Da steckt doch mit Sicherheit ein Kerl dahinter. Etwa immer noch DER Kerl?"

Ich schnaubte und schwieg.

„Sag mal, willst du mir den nicht endlich mal vorstellen?" Meine quirlige, zierliche, dunkelhaarige Agentin, die mir dauernd wie auf Speed vorkam und gewiss nicht viel größer als einen Meter fünfzig maß, war sehr tüchtig, aber leider auch etwas zu neugierig. „Bring ihn doch mit zur Buchmesse, was meinst du?"

„Du wirst es als Erste erfahren, wenn ich über ihn reden oder ihn der Allgemeinheit vorstellen will, Ehrenwort." Mir entfuhr erneut ein tiefer Seufzer. „Würde ich mich nicht irgendwie für Gretas verrückte Hippie-Gang mit verantwortlich fühlen, dann hätte ich mich längst hier niedergelassen. Und nicht einmal in den wenigen Monaten, die ich in Guisseny verbringe, lässt man mir meine Ruhe", maulte ich. „Dauernd werde ich gestört. Im Moment hält mich sogar meine eigene Agentin vom Schreiben ab, ist das zu fassen?" Mit einem kleinen Lacher versuchte ich, meinen klagenden Worten einen leichteren Anstrich zu verpassen.

„Sei doch froh, dass du so gefragt bist, liebste Marla-Maus", flötete Gitti und klang fast so überdreht wie ein junges Mädchen nach dem ersten Kuss. „Erinnere dich lieber an die Zeiten, als noch niemand von dir Notiz genommen hat. So ist das halt im Business. Oder wünschst du dir ernsthaft die alten Zeiten zurück?"

„Hast ja Recht“, knurrte ich genervt, „aber hier ist das Leben
so herrlich anders. Laissez-faire. Selbst im Straßenverkehr.“

Sie schnaubte. „Und wenn schon Frankreich, warum muss
es denn um Himmels willen diese Einöde sein, diese schmuck-
lose, einsame Provinz? Finistère. Da steckt das Wort Finis doch
schon drin. Ende. Arsch der Welt. Wenn du wenigstens in
Paris würdest leben wollen, Marla!“

„Paris? Um Gottes willen! Muss ich dich wirklich an den
mörderischen Verkehr dort erinnern? An die überfüllte
Metro? An das Gewusel auf den Straßen und an all die
Touristen? Nein, das ist wirklich nicht mein Ding. Für ein,
zwei Tage vielleicht, aber für keinen Tag länger. Und hier ist
es entgegen deiner Befürchtung absolut nicht einsam und
trist“, widersprach ich mit Vehemenz. „Hier habe ich einige
sehr nette Bekannte und Freunde gefunden, liebe Menschen,
die nicht andauernd neuestens Trends hinterherjagen. Und
diese Einöde, wie du sie nennst, tut mir unendlich wohl. Mir
und Pablo. Und wenn es der Arsch der Welt ist, so what. Aber
dann ist er bitte wenigstens der schönste Arsch der Welt.“

Gitti verlor anscheinend das Interesse an diesem Thema.
„Geht es meinem Schatz denn wenigstens gut? Was macht
mein süßer Pablo-Schatz?“

„Der hat wie ich hier das Paradies auf Erden, kann sich
absolut frei bewegen, am Strand nach Herzenslust rennen und
den Rest des Tages im Garten auf der faulen Haut liegen. Und
wenn er Lust auf einen Gang durchs Dorf hat, läuft er ohne
mich los und wird von jedem meiner Nachbarn freudig be-
grüßt und gestreichelt. Und natürlich geben ihm alle ein
Leckerchen.“

„So, so. Während du hoffentlich gut mit dem neuen Roman vorankommst." Wenn sie wie jetzt gut gelaunt lachte, verbarg sich stets ein Kieksen darin. Verrückte Nuss!

Da konnte ich sie beruhigen. „Fast fertig."

„Wahnsinn", jubelte sie, „ein Grund mehr, mit nach Frankfurt zu kommen. Vielleicht gelingt es mir, bessere Konditionen für dich zu verhandeln."

Aus Dankbarkeit, dass mein Verlag der Erste gewesen war, der mir damals eine Chance gegeben hatte, wäre es mir niemals in den Sinn gekommen, zu einem anderen Verlagshaus zu wechseln, kam ein Wechsel für mich einfach nicht infrage. Unsere Zusammenarbeit verlief einfach zu angenehm und reibungslos. „Keine Chance, Gitti. Wenn du mehr Geld willst, frag mich doch einfach."

„Sag mal, was unterstellst du mir denn da?" Jetzt hatte ich sie wirklich beleidigt und sie reagierte entsprechend entrüstet.

Ich fasste spontan den Entschluss, ihr von den Einnahmen des neuen Romans einen wesentlich größeren Provisionsanteil einzuräumen. Gitti hatte es sich redlich verdient. Ohne sie wäre ich aufgeschmissen, sie hielt mir wirklich jeden Ärger vom Leibe. Und ich konnte es mir leisten.

Nach ein paar Minuten, in denen ich ihr meine Eindrücke von dieser herrlichen Gegend schilderte und das Thema Literaturbetrieb in den Hintergrund getreten war, trennten wir uns in altbekannter Herzlichkeit und Freundschaft.

Tod im Park

Freitag, den 26. Juni 1998

Weil wir irgendwann einfach zu beschwipst gewesen waren und sie den Weg in Gretas Gästezimmer nie und nimmer allein gefunden hätte, übernachtete Katrin in meinem Gästezimmer.

Es war bereits kurz nach elf, als wir zusammen frühstückten. Ich war zum Bäcker gefahren und hatte Brötchen geholt, während sie Titus zum Joggen auf dem öffentlich zugänglichen Universitätsgelände, das ganz in der Nähe lag, mitgenommen hatte. Bevor ich mir ein Brötchen schmierte, steckte ich mir eine Verdauungszigarette an. Da blieb mein Blick an einer kurzen Meldung in der Tageszeitung hängen.

Brüssel. Gestern Morgen wurde von einem Jogger die Leiche des Europa-Parlamentariers Sven Uwe König (36) im Parc Leopold, nur einen Steinwurf vom Sitz des Europäischen Parlaments entfernt, entdeckt. Sein Tod gibt Rätsel auf. König war Mitglied des Ausschusses, der mit der Überprüfung des Amtes für humanitäre Hilfe (ECHO) befasst ist. ECHO geriet in jüngster Zeit mehrmals in die Schlagzeilen, als immer neue Einzelheiten über die unrechtmäßige Verwendung von rund fünf Millionen D-Mark ans Tageslicht kamen, die eigentlich Ex-Jugoslawien und Afrika zugestanden hätten, ihren

Bestimmungsort offenbar aber nie erreichten. Nach ersten Angaben der Polizei gibt es zwar keine Hinweise auf eine nicht natürliche Todesursache, wohl aber sprechen die Umstände dieses Falles eine beredte Sprache. König hinterlässt eine Frau und eine zweijährige Tochter. Mit ihm starb in Brüssel bereits der zweite deutsche Parlamentsabgeordnete innerhalb weniger Tage.

Wortlos reichte ich Katrin die Zeitung. Sie las und wurde blass. „Oh mein Gott."

Ich war alarmiert. „Kennst du diesen König?"

„Vom Sehen her vielleicht, aber sein Name sagt mir rein gar nichts. Furchtbar. Er war doch viel zu jung zum Sterben!"

Erneut warf ich einen Blick auf die Meldung. „Hast du schon mal was von diesem Ausschuss gehört? Ausschuss zur Überprüfung humanitärer Mittel namens ECHO", las ich vor. „Mir sagt das rein gar nichts."

„Mir auch nicht", meinte Katrin gedehnt. „Wenn in Brüssel eine Untersuchung notwendig ist, wird das wohl kaum an die große Glocke gehängt. Ich denke, die Arbeit dieses Ausschusses wird garantiert sehr diskret gehandhabt." Sie goss sich Kaffee nach, den sie wie ich schwarz und ohne Zucker trank. „Die Öffentlichkeit macht sich einfach keine Meinung davon, welchen Ruf das Finanzgebaren der EU unter Insidern hat. Ich sag dir, da werden gewaltige Summen bewegt, und wie man hinter vorgehaltener Hand so hört, fast ohne Kontrolle." Sie schüttelte so heftig den Kopf, dass ihr das offene, blonde Haar um den Kopf flog. „Aber wehe, es wird ein neuer Kopierer fällig, dann machen sie sich aber ins Hemd, die Herren von der Verwaltung." Ihrer Entrüstung waren viele frustrierte Momente, die sie diesbezüglich schon erlebt haben musste, anzuhören.

Plötzlich musste ich an Mijnheer van der Heijden denken und an das Ressort, das er leitete. Meine Frage stellte ich bewusst beiläufig. „Was erzählt man sich intern denn so zum Thema Bestechung?"

„Nichts." Katrins Gesicht wirkte entspannt. „Aber es wird im EU-Parlament sicher nicht anders sein als anderswo."

Ich sah Katrin entgeistert an. „Na, du hast ja wirklich eine tolle Meinung von deinen Leuten."

„Von meinen Leuten?" Ihre Frage klang empört. „Ich glaub, ich höre nicht richtig. Marla, das sind unsere Leute, unsere Politiker. Wir haben sie gewählt. Du und ich, die Deutschen, die Franzosen, eben alle Europäer. Jedenfalls diejenigen von uns, die zur Wahlurne gegangen sind. Politiker sind nicht automatisch bessere Menschen. Nicht besser als Kraftfahrer, Bäcker oder Polizisten, die gehören genauso zum Querschnitt der Gesellschaft. Es wird immer solche und solche geben. Und wenn unsere Gesellschaft krank ist, dann ist es die Politik logischerweise auch."

Ich lehnte mich zurück, streckte die Beine soweit es ging aus und zündete mir die nächste Zigarette an. „Machst du es dir mit dieser Logik nicht etwas zu einfach?" Warum bildete ich mir nur ein, mit einer Kippe im Mund besser nachdenken zu können?

Sie widersprach mir vehement. „Beispiel Kirche. Ihre Akteure sind seit Jahrhunderten hochgeachtet. Und trotzdem erscheint gefühlt jede Woche ein Artikel über neue Fälle von Unzucht oder Missbrauch von Kindern und Jugendlichen. Ich könnte kotzen." Sie verzog angewidert ihr Gesicht. „Oder über Amtsmissbrauch bei Polizisten. Woran liegt das denn? Gibt es etwa unmoralische Berufe? Wohl kaum!" Sie griff auch nach den Zigaretten und zündete sich eine an. Fast gelang es ihr, ein Husten zu unterdrücken, als sie den ersten Zug nahm. „Ist es nicht vielmehr so, dass es sich überall um fehlbare Menschen handelt? Woher willst du wissen, ob nicht zum Beispiel dein Nachbar ein Betrüger ist? Oder ein Vergewaltiger?" Als ich etwas erwidern wollte, unterband sie meine Antwort mit einer schroffen Geste. „Auch Vergewaltigung in der Ehe oder Beziehung ist Vergewaltigung, klar? Ein Nein nicht zu akzeptieren und einfach weiterzumachen ist bereits eine Form der Vergewaltigung. Und wie viele sogenannte kleine Leute bescheißen Jahr für Jahr das Finanzamt bei ihrer Steuererklärung? Einfach weil sie es leid sind, ständig zur Kasse gebeten zu werden. Wie allseits bekannt ist, sind Millionäre viel zu gerissen und zu reich, um ihre tatsächlich anfallenden Steuern zu zahlen. Sie beschäftigen lieber ein Heer von Fachanwälten, damit sie die für sie günstigste Variante oder das am besten geeignete Steuerparadies finden. Der kleine Mann jedoch wird geschröpft, nur, weil es bei ihm so einfach ist. Und deshalb bescheißt er in seiner Steuererklärung, wo er nur kann. Dieser Beschiss ist doch längst zum Volkssport geworden, Marla. Das nur mal dazu."

Mir war der Appetit vergangen und ich schob meinen Teller beiseite. „Bitte nicht alles auf einmal und bitte nicht auf nüchternen Magen, Katrin."

Mir war seit dem Aufstehen ein wenig übel. Wahrscheinlich war das letzte Glas Wein schlecht gewesen. Oder die Idee, von Weinbrand auf Wein umzusteigen, als die Flasche leer gewesen war. Aber vielleicht war mir auch nur übel angesichts meiner Hilflosigkeit gegenüber der menschlichen Natur.

Ein Gedanke ließ mich seit Tagen nicht mehr los. „Sag mal, hast du dich nicht auch schon mal gefragt, wie weit jemand gehen mag, um seine Position und Macht zu schützen, wenn man sie bedroht? Und wie wir beide wissen, geht es bei Macht immer auch ums liebe Geld, richtig?"

„Du meinst jetzt aber nicht Gessner, oder?" Wütend beugte sie sich vor und starrte mir in die Augen. Dann wurde ihr Blick wieder milder. „Marla, für ihn lege ich meine Hand ins Feuer. Wirklich. Aber", sie schien zu überlegen, „was, wenn er so einem Machtmenschen zu nahegekommen ist? Viel zu nahe." Ihre Stimme wurde immer leiser, klang jetzt wie ein beschwörendes Raunen. „Ich behaupte ja nicht umsonst, dass er umgebracht wurde. Zwar habe ich keine Ahnung, wieso und warum, aber ich schwöre dir, an seinem Tod ist etwas faul!" Ein dreimaliges Kopfnicken unterstrich ihre letzten drei Worte.

Ich konnte nicht anders. „Denk dran, er war schwer herzkrank, Katrin", wandte ich ein.

Sie schüttelte sehr, sehr langsam den Kopf. In ihrem Blick lag Enttäuschung darüber, dass ich ihr nicht vorbehaltlos zustimmte. „Vergiss bitte nicht den Anschlag auf mich."

Ich nickte betreten.

„Stell dir vor, er ist hinter irgendeine Sauerei gekommen und war damit jemandem im Wege," fuhr sie fort. Ihre Hand schnitt mir mit einer scharfen Geste das Wort ab, als ich etwas erwidern wollte. „Lassen wir einfach mal kurz außer Acht, wem er im Weg hätte sein können und wohinter er gekommen sein mochte. Nur eine Theorie."

Nach längerer Denkpause antwortete ich. „Es wird behauptet, Gessner sei an einem Herzinfarkt gestorben. Okay, akzeptieren wir das doch zunächst einfach als Tatsache. Aber dann kann ich mir beim besten Willen nicht vorstellen, dass man Gessner nicht inzwischen obduziert hat. Hier in Deutschland wird es jedenfalls so gehandhabt, wenn ein Mensch verstirbt, ohne dass jemand dabei ist. Wie zum Beispiel im Krankenhaus, da ist Pflegepersonal dabei, wenn jemand seinen letzten Atemzug tut."

Katrin schluchzte plötzlich auf und presste sich die Hände auf den Mund. Tränen rannen ihr übers Gesicht. „Hör auf, Marla. Das ist einfach zu schrecklich, das will ich mir nicht vorstellen."

„Sorry, ich bin eine Idiotin. Das wollte ich nicht." Ich nahm sie in die Arme und wiegte sie ungeschickt. „Tut mir leid." Ich wartete einen Moment, bevor ich fortfuhr. „Aber wenn es in Belgien genauso gehandhabt wird wie hier und wenn wir den Obduktionsbericht in die Finger bekommen könnten, dann würde er uns Aufschluss darüber geben können, ob an deiner Theorie etwas Wahres dran ist oder ob es doch ein hundsgemeiner Herzinfarkt war."

An dieser Stelle beendeten wir unsere Thesen. Wir brauchten einfach Fakten. Und Katrin war ohnehin viel zu aufgewühlt, um unser Gespräch noch fortsetzen zu können.

Ein Stündchen Unkraut zupfen und ein paar Gehorsamkeitsübungen mit Titus lenkten mich etwas ab. Katrin hatte sich inzwischen hingelegt, denn offenbar bestand bei ihr Nachholbedarf, was ihr Schlafpensum anging. So verstrich die Zeit, während meine kleinen grauen Zellen einfach keine Ruhe geben wollten.

Die rot-weiß-gestreifte Ikea-Hängematte, die zwischen den beiden alten Apfelbäumen hing, war in der schönen Jahreszeit mein Lieblingsort, wenn ich ungestört nachdenken wollte, oder wie jetzt, einfach nur abhängen.

Ich resümierte. Katrin war wieder aufgetaucht, zum Glück. Das war eine richtig gute Wendung, mit der ich beinahe nicht mehr gerechnet hätte. Damit war das Thema Brüssel eigentlich abgehakt. Doch warum war ich noch immer so kribbelig? Lag es an Katrins Weigerung, nach Brüssel zurückzukehren? Außerdem fragte ich mich, wie lange es wohl dauern würde, bis die Brüsseler Polizei auf die Idee käme, dass sie vielleicht Zuflucht bei ihren Verwandten gesucht hatte.

Zwar glaubte auch ich, dass etwas in der Machtzentrale Europas nicht stimmte, ganz und gar nicht stimmte. Aber ohne konkrete Anhaltspunkte wusste ich nicht, wonach man noch hätte suchen können. Allein die Tatsache, dass sich Guiaders und meine Wege beunruhigend oft gekreuzt hatten, gab mir zu denken. Natürlich auch seine profunden Kenntnisse über den tatsächlichen Grund meiner Scheidung. And last but not least war zuerst Gessner verstorben und nur wenige Tage später gab es einen Toten im Park, und zufällig waren beide Männer EU-Politiker gewesen.

Philipp Guiader, Chef der Sicherheitstruppe. Was wusste ich eigentlich über ihn? Dass er ein Macho war. Und dass er über Verbindungen verfügen musste, die ihm Einblicke in absolut private Bereiche erlaubten. In Bereiche wie die Homosexualität meines Ex-Gatten zum Beispiel, denn die war nirgends aktenkundig. Nicht einmal aus unseren Scheidungsunterlagen ging dieser Fakt hervor, das hatte mein Stolz verhindert. Vor dem Richter, der unsere Scheidung vollzogen hatte, war von uns beiden nicht eine Silbe zu diesem Thema geäußert worden. Und soviel ich wusste, gab es auch kein Schwulen- und Lesben-Register in Deutschland. Wie also hatte Guiader davon erfahren können?

Sofort nach unserer Scheidung war Frank nach Köln gezogen. Mir konnte das egal sein. Dass Frank Schlück schwul war, hätte mich nicht weiter gestört, wäre ich nicht ausgerechnet mit ihm verheiratet gewesen. Glücklich, wie ich gemeint hatte bis zu dem Tag, an dem ich ihn mit einem Mann in unserem Bett erwischt hatte. Dabei hatte ich stets mit den Liebespaaren unter der Regenbogenflagge sympathisiert. Und irgendwie hätte ich meine private Katastrophe schon verkraften können, wäre mein Gatte bei unserer Trennung ein klein wenig einfühlsamer gewesen. Er hätte doch einfach behaupten können, sich seiner homosexuellen Identität erst nach unserer Hochzeit bewusst geworden zu sein. Stattdessen hatte er klipp und klar zugegeben, dass unsere Ehe nicht mehr als bürgerliche Tarnung für ihn gewesen war.

„Bildest du dir etwa ein, ich hätte gerne mit dir gevögelt?" Mit Verachtung in der Stimme, hatte er mir in einer unserer wenigen Diskussionen über dieses Thema diese Worte an den Kopf geworfen. „Mir war jedes Mal hinterher übel. Ich hätte das Kotzen kriegen können, wenn ich deine Titten berührt habe, vom Rest ganz zu schweigen, Marla. Und nur, damit du es weißt: Ich mochte dich wie eine gute Freundin, als wir uns kennenlernten, wirklich. Aber geheiratet habe ich dich, um den scheißbürgerlichen Anschein in einer scheißbürgerlichen Gesellschaft wahren zu können. In meinem Job konnte ich mir nichts Anderes leisten. Aber jetzt, wo wir bald geschieden werden, haue ich ab. Ich gehe nach Köln und mache mich selbständig. Und alle können mich mal kreuzweise. Du auch!" Frank war leitender Angestellter eines IT-Unternehmens gewesen, das hauptsächlich für Banken gearbeitet hatte. So hatten wir uns kennengelernt, als er bei meiner Bank einen Auftrag zu erledigen gehabt hatte.

Ja, Frank Schlück war eine echte Sau! Zu dumm nur, dass ich erst nach der Scheidung eine wohlhabende Erbin geworden war. Dafür biss er sich sicher täglich in den Arsch.

Mein Mädchenname bot mir die Chance, meine besudelte Vergangenheit weitestgehend ignorieren zu können. Ich ergriff diese Chance beidhändig, sobald ich amtlich hatte, dass ich wieder den Singlestatus innehatte. Seither hatte ich nie wieder etwas von ihm gehört und betete jeden Tag darum, dass sich daran auch nichts ändern möge. Die Sache mit ihm hatte mich beinahe umgebracht.

Das Gras dämpfte jedes Geräusch, deshalb hörte ich Katrin erst, als sie meine Hängematte erreicht hatte. „Hallo."

Auch wenn sie mit gedämpfter Stimme sprach, schrak ich zusammen. „Hab ich mich verjagt! Hast du denn wenigstens etwas schlafen können?"

„Danke, ja, habe ich." Sie setzte sich auf den Gartenstuhl neben der Hängematte, nachdem sie den Roman, den ich hatte lesen wollen, zusammen mit der Sonnenmilch ins Gras gefegt hatte. „Hier lässt es sich aushalten." Sie streckte die Beine weit von sich und hob das Buch auf. „Was liest du denn da Schönes? Einen Krimi."

„Sogar einen tollen Krimi. Ich sag dir, wenn du ein Buch von Patricia Cornwell in die Finger kriegst, dann legst du es nicht eher weg, bevor du nicht damit fertig bist."

„Hast du noch mehr Bücher von ihr als dieses hier?"

„Alle." Was hätte ich dafür gegeben, Cornwells Bücher geschrieben zu haben.

„Darf ich mir eines davon ausleihen?" Ich nickte. „Prima, dann habe ich wenigstens etwas zu lesen."

„Hört sich an, als wolltest du länger bleiben." Katrin sah mich mit einem irritierten Blick an. „Nicht, dass du hier kein gern gesehener Gast bist," beeilte ich mich zu versichern, „aber wäre es nicht besser, den Stier bei den Hörnern zu packen und nach Brüssel...?"

Mit Zorn in der Stimme unterbrach sie mich. „Womit wir ja endlich wieder beim Thema wären." Nervös fuhr sie sich beidhändig durchs Haar. „Ich gehe vorläufig nicht zurück und damit basta!"

„Aber hast du nicht gesagt, du würdest gerne in Brüssel leben?", wandte ich vorsichtig ein. „Verdammt, du willst dich doch wohl nicht von dort vertreiben lassen? Aus deinem Job, der Wohnung, aus deinem Leben? Was ist denn mit deinem Freund, diesem Frederic?"

„Was bitte soll ich denn machen?", fragte Katrin in gequältem Tonfall. „Ich habe Schiss, jetzt begreife das doch endlich, Marla."

Ich nickte eine Weile, bevor ich wieder sprach. „Okay. Aber was hältst du denn davon, wenn wir hier zur Polizei gehen und ihr von deinem Verdacht erzählen?"

„Ohne Beweise?", schnaubte sie. „Klar, die werden mir sofort glauben, Marla."

„Und was, wenn doch?" Und dann überlegte ich, wenn nicht einmal ich ihr glauben konnte, was hatten wir dann wohl von den Ermittlungsbehörden zu erwarten? Wenn da nur nicht dieses seltsame Gefühl in meiner Magengrube wäre, das irgendwie für Katrins Theorie sprach.

„Und was, wenn nicht?" Schnippisch verschränkte sie die Arme vor der Brust und in diesem Moment wirkte Katrin einfach nur wie ein auf Krawall gebürsteter Teenager. Und ich bekam eine ungefähre Ahnung davon, was mir durch meine Kinderlosigkeit vielleicht erspart bliebe.

Ich schnitt unwillkürlich eine Grimasse und suchte nach einem Ausweg. Endlich fiel mir ein für Katrin gewichtiges Argument ein. „Was ist denn mit diesem Frederic?"

„Der?" Obwohl sie es zu verbergen versuchte stand plötzlich Schmerz in ihrem Gesicht geschrieben. „Der kann mir mal gestohlen bleiben. Ich habe ihm zig Mal auf die Mailbox gequatscht und ihm genauso viele SMS geschrieben. Keine Reaktion!" Dass sein Vater glaubte, sein Sohn wäre mal wieder auf einer seiner Sauftouren, hatte ich ihr natürlich erzählt.

Mir gingen die Argumente pro Brüssel allmählich aus. „Ich würde jedenfalls nicht so leicht aufgeben", behauptete ich großspurig und gab mich damit kämpferischer, als ich bisher selbst unter Beweis gestellt hatte.

Die verbale Ohrfeige folgte stehenden Fußes. „Bitte, Marla, dann fahr du doch wieder nach Brüssel. Finde du doch heraus, was genau passiert ist."

„Lebe ich dort oder du?" Schlechte Argumentation, ganz schlechte.

„Bist du der Fighter oder ich?"

„Na, na, na," erklang Gretas gebieterische Stimme, „ihr habt doch hoffentlich nicht vor zu streiten!" Unbemerkt war sie hinter die Hängematte getreten und gab ihr einen derben Schubs, sodass ich mich daran festklammern musste, um nicht herauszufallen. „Nur eine kleine Anschubhilfe, meine Liebe. Im Übrigen stimme ich Katrin voll und ganz zu. Es ist wirklich eine gute Idee."

„Was ist eine gute Idee?"

„Dass du dich noch einmal in Brüssel umschaust, Miss Agatha Christie. Nur umschauen."

Wütend schwang ich mich in der Hängematte in eine sitzende Position, angelte meine Zigarettenschachtel vom Rasen und zündete mir gierig eine Kippe an. „Ihr habt sie ja nicht mehr, alle beide. Ich habe mich weiß Gott schon lange genug dort herumgetrieben. Und gefährlich könnte es auch werden, jedenfalls, wenn Katrins These von einem Anschlag auf sie doch stimmen sollte. Und dass Gessner umgebracht wurde."

Greta trat neben mich und lächelte mich von oben herab verschmitzt an. „Ach was, ich gehe nur von einem dummen Zufall aus, meine Lieben. Ich glaube nicht, dass man den Reifen manipuliert hat, Katrin. Und Olaf Gessner hatte einen tödlichen Herzinfarkt, wen wundert es." Das Kind schaute Greta mit vor Zorn funkelndem Blick an, aber die wandte sich mir zu und ignorierte sie. „Es heißt doch, Autoren seien ständig auf der Suche nach einem guten Romanstoff. Wenn im Machtzentrum Europas ein wenig Recherche keine brauchbare Vorlage zu einem Kriminalroman abgibt, dann weiß ich es auch nicht. Lass doch mal deine Fantasie spielen. In der Politik ist nun mal nicht alles koscher, das weiß doch jedes Kind. Wäre sicher interessant, sich dort noch einmal etwas genauer umzuschauen. Eine Prise Skandal, eine Prise Sex, eine Prise Gefahr und schon hast du den ultimativen Stoff für einen Kriminalroman."

Was war sie doch besorgt um mich, meine werte Tante! Und was hatte sie wegen Katrin für ein Theater veranstaltet. Mich wollte sie den Wölfen zum Fraß vorwerfen, sollte mehr hinter den jüngsten Ereignissen stecken, als sie dachte. Oder tat ich Greta unrecht? Als Erstes müsste man den Obduktionsbericht in die Hände kriegen. Stopp, ermahnte ich mich. Besser, du verrennst dich nicht in Illusionen.

„Ladys, ihr überschätzt meine Fähigkeiten," entgegnete ich ruhig. „Das ehrt mich zwar, aber vergesst bitte nicht, dass ich nichts, aber auch rein gar nichts in Brüssel habe ausrichten können. Katrin ist von selbst aus ihrer Versenkung auferstanden, so gerne ich das auch auf meinem Konto verbuchen würde. Aber die schlichte Wahrheit ist doch die: Ich habe versagt, und zwar auf der ganzen Linie." Dem gab es nichts mehr hinzuzufügen.

Greta zeigte sich unbeeindruckt „Weil du nicht wusstest, wonach du suchen musst."

„Nach Katrin, dachte ich jedenfalls."

Tantchen verdrehte die Augen. „Nun sei doch nicht so begriffsstutzig, Marla! Natürlich nach Katrin. Aber woher sollten wir denn auch ahnen, weshalb sie untergetaucht war? Katrin hat mir natürlich von ihrem Verdacht berichtet, man habe einen Anschlag auf ihr Leben verübt und Gessner sei ermordet worden, was beides meiner Meinung nach völliger Schwachsinn ist, Mädels."

„Genau," bestätigte ich, „Katrin ist wieder da, es geht ihr gut und damit Punkt, Ende, Aus."

„Und was, wenn ihr Chef doch ermordet wurde?" Greta schmunzelte hinterlistig. „Das glaube ich zwar keine Sekunde lang, aber allein die Theorie bietet dir die Gelegenheit zu einer ausgiebigen Recherche." In ihrem blau-weiß gestreiften Mantelkleid mit dem kleinen weißen Kragen wirkte sie wie eine britische Lady. Und gleichzeitig erinnerte sie mich an eine meiner Lehrerinnen, deren Namen ich zum Glück längst vergessen hatte. Die hatte auch immer so was Süffisantes im Tonfall gehabt, wenn man ihrer Argumentation nicht auf der Stelle folgte. „Marla, ich habe mir da etwas überlegt: Du wirst einen neuen Roman schreiben. Einen Kriminalroman", triumphierte sie. Ich war derart perplex, dass ich nichts erwidern konnte. „Dass sich ein Liebesroman heutzutage wesentlich schwerer verkauft, ist dir inzwischen doch hoffentlich klar geworden. Du selbst liest andauernd Krimis, ich lese auch gerne ab und an einen Kriminalroman, alle Welt liest heutzutage Krimis."

„Was denn, du schreibst?", entfuhr es Katrin.

Manchmal trieb mich Greta in den Wahnsinn. Ich fuhr sie entsprechend wütend an. „Hast du es denn noch nicht begriffen, Tante Greta? Ich werde mich nie wieder an den Computer setzen und schreiben, nie wieder! Die Absage von neulich hat meine Sammlung komplett gemacht: Einundzwanzig Absagen, das sollte doch wohl reichen." Ich schloss die Augen. „Ich habe die Schnauze gestrichen voll. Und offenbar keinerlei Begabung fürs Schreiben." Ich öffnete sie wieder. Meine Tante sah mich entgeistert an. „Und beschäftigen kann ich mich auch anderweitig." Aus mir war jeder Funke Kraft gewichen, ich war fertig.

„Ach, womit denn?" Sie sog ihre Wangen nach innen, ihre Lippen formten dabei automatisch einen wenig reizvollen Kussmund. Stattdessen zeigten sich rund um ihren Mund deutlich Falten, die mir bisher noch nicht aufgefallen waren. Sogar auf ihren Wangen zeichneten sich tiefe Falten ab.

„Vielleicht engagiere ich mich ja im Tierschutz", fuhr ich sie schnippisch an, „oder ich arbeite wieder bei der Bank."

Greta schüttelte verärgert den Kopf. „Nun rede doch keinen Unsinn! Du wirst einen Roman schreiben, Marla. Nur schreibst du dieses Mal einen Kriminalroman. Mädchen, es ist an der Zeit, dass du dich mal am Markt orientierst."

Ich glaubte, mich verhört zu haben und verdrehte die Augen. „Was heißt denn hier „am Markt orientieren"?"

Tantchen wirkte jetzt richtig verärgert. „Du hast eine Lovestory mit Happy End geschrieben. Bitte schön, niemand wünscht dir die Erfüllung deiner Heile-Welt-Sichtweise mehr als ich. Vor allem nach dem, was du durchgemacht hast. Aber schaue dich doch mal in den Buchhandlungen um. Geh doch mal in die Stadt, in die Buchhandlungen. Du wirst sehen, überall gibt es eine Fülle von Kriminalromanen, in jeder einzelnen Buchhandlung stehen Berge von neuen Kriminalromanen auf den Tischen. Schreib doch zur Abwechslung mal ein Buch, dass sich auch verkaufen lässt, wenn du schon unbedingt an deiner Passion festhalten musst, erfolgreich mit dem Schreiben zu werden. Die Verlage werden dich lieben."

„Erfolgreich mit dem Schreiben?" Matt schüttelte ich den Kopf.

„Marla, seit wann benötige ich ein Echo? Um verlegt zu werden, muss sich ein Autor eben am Markt orientieren, so ist das nun mal."

„Aha." Automatisch rang ich die Hände. „Ich soll mich also am Markt orientieren." Der Druck musste einfach raus, hörbar atmete ich aus. „Weißt du was?" Ich rückte ganz nah an sie heran, sah meiner Tante fest in die Augen und zischte: „Das ist kompletter Bullshit, Greta!"

Und in genau diesem Moment fasste ich meinen Entschluss. Ich würde ihr die Freundschaft kündigen! Mir eine neue Bleibe suchen! Aus! Schluss! Vorbei! Ich hatte die Nase voll von ältlichen Hippies, die bei jedem Scheiß alles besser wussten und die ständig Recht behalten wollten. Wer war ich, dass ich das mit mir machen ließe.

Greta schaltete einen Gang zurück. Ihre Stimme klang beschwichtigend. „Ich will dir wirklich nicht zu nahe treten, Marla, und was du geschrieben hast, finde ich persönlich ja auch sehr ansprechend." Sie räusperte sich, vermochte es aber nicht, sich die kleine Pause vor „ansprechend" zu verkneifen. „Aber ich bin auch schon eine etwas reifere Person." Die Klippe „alte Frau" hatte sie elegant umschifft. Vielleicht sollte

Greta es mal mit Schreiben versuchen. „Jemand mit meiner Lebenserfahrung kann sich durchaus an kritischen, wenn mitunter nach meinem Geschmack auch ein wenig zu boshaften Bemerkungen zum Thema „Mann" ergötzen, wenn mir ausnahmsweise einmal ein klein wenig Kritik gewährt sei." Sie lächelte. „Aber die Frage ist doch, wer will das lesen? Die unglückliche Hausfrau?"

„Zum Beispiel," konterte ich knurrend. "Und außerdem Millionen desillusionierter Singles. Und jetzt sag nur ja nichts gegen Hausfrauen, Greta, du bist selbst eine."

Während ich mich mehr und mehr in Rage redete, legte sie den Kopf augenzwinkernd zur Seite. Sie wirkte dabei wie eine schlankere, jüngere und höher gewachsene Ausgabe von Margret Rutherford in ihrer Paraderolle als Miss Marple. „Frage dich doch mal, warum du selbst so gerne gute Krimis liest." Glücklicherweise schob sie nicht wie Miss Marple die Zunge von innen vor die Unterlippe. „Wir dürfen uns erschrecken, uns gruseln, aber am Ende wird alles gut! Am Ende siegt immer die Gerechtigkeit. Ende gut, alles gut!"

„Okay, ich habe es ja begriffen!" Empörung erfüllte meinen Körper bis in die letzte Zelle. „Was ich schreibe, taugt nichts. Und weißt du was? Einundzwanzig Verlagsabsagen geben dir sogar recht!"

Und ich hatte mir eingebildet, Greta stünde auf meiner Seite. Wütend erhob ich mich wenig elegant aus der Hängematte, schnappte mir meine Sachen und ging mit großen Schritten auf meinen Hauseingang zu.

„Bitte bleib doch, Marla, ich wollte dich nicht vertreiben," rief Greta beschwörend.

Aber genau so kam es mir vor. Ich konnte mir beim besten Willen nicht vorstellen, weiterhin mit dieser streitsüchtigen, besserwisserischen Person unter einem Dach zu leben. Von mir aus konnte Katrin ja hier einziehen. Ich würde jedenfalls meine Konsequenzen ziehen.

Bevor ich meine Hintertür öffnen konnte, stand Greta neben mir und wollte mir den Arm um die Schulter legen, eine Vertraulichkeit, die sie sich nicht oft gewährte. Ich wehrte ihren Arm mit einem heftigen Ruck ab. „Nun komm schon, Marla," murmelte sie, „sei deiner alten Tante bitte nicht böse." Wie unfair, ausgerechnet jetzt diesen miesen Trumpf auszuspielen. Und wie durchschaubar.

„Du kannst mich gar nicht vertreiben, Greta. Wenn, dann gehe ich aus freien Stücken. Und jetzt noch einmal zum Mitschreiben: Ich gebe nicht noch einmal die tollpatschige Ermittlerin aus der Provinz, ist dir das endlich klar? Außerdem habe ich nicht die blasseste Ahnung, was ich in Brüssel genau anstellen könnte. Und obwohl ein paar Dinge durchaus Anlass zu Spekulationen betreffs Gessners Todesursache geben, glaube ich nicht, dass man ihn umgebracht hat. Und du glaubst das ebenso wenig." Ich griff nach der Hundeleine am Haken neben der Tür. „Titus! Titus! Wo steckt dieser verdammte Köter nur wieder? Los, komm her, wir gehen Gassi."

Wie der Blitz kam mein Vierbeiner um die Ecke gesaust, sich noch genüsslich die Lippen leckend. Das Maß war voll! „Und wann hört deine blöde Hiltrud endlich auf, meinen Hund zu mästen? Will sie aus Titus eine Bowling-Kugel machen?" Ich befestigte die Flex-Leine an seinem Halsband. „Ab durch die Mitte, Köter. Und Fuß!"

Es geht nichts über gehorsame Hunde. Meiner raste mir, wie immer, etliche Meter voraus.

Ärztliche Schweigepflicht

Montag, 29. Juni 1998

Ich geriet in Panik, als die Gluthitze unbarmherzig in meine Lungen peitschte. Einen Moment lang glaubte ich, keine Luft zu kriegen, atmete hektisch in flachen Zügen bis ich kapierte, dass es sich nicht so schnell stirbt in einer Sauna. Trotzdem bedauerte ich, dass ich mich erneut hatte überreden lassen. Dass ich mich noch einmal auf den Weg nach Brüssel gemacht hatte.

Ich hatte sowohl meine Neugierde als auch meinen eisernen Willen, als Autorin erfolgreich zu werden, unterschätzt.

Brummig knurrte ich einen Gruß in die überwiegend weibliche Runde und hockte mich auf die unterste Bank, mein Saunahandtuch fest um meinen Körper gewickelt und allzeit zur Flucht bereit. Außer drei junge Damen im Alter von Anfang bis Mitte Zwanzig und mit Körpern, wie man sie nur durch ständiges Training in einem Fitness-Center erhält, schmorte noch ein gut erhaltener Mittfünfziger nackt auf seinem Handtuch, das unter ihm auf den glühend heißen Fichtenbänken lag. Der Mann hatte kurz vor mir den Saunakasten betreten. Was kein Zufall war, denn ich hatte extra so lange gewartet.

Mir war klar, dass die beiden Schönheiten bald verschwinden würden, da sie bereits über zwanzig Minuten im eigenen Saft dünsteten. Außerdem stand der halbstündliche Aufguss unmittelbar bevor, wie der Aushang außen an dem Saunakasten verriet. Der würde ihnen sicher den Rest geben.

Kaum hatte ich eine sowohl halbwegs bequeme als auch schickliche Haltung eingenommen, als auch schon ein kerniger, leider korrekt gekleideter Bademeister eintrat und ohne ein Wort seine ganz spezielle Form der Folter zelebrierte. Aus einem hölzernen Bottich goss er unter Zuhilfenahme einer riesigen Holzkelle einen Sud, der streng nach Kiefernnadel roch, auf die glühenden Steine des Ofens. Kochend heißer Dampf hüllte uns binnen Sekunden ein und der Folterknecht zelebrierte sein Handwerk gekonnt. Er griff nach dem Handtuch auf seiner Schulter, packte es der Länge nach an beiden Enden und hieb uns die gasförmige Lava mehrmals um die Ohren, bevor er wortlos verschwand.

Wer noch nie eine Sauna von innen gesehen hat, kann diese Pein kaum nachempfinden. Die Mädchen traten wie erwartet quiekend die Flucht an. Doktor Rahe jedoch blieb sitzen, mir blieb somit nichts Anderes übrig, als es ihm gleich zu tun. Eine kurze Weile litten wir schweigend im selbst gewählten Elend, bis ich mir ein Herz fasste und ihn ansprach.

„Herr Doktor Rahe?"

Sein Kopf schnellte herum und plötzlich fand ich Katrins Idee, den Arzt ausgerechnet in der Sauna zu befragen, in höchstem Maße peinlich. „Müsste ich Sie kennen?" Missbilligend fuhren seine Augenbrauen in die Höhe und er unterzog mich gegen den Kodex für Saunagänger einer kritischen

Musterung. Genau deshalb hatte ich mein überlanges Handtuch anbehalten, denn Nacktheit war nicht mein Ding, jedenfalls nicht im Beisein Fremder.

„Bitte verzeihen Sie mir diesen Überfall, aber ich habe gute Gründe, Sie hier und nicht in Ihrer Praxis im Parlament aufzusuchen." Katrin verdankte ich den Tipp, dass er montags regelmäßig in genau diese Sauna ging.

„Wer sind Sie? Was wollen Sie von mir?" Seine Stimme zeugte von Selbstbewusstsein und Autorität.

„Mein Name ist Marla Richter. Ich bin eine Verwandte von Katrin Wübbers, der..."

„Sekretärin vom Gessner, ich bin im Bilde."

Jetzt raffte er sein Handtuch und legte sich eine Hälfte über den flachen Bauch. „Bedauerlich, diese Geschichte, wirklich äußerst bedauerlich. Aber ich wüsste nicht, was ich für Sie tun könnte, gnädige Frau."

Gnädige Frau! Welch bizarre Situation. Splitternackte Etikette. Ich verkniff mir ein Lachen. „Sie können mir vielleicht Auskunft über den Gesundheitszustand des Herrn Gessner geben. Eine blöde Redewendung, wenn jemand so krank war wie er, ich weiß." Ich musste unbedingt an meinen Dialogen feilen. „Doch ich bitte Sie dringend, mir zu helfen".

„Wohl noch nie etwas von ärztlicher Schweigepflicht gehört, wie?" Mir gefiel sein Akzent, Rahe war definitiv Rheinländer.

„Seit wann gilt diese über den Tod hinaus?"

Der Mediziner zögerte, bevor er antwortete. „Besser, wir führen dieses Gespräch woanders." Mir entging keineswegs der Blick mit dem er sich vergewisserte, dass wir allein waren.

Der Biergarten, in dem wir uns eine halbe Stunde später unterhielten, lag in einem Teil Brüssels, von dem ich bislang nichts geahnt hatte, dem Marollen Viertel. Die Häuser wiesen eine gewisse Ähnlichkeit mit den Zeichnungen des Malers Zille von seinem Berlin auf. Alte, schnörkellose Gebäude mit großen, meist Urin getränkten Durchfahrten und düsteren Hinterhöfen standen hier eng beisammen. Einst zweckmäßige Arbeiterunterkünfte, waren sie inzwischen teilweise modernisiert worden. Inzwischen waren die Marollen für Menschen aller Herren Länder zur Heimatstadt geworden, für einen bunten Mix von Migranten.

Ich war dem Parlamentsarzt in meinem Wagen hinterhergefahren. Wir saßen im Garten eines schmucklosen Lokals. Inzwischen stand bereits die zweite Literflasche Perrier vor mir, ohne dass ich hätte behaupten können, den quälenden Brand in meinen Eingeweiden gelöscht zu haben. Dieser verdammte Aufguss hatte mich geschafft. Der schlanke Mediziner hatte ungefähr dasselbe Pensum an Mineralwasser intus. Auf mich wirkte der Mann, der vielleicht Ende vierzig, Anfang fünfzig sein mochte, jedoch total entspannt.

„Was haben Sie denn mit dem Gessner zu tun, junge Frau?", kam Rahe auf den Punkt.

Ich sah ihm offen in die Augen. „Nichts. Nicht direkt jedenfalls."

Seine Körpersprache war eindeutig, er verschränkte sofort die Arme im kurzärmeligen Polohemd über der Brust, während sein bartloses Gesicht ausdruckslos blieb. „Und welchen Grund sollte ich dann haben, Ihnen Auskunft über einen meiner Patienten zu erteilen? Selbst dann, wenn dieser inzwischen tot ist, wie Sie so scharfsinnig bemerkten."

„Wenn Sie zum Beispiel irgendeinen Zweifel hegen sollten, dass der Abgeordnete Olaf Gessner eines natürlichen Todes starb." Der Mediziner musste unbedingt auf meiner Seite stehen, daher gab ich mir alle Mühe, ruhig und freundlich zu argumentieren und nicht provozierend zu klingen.

„Na, Sie sind mir ja vielleicht mal lustig…"

Sein akkurates Hochdeutsch war farblich noch immer auf Düsseldorf getrimmt. Unsere Bestellung hatte Rahe vorhin in perfektem Französisch aufgegeben. Innerlich war ich darüber vor Neid erblasst, aber vier Jahre Französischunterricht konnten da leider nicht mithalten. „Der Gessner hat sich schlicht totgearbeitet, das ist alles", belehrte er mich. „Oft genug habe ich ihn gewarnt. Also versuchen Sie nur ja nicht, mir daraus einen Strick zu drehen, junge Frau." Seine Anrede hatte nichts herablassend, sie basierte einfach auf seinem erlernten Sprachgebrauch.

„Nichts liegt mir ferner." Mir war egal, ob ich an Image verlor, wenn ich mir eine Zigarette ansteckte, aber meine Sucht war in diesem Moment einfach stärker als ich. Der Arzt gab mir Feuer. „Ich hörte, dank regelmäßig eingenommener Medikamente hatte Gessner seinen Herzkasper im Griff." Ich lächelte. „Sofern man so etwas überhaupt im Griff haben kann."

„Sie sagen es." Rahe angelte sich einen Zahnstocher aus dem angeschlagenen Keramikfässchen und stach, in Gedanken versunken, Muster ins Tischtuch. „So eine Herzerkrankung ist verdammt tückisch, müssen Sie wissen. Es kann gutgehen, es kann aber auch danebengehen, wie bei Gessner."

„Welchen Eindruck hatten Sie von seinem Befinden, als Sie ihn das letzte Mal untersucht haben?"

„Ach, das ist aber schon ein paar Wochen her. Und da ging es Gessner den Umständen entsprechend."

„Die erwartet treffliche Formulierung, Herr Doktor. Und was heißt das im Klartext?"

„Was heißen soll", brauste Rahe auf, „dass er keine akuten Beschwerden hatte. Nun fangen Sie bloß nicht an, mir Vorwürfe zu machen. Seine Werte waren normal, soweit diese bei einem Herzkranken überhaupt normal sein können."

Warum fühlte der Mann sich genötigt, sich zu verteidigen? Mit der Spitze seines winzigen Holzspeers stach er ungeduldig ein abstraktes Kunstwerk ins unschuldig weiße Tischtuch. Mit Farbe und Pinsel hätte sein Werk gute Chancen gehabt, dem Pointillismus zugeordnet zu werden.

Ruhig und sachlich stellte ich die nächste Frage. „Es gab also keinerlei Grund für Sie, ihn aus dem Verkehr zu ziehen?"

Die Doppeldeutigkeit meiner Worte bemerkte ich erst, als Rahe missbilligend den Kopf schüttelte. „Das haben aber jetzt Sie gesagt!" Sein leises Lachen und das schelmische Grinsen gefielen mir und die Situation entkrampfte sich merklich. Das Grinsen in Kombination mit dem ausgestreckten Zeigefinger, mit dem er mit mahnender Geste in meine Richtung wies, ließ auf einen humorvollen Charakter schließen. Sein Dialekt und seine Gestik erinnerten mich an den Pauker mit der „Dampfmasching" in dem Film „Die Feuerzangenbowle".

„Ich meinte, Sie haben ihm nicht nahelegen müssen, das Bett zu hüten oder ins Krankenhaus zu gehen?" Wir schienen uns allmählich auf dieselbe Wellenlänge einzujustieren. „Es gab für Sie keinerlei Anzeichen, dass Gessner kurz vor einem neuen Herzinfarkt stand?"

„Nein. Außerdem hat sich seine Sekretärin, die Frau Wübbers, immer rührend um ihn gekümmert. Nettes Mädchen. Pech nur, dass Gessner Abgeordneter war. Als Staatsbeamten hätte ich ihn längst in den Vorruhestand begutachtet. Oder jeder andere Fachkollege. Der Kerl war nicht gesund. Nein, das war er ganz und gar nicht. Politik ist da nicht gerade das richtige Betätigungsfeld."

Seufzend ließ sich Rahe zurückfallen, er wirkte nachdenklich. So benahm sich niemand, der etwas zu verbergen hatte. Insgeheim strich ich ihn von der Liste der Verdächtigen, einer sehr, sehr kurzen Liste. Dass sie überhaupt existierte, war ausschließlich Katrins Paranoia zu verdanken.

Bisher gab es nicht einen einzigen Anhaltspunkt dafür, dass ihr Chef ermordet worden war. Und dann auch noch auf eine so raffinierte Art und Weise, dass niemand Verdacht schöpfte und ein Infarkt als Todesursache galt. Als ich vorhin behauptet hatte, ich habe starke Zweifel an einer natürlichen Todesursache, hatte ich natürlich mächtig übertrieben. Aber da sich ein raffiniert eingefädelter Mord nicht ausschließen ließ, hatte mich mittlerweile detektivischer Ehrgeiz gepackt.

„Noch einmal, Herr Doktor Rahe. Es gab keinerlei Anhaltspunkte, die auf einen bevorstehenden Infarkt Ihres Patienten schließen ließen?"

„Sie sind witzig, als ob sich ein Herzinfarkt immer ankündigt."

Mir kam eine Idee. „Aber ein Herzinfarkt lässt sich doch sicher forcieren?"

Ich erntete einen entgeisterten Blick. „Das meinen Sie jetzt aber nicht im Ernst, oder?"

Da ich mich auf sehr dünnem Eis bewegte, schob ich alles auf Katrin. „Frau Wübbers ist davon überzeugt. Sie glaubt, dass man ihren Chef umgebracht hat." Ich senkte meine Stimme. „Und ich bin hier, um etwas herauszufinden, sollte es etwas herauszufinden geben." Besser, ich schränkte meine Ambitionen vorsichtshalber etwas ein.

Es dauerte eine Weile, bis ich eine Antwort bekam. „Beweise gibt es dafür also keine."

„Säße ich dann hier anstatt bei der Polizei?"

„Na, wenn das mal kein dicker Hund ist", meinte Rahe kopfschüttelnd und fuhr sich mit den Händen durch das volle dunkle Haar, das an den Seiten erste Spuren von Grau erkennen ließ. „Garçon, deux Cognacs, s'il vous plait." Rahe sah mich an. Er wirkte blass. „Sie lassen mich jetzt doch hoffentlich nicht alleine trinken, junge Frau."

Ich lachte leise. „Kommt drauf an, ob die belgische Polizei genauso hinter Alkoholsündern her ist wie die Deutsche."

„Schlimmer", lachte er zurück. „Aber als Medizinmann wird man ungleich seltener mit derlei Lappalien belästigt." Er prostete mir zu. „À votre santé." Der Cognac schien keine Chance zu bekommen, seine Zunge zu berühren.

„À la votre." Vorsichtig ließ ich die scharfe Flüssigkeit meine Kehle hinabrinnen. Prompt verschluckte ich mich. Seine Klopfmassage rettete mir vermutlich das Leben.

„Besser?"

Ich nickte wild gestikulierend.

„Mord? Sie meinen doch nicht wirklichen Mord, junge Frau? Welches Motiv sollte es denn dafür geben? So wichtig war Gessners Funktion im Parlament ja nun auch wieder nicht. Und wer käme Ihrer Meinung nach denn überhaupt als Mörder infrage?"

„Erst einmal sollten wir klären, ob überhaupt und wie man einen herzkranken Mann in einen tödlichen Infarkt treiben kann," keuchte ich mit belegter Stimme und trank einen Schluck Wasser.

Rahe fragte: „Sie haben aber nicht zufällig irgendwo eine herzkranke Erbtante, die Sie in ihrem Testament bedacht hat?" Ich verneinte lachend und Rahe schien beruhigt zu sein.

Nach längerer Diskussion stellten wir schließlich eine Hypothese auf. Gessner wurde zunächst stark unter Druck gesetzt. Weshalb, blieb natürlich fraglich. Man konnte sich zumindest vorstellen, wie man das erreichen konnte. Zum Beispiel mittels Telefonterror. Die Post sah Katrin immer zuerst durch und ihr war nichts Verdächtiges aufgefallen. Also fiel diese Möglichkeit flach.

„Bleibt die Frage, inwieweit unsere Theorie mit der regelmäßigen Einnahme seiner Herzmedikamente in Einklang zu bringen ist", meinte ich nachdenklich und dachte an die Dosierbox aus Gessners Vorzimmer. Die ersten Medikamente, die unbenutzt geblieben waren, waren für den Morgen nach seinem Tod bestimmt gewesen. Vorher und an seinem Sterbetag hatte er demnach alle Medikamente eingenommen.

„Gar nicht." Dr. Rahe schien über erstaunlich viel Freizeit zu verfügen. An einem Montagnachmittag hatte er jedenfalls nichts Besseres zu tun, als in die Sauna zu gehen und anschließend stundenlang einer Hobbydetektivin Rede und Antwort zu stehen.

„Außerdem hatte er ja noch das Nitro-Spray. Bei einem akuten Anfall hätte er so zumindest selbst den Notarzt rufen können, sich also unter Umständen retten können."

Ich erinnerte mich wieder an die Frage des Apothekers. „Stimmt." So ein Mist, dass ich mich nicht auch in Gessners Büro hatte umsehen können. Mein nächster Gedanke war naheliegend. „Wissen Sie, ob sein Büro inzwischen ausgeräumt wurde?"

„Keine Ahnung. Aber wenn Sie wollen, kann ich das herausbekommen. Wahrscheinlich eher nicht, die Mühlen der Bürokratie... Sie wissen schon.“

Wieder dieses sympathetische Lachen. Doktor Rahe war ein netter Typ, war ein Mann, den man sich zum Freund wünschte, als guten Kumpel.

Eine Frage hatte ich aber noch. „Sagen Sie, kennen Sie zufällig den Abgeordneten Sven Uwe König?“

Rahe verneinte kopfschüttelnd. „Ich kann ja nun wirklich nicht alle Abgeordneten kennen.“

„Dann haben Sie vermutlich auch keine Ahnung davon, dass dieser Sven Uwe König tot im Parc de Leopold aufgefunden wurde. König war übrigens erst 36 Jahre alt und Mitglied eines Ausschusses, der sich kritisch mit ECHO, dem Amt für humanitäre Hilfe befasste.“

„Jetzt hören Sie aber auf. Was wollen Sie denn damit schon wieder sagen, junge Frau?“

Ein neuer Anfang

„Where is Titus? Where is your crazy little dog?", fragte mich der Hotelier beim erneuten Einchecken. Und er stellte seine Frage auf Englisch. Offenbar erinnerte er sich, dass meine Französischkenntnisse nicht strapazierfähig waren. Tittüss, mit Betonung auf die scharf ausgesprochene, langgezogene Endsilbe.

Dieses Mal hatte ich mich durchgesetzt und ihn daheim gelassen. Katrin hatte mir hoch und heilig versprochen, sich gut um meinen Hund zu kümmern und ich fand, dass das wohl das Mindeste war, was sie für mich tun konnte.

„Maybe next time, Monsieur Gebault", vertröstete ich ihn lächelnd.

„Naturelement, Madame."

Niemand pflichtet einer Dame so formvollendet bei wie ein Franzose. Oder ein französisch sprechender Belgier, wie im Falle des Monsieur Gebault. Sogar mein altes Zimmer bekam ich wieder. Ich griff zum Handy, sobald ich meinen Koffer ausgepackt und es mir in einem der beiden Sessel bequem gemacht hatte. Lange musste ich es klingeln lassen. Ob Katrin im Garten war? Als sie sich endlich meldete, riss es mich fast vom Hocker. „Richter."

Einen Moment lang war ich sprachlos. „Hast du sie noch alle, Katrin? Du meldest dich mit meinem Namen?"

„Vorsicht ist die Mutter der Porzellankiste," meinte sie gut gelaunt. „Und wenn wirklich jemand dich sprechen will, kann ich ja immer noch..."

„Wenn wirklich jemand mich sprechen will", unterbrach ich sie heftig. „Was glaubst du, warum zum Teufel meine Telefonnummer angewählt wird? Weil jemand den Papst interviewen will oder den Bundeskanzler?"

„Nun sei doch nicht gleich so zickig, Marla."

„Ich bin nicht zickig. Aber statt dich bei mir unter falschem Namen zu verkriechen, könntest du gern herkommen und mir bei den Recherchen helfen."

„Apropos", unterbrach sie mich rasch, „was meinte denn der Doc? Du hast ihn sicher schon gesprochen, oder?"

Ich versuchte, meinen Ärger weg zu atmen. „Dass nichts auf einen drohenden Herzinfarkt hinwies, als er Gessner das letzte Mal gecheckt hat. Sag mal, Katrin, hast du etwas von einem Nitrospray gewusst? Dieses Zeugs hätte Gessner, wie jeder Infarktgefährdete, ständig bei sich tragen sollen."

Katrin Verblüffung klang echt. „Das ist das Erste, was ich höre. Und ich könnte schwören, dass der Chef so ein Spray nicht besaß."

„Seltsam." Viel Aufregung oder Dauerstress hätten Gessner gefährlich werden können, hatte Doktor Rahe gemeint. Und natürlich Angst. „Sind dir in letzter Zeit Anrufe aufgefallen, nach denen dein Chef irgendwie angeschlagen wirkte? Besonders aufgeregt, außer sich?"

„Nein", antwortete Katrin mit Aufregung in der Stimme. „Aber ich saß ja auch nicht dauernd neben ihm. Also gibt es jetzt doch erste Anhaltspunkte?"

Ich fühlte mich geschmeichelt. „Den Hauch einer Theorie vielleicht, aber vielleicht bin ich ja auch auf dem Holzweg. Und jetzt noch eine ganz, ganz wichtige Frage. Wie komme ich ungesehen in Gessners Büro?"

„Gar nicht. Denk an die Überwachungskameras, Marla. Glaubst du, die hängen umsonst überall im Gebäude? Ungesehen kommt da niemand irgendwo hin."

„Scheiße."

„Sag merde, das klingt damenhafter", schalt sie mich milde. „Seit ich bei euch wohne versuche ich ständig, Tante Gretas Ansprüchen zum Thema weiblicher Schicklichkeit gerecht zu werden, ist das nicht ein Witz?" Sie kicherte kurz.

„Dann lass um Himmelswillen zuerst mal die „Tante" weg, das mag sie nämlich gar nicht. Zurück zu unserem Problem. Hast du noch einen Schlüssel?"

„Zu Gessners Büro? Natürlich."

Am anderen Ende der Leitung ratschte etwas über die Sprechmuschel. „Der klimpert hier ganz unschuldig an meinem Schlüsselbund."

„Super, genau dort gehört er auch hin", stöhnte ich. „Dass wir daran aber auch nicht früher gedacht haben. Und wie komme ich jetzt in sein Büro?"

„Gar nicht. Außer du fragst Guiader."

„Niemals!"

Katrin seufzte. „Ich kann dir den Schlüssel auch per Express ins Hotel schicken."

„Das ist doch mal ein kreativer Denkansatz, meine Liebe", meinte ich gedehnt. „Mach das bitte. Aber pronto, hörst du?" Trotzdem würde ich diesen verdammten Schlüssel frühestens übermorgen erhalten. Merde. Nicht zu vergessen Guiader, der in dem Gebäude aufzupassen schien wie ein Luchs.

Das nächste Telefonat führte ich mit Rahe, den es nicht zu wundern schien, schon wieder von mir gestört zu werden. „Haben Sie eigentlich die Möglichkeit, an den Obduktionsbericht dieses Sven Uwe König heranzukommen, Doktor Rahe? Und natürlich auch an den von Gessner."

Er war zuerst überrascht, dann konnte ich ihn vor meinem inneren Auge beinahe nicken sehen. „Das lässt sich sicher arrangieren." Dann fragte er: „Aber wieso von beiden? Sie behaupten jetzt doch hoffentlich nicht, es ginge in beiden Fällen nicht mit rechten Dingen zu?"

„Sie selbst haben gerade von Fällen gesprochen, werter Doktor."

„Ja, aber doch nicht im Sinne von Kriminalfällen, meine Liebe, sondern von... Ach, Sie wissen ganz genau, wie ich es meine."

„Zwei deutsche Abgeordnete innerhalb von zwei Wochen".

„Schicksal." Seine Erklärung klang lahm.

„Und was, wenn nicht?", fragte ich leise. Ein Schweigen breitete sich zwischen uns aus.

„Dann", meinte er gedehnt, „finde ich, ist das ein verdammt guter Grund, sich da rauszuhalten."

Neuer Beschützer

Dienstag, 30. Juni 1998

Die Traueradresse im Anzeigenteil der Zeitung „Le Soir" war mit der Rue de la Grande Haie in Brüssel angegeben, die Bestattung für fünfzehn Uhr angesetzt. Ein Taxi brachte mich zum Friedhof von Saint Michel, unweit der Adresse von Monique König und ihrer kleinen Tochter Patricia, der Familie von Uwe König. Von einem Straßenhändler am Eingang des Friedhofes erstand ich ein respektables Blumengebinde, das mich zusammen mit meinem dunkelblauen Kostüm zu einem unauffälligen Teilnehmer dieser Trauerfeierlichkeit werden ließ. Ich fragte mich, was ich hier eigentlich suchte. Selbst wenn es einen Zusammenhang zwischen Gessners und Königs Ableben geben sollte, würde sich wohl niemand auf der Beerdigung auffällig genug benehmen, um dadurch als möglicher Täter entlarvt werden zu können. An der Beisetzung teilzunehmen war mal wieder eine spontane Schnapsidee von mir gewesen.

Wie erwartet blieb mir nur ein Stehplatz ganz weit hinten in der Kapelle, einem überraschend geräumigen Gebäude, das der großen Menschenmenge trotzdem nicht ganz Herr wurde. Etliche Personen mussten sich wie ich mit Stehplätzen hinter der letzten Kirchenbank zufriedengeben. Kurz erhaschte ich einen Blick auf die junge Witwe, die vernünftigerweise ihr kleines Kind nicht dabei hatte. Frau König wirkte wie versteinert. Sie tat mir aufrichtig leid.

Erstaunlich viele Journalisten hatten sich zu Königs letzter Ruhestätte begeben, sogar ein Fernsehteam lag vor der Kapelle auf der Lauer. Die große Anzahl in teures Tuch gekleidete Männer und Frauen ließ den Schluss zu, dass König sich im Parlament entweder sehr großer Beliebtheit erfreut hatte oder derart gefürchtet gewesen war, dass man sich selbst davon überzeugen wollte, dass er wortwörtlich für immer in der Versenkung verschwand.

Von dem Gottesdienst verstand ich kaum ein Wort, denn er wurde auf Französisch abgehalten. Nach dem jungen Pfarrer ergriffen etliche Herren von den vorderen Bänken das Wort. Sie saßen direkt hinter der Witwe und den wenigen Angehörigen des Verstorbenen und wurden daher von mir als hohe politische Würdenträger eingestuft. Einen der Redner erkannte ich zweifelsohne. Es war Albert van der Heijden.

Als der Sarg von sechs Trägern zu Königs letztem Bestimmungsort getragen wurde, schloss ich mich einer Gruppe von Damen an, deren weniger kostspielige Garderobe sie als Sekretärinnen oder Sachbearbeiterinnen auswies. Mit Herzklopfen bemerkte ich plötzlich, wie Guiader sich keine zwanzig Meter vor mir in den Tross der Anzugträger einreihte, heute nicht in Uniform, sondern im dunklen Zweireiher. Trotzdem ging etwas Bedrohliches von ihm aus.

Die Witwe war sehr tapfer und bot niemandem ein Schauspiel.

Im Schutz von Taschentücher schwenkenden Kostümträgerinnen verließ ich mit diskretem Abstand zur Prominenz den Gottesacker. Gerade als ich mich auf die Suche nach einem Taxi machte, wohl wissend, wie wenig Aussicht auf Erfolg bestand, hielt ein dunkler Jeep neben mir. Guiader. „Los, steigen Sie ein."

Ich erkenne, wann ich ein schlechtes Blatt in Händen halte. Sobald ich saß, gab Guiader Vollgas und ohne pietätvolle Rücksicht drehten die Räder seines Wagens quietschend durch. Diese zur Schau gestellte Dynamik war mal wieder typisch für ihn. Für mich hatte sein Benehmen beinahe etwas Blasphemisches an sich. Den schweren Wagen lenkte er lässig mit der Linken, während seine Rechte die Gangschaltung liebkoste. Was Freud wohl dazu gesagt hätte?

„Warum stecken Sie Ihre hübsche Nase nur überall rein?", eröffnete er das Gespräch.

„Nehmen wir der Einfachheit halber doch mal an, weil es stinkt", schlug ich vor und fühlte mich ziemlich cool.

„Auf dem Friedhof?"

„Also wirklich, Guiader, diese Geschmacksentgleisung ist mal wieder typisch für Sie." Mir blieb lediglich, ihn mit Schweigen und abgewandtem Blick zu strafen.

„Mais oui. Und was genau stinkt Ihnen in Brüssel? Warum tauchen Sie hier schon wieder auf?"

Ich tat ihm den Gefallen. „Instinkt. Politik ist ein schmutziges Geschäft."

Sein ironischer Blick konnte mir gestohlen bleiben. „Madame Richter lässt also ihrer Phantasie freien Lauf. Auf einem Friedhof. Très interessant!" Mit heulendem Zwischengas schaltete er einen Gang höher. Angeber.

„Wenn Sie unbedingt den Bock zum Gärtner machen wollen, Guiader, sagt das einiges über Sie aus." Die Atmosphäre verdichtete sich in dem engen Raum. So gut es ging wich ich seinem Blick aus.

„Wo ist Mademoiselle Wübbers?", fragte er. „Sie wissen es, n´est-ce pas?"

Zum Glück wirbelte die Klimaanlage eiskalte Luft in meine Richtung, sonst wäre mir vermutlich Angstschweiß ausgebrochen. „Keine Ahnung."

„Sie lügen gut, Madame." Guiaders diabolisches Grinsen nervte und außerdem rückte er mir für meinen Geschmack viel zu dicht auf die Pelle, obwohl der Platz zwischen Fahrer- und Beifahrersitz ausreichend war. Den Wagen lenkte er weiterhin lässig mit zwei Fingern.

„Kaum besser als Sie", konterte ich. Wann immer es ging, gab ich ein Kompliment zurück. Diese ostentative Zurschaustellung männlicher Überlegenheit war kaum zu ertragen. An einer Ampel, die gerade auf Rot wechselte, wollte ich schon aus dem Wagen springen, als er mich grob am Arm zurückkriss.

„Sie sind also noch immer wild entschlossen, der Wahrheitsfindung zu dienen, ja?"

Ich schaute ihn fest an. „Was immer das heißen mag."

Daraufhin musterte er mich lange und schüttelte verärgert den Kopf. „Also gut. Dann Sie schnallen sich gefälligst an."

Spätabends saß ich auf dem winzigen Balkon meines Hotelzimmers, betrachtete den Sternenhimmel, nippte an einem Piccolo und versuchte zu ignorieren, dass der Gigant wenige Schritte hinter mir fast ein Kilo Trockenfutter fein säuberlich in seinem Napf zermalmte, bevor er genüsslich auch noch die letzten Krümel drum herum aufsabberte. Mittlerweile war ich mir sicher, eine Riesendummheit begangen zu haben. Gleichzeitig beruhigte es mich aber auch zu sehen, mit welchem Respekt sogar Guiader meinem neuen Lebensgefährten begegnete.

Nach der Beerdigung hatte er mich vor meinem Hotel abgesetzt und angewiesen, dort auf ihn zu warten und mich auf keinen Fall von der Stelle zu rühren, bis er zurück sei. Es war bereits nach einundzwanzig Uhr, als mich sein Anruf an die Rezeption beorderte. Dort angekommen nahm er wie immer besitzergreifend meinen Ellenbogen und führte mich zum Ausgang. „Kommen Sie."

„Nicht noch einmal, Guiader. Was soll das?" Ich riss mich los. „Was wollen Sie von mir?"

„Los, kommen Sie schon. Ich muss Ihnen etwas zeigen."

„Danke, das Vergnügen hatte ich bereits!" Mir wurde übel, wenn ich nur daran dachte.

„Kein Déjà-vu", knurrte er, „diesmal keine Homo Bar. Nun kommen Sie schon mit zu meinem Wagen, er steht direkt vor der Tür. Nun machen Sie schon. Toute suite, ich habe nicht ewig Zeit."

Als sich die Heckklappe seines Jeeps öffnete kam ich mir vor wie Daniel in der Löwengrube. Eine dunkle Monsterdogge hechelte auf mich herab. Mein Magen fühlte sich an wie mit Blei gefüllt und mir brach der kalte Schweiß aus. Das war kein großer Hund. Das war ein Riesenhund. Ein Mammut von einem Hund. Und vor großen Hunden hatte ich nun mal Angst. Formvollendet wurden wir einander vorgestellt.

„Madame Marla Richter, c´est votre Body Guard, il s´appelle Rufus. Ihr Bodyguard heißt Rufus. Il est très brave, n´est-ce pas? " Trotzdem verkniff er es sich, die Dogge zu streicheln.

„Rufus, c´est Marla, ta nouvelle patronne." Er sah mich an. „Ich habe Rufus gerade erklärt, dass Sie seine neue Chefin sind. Und er ist sehr brav, jedenfalls zu Ihnen", erklärte er mit diesem diabolischen Grinsen, das ich inzwischen nur zu gut kannte. Aber es war noch etwas Anderes in seinem Blick. Hätte ich es nicht besser gewusst, hätte ich es tatsächlich für Fürsorge gehalten.

Ich holte tief Luft und versuchte, mein Zittern in der Stimme zu verbergen. Panik hatte mich ergriffen. „Aber ich muss jetzt nicht Französisch Nachhilfe seinetwegen nehmen, oder? Und was soll eigentlich das Ganze? Wie komme ich dazu, mir einen vierbeinigen Killer anzuschaffen? Den Burschen nehmen Sie mal schön wieder mit, Guiader. Oder dachten Sie, mich so am schnellsten loszuwerden? Ich sehe schon die Schlagzeile: Dogge frisst Frauchen im Hotelzimmer auf!"

Sein Lachen klang wie das eines heiseren Kettenhundes. „Ich verstehe, Sie haben Angst vor Rufus. Das ist mir egal. Sie brauchen dringend einen richtigen Beschützer."

Energisch griff er nach der lächerlich kurzen Leine, die vom Halsband dieses Kolosses herabhing und brachte die Dogge mit einem kurzen „allez" dazu, den für den Hund minimalen Höhenunterschied zu überwinden. Graziös tänzelnd entstieg Rufus dem Kofferraum und kam direkt auf mich zu. Guiader drückte mir grinsend das Lederband in die eiskalten Finger.

„Rufus wurde zweisprachig abgerichtet, er gehorcht Ihnen aufs Wort, nachdem ich Ihnen die notwendigen Kommandos beigebracht habe. Leider macht er nicht Männchen wie der kleine Zwerg, den Sie vor ein paar Tagen dabei hatten. Wo ist der überhaupt, dieser kleine Filou?"

Ich ignorierte seine Frage und ohne dass ich mich bücken musste, führten der Koloss und ich ein kurzes Gespräch unter vier Augen. Und obwohl der majestätische, dunkelgraue Rüde mit der weißen Brust größer war als alles, was mir je am anderen Ende einer Hundeleine unter die Augen gekommen war, spürte ich, wie Anfangs auch bei Titus, sein gelangweiltes Desinteresse. Bei mir hingegen war es etwas völlig anders. Nach dem ersten Schock und beim Blick in diese großen, dunklen Augen war ich einfach nur schockverliebt.

„Wozu denn einen Bodyguard", protestierte ich lahm und inzwischen recht halbherzig. „Was soll ich mit diesem Kerl hier denn anstellen?" Ein wenig hilflos tätschelte ich dem Tier den riesigen Schädel. Das Fell fühlte sich samtweich und warm an. Anders als Titus schmiegte sich Rufus jedoch nicht an mich, um weitere Streicheleinheiten einzufordern. Diese Dogge war ein Aristokrat. Oder auch einfach nur ein Arbeitstier, ich kannte mich mit abgerichteten Hunden nicht aus.

„Bruxelles est très dangereuse. Sehr gefährlich, Madame." Guiaders Blick war plötzlich ernst und ohne jede Attitüde.

„Diese Aussage hilft mir nicht wirklich weiter, Guiader. Dann darf ich Ihre Worte also als Warnung verstehen, richtig?"

„Lassen Sie uns lieber von Rufus reden." So viel Abstand wie jetzt hatte noch nie zwischen uns geherrscht.

Obwohl der Tag warm gewesen war, fröstelte ich in der kühlen Nachtluft. „Okay, Guiader. Dann sollten Sie mir sofort beibringen, was ich auf gar keinen Fall sagen oder machen darf. Oder besser gesagt, was ich niemals sagen oder machen sollte. Denn wenn ich Sie richtig verstehe, ist dieses Tier abgerichtet. Ein Schutzhund. Und ich habe nicht den blassesten Schimmer, wie man mit solch einem Tier umgeht."

„Ich habe ihn von einem Deutschen, einem Mann, der sich auf sein Handwerk versteht. Rufus kapiert also auch deutsche Kommandos.“

Einen Moment lang hielt ich die Luft an, als ich mir nach und nach einiger Konsequenzen bewusst wurde. „Haben Sie auch nur die geringste Ahnung, was er mit Titus anstellen wird, Guiader?“ Allein bei dem Gedanken wurde mir übel.

Er antwortete rasch. „Rufus ist es gewohnt, im Rudel zu leben, ist sehr verträglich mit anderen Hunden. Sollte der kleine Titus jedoch sein Maul zu weit aufreißen, wird Rufus ihn so lange am Boden festnageln, bis der Kleine aufgibt. So regeln das Hunde untereinander.“ Grinsend wischte er sich eine Lachträne aus den Augenwinkeln. „Pas de problème, n‘est-ce pas? “

Woher wusste Guiader von Titus' Macken? In Puncto seiner Erziehung taten sich mir allerdings plötzlich ungeahnte Möglichkeiten auf. Sicher konnte ein so charakterstarker, erwachsener Rüde diesbezüglich unterstützend wirken. Und dann fragte ich mich, ob es nicht schizophren war, jahrzehntelang gar keinen Hund zu haben und dann plötzlich zwei. Dass Rufus wie ein Schwein fraß, hat Guiader mir wohlweislich verschwiegen.

„Warum, Guiader?“

Der Sicherheitschef wurde ernst. „Nennen Sie es Mitleid“, meinte er achselzuckend. Dann gab er mir einen Zettel mit Kommandos.

Zwischenbilanz

Mittwoch, 1. Juli 1998

Es war stockfinster und irgendwo in dieser undurchdringlichen Schwärze lauerte der Tod. Meine Nackenhaare sträubten sich. Ich hörte Rufus knurren. Es klang wie das Grollen eines Vulkans kurz vor dem Ausbruch. Seine Warnung steigerte mein Unbehagen in dieser finsteren, beinahe grottenartigen Umgebung um ein Vielfaches. Meine Knie schlotterten. Mein Atem ging stoßweise. Mein Herz raste, setzte kurz aus, holperte. Fing sich wieder. Ich würde sterben. Hier. Jetzt. In dieser Sekunde.

Der Anruf rettete mir das Leben.

Mein Blick fokussierte mühsam das Ziffernblatt meines Reiseweckers. Himmelherrgott, es war doch erst zwanzig nach sieben! „Hallo...“ Meine Stimme klang, als wäre sie über Nacht korrodiert, als läge zentimeterdicker Rost auf meinen Stimmbändern. Die Qualmerei bekam mir nicht. Ich hustete.

„Erstens, du rauchst zu viel, Marla. Zweitens, was gibt es Neues?“ Katrin. Wie konnte man um diese nachtschlafende Zeit nur derart unanständig munter und aufgekratzt sein?

„Tante Greta hört übrigens mit, ich habe auf Lautsprecher gestellt, ist dir doch recht, oder?"

Logisches Denken zu so früher Stunde gehörte eindeutig nicht zu meinen Stärken. „Ihr habt mich aus den untersten Regionen meines Tiefschlafs gerissen, ist euch das eigentlich klar?" Dass sie mich ebenfalls der Hölle entrissen hatten, behielt ich für mich. „Was gibt´s denn?"

„Sollen wir lieber warten, bis du einen Kaffee hattest? Oder siehst du dich einer kurzen Zusammenfassung des gestrigen Tages schon gewachsen?" Typisch Greta. Dem Tonfall zufolge missbilligte sie, dass ich noch im Bett lag. Alte Sklaventreiberin!

Rufus gähnte. Das klang laut. Viel lauter als bei Titus. Pflichtbewusst, aber mit wenig Begeisterung klopfte er einmal kurz mit der langen, unkupierten Rute auf den Teppich, als sich unsere Blicke begegneten. Dann ließ er den Kopf zurück auf den Boden sinken und schloss erneut die Augen. Was erwartete ich denn? Diese Dogge war ein Arbeitstier, ein Gebrauchshund. Sie hatte vielleicht nie erfahren, wie es war, jemandem in Liebe zugetan zu sein. Das vermutete ich wenigstens. Wenn sie parierte, hatte sie sicher zur Belohnung mit dem Rudel spielen dürfen und im Zwinger gesessen, wenn ihr Trainer sich nicht gerade ihrer Ausbildung widmete. Eine zu starke Bindung hätte diese Arbeit nur behindert, hatte Guiader auf meine diesbezügliche Frage erklärt.

„Schon gut, ich bin ja wach." Damit ich es auch blieb, überlegte ich laut. „Was es für Neuigkeiten gibt?" Die Sache mit Rufus behielt ich fürs Erste für mich. Vielleicht würde ich ihn nachher einfach zu seinem Trainer zurückbringen „Ich war gestern auf der Beerdigung von Sven Uwe König."

„Und?"

„Nichts und. Es sah einfach niemand wie ein Mörder aus oder verhielt sich entsprechend. Vermutlich, weil es keinen Mord gibt. Und einen Doppelmord schon mal gar nicht, Katrin.“

„Ich bin sicher, dass du dich damit gehörig auf dem Holzweg befindest, Marla!“

„Katrin, nun mach mal halblang. Und bitte nicht am frühen Morgen diesen Ton, ja, da bin ich saumäßig empfindlich.“ Wenn der jungen Dame irgendetwas nicht passte, sollte sie gefälligst ihren Hintern hierher schwingen und sich selbst um ihren Kram kümmern. Das hatte man nun von seiner Hilfsbereitschaft. Mir war kalt. Und das mitten im Hochsommer? Ein Blick aus dem weit offenstehenden Fenster bestätigte meine Vermutung. Es regnete, war stark bewölkt und dementsprechend frisch im Zimmer. Schnell rutschte ich zurück unter die Bettdecke.

„Königs Beerdigung war ein echtes Medienereignis, Mädels. Außer einem Fernsehsender muss die Hälfte aller Brüsseler Politiker und Funktionäre dort gewesen sein“, übertrieb ich. „Sogar der alte van der Heijden. Er hat einen letzten offiziellen Gruß an Sven Uwe König gerichtet. Viel verstanden habe ich davon leider nicht, denn mein Französisch ist nun mal bescheiden. Aber ich habe euch ja gewarnt.“ In Wirklichkeit hatte ich gar nichts verstanden, denn alle hatten furchtbar schnell geredet.

Greta mischte sich ein. „Ist bei der Beerdigung wenigstens irgendetwas herausgekommen, Marla?“

„Nichts. Rien. Nothing. Mir ist jedenfalls nichts aufgefallen. Doktor Rahe kümmert sich um die Obduktionsberichte von Gessner und Sven König. Sollte einer von ihnen keines natürlichen Todes gestorben sein, wissen wir es bald.“

„Aber dieser König war doch erst Sechsunddreißig."

„Selbst in diesem Alter kann es dich von einer Minute auf die andere dahinraffen, liebe Greta." Und schlagartig wurde mir klar, dass nach dieser tiefschürfenden Erkenntnis mein eigenes Verfallsdatum bereits in drei Jahren abgelaufen sein konnte. Ein unangenehmer Gedanke, den ich schnell beiseiteschob.

Eine andere Frage beschäftige mich. „Katrin, gibt es vielleicht eine Verbindung zwischen Gessner und König? Einmal abgesehen von der Tatsache, dass es sich bei beiden um deutsche Abgeordnete handelte. Dieselbe Partei? Gemeinsame Gremienarbeit? Irgendwas?"

„Also mir sagt der Name König absolut nichts. Sorry, Marla."

„Mist. Dann drehen wir uns im Kreis. Entweder ich komme zurück und wir lassen es gut sein oder ich muss Zugang zu Gessners Akten erhalten."

„Sag mal, spinnst du?" Katrin sprang mich fast durch den Hörer an. „Die Vorgänge unterliegen größtenteils der Geheimhaltung! Da kann doch nicht jeder drin herumschnüffeln, wie er gerade lustig ist. Erst willst du in Gessners Büro, um dich umzusehen und dann verlangst du auch noch Akteneinsicht. Du bist ja nicht ganz bei Trost!"

„Was hast du eigentlich erwartet? Wenn das so ist, frage ich mich, was ich hier noch zu suchen habe. Und jetzt hör mir mal gut zu, Katrin. Wenn es dir nicht passt, wie ich die Sache anpacke, dann mach dich gefälligst auf die Socken und komm her! Ich bin es leid, mir wie ein Blinder unter Sehenden vorzukommen. Was, glaubst du, soll mich wohl davon abhalten, mich einfach in mein Auto zu setzen und nach Hause zu kommen?" Justus Auto. Meines besaß keine

Klimaanlage. Aber ich fühlte mich darin inzwischen wie Zuhause. Ich hörte Greta und Katrin miteinander tuscheln.

„Hoffentlich ist der Schlüssel zu Gessners Büro wenigstens auf dem Wege in mein Hotel, Katrin." Wenn ich erst einmal sauer war, bekam ich mich so schnell nicht wieder ein. Ich konnte nachtragend sein wie ein Elefant, nur leider war ich nicht genauso dickhäutig.

„Er müsste heute Vormittag bei dir ankommen. Per Kurier."

Und dann? Sollte ich einfach frech wie Oskar Gessners Büro aufschließen und mich in aller Ruhe umsehen? Und das, ohne einen gewissen Guiader oder einen seiner Kollegen auf den Plan zu rufen? Vergiss es, ermahnte ich mich. Aber ich hatte ja noch nie viel um meine eigenen Ratschläge gegeben.

Philipp

Welch erhebendes Gefühl! Sogar der feine Regen war mir egal, als ich mit Rufus nach dem nur aus Kaffee bestehenden Frühstück durch Brüssels Altstadt in Richtung Parc de Bruxelles flanierte. Vorbei an einem Menschen ausspeienden Bienenstock namens Gare Central, dem Zentralbahnhof. Zurück im Hotel erwarteten mich zwei Überraschungen. Erstens der Schlüssel zu Gessners Büro und zweitens Doktor Rahes Bitte um Rückruf.

„Schießen Sie los. Was gibt es für Neuigkeiten?", fiel ich mit der Tür ins Haus, obwohl ich mir eigentlich Zurückhaltung und viel mehr Diplomatie im Umgang mit dem sensiblen Mediziner verordnet hatte.

„Wenn Sie die Tatsache, dass König eines natürlichen Todes gestorben ist, als Neuigkeit betrachten wollen... Bitte sehr."

„Habe ich es mir doch gedacht." Warum enttäuschte mich diese Nachricht trotzdem? „Aber er war noch so verdammt jung." Selbst mir fiel der jämmerliche Unterton in meiner Stimme auf.

„Nicht in jedem von uns tickt eine Zeitbombe", tröstete mich der Doc, der offenbar ein echter Empath war.

„Das Herz?"

„Nein. Ein hinterhältiges Aneurysma. Für den Laien ein Blutgefäß im Gehirn, das jederzeit platzen konnte, wie es das bei König leider auch tat."

„Und Gessners Obduktionsbericht?"

„Noch ein klein wenig Geduld, junge Frau. Aber ich bin dran." Der Doc wirkte gereizt.

Anscheinend waren an diesem Morgen alle Leute gereizt. Fehlte mir nur noch Guiader zu meinem Glück.

Als könne er Gedanken lesen, klingelte in genau diesem Moment das Hoteltelefon und der Sicherheitchef höchstpersönlich war am Apparat. „Was macht unser Freund Rufus?" Guiaders Gute-Mittwochmorgen-Laune empfand ich als völlig deplatziert.

„Frisst den einzig knackigen Hotelpagen dieses Hauses."

Sein Lachen klang gewohnt aufreizend. „D'accord. Stehe jederzeit als Ersatz zur Verfügung, Madame."

„Ach, Sie können Schuhe putzen? Prima. Und das mit ihrem Freund Rufus vergessen Sie lieber gleich wieder, Guiader." Irgendwie machte es mir Spaß, ihn zu ärgern. „Seit ich Rufus mit rohem Fleisch füttere, hat diese Dogge noch mehr Appetit auf alles und jeden, der mir zu nahe kommt."

Diesmal war ich es, die Guiader nach Luft schnappen hörte. „Sie füttern ihn nicht wirklich mit rohem Fleisch, oder?" Nischt wirklisch. Ich musste breit grinsen.

Und antwortete so herablassend wie möglich. „Frauen sind mitunter blond, aber trotz anderslautender Meinungen deshalb nicht grundsätzlich blöd." Diese Erwiderung musste ich mir merken, die machte sich bestimmt gut in meinem nächsten Roman.

„Womit Madame jetzt ja gleich doppelt aus dem Schneider wäre."

Womit hatte ich das denn verdient? „Hat Ihr Anruf einen besonderen Anlass, Guiader?“

„Mais oui.“ Wenn mich dieser Mann nicht gerade anschnauzte, klang er entweder ironisch oder herablassend. „Bitte richten Sie der Großnichte Ihrer Tante oder so ähnlich bei Gelegenheit einen schönen Gruß aus.“ Meinen ungeschickten Versuch, ihm bei unserem ersten Zusammenprall den familiären Hintergrund meiner Mission zu erläutern, hatte sich dieses Scheusal demnach gemerkt. „Frau Wübbers kann eine Erbschaft antreten. Und es handelt sich dabei um ein wertvolles Unikat.“ Eine kurze Pause folgte. Als er fortfuhr triefte seine Stimme vor unterdrückter Schadenfreude. „Es handelt sich um Gessners Schreibtisch. Es wurde ein Testament gefunden, in dem er das testamentarisch genau so verfügt hat.“ Jetzt konnte er sein dreckiges Kichern nicht länger unterdrücken. „Ich bin gespannt, wo die junge Dame dieses Monstrum unterbringen will.“

Vor Aufregung blieb mir die Luft weg. Sollte das die Lösung aller Fragen sein? Trotzdem war ich nicht Guiaders Exekutive. „Erzählen Sie das Katrin Wübbers gefälligst selbst bei Gelegenheit.“ Noch während ich das sagte, begann es in meinem Hirn zu arbeiten.

Guiader klang wieder gewohnt ruppig. „Dass ich Ihnen diese Nachricht überbringe, ist reine Zuvorkommenheit meinerseits. Außerdem muss Gessners Zimmer schnellstens geräumt werden.“ Aha, das war der wahre Grund für sein Entgegenkommen. „Natürlich können wir das gute Stück auch auf Kosten von Frau Wübbers einlagern.“ Er gönnte sich eine Kunstpause wie ein Schmierenkomödiant. „Bis sich die brave Sekretärin zurückmeldet.“ Er machte nochmals eine kurze Pause. „Aus ihrem ungenehmigten Urlaub, Madame.“

Drei Dinge waren offensichtlich. Philipp Guiader hegte kein Faible für handgefertigte Möbelstücke. Katrins Abwesenheit wurde behördlicherseits als Urlaub kaschiert. Und mir bot sich die einmalige Gelegenheit, offiziell in Gessners Büro zu gelangen.

Ich rang mir also ein gewisses Maß an Höflichkeit ab. „Dann bedanke ich mich herzlich für Ihren Service. Und ich bitte Sie, Guiader, wer von uns hat heutzutage denn noch Zeit für eine so umständliche Handhabung? Ich regele das, habe ohnehin gleich in der Nähe zu tun. Ich bin in einer halben Stunde bei Ihnen. À bientôt." Dann legte ich rasch auf, ohne Guiader die Chance zu einer Erwiderung einzuräumen.

Die Fahrt die Rue de Luxembourg entlang über den Place de Luxembourg zur Rue Wiertz kostete mich einiges an Nerven, denn der Verkehr war zu dieser Stunde mörderisch. Immer wieder erwarteten mich Staus auf dem Weg zu meinem Ziel. Während es für mich galt, allen Automobile lenkenden Selbstmördern so gut es ging auszuweichen, lag Rufus völlig entspannt auf seiner Decke im Kofferraum. Konnte diesen Hund überhaupt etwas aus der Ruhe bringen? Wenn ich daran dachte, was für ein Theater Titus jedes Mal veranstaltet hatte, wenn er auf dem Trottoir einen Hund erspähte, war ich schwer von der Dogge beeindruckt. Allerdings hatte ich nicht riskieren wollen, sie im Hotel zu lassen und daher mitgenommen.

Gerade steckte ich vor der staubigen Fensterfront eines Immobilienmaklers fest. Es hatte anscheinend weiter vorne einen Unfall gegeben, denn ich sah in einiger Entfernung Uniformierte und einen Krankenwagen auf der Fahrbahn. Nichts ging mehr, alle Fahrer schalteten den Motor aus. Somit hatte ich Zeit und Muße, mir die großformatigen Immobilienangebote anzusehen. Erst als mein Hintermann seine Hupe nicht wieder losließ, war mir ein Licht aufgegangen. Da ich mich bereits in der äußersten rechten Fahrbahn befand setzte ich den Blinker und parkte, ohne Rücksicht auf das absolute Halteverbot, den Wagen direkt vor der Agentur. Keine zehn Minuten später verließen die Dogge und ich das Gebäude wieder. Ich mit einem Schlüsselbund in der Hand und einem selbstgefälligen Grinsen auf dem Gesicht.

Wenig später wartete der Riese in meinem Kofferraum artig in der Tiefgarage des Parlamentsgebäudes auf meine Rückkehr, während ich den nun schon bekannten Weg ins Foyer antrat. Kaum an der Anmeldung angelangt, gesellte sich ein finster dreinblickender Guiader zu mir. „Madame."

Ungerührt ließ ich mir meinen Besucherausweis aushändigen. „Sie haben mich hergebeten, schon vergessen?" Die elegante Dame hinter dem Tresen sah erst mich, dann Guiader fragend an. „Monsieur Guiader bat mich um Inaugenscheinnahme einer Erbschaft. Genau genommen ist es ein Schreibtisch. Gessner, der Herzinfarkt. Vierter Stock. Mein Name ist Marla Richter."

Im Geiste versenkte ich den Colt wieder in meinem Revolvergürtel. Ohne mich um Guiader zu scheren, nahm ich quer durch die Halle Kurs auf die gläsernen Fahrstühle. Wieder konnte ich nicht anders als von dieser architektonischen Glanzleistung beeindruckt zu sein. Und da ich nicht zum ersten Mal hier war, kam ich mir beinahe schon wie eine Insiderin vor. Die abstrakte Skulptur aus Metall in der Mitte des Foyers gefiel mir besonders gut.

Osnabrück war nicht der Nabel der Welt, obwohl mancher Immobilieninvestor uns Bürgern dies in letzter Zeit gerne Glauben gemacht hätte. Trotz meiner Begeisterung für opulente Glaskuppelbauten beschloss ich, mir damit nicht die Freude am Anblick meiner heimatlichen Sandstein-Wehrtürme vergällen zu lassen.

Guiader war offenbar aufgehalten worden und sprang erst im letzten Moment in meinen Aufzug. Aber da bildete bereits eine Gruppe von Italienern eine unglaublich wohlklingende und wohlduftende Barriere zwischen uns, an der vorbei er mir finstere Blicke zuwarf.

Als ich oben ausstieg erntete ich einige nette Wünsche, die ich zwar nicht verstand, für die ich mich jedoch artig mit einem Augenaufschlag und meinem schönsten Lächeln bedankte. Guiader wartete bereits auf dem Flur. Diesmal grinste ich angesichts eines Pfiffs, der mir aus dem Fahrstuhlschacht nachhallte. Südländer!

Der Sicherheitschef gab sich gewohnt angriffslustig. „Warum sind Sie hergekommen?“

„Um mir das gute Stück erst einmal anzusehen, damit ich den Abtransport des Schreibtischs organisieren kann. Ich muss ja die Größe des Transporters kalkulieren können.“

„Und warum macht Frau Wübbers das nicht selbst?“

Ich setzte mich einfach in Bewegung, den Weg kannte ich ja bereits. „Sehen Sie Katrin hier irgendwo?“ Mein Selbstbewusstsein stieg. Mille Grazie, Signores! Mit etwas Glück würde ich Guiader heute Paroli bieten können. Emanzipation hin oder her, die italienischen Komplimente hatten ihre Wirkung nicht verfehlt.

„Mit euch Weibern hat man aber auch nichts als Ärger!“ Er hatte seine Bemerkung zwar leise, aber auf Deutsch gemurmelt. Demnach sollte ich ihn verstehen. Widerwillig schloss er Gessners Büro auf und ließ mir den Vortritt. „Vielleicht dürfte man endlich erfahren, wo sich die junge

Dame aufhält", brummte er missgelaunt in meine Richtung. „Sie stehen doch in Kontakt mit ihr, darauf wette ich."

Ich drehte mich mit Schwung zu ihm herum. „Wer sagt das? Und sagten Sie nicht ebenfalls, dass ihr selbst nach ihr sucht?"

Verdammt, warum hatte ich nur freiwillig auf die Distanz zwischen uns verzichtet? Ich bereute es augenblicklich. Und auch meine kesse Lippe, denn Guiader packte meine Handgelenke und drängte mich gegen die freie Wand neben der Bürotür. Mit seinem durchtrainierten Körper nagelte er mich daran fest, während er die Tür mit dem Fuß zuknallte. Auf Zuschauer wurde kein Wert gelegt. „Schluss mit den Spielchen."

Puls und Atmung beschleunigten sich, als ich den Zorn erkannte, der in seinen Augen glomm, diesen eiskalten Ausdruck seiner Augen, die nur wenige Zentimeter von meinem Gesicht entfernt waren. Frank hatte mich genauso angesehen, bevor er verschwand.

Erst als seine Lippen meinen Mund verbrannten begriff ich, dass ich mich gewaltig irrte. Mit aller Kraft bäumte ich mich auf und versuchte, meinen Kopf zur Seite zu drehen. Doch wie in einem Schraubstock gefangen, war ich unfähig, mich zu rühren. Guiaders muskulöser Körper verhinderte jede Abwehr. Ich spürte jeden Muskel, jeden Quadratzentimeter von ihm an mir. Guiaders Hand fuhr hoch, auf mein Gesicht zu. Ich zuckte zurück, erwartete den unausweichlichen Schlag. Begriff er in genau diesem Moment meine Panik? Plötzlich verschleierte sich sein Blick und die erwartete Ohrfeige geriet zur Liebkosung.

Sanft fuhr sein Daumen über mein Ohr und ich fragte mich, seit wann ich unter Muskelschwund litt, denn meine Beine gaben einfach nach, als sich seine Finger in meinem Haar vergruben und seine Zungenspitze sachte über mein Ohr fuhr.

Hatte ich je vorgehabt, mich zur Wehr zu setzen? Bebend reckte ich ihm mein Gesicht entgegen. Und als wären wir telepathisch verbunden, erfüllte er all meine unausgesprochenen, meine, sogar vor mir selbst verleugneten Wünsche.

Seine Lippen glitten kaum spürbar über mein Gesicht, während sich seine Hände in meinen Hintern krallten und er mit einem Knie sachte meine Schenkel spreizte. Ich trug einen langen Sommerrock und keine Strumpfhose. Mühelos befreite er mich von meinem Slip. Dann liebkosten erfahrene Fingerspitzen meine pochende Hitze.

Eine nie erwartete Leichtigkeit erfasste mich und ließ mich das Geschehen wie in Zeitlupe und aus der Warte eines Außenstehenden empfinden. Meine Bluse öffnete sich wie von selbst. Dann wurde mein BH hochgeschoben, bevor er dessen Verschluss einhändig aufhakte. Fordernd präsentierte sich mein Busen diesem Mann, den ich verachtete und der mich gleichzeitig unglaublich reizte. Wieso hatte ich das bisher nicht begriffen? Wir küssten uns, verbissen uns ineinander, leckten einander am Hals, den Ohren. Ich verlor jedes Zeitgefühl.

Wie und dass wir das Zimmer durchquert hatten, erinnerte ich später nicht einmal mehr. Kühles Holz erregte meine heiße, nackte Haut, als Guiader mich sachte auf den Schreibtisch gleiten ließ. Er öffnete seine Gürtelschnalle, Hose und Slip fielen ihm um die Knöchel. Das letzte, was ich bewusst wahrnahm, war sein erigiertes Glied. Ich klammerte mich an Guiader, nahm seine Männlichkeit in mich auf und wir tanzten zusammen die Lust, wie es alle Paare dieser Welt miteinander seit Anbeginn taten.

Erst als sich meine Atmung langsam wieder normalisierte und der süße Krampf in meinem Schoß peu à peu nach ließ, erwachten meine übrigen Sinne allmählich wieder zum Leben. Noch immer schmiegte sich sein Kopf an meine Schulter, noch immer hielt er mich umschlungen, noch immer gab er mir den so dringend benötigten Halt. Ich genoss seine Haut, genoss den würzigen Duft der Leidenschaft, der schwer wie Anis in der Luft hing, und kostete den kurzen Moment des Waffenstillstandes aus, während das Rauschen in meinem Blut nach und nach verebbte.

In wortloser Übereinstimmung lösten wir uns schließlich voreinander, jeder bemüht, seine derangierte Kleidung wieder in Ordnung zu bringen. Ich kam mir vor wie ein Backfisch, der es gerade zum ersten Mal auf der Wiese getrieben hatte. Als sich unsere Blicke begegneten, lächelten wir beide verlegen.

Dabei war wohl von Anfang an klar gewesen, dass es so kommen würde. Wie hatte ich nur so blind sein können. Aus der Pantryküche im Vorzimmer holte Guiader einige angefeuchtete Papiertücher. Grinsend beseitigte er unsere Spuren auf der dunklen Maserung des Holzes. Mooreiche. Mit einem Achselzucken warf er die Tücher in einen Papierkorb. Dann reichte er mir ein Tuch. Die Schicklichkeit holte uns wieder ein und reichlich spät wurde ich flammend rot. Mir wurde jedoch Absolution zuteil in Form eines unerwartet zärtlichen Kusses. Die Chemie zwischen uns war wenigstens für diesen kurzen Moment stimmig.

„Sieh dich um, Chouchou," meinte er leise. „Das wolltest du doch, oder?" Keine Anklage. Keine Provokation. Eine rein sachliche Feststellung.

Was war auf einmal anders? Warum war Guiader plötzlich zugänglich? Verliebtheit würde seinem Verhalten vielleicht einen Sinn verleihen, aber ich war erwachsen und kein Teenager mehr. Das hier war nichts weiter als Sex gewesen. Reine Lustbefriedigung. Und doch war der Sex mit Guiader so völlig anders gewesen als der mit Minois. Wie auch immer, auf jeden Fall war ich auf dem besten Wege, ein spät berufenes Flittchen zu werden.

Ohne ihm weitere Beachtung zu schenken, durchstreifte ich den großzügigen, hellen Büroraum. Wie im Vorzimmer gab es auch hier eine Reihe von Einbauschränken. Verschlossen? Ich nahm mir vor, das zu überprüfen, sollte Guiader mir die Gelegenheit dazu einräumen. Auf dem Schreibtisch lag kein einziges Blatt Papier. Außer einem Telefon befand sich nichts auf der matt glänzenden Oberfläche. Das übliche Sammelsurium von Kugelschreibern, Gummibändern und Heftklammern befand sich in einer der tiefen Schubladen.

Dort lag auch ein in Leder gebundener Terminplaner.

„Möchtest du auch etwas trinken“, fragte er leise.

Ohne meine Antwort abzuwarten, ging Guiader ins Vorzimmer. Ich hörte, wie er die Kühlschranktür öffnete, dann klapperten Gläser. Ich nutzte meine Chance. Die Einbauschränke waren abgeschlossen. Auch die sich überall im Raum auf dem Boden türmenden Papierberge gaben auf die Schnelle nichts von ihren Geheimnissen preis.

Er brachte uns eisgekühlten Orangensaft. Während wir ihn Schluck für Schluck genossen, musterte er mich intensiv. Gewogen und zu leicht befunden, schoss es mir durch den Kopf. Endlich fand ich meine Stimme wieder, auch wenn sie auf einmal sehr seltsam klang. „Danke. Tut gut.“

„Katrin hat gut vorgesorgt." Er grinste. Sein Grinsen wirkte beinahe verlegen. Energisch stellte er dann sein Glas auf der Fensterbank ab. „Leider ich habe nicht viel Zeit. Hast du einen Zollstock dabei?"

„Natürlich."

Ich vermaß Gessners Schreibtisch und wurde mir jetzt erst des Sakrilegs bewusst, dass wir soeben gemeinsam begangen hatten. Mir war, als hätten wir auf Gessners Grab getanzt und ich schämte mich.

„Sobald ich eine Firma gefunden habe, die ihn abholen kann, rufe ich dich an. Vielleicht heute Nachmittag."

„So schnell?"

Ich streifte kurz seinen Blick. „Ich kann sehr überzeugend sein." Der matte Versuch einer humorvollen Bemerkung, untermalt von Scham und Verlegenheit.

Was kam war ein Nicken und ein gehauchtes „Ich weiß". Dann reichte er mir seine Visitenkarte. „Für alle Fälle. Also dann..." Was genau er damit meinte, blieb sein Geheimnis.

Schweigend traten wir den Rückzug an. Schweigend begleitete er mich ins Foyer. Wie flüchtige Bekannte verabschiedeten wir uns schweigend mit einem kurzen Nicken voneinander.

Und mit keinem Wort wurde Gessners Terminkalender erwähnt, der in meiner Großraumtasche bestens aufgehoben war.

Im Hotel packte ich meine Siebensachen, nachdem ich die Rechnung beglichen hatte. Dann machten Rufus und ich uns mit dem Auto auf den Weg in die Avenue Albertyn, in der das von mir vorhin gemietete Haus lag. Es war eines der wenigen Häuser in Citylage, das freistehend war und einen angenehm großen und vor allem umzäunten Garten aufwies. Zudem befand es sich nicht weit von der Rue des Patriotes entfernt, in der Katrin wohnte. Der Parc de Cinquantenaire war von dort aus für unsere Gassigänge ebenfalls gut zu erreichen. Eigentlich stand das schöne Haus zum Verkauf, aber mit einer Zwischenvermietung für zwei Monate war der Makler verdächtig schnell einverstanden gewesen. Wahrscheinlich waren die Sommerferien keine gute Verkaufszeit. Meine Frage, ob ich das Haus nicht für einen Monat mieten könne, hatte er entrüstet abgelehnt. Und da jetzt alles ganz schnell gehen musste, hatte ich den Vertrag kurzentschlossen unterschrieben.

Und so glühte meine Kreditkarte, als ich die Miete inklusive Nebenkosten, Versicherung und Kaution bezahlte. Die Immobilie war sehr groß, sodass sich Gessners Schreibtisch spielend im Salon unterbringen ließ. Zudem wies sie mehrere Schlafzimmer auf, was die Möglichkeit der Unterbringung von Greta und Katrin bot. Ob es dazu kommen würde, müsste noch geklärt werden. Wieder dankte ich Onkel Heinrich für das Vermögen, das er mir hinterlassen hatte. Mir und Greta. Nie zuvor hatte ich einen hohen vierstelligen Betrag mal eben aus der Portokasse bezahlen können.

Gessners Erbstück hätte niemals in Katrins Mansarden-wohnung unter dem Dach Platz gefunden, vom Transport in das oberste Stockwerk ganz zu schweigen. Und mein Hotelier hätte sich dergleichen garantiert verbeten. Was war mir also anderes übriggeblieben, als ein Haus zu mieten? Außerdem würde hier niemand Katrin vermuten, sollte sie sich von mir dazu überreden lassen, doch nach Brüssel zu kommen.

Sicher trieb auch die Nähe zum Parc du Cinquantenaire, zum Jubelpark, die Miete erheblich in die Höhe. Dennoch war ich froh, mir nicht den Unmut der Nachbarschaft mit den

Hinterlassenschaften von Rufus zuziehen zu müssen. Wer sah sich schon gerne mit Exkrementen mit dem Ausmaß eines Kuhfladens konfrontiert? Außerdem war ich, wenn ich quer durch den Park ging, schnell in der Nähe des Parlamentsviertels. Ich könnte sogar öffentliche Verkehrsmittel benutzen und den Wagen stehenlassen, überlegte ich.

Der Garten war bezaubernd mit seinen schönen Blumenbeeten, die offenbar regelmäßig von einem Gärtner gepflegt wurden. Wie erwartet markierte Rufus gleich nach unserer Ankunft alle ihm strategisch wichtig erscheinenden Punkte seines Terrains. Dann ließ er sich majestätisch auf dem Rasen nieder, inmitten einer Insel aus Sonnenlicht, das aus auseinander stäubenden Wolkenfetzen hervorgebrochen war. Das Wetter würde wieder besser werden, behauptete die Wettervorhersage. Wie er so dalag, wirkte Rufus wie ein Souverän in Erwartung seiner Untertanen. Hoheitsvoll nickte er mir noch einmal zu, bevor er die Augen für ein Nickerchen schloss.

Auf der Fahrt vom Parlament zurück zum Hotel war ich einen Umweg gefahren, um eine Spedition aufzusuchen. Gegen einen saftigen Aufpreis hatte ich die Zusage erhalten, dass das Möbelstück noch heute hierher geliefert würde. Vielleicht war dies aber auch Rufus zu verdanken, der mich dieses Mal begleitet hatte. Anschließend war Guiader von mir informiert worden. Nachdem ich mich endlich hatte durchringen können, ihn anzurufen, hatte mich sein sachlicher Gesprächsanteil schlicht irritiert.

Jetzt hieß es für mich, abzuwarten. Auf dem Kühlschrank begrüßten mich eine Flasche einfachen Rotweins und eine Schale mit Äpfeln und Birnen. Ich wusch mir von jeder Sorte

Frucht eine ab, suchte einen Korkenzieher sowie ein halbwegs passables Glas und nahm meine Beute mit in den Garten.

Rufus interessierte sich überraschenderweise für den Apfel. Warum nicht, dachte ich, was gut für mich war, war sicher auch gut für meinen Bodyguard. So weit war ich also schon, dass ich beschloss, mit ihm zu teilen. Schmatzend wie ein Ferkel, ließ Rufus es sich in einigem Abstand auf dem Rasen munden.

Während ich auf der Terrasse den enttäuschenden Wein kostete, betrachtete ich mein neues Logis. Das Haus hatte schon bessere Zeiten gesehen, an etlichen Stellen platzte der weiße Putz ab. Die Blumenbeete schienen den schleichenden Verfall des Hauses wiedergutmachen zu wollen. Hier blühte alles, was das Auge erfreute, vor allem in üppiger Fülle Rosen in sämtlichen Farbnuancen. Der Rasen war frisch gemäht worden und verströmte den typischen Duft. Demnach musste kurz vor unserer Ankunft jemand nach dem Rechten geschaut haben. Die vier Wohnräume hatten sich als frisch geputzt erwiesen. Selbst die überbreiten, nach außen aufschwingenden Terrassentüren funkelten streifenlos in der Sonne. Der Hausfrauenanteil meiner Persönlichkeit wusste diese Sauberkeit sehr zu schätzen.

Es waren die Fotos der Rückseite des Hauses mit der übergroßen Terrassentür gewesen, die letztlich den Ausschlag gegeben hatten, dass ich diese Stadtvilla gemietet hatte. Irgendwie musste für Gessners Schreibtisch schließlich eine Unterbringungsmöglichkeit geschaffen werden.

Als am Spätnachmittag drei starke Männer das Ungetüm im Garten kurz absetzten, stellte sich wie erwartet heraus, dass sich der Schreibtisch tatsächlich nur von der Terrasse aus ins Haus bringen ließ. Die Haustür erwies sich als zu schmal.

Rufus wurde währenddessen im Bad eingesperrt, denn so weit vertraute ich ihm noch nicht. Nicht auszudenken, wenn er die Männer angegriffen hätte. Kaum hatte ich die Herren mit einem üppigen Trinkgeld in den wohlverdienten Feierabend geschickt, befreite ich ihn und begann, Gessners Erbstück genau zu untersuchen.

Doch waren anscheinend schon andere Personen dieser Aufgabe nachgekommen. Und zwar gründlich. Der Schreibtisch war leer, keine Büroklammern, keine Kugelschreiber, nichts. Vollkommen leer. Fluchend zündete ich mir auf der Terrasse eine Zigarette an. Ich hatte so sehr gehofft, in ihm noch einen winzigen Hinweis finden zu können.

Meinen Frust trabte ich mir kurz darauf zusammen mit Rufus im Parc du Cinquantenaire von der Seele. Zum ersten Mal seit Jahren hatte ich das dringende Bedürfnis, mich sportlich mehr zu betätigen. So trabten wir gemächlich durch den schönen Park, bis mir der Schweiß in Strömen am Körper runterlief, was keineswegs ein Zeichen von übermäßigem Eifer war, sondern nur der Beweis, dass ich absolut untrainiert war. Bereits nach wenigen Minuten sah ich aus wie durchs Wasser gezogen. Rufus schien das Müffeln neben ihm nicht zu stören, er trabte brav und leichtfüßig neben mir bei Fuß.

Zum Abschluss unserer Exkursion probierten wir es mit Gehorsamkeitsübungen. Sitz! Bleib Sitz! Platz! Bleib Platz. Alles klappte hervorragend. Ich belohnte mein Monsterchen nach jeder gelungenen Lektion mit einem Leckerli. Plötzlich fragte ich mich, ob Rufus käuflich war. Das musste ich unbedingt mit für ihn fremden Personen ausprobieren.

Abends erstattete ich Katrin telefonisch einen Kurzbericht. „Zu blöd, dass uns Gessners Schreibtisch nicht weiterbringt. Irgendwer hat alles fein säuberlich ausgeräumt. Übrigens, der

Kurier hat heute den Schlüssel für Gessners Büro abgeliefert. Danke. Aber den brauchte ich jetzt ja nicht mehr." Ich konnte mir den erneuten Vorwurf nicht verkneifen. „Wenn du hier gewesen wärst, dann hättest du den Schreibtisch in deiner Funktion als Sekretärin selbst ausräumen können. Vielleicht wären wir dadurch um ein paar Informationen reicher geworden."

„Ja, ja, meckere du nur wieder herum, Marla. Mit mir kann man es ja machen!" Katrin seufzte genervt. „Wie soll es denn jetzt weitergehen?"

Ich war es leid, ich war müde, ich hatte einfach die Nase voll. Ich wollte nur noch... Was genau, wusste ich selbst nicht. Wahrscheinlich wollte ich einfach nur meine Ruhe haben.

Wie so oft in solchen Momenten trat ich unbedacht die Flucht nach vorne an, erreichte jedoch nur die Mailbox und erschrak selbst, als ich spontan einen Gruß und meine Handynummer hinterließ. Als Guiader wenig später zurückrief, fragte ich, ohne auf meine Deckung zu achten und zu meinem eigenen Erstaunen, ob wir nicht zusammen essen gehen wollten. Meine plötzliche Kurzatmigkeit verriet dabei meine Konfusion.

„An welches Restaurant hast du denn gedacht?" Sachlichkeit. Na toll, genau danach war mir jetzt zumute. Scheiße.

„An kein Bestimmtes", erwiderte ich tonlos, mich innerlich verfluchend.

Mit seinem Vorschlag ließ er sich Zeit. Zeit, die sich lohnte, denn jetzt klang seine Stimme weniger förmlich. „Ich mache einen recht ordentlichen Salade de Chef. Und für meinen ausgezeichneten Weinvorrat bin ich berühmt. Was hältst du davon?"

Ich schwankte, wusste nicht, wo genau ich zwischen Femme Fatal und Kleinmädchen die weibliche Hauptrolle in dieser Boulevardkomödie anlegen sollte. „Betäubungsmittel also, so so. Na, das sind mir ja feine Methoden." Für meine gurrende Stimme hätte ich mich ohrfeigen können.

Sein Lachen klang wie immer kehlig und rau. „Eher ein Aphrodisiakum." Er nannte mir seine Adresse. „Zwölfter Stock. À bientôt."

Der Appartementkomplex lag in der Nähe des Grand Place und damit in der Nähe des Hotels, in dem ich noch bis mittags gewohnt hatte. Rufus begleitete mich, er war schließlich nicht zum Spaß mein Bodyguard. Als Hund mit Ausbildung waren ihm nicht einmal Aufzüge fremd, stellte ich fest. Widerstandslos trottete er hinter mir in die enge Kabine, die uns ins Penthouse im zwölften Stockwerk katapultierte. In Belgien schienen alle Aufzüge irgendwie auf durchgeknallt programmiert zu sein.

Mit Rufus hatte Guiader offenbar nicht gerechnet. Zunächst erschien ein Auge an seinem Türspion, dann öffnete er die Tür nur einen Spalt breit. „Bonsoir, Madame. Bonsoir Rufus." Dann machte er gute Miene zum bösen Spiel und ließ uns eintreten.

„Wieso sprichst du eigentlich so gut deutsch?" Ich folgte ihm mit Rufus an der Leine in den maskulin eingerichteten offenen Wohnbereich. Viel Glas, als Farbtupfer nur der schwarz-weiß gemusterte Steinfußboden und ringsum die für eine maskuline Innenarchitektur obligatorisch weißen Regalwände.

Seine Stimme klang beinahe verträumt, als er antwortete. „Meine Grande-mère war Elsässerin mit deutschen Wurzeln. Ich wurde in Paris geboren, aber sie hat im Alter bei uns gelebt, bei meinen Eltern und mir in Paris. Und deshalb haben wir Zuhause häufig Deutsch gesprochen." Er sah mir kurz in die Augen. „Ich lebe erst seit ein paar Jahren in Brüssel." Er sagte das, als wäre es ihm peinlich. Dann wandte er sich ab und ging voraus in Richtung der offenen Terrassentür.

Während ich ihm zuhörte, ging mir eine Frage durch den Kopf. Wie konnte sich Philipp Guiader dieses postmoderne, sicher teure Penthouse leisten? Hatte er sich in dem eleganten Hochhaus eingemietet oder hatte er diese Wohnung gekauft? Dass er im Penthouse residierte, war mir im selben Augenblick klar als ich entdeckt hatte, dass der Aufzug bis zum zwölften Stockwerk reichte. Offenbar verdiente man gut an der Europolitik. Sehr gut sogar. Oder verfügte auch er über sogenannte Nebeneinkünfte?

Seine typische Junggesellenwohnung verriet Stil. Hinter der Eingangstür stand man bereits im Wohnzimmer, einen Flur gab es nicht. Der große Raum wurde dominiert von einer von Wand zu Wand und über zwei Stockwerke reichenden Fensterfront. In der rechten Ecke züngelte eine fragile Wendeltreppe zu einer Galerie empor, vermutlich zu seinem Schlafbereich. Dieser offene Raum wurde zum darunterliegenden Wohnbereich nur von einer halbhohen Edelstahlwand abgetrennt. Das letzte Licht des Tages durchflutete die Wohnung, während auf der großen Dachterrasse ein Grill eine unübliche Menge beißenden Rauches produzierte.

„Kann es sein, dass dir da was anbrennt?", fragte ich grinsend.

Fluchend rannte Guiader los, um zu retten, was noch zu retten war. Ich folgte ihm langsam. Verlegen hielt er mir einen Drahtkorb entgegen, in dem die Leichen zweier bis zur Unkenntlichkeit verkohlter Forellen qualmten.

„Ich habe ja gesagt, dass mir am besten der Chefsalat gelingt.“

Beinahe tat er mir leid. „Ich habe auch noch gar keinen Hunger.“

Diesmal ließen wir uns sehr, sehr viel Zeit. Wir liebten uns noch immer, als eine klare Nacht über der Stadt hereinbrach. Von Philipps wie erwartet riesiger Spielwiese aus hatte man einen umwerfenden Blick auf Brüssel. Auf eine Stadt, die in der Nacht mit Festbeleuchtung prahlte.

Inzwischen hungrig fütterten wir einander irgendwann mit Weintrauben und Käse, einer recht seltsamen Definition eines Chefsalates, der längst ungenießbar in sich zusammengefallen war. Rufus lag drei Meter unter uns vor der weit geöffneten Terrassentür, durch die noch immer recht warme Luft hereinströmte. Er schnarchte. Keine zehn Pferde hätten die Dogge die leicht schwankende Treppe hinaufgebracht, was mir in Philipps Interesse mehr als lieb gewesen war.

Obwohl mein Verstand bezweifelte, dass mich mein Instinkt richtig leitete, fühlte ich mich in seinen Armen beschützt und gleichsam herausgefordert, verspürte sogar beinahe so etwas wie Glücksgefühle. Wie lange hatte ich mich geweigert, diesen Zustand für mich überhaupt jemals wieder in Erwägung zu ziehen. Wie lange hatte ich mich von jedem Mann ferngehalten, der mir auch nur annähernd hätte gefährlich werden können. Und nun das. Ich musste komplett verrückt sein. Denn trotz Wohlfühlfaktor nagte leiser Zweifel an mir, ob mich meine Hormone nicht gerade mit dem Feind fraternisieren ließen.

Ich war wild entschlossen, diesen Gedanken auf später zu vertagen. Jedoch nicht die Frage nach Philipps Beweggründen für das, was ich im Stillen „diese Affäre" nannte. Er versuchte, mir die Antwort schuldig zu bleiben.

„Warum erklären, was zwischen Mann und Frau ganz automatisch passiert?"

Ich zog die leichte Decke über meinen nackten Körper. „Könnte ja sein, dass ich für dich nur Mittel zum Zweck bin", meinte ich achselzuckend. Oder leichte Beute, aber das brauchte ich nicht zu fragen, denn es stimmte leider zu hundert Prozent.

Seine Stimme entbehrte jeder Härte, keineswegs jedoch jeden Spottes. „Fragt das ausgerechnet eine Frau wie du? Dass Frauen es aber auch immer so genau wissen müssen."

Ich schämte mich, in diese altbekannte Falle getappt zu sein. Aber nur ganz kurz.

„Du bist sehr sexy, Marla", fuhr er fort, „und du weißt es nicht einmal, n´est-ce pas? Aber du bist auch ein kleines Biest." Zärtlich biss er mich in den Hals. Zum Glück waren die Zeiten, in denen ich vor einem Knutschfleck Angst gehabt hatte, passé. Inzwischen bedeutete es für eine Frau meines Alters sogar so etwas wie ein Gütesiegel. Ein Schauer überlief mich. „Als ich dich das erste Mal sah, hatte ich sofort einen Ständer", gestand er grinsend und griff nach meinen Hüften. „Und dieser unverschämt freche Rock deines Kostüms... Er enthüllt viel mehr, als er verbirgt. Ich denke, du solltest das wissen, Marla. Außerdem bist du besonders verführerisch, wenn du wütend bist. Also gewissermaßen ständig."

„Mein Gott, Philipp, das ist ja besser als jede Liebeserklärung." Mit meinen Zähnen zwickte ich ihn ins Ohrläppchen.

Spöttisch zog er die Augenbrauen hoch. „Gehört Madame etwa zu der Sorte von Frauen, die sich verlieben müssen, um guten Sex zu haben?"

Ich lachte zu laut und grinste zu breit. Verdammt. Ich setzte alles daran, meine innere Stimme zu ignorieren, die mich unentwegt zu warnen schien. Das tat sie grundsätzlich erst dann, wenn es bereits zu spät war. Grinsend sah ich ihn an. „Die Zeit ist viel zu schade, um sich mit derlei Überlegungen zu befassen anstatt..."

„Anstatt die schönste Nebensache der Welt zu genießen", unterbrach er mich flüsternd. „Nicht meine Schuld, Madame."

Ich wunderte mich über seine Wortwahl und wusste, dass ich ihn mit meiner Antwort herausforderte. „So viel also zum Thema, wo beim Mann der Verstand sitzt." Und spürte gleichzeitig das beinahe vergessene Brennen hinter den Lidern, das nur darauf aus zu sein schien mir zu beweisen, dass das Leben zum Kotzen und ich besser auf der Hut war.

Schneller als ich bis drei zählen konnte lag ich auf dem Rücken. Sein Blick war zornig und einfühlsam zugleich. „Dieser Scheißkerl hat dich zerbrochen und weggeworfen. Und du kannst es einfach nicht überwinden, n´est-ce pas?"

Als ich versuchte, mich aus seiner Umklammerung zu befreien, strichen riesige Hände sanft über mein Gesicht, während Philipps Blick von Sekunde zu Sekunde samtiger wurde. „Es gibt da einen sehr weisen Spruch", fuhr er leise fort. „Carpe diem. Lerne das Leben zu genießen." Er lachte leise. „Und vor allem, niemals Äpfel mit Birnen zu vergleichen."

Sein Kuss rückte so manches wieder ins Lot, denn er schmeckte aufreizend und erregend, zart und tröstlich, süß und verheißungsvoll. Philipp zog mich an sich, drehte mich auf die Seite, schmiegte sich an meinen Rücken in dem

Versuch, mir eine zweite, eine schützende Haut zu sein. Und mir damit genau das zu schenken, was ich vielleicht niemals selbst besitzen würde. „Ich bin wie Rufus, vergiss das nie."

„Genauso gefährlich?", murmelte ich.

„Genauso verlässlich", raunte er in mein Ohr.

Blöd nur, dass ich manchmal furchtbar sentimental wurde, auch wenn ich mich dafür hasste. Ich schmiegte mich an seinen Bauch und stellte ihm über meine Schulter und ohne ihn anzusehen eine Frage. „Erzähl mir, wieso du über Frank Bescheid wusstest." Ich war froh, ihm nicht in die Augen sehen zu müssen. Und allmählich bekam ich auch den Blues einigermaßen wieder in den Griff.

„Du meinst, dass dein Ex schwul ist?" Weder Verachtung noch Provokation waren in den Worten erkennbar. „Ich bin Mitglied in einem Club de Moto."

„Einem Motorradclub? Du?"

„Mais oui." Die warme Luft, die er beim Reden ausstieß, floss erregend über meinen Nacken. „Manchmal treffen wir uns mit anderen Clubs. Auch mit Clubs aus Deutschland. Letztes Mal waren wir en tournée mit einer Gruppe aus Cologne."

„Aus Köln. "

„Oui. Der Name Schlück...ce n´est-pas très courant. Er ist nicht sehr häufig, dieser Name." Ich spürte direkt das diabolische Grinsen um seine Mundwinkel. „Zu dumm, dass mir dein Ex an die Wäsche gehen wollte. Also habe ich ihm eine aufs Maul gehauen."

Ich wollte mich zu ihm umdrehen, aber er hielt mich einfach in der Löffelchenpose fest. „Das ist die ganze Erklärung dafür, warum du über alles Bescheid wusstest?", fragte ich verblüfft.

„Oui. C´est just.“

„Und das soll ich dir glauben?“ Ich versuchte, seinem Griff zu entkommen. Aber es gelang mir nicht. „Du hattest eine unliebsame Begegnung mit einem schwulen Mann und hast dir schlicht und ergreifend seinen Namen gemerkt?“

„Oui, so simpel ist das.“ Seine Lippen an meinem Hals, an meinen Schultern machten mich wahnsinnig. „Du bist eine geschiedene Frau Schlück.“ Als er meinen finsteren Blick sah, den ich ihm über die Schulter zuwarf, fuhr er hastig fort. „Ich musste dich überprüfen, excusé-moi ma chèr, aber Vorschrift ist Vorschrift. Dein Mann, oder besser dein Ex-Ehemann, hat sich damals nicht gerade freundlich über Frauen im Allgemeinen und im Speziellen über seine geschiedene Frau geäußert. Den Rest zu kombinieren, war für mich ein Kinderspiel. Und außerdem war er in Begleitung der Lack-und-Leder-Fraktion unterwegs. Das ist auch schon die ganze Geschichte.“

„Ach komm, Guiader, das sind mir zu viele Zufälle auf einmal und erklärt außerdem nicht, wieso du von meiner daraus resultierenden Angststörung erfahren hast. Das sagt dir kein Einwohnermeldeamt.“ In mir keimte ein Verdacht. „Das verrät dir allenfalls meine Krankenakte“, flüsterte ich und wurde von einer Sekunde auf die andere ungeheuer wütend. „Verdammt, sag mal, in welche Computer könnt ihr euch eigentlich nicht einhacken? Ist das Individuum für euch so etwas wie ein Glaskörper?“

Philipps Versuch, mich zu beruhigen, war gewagt. Erst küsste er mich auf die Wange, ich stieß ihn weg. Dann küsste er mich auf den Hals und seine Hand strich gleichzeitig über meinen zur Abwehr nach hinten ausgestreckten Ellenbogen. Erst sachte, dann mit immer mehr Nachdruck kratzten seine

Fingernägel über meine Schultern, meinen Arm, glitten in meine Achselhöhle und schließlich umfasste er meinen Busen. „Chouchou, bitte verzeih mir."

Und schon war meine Deckung im Eimer.

Er ließ es zu, dass ich mich zu ihm herumdrehte, ihn an mich zog, mich in seine Lippen verbiss, mich an seinem Hals festsaugte, seinen breiten, behaarten Brustkasten knetete. Alles in der Hoffnung, dass dieses wahnsinnige Prickeln zwischen meinen Schenkeln nie ein Ende nehmen würde. Und vor allem, dass mich dieser Rausch alles andere vergessen lassen würde.

Obduktionsbericht

Donnerstag, 2. Juli 1998

Kaum betrat ich am nächsten Morgen meine Brüsseler Datscha, als mein Handy, das ich versehentlich auf Gessners Schreibtisch hatte liegen lassen, zu läuten begann. In Erwartung neuer Informationen von Doktor Rahe nahm ich das Gespräch an, ohne hinzusehen.

„Richter."

„Kannst du mir vielleicht bitte mal sagen, wo du dich die letzte Nacht herumgetrieben hast?" Selbst über die Distanz hinweg klang ihr Schnauben, als hätte ich es mit einer Herde Mustangs zu tun.

Und genau wegen so etwas konnte ich von null auf hundert stinksauer werden. „Und kannst du mir bitte mal sagen, ob dich das irgendetwas angeht, Tante Greta?" Die Fronten waren geklärt.

Greta schien zu begreifen, dass sie sich nicht nur im Ton vergriffen hatte. „Mein Gott, Marla, ich habe mir halt Sorgen um dich gemacht."

Auch mein Verständnis kannte Grenzen. „Ich kann es nicht mehr hören! Gib mir Katrin."

Katrin musste direkt neben ihr gestanden haben. „Hi, Marla, wie ist die Lage?", fragte sie mich aufgesetzt freundlich und gab sich Mühe, mich das mangelnde Taktgefühl meiner Tante vergessen zu machen. „Und solltest du keine Neuigkeiten für uns haben, dann haben wir aber welche für dich."

Ihr Tonfall nervte mich ebenso wie Gretas. „Mach es bitte nicht so spannend, Katrin. Erzähl schon," forderte ich sie schroff auf.

„Wir sind gerade mit dem Frühstück fertig", frohlockte sie in derselben Tonfrequenz wie die sprichwörtliche Amsel, die den frühen Wurm fängt.

Das weckte augenblicklich meinen Hang zum Sarkasmus. „Bravo! Gratuliere! Lass mich raten: Du hast dir ausnahmsweise keine Marmelade aufs Shirt gekleckert."

Katrin ignorierte meinen Fehdehandschuh. „Unter Garantie errätst du nicht, wo-ho." Ihr Trällern empfand ich als entnervend und völlig unangebracht. Überhaupt waren Leute, die bereits am frühen Morgen derart gute Laune hatten, für mich unausstehlich. „Mädchen, die pfeifen und Hühner, die krähen, den soll man beizeiten die Hälse umdrehen." Ich konnte diesem Sprichwort nur voll und ganz zustimmen.

Im Hintergrund hörte ich Greta leise nörgeln. „Und ich trinke schon die dritte Tasse Kaffee, mir steht das Wasser buchstäblich bis zum Hals. Also Mädels, beeilt euch gefälligst, kommt auf den Punkt."

Also gut, dann würde ich das kindische Spiel eben mitspielen. „Ich rate mal, ich rate mal." Mein Gott, war das kindisch. „Ihr sitzt im Garten und genießt die Morgensonne."

„Falsch." Katrin setzte triumphierend zu einem Enthüllungsreport an und akzentuierte jedes einzelne Wort. „Wir sitzen in der Auberge Martine et Michel. Dir muss ich nicht erklären, wo das ist."

Die Zwei saßen tatsächlich in meinem Hotel. „Ihr seid hier?" Meine Frage klang ungläubig.

Jetzt ergriff Greta wieder das Wort. Und wieder konnte sie es nicht lassen, einen Vorwurf auszuteilen. „Ja. Wir sind mit dem Nachtzug gekommen. Und drei Mal darfst du raten, wer nicht hier ist."

Obwohl ich mich wahnsinnig über sie ärgerte, amüsierte mich ihr infantiler Tonfall. „Seit wann bin ich euch Rechenschaft schuldig?" Allerdings hatte ich in der Tat vergessen, sie über meine veränderte Wohnsituation aufzuklären. Dafür war gestern einfach alles viel zu hektisch gewesen.

„Hört ihr wohl auf? Alle beide! Und wo bitte steckst du?" Kathrin senkte ihre Stimme. „Du weißt, wie ungern ich zurückgekommen bin und dass ich nicht einfach durch die Stadt spazieren kann." Der Grund meines Umzuges und meine neue Adresse waren schnell erläutert. „Aber das ist ja ganz in der Nähe meiner Wohnung", jubelte sie. „Wir nehmen uns ein Taxi. Wir sind gleich da."

Ich bot nicht an, inzwischen Kaffee zu kochen. Greta hatte ihr Konto einfach zu sehr überzogen. Und ich hatte außerdem bereits gefrühstückt. Bei Philipp. Ofenwarme Croissants.

Während ich mich umzog, da ich Jeans und Sommerbluse für angemessener hielt als die so gut wie durchsichtige Wickelbluse, die ich gestern für Guiader angezogen hatte, beobachtete ich Rufus, der vor der weit offenen Terrassentür lag und schlief. Was für ein wunderschönes Tier. Obwohl ich mich als frisch gebackene Besitzerin ihrer erhabenen Gangart anzupassen wusste und stets mit hoch erhobenem Kopf neben

Rufus einherging, war mir klar, dass er noch lange nicht denselben Platz in meinem Herzen einnahm wie Titus, dieser kleine Satansbraten! Dabei war die Dogge um so vieles gehorsamer. Ein Vorbild für jeden Vierbeiner, von den Tischmanieren einmal abgesehen. Es musste an Rufus Unnahbarkeit liegen, die mich faszinierte. Nicht ein einziges Mal hatte er mich mit der Nase angestupst oder mir die Hand geleckt. Ganz zu schweigen von dem größten aller hündischen Liebesbeweise, der Darbietung seines Bauches. Ob ich mich dieser Zuneigung erst würdig erweisen musste? Ich schalt mich für die Überlegung. Besser, ich würde den Riesen vor meiner Abreise einfach zu seinem Trainer zurückbringen. War es nicht ohnehin eine Schnapsidee, sich eine Deutsche Dogge zu halten, ob nun zum Schutz oder nur zum Spaß? Sie nahm den kompletten Kofferraum ein, fraß zehn Mal so viel wie mein Foxterrier, und ein Malheur konnte nur mit der Mistforke, nicht mit einer Papiertüte behoben werden.

„Warum hast du mir eigentlich Rufus aufgedrängt?", hatte ich Philipp zum Abschied gefragt.

„Weil petites dames besser nicht unbewacht ihre Nasen in die Angelegenheiten anderer Leute stecken sollten."

Er sagte das leichthin, aber das nahm ich ihm nicht ab. „Du müsstest dich nur halb so sehr um mich sorgen, wenn ich endlich wüsste, was hier eigentlich gespielt wird", hatte ich geantwortet. „Übrigens... Was schulde ich dir für Rufus?"

„Darüber können wir später reden." Sein Blick war äußerst ernst gewesen. „C´est le meme jeu partout. Überall dasselbe Spiel. Macht. Geld. Viel Geld. Und der Einsatz ist sehr, sehr hoch."

Keine Chance, in seinem Blick zu lesen. „So hoch, dass er alles rechtfertigt?"

Er wiegte den Kopf hin und her. „Fast alles", meinte er schließlich mit einem Schulterzucken.

Wieder versuchte ich, in seinem Blick zu lesen. „Sagt wer?"

„Sagt man, Chouchou." Leise. Nachdenklich. Ausweichend.

„Alte belgische Volksweisheit? Oder deine Meinung?" Ich klang angriffslustig.

„Vor allem meine ich, dass man immer schön auf die eigene Deckung achten sollte. Alte französische Boxer-Weisheit." Philipp lachte leise und küsste mich auf die Nasenspitze.

Mehr hatte ich nicht aus ihm herausbekommen. Meine Frage, wer ihn beauftragt hatte, mich mit üblen Tricks zu vergraulen, hatte er mit diesem typisch kehligen Lachen und einem weiteren Schulterzucken abgeschmettert.

Der Sommer war zurückgekehrt und da es in einem nicht dauerhaft bewohnten Ferienhaus nicht gerade nach Eau de Cologne duftet, standen alle Fenster weit offen, auch die Terrassentür. Erst später wurde mir klar, dass ich damit fast eine Katastrophe heraufbeschworen hatte.

Gerade stellte ich eine frisch geschnittene Rose aus dem Garten in eine Vase, als ich ein nicht einzuordnendes Geräusch vernahm. Ich wirbelte herum und sah gerade noch, dass Rufus die Lefzen hochzog und seine gewaltigen Zähne bleckte. Dabei knurrte er tief und furchterregend. Endlich schrillten bei mir die Alarmglocken, doch es vergingen ein bis zwei vertane Sekunden, bis ich den Zusammenhang zwischen seinem Verhalten und den Geräuschen im Garten hergestellt hatte. Und eine weitere Schrecksekunde, bis ich mich endlich zu handeln in der Lage sah.

Zu spät.

Aus dem Stand setzte Rufus zu einem mächtigen Sprung an. Er flog durch die Terrassentür, wobei er den oberen Rahmen touchierte. Ich hörte seine mächtigen Pfoten hart auf dem Rasen auftreffen. Es klang, als würden Pferdehufe auf dem Rasen trampeln. Endlich reagierte ich. „Rufus, aus!" Ich stürzte hinterher, meine Stimme überschlug sich. „Rufus, aus!"

Nicht auszudenken, wäre Greta vorangegangen! So aber erwischte es Katrin. Totenbleich lag sie am Boden, wie mir schien unverletzt. Aber sie rührte keinen einzigen Muskel, was ich durchaus verständlich fand, denn aus ihrer Perspektive hatte sie einen ausgezeichneten Blick auf den weit geöffneten Fang meines Bodyguards. Ich atmete tief durch, zwang mich zur Ruhe und griff nach seinem Halsband. „Ruhig, Rufus. Das sind Freunde. Rufus, aus!" Mein Befehl war unmissverständlich. Der Koloss sah mich aufmerksam an. Anscheinend machte ich alles richtig, denn er ließ von Katrin ab und setzte sich eng neben meinen rechten Fuß. Dabei sah er mich die ganze Zeit über eindringlich an. Ich erkannte, was ich ihm jetzt schuldete.

„Brav. Brav, Rufus." Lobend klopfte ich seine Flanke, doch ich vermochte nicht das Zittern in meiner Stimme zu unterdrücken. Ich begriff, was hätte passieren können und wie wenig ich darauf vorbereitet gewesen war. Plötzlich geschah es. Rufus ließ seine raue Zunge über meine Finger gleiten, ganz kurz nur, für einen winzigen Moment, aber unverkennbar. Ich hätte heulen mögen. Aber zuerst hatte ich zwei hysterische Frauen zu beruhigen.

„Keine Angst, der tut nichts", sagte ich mehr zu mir selbst als zu Katrin und Greta. Ich hielt Katrin die Hand hin und zog sie langsam hoch. Sie sah mich ungläubig an, und wie Greta brachte sie keinen Ton über die Lippen. Und zugleich nahmen wir die in diesem Drama beinhaltete Situationskomik wahr und prusteten los. Die Anspannung löste sich und wir brachen in bahnbrechendes Gelächter aus, bis wir kaum noch Luft bekamen.

Katrin stützte sich auf ihren Knien ab und schüttelte ein übers andere Mal den Kopf. „Der tut nichts? Der tut nichts? Du meinst, der frisst uns höchstens, aber sonst ist er ganz brav?", kreischte sie und Tränen kullerten ihr übers Gesicht. Tränen, die vor wenigen Augenblicken noch Tränen des Entsetzens gewesen wären, jetzt aber ihrem hysterischen Lachanfall geschuldet waren. „Wäre ich im Hotel nicht schnell nochmal aufs Klo gegangen, ich sag euch, ich hätte mir glatt in die Hosen gepinkelt." Und das gestand eine Internats dressierte, gebildete junge Frau!

Greta stand stocksteif auf Sicherheitsabstand und sagte kein Wort. Ich ging auf sie zu und griff nach ihrem Arm. „Alles in Ordnung mit dir?", fragte ich behutsam. Ich konnte in meinem Garten gerade keine kollabierende Tante gebrauchen. „Greta, ist alles in Ordnung mit dir?"

„Wo bitte ist die Toilette", flüsterte sie mit zusammen gekniffenen Lippen und ich begriff, dass jedes weitere Wort zu einem Desaster führen würde. Mit der Hand wies ich auf eine Tür im Flur und Greta verschwand blitzschnell in diese Richtung, während Katrin und ich uns die Tränen abwischten.

Rahe hielt mich wahrscheinlich für bekifft, als er wenige Minuten später anrief und ich noch immer große Mühe hatte, einen Lachflash zu unterdrücken. „Frau Richter, ich wollte Ihnen nur rasch mitteilen, dass mir in Gessners Obduktionsbericht etwas Seltsames aufgefallen ist."

Ich riss mich zusammen und räusperte mich. „Ist er also doch keines natürlichen Todes gestorben?" Peinlich, wie amüsiert das selbst in meinen eigenen Ohren klang. Sofort horchte Katrin auf.

„Das habe ich so nicht behauptet", korrigierte Rahe leise mein voreiliges Urteil. „Nein, nein, Gessner hatte einen schweren, tödlichen Herzinfarkt, daran besteht nicht der geringste Zweifel."

„Aha." Und damit waren Katrins Verschwörungstheorien ein für alle Mal vom Tisch. Mir sollte es recht sein. Es war an der Zeit, in mein gewohntes Leben zurückzukehren. Oder hier zu bleiben und weiterhin meine Vorbehalte gegenüber eines gewissen Philipps abzuarbeiten. Ein paar Tage Urlaub konnten mir gewiss nicht schaden. „Nun gut. Dann besten Dank für Ihre Mühe, Herr Doktor Rahe. Wenn ich mich vielleicht erkenntlich zeigen dürfte?"

„Nun warten Sie doch erst mal ab, was ich noch sagen will, junge Frau." Keine Frage, Rahe war Rheinländer. „Ich habe doch eben gesagt, mir ist da etwas aufgefallen." Er klang plötzlich aufgeregt.

„Dann machen Sie es bitte nicht so spannend. Meine Nerven wurden heute bereits mehr als einmal strapaziert." Meine Stimme kiekste trotz der Anspannung, die mich ergriff. Garantiert hielt mich der Arzt für bekloppt. Aber ich sah Greta versteinerte Miene wieder vor mir und musste mich tierisch zusammenreißen, um nicht wieder loszuprusten.

„Lange Rede, kurzer Sinn", meinte er mit Ernst in der Stimme, „es hätten Rückstände von Gessners Medikamenten im Körper nachzuweisen sein müssen. Aber," das war eindeutig eine Kunstpause, „Fehlanzeige."

Ich war enttäuscht. „Hm. Und was genau soll mir das sagen?"

„Begreifen Sie denn nicht, Frau Richter? Es sieht ganz danach aus, als ob Gessner seine Medikamente gar nicht eingenommen hätte! Und das über einen Zeitraum von mindestens acht bis zehn Tagen, sonst wären nämlich noch Spuren der Wirkstoffe im Körper nachweisbar gewesen."

„Das kann nicht sein", ging Katrin, die mitgehört hatte, leise dazwischen.

„Wie bitte?"

Warnend legte ich den Zeigefinger auf meine Lippen und sah Katrin mahnend an. „Ich meinte, das kann doch nicht sein, Herr Doktor. Katrin Wübbers ist die Verlässlichkeit in Person, das ist allseits bekannt." Damit spielte ich bewusst auf die Gerüchteküche in Bezug auf Gessner und Katrin als besorgte Sekretärin an.

„Ich weiß, ich weiß." Rahe seufzte tief. „Deshalb wäre es für mich ja auch mehr als hilfreich, könnte ich mit Frau Wübbers persönlich reden. Mir kommt das alles sehr sonderbar vor. Aber sie hat ja Urlaub. Oder wissen Sie vielleicht, wo sie sich aufhält? Wie man sie erreichen kann?"

Versuchte Rahe etwa, mich auszuspionieren? Hatte man ihn auf Katrin angesetzt? Gehörte er zu „denen", wer auch immer das sein mochten? Ich war weder so blöd noch so naiv, mich ihm anzuvertrauen. „Ich werde das abklären, sobald ich von ihr höre."

„Tun Sie das, tun Sie das, junge Frau. Tun Sie das. Ach, übrigens," er machte eine kleine Pause, bevor er fortfuhr, „Gessners Krempel ist weg, sein Büro wurde komplett geräumt. Schade, dass keine von den Herzpillen mehr da ist. Die hätte ich sonst gerne im Labor analysieren lassen."

Wie hatte ich das nur vergessen können. Gessners Medikamente waren noch immer in meiner Aktentasche. Einer Laboruntersuchung stand also nichts im Wege. Hatte Katrin doch Recht? Und wenn ja, waren wir dank Rahe auf der ersten richtigen Spur? War Gessner doch umgebracht und die

Tat als Infarkt vertuscht worden? Und wie stellte man so etwas überhaupt an? Philipp hatte freien Zugang zu allen Büros, er hätte jede Möglichkeit dazu besessen. Interessierte er sich deshalb für mich?

Für diesen Verdacht schämte ich mich zwar, da er nicht zu dem Mann passen wollte, mit dem ich ganz unglaublichen Sex gehabt hatte. Aber durfte ich diese Möglichkeit deshalb einfach außer Acht lassen? War er interessiert an mir als Frau oder als diejenige, die ihre Nase in Dinge steckte, die sie seiner Meinung nach nichts angingen?

Auf der Fahrt zum vereinbarten Treffpunkt, an dem mich Doktor Rahe erwartete, vergewisserte ich mich mit ständigem Blick in den Rückspiegel, ob mir ein Fahrzeug auffiel, das lange hinter mir her fuhr. Ich war zwar null geübt darin, so etwas erkennen zu können, war aber mächtig auf der Hut.

An einem Kiosk hielt ich kurz an und kaufte mehrere Tageszeitungen. Dabei fiel mein Blick auf die aktuelle Ausgabe des Magazins DER SPIEGEL. Ich kaufte das Polit-Magazin, stieg wieder in mein Auto, schnappte mir die Zeitschrift und las den Artikel, der mir den Grund für diesen Kauf geliefert hatte, quer.

„Emilia Willemsen sagt vor Haushaltskontrollausschuss des EU-Parlaments zum Thema Korruption in der Kommission aus"

„Als die EU-Kommissarin Emilia Willemsen am vergangenen Mittwoch vor dem Haushaltskontrollausschuss des Europäischen Parlaments zum Thema Korruption in der Kommission auftrat, sprachen allenfalls ihre ergebenen Beamten noch von Einzelfällen und Lässlichkeiten. Für die Europaparlamentarier und Budget-Kontrolleure ist es ein System Emilia Willemsen."

„Längst ist die frühere französische Premierministerin und heutige Forschungs- und Bildungskommissarin zu einer Symbolfigur für die Trickkultur, für Unfähigkeit und Anmaßung in der Europäischen Kommission geworden – und für die Günstlingswirtschaft, die in Brüssel Favoritismus heißt."

„Die EU schickt sich an, ihren Wirkungsbereich gen Osten zu erweitern, und wird bald als eine der größten Wirtschaftsmächte über die Welt gebieten. Doch das System, mit dem dieses einmalige Gebilde regiert wird, ist undurchsichtig und wird kaum kontrolliert."

„Mit Eifer schüren Regionalherrscher wie der Bayerische Landesvater das Misstrauen der Bürger gegen den Brüsseler Moloch. Die Mitgliedstaaten verlangen wieder mehr eigene Rechte. In dieser Situation ist es für die Kommission besonders peinlich, dass eine Kette von Korruptionsfällen alle Vorurteile gegen die EU zu bestätigen scheint. Gegen drei Funktionäre der Forschungsgeneral-Direktion von Emilia Willemsen laufen Ermittlungen wegen Unregelmäßigkeiten. Über das von ihr verantwortete Forschungsprogramm im italienischen Ispra liegen vernichtende Untersuchungen vor. Die Personal- und Verwaltungskosten verschlingen dort rund 80 Prozent des Budgets, über 40 Prozent der Aufträge werden unter der Hand vergeben, ein grober Verstoß gegen die Regeln."

„Das Forschungspersonal soll zweifelhafte Dienstleistungsverträge mit den eigenen Ehefrauen abgeschlossen haben. Zwei stillgelegte Kernkraftanlagen auf dem Forschungsgelände verursachen seit den siebziger Jahren nur noch Kosten. Mit dem gequälten Lächeln der Überheblichkeit hört sich Emilia Willemsen die Vorwürfe im Ausschuss an. Sie erzählt wortreich, gestikuliert mit schwarzem Füller wie eine

Schulmeisterin. Über den Favoritismus für ihren Bekannten, den Zahnarzt Manuel Peeters, der bei ihr als Gastwissenschaftler unterkam, bleibt sie vage. Er habe Reisen unternommen, „im Bereich der Innovation."„

„Aus der Sicht von Madame Willemsen handelt es sich um eine Kampagne gegen die Sozialisten: "Wie zufällig stehen hier wohl nur die Kommissare von der Linken am Pranger", klagte sie in „Le Monde."„

„Doch die Vorwürfe gehen quer durch die Parteien. Mitte November wird der Europäische Rechnungshof einen Bericht über die Osteuropa-Programme „Phare" und „Tacis" veröffentlichen, betreut vom niederländischen Kommissar Gabriel de Groot, einem Christdemokraten."

„Der vorläufige Bericht der Prüfer – er liegt dem SPIEGEL vor – ist das Dokument einer europapolitischen Katastrophe."

„1990 war die Europäische Union von der internationalen Staatengemeinschaft damit beauftragt worden, für die Sicherheit der zumeist schrottreifen Atomkraftwerke - darunter der Unglücksreaktor Tschernobyl - zu sorgen. Die EU sollte helfen, 50 Reaktoren in Russland, der Ukraine, Bulgarien und Ungarn entweder auf internationale Sicherheitsstandards zu bringen oder stillzulegen. Rund 1,5 Milliarden Mark waren dafür vorgesehen, doch nur gut ein Drittel davon kam an. Stattdessen landeten Teile der Gelder auf den Konten einer deutschen und einer italienischen Beratungsagentur."

„Weil die Berater mit den östlichen Kernkraftbetreibern zerstritten waren, wurden über Nacht die Arbeiten zum Schutz des Reaktorkerns im baufälligen Atomkraftwerk im nordrussischen Kola eingestellt. Auch die Entsorgung hochradioaktiver Flüssigkeit ist dort nicht mehr gesichert."

„Bericht um Bericht, Schicht um Schicht wird da ein System sichtbar, das in den letzten 20 Jahren undurchsichtiger Kommissionspolitik gewachsen ist. Rund um die europäische Regierung entstand ein dicht gewebtes Geflecht von Beraterfirmen, an die die Kommission Aufträge vergibt – häufig ohne öffentliche Ausschreibung."

„Die Kommission ist zur nährenden Mutter geworden für Professoren, für Ingenieure und für Juristen. Etliche von ihnen stehen in staatlichem Sold und empfangen von der EU ein erkleckliches Zweitgehalt: Die Steuerbürger zahlen doppelt. Man kennt sich, man empfiehlt sich. So wie etwa der Vorstand der staatlich finanzierten Deutschen Forschungsgesellschaft für Luft- und Raumfahrt, Jürgen Radt. Er war von der Brüsseler Forschungsgeneraldirektion für Management-Seminare engagiert worden. Das Honorar von 20 000 Mark ließ er sich auf das Konto einer ihm nahestehenden Anwaltskanzlei überweisen."

„„Die erstellen Studien, Studien, Studien, sie beraten und beraten", ereifert sich der österreichische Europaabgeordnete und Sozialdemokrat Hubert Müller. „Und was kommt dabei heraus?"„

„Bösch zählt zu einer Gruppe von Budgetkontrolleuren im Parlament um die deutsche Grüne Klara Dehnhäuser, die Sozialdemokratin Ruthlinde Wanner aus Braunschweig und den Spanier Juan Cozza Valante."

„Sie stellen schärfere Fragen als früher, verlangen lückenlose Dokumente von der Kommission, die bislang noch jeden Skandal, jede Affäre vertuschte. Die EU-Führung ist mit einem neuen Stil konfrontiert, aber sie reagiert träge wie früher, stellt die Deutsche Wanner fest. Der Spanier Valante will jetzt Dokumente über ein Netzwerk von Absahner Firmen

bei den Mittelmeer Programmen des spanischen Kommissars
René Maes direkt an die Justizbehörde übergeben."

„Warum können sie die Dinge nicht klar auf den Tisch
legen, in voller Breite? Dann könnte man einen Neuanfang
machen. Aber jeder neue Fall ist nur eine Illustration für die
mangelnde Transparenz des ganzen Systems," kritisiert die
Ausschussvorsitzende Fabrice Thoma (CDU)."

„Längst ist es nicht mehr die Revolte der Pfennigfuchser im
Parlament. Für Wanner steht auch die Glaubwürdigkeit
Europas auf dem Spiel. "Das macht sich einfach nicht gut,
wenn die Kommission in Gestalt des Kommissars Vaarheiden
in rigider Manier für den freien Wettbewerb eintritt und im
eigenen Haus laufend gegen die Regeln des Wettbewerbs und
des freien Marktes verstoßen wird.","

„Wenn im Dezember die Entlastung des EU-Haushalts
ansteht, kann sich bei diesem Reizklima im Parlament leicht
eine Mehrheit der Verweigerer finden – und die Europa-
regierung wäre damit diskreditiert. Das käme einem
Misstrauensvotum gleich; die Kommission müsste dann
eigentlich zurücktreten."

„Mit dem Berater- und Firmennetzwerk, das sie sich schuf,
gab sie Verantwortung aus dem Haus. Ein solches System ist
schwer kontrollierbar und betrugsanfällig. Aber es lassen
sich damit auch bequem all die Haushaltsmanipulationen
und Vetternbeziehungen praktizieren, die jetzt offenbar
geworden sind."

„Viele Prüfberichte der internen Finanzkontrolle oder des
Rechnungshofes zeichnen das Bild einer milliardenschweren
EU-Wirtschaft ohne genaue Nachweise. Kommissionsbeamte
überweisen Millionenbeträge an Firmen, ohne sich Belege
vorlegen zu lassen. Bei der jüngsten Prüfung der Forschungs-

programme „Joule-Thermie“ und „Altener“, bei denen die Willemsen-Kommission zwei Milliarden Mark zur Erforschung erneuerbarer Energien auswirft, entdeckten die Revisoren, dass „keiner der Berichte eine einzige Zahl über die Kosten enthielt.“ Andere Prüfungen veranlassten die Finanzmenschen zu ironischer Diktion. Die Buchführung etwa beim Amt für humanitäre Hilfe (Echo) sei „metaphysisch.“„

„Oft ist die Rechnungslegung auch physisch nicht mehr vorhanden. Kommen etwa die kommissionseigenen Betrugsermittler der UCLAF in die Gebäude, stoßen sie nicht selten auf leergeräumte Schränke und gefilzte Aktenordner. Wie durch ein Wunder ist das Beweismaterial über Nacht verschwunden. Computerfestplatten und Disketten zeigen nichts als weißes Flimmern – sie sind gelöscht worden.“

„Ins System dieser Betrugskultur passt auch die Personalpraxis bei Echo. Das Amt zählt zum Reich der umtriebigen Kommissarin Emma Jacobs, sie hat es vom spanischen Kommissar Maes übernommen.“

„Fünf Millionen D-Mark Hilfsgelder, die für Ostafrika und Bosnien bestimmt waren, kamen dort nie an. Die Gelder wurden aufgebraucht für Personal, das offiziell nicht in den Büchern der EU auftauchen durfte, weil die Stellen im EU-Haushalt nicht genehmigt waren. „U-Boote“ heißen diese Bediensteten im EU-Jargon.“

„Die U-Boote sind Teil der verschwiegenen Usancen der Kommission. An die 600 sollen in ihrem Dunstkreis beschäftigt sein. Zur Tarnung der verdeckten Personalreserve bedienen sich die Euroväter mehrerer Privatgesellschaften, die sie „Sklavenhalterfirmen“ nennen. Mindestens 20 soll es davon geben.“

„Eine davon ist die Luxemburger Firma von Sebastien Lejeune. Die Heimlichkeit seiner Geschäfte und „diese Dumpingpreise, als immer mehr andere Firmen mit der Kommission Verträge schlossen", zwangen ihn zu krummen Touren, sagte Lejeune dem SPIEGEL. Zur Tarnung schloss er Scheinverträge mit der Kommission. Zwei Tochtergesellschaften in Dublin hat er gegründet. Dorthin überwiesen die Echo-Beamten die Hilfsgelder, die in Wahrheit Löhne fürs EU-Personal und Provisionen für Lejeune waren. Der Umweg über Irland sparte Steuern."

„Seit 1972 ist Lejeune mit der Kommission im Geschäft, er arbeitet für 17 Generaldirektionen. Bei ihm stand auch Willemsen-Freund Peeters auf der Gehaltsliste - für 10 000 Mark im Monat bei freier Wohnung in Brüssel, bevor der Zahnarzt bei der Kommission als Aids-Experte unter Vertrag kam."

„Von Lejeune erhielt auch die Gattin des Echo-Funktionärs Vincent Laurent einen lukrativen Scheinarbeitsvertrag. Dem Funktionär Mathieu Lambert ließ er über solche Tricks 30 000 Mark zukommen. Andere EU-Bedienstete hielt er mit Flugtickets oder Eintrittskarten für Formel-1-Rennen bei Laune."

„Lejeune ist ruiniert, seit das verdeckte System des Gebens und Nehmens publik wurde. Vorvergangene Woche suchte er, eskortiert von Sicherheitskräften, den Grünen-Abgeordneten Manfred Kohn im Straßburger Europaparlament auf. Der sollte für ihn den Fürsprecher bei der Kommission spielen, doch der Ex-Revolutionär winkte ab. Jetzt hat Lejeune die Kommission verklagt, auf 20 Millionen Mark Schadensersatz: wegen Geschäftsschädigung."

Von Edith Denker, im Spiegel 45/1998.

Da ich diesen ausführlichen Artikel in aller Eile nur querlesen konnte, würde ich ihn mir später noch einmal ganz genau und sehr sorgfältig durchlesen.

Doktor Rahe staunte nicht schlecht, als ich in imposanter Begleitung im Biergarten erschien, in demselben Gartenlokal im Morellen Viertel, in dem wir uns schon einmal unterhalten hatten. Katrin hatte mich davon überzeugt, dass Doktor Rahe in Ordnung war, was immer das auch heißen mochte. Ich wünschte mir, dass sie Recht behielt.

„Donnerwetter, das ist ja ein Prachtkerl! Füttern Sie den Burschen mit ganzen oder mit halben Schweinen?" Ein wenig skeptisch betrachtete er meinen Begleiter.

„Mit Freunden." Ich grinste zurück.

„Dann möchte ich zu Ihrem Freundeskreis lieber nicht zählen." Obwohl er Rufus Respekt zollte, schien Rahe in Bezug auf große Hunde nicht übermäßig ängstlich zu sein. „Zuhause haben wir einen Golden Retriever", bestätigte er meine Vermutung, „die Kinder lieben ihn abgöttisch."

„Zuhause? Wo ist das?"

„In Düsseldorf. Sagen Sie mal, hört man das etwa nicht? Dann wären Sie aber die Erste." Er lachte mir freundlich ins Gesicht.

„Ein wenig schon".

„Wir mussten unseren Barry bei unserer ältesten Tochter lassen, leider. Meine Frau ist mir nach Brüssel gefolgt, wir wollten einfach nicht länger getrennt sein. Bin damals ziemlich kurzfristig und eigentlich auch nur vertretungshalber an diesen Job hier gekommen, quasi wie die Jungfrau zum Kinde." Er hob mit einer unschuldigen Geste die Schultern hoch. „Und dann hier hängen geblieben. Aber in einer Stadt wie Brüssel fühlen sich Hunde nicht unbedingt wohl, zumal wir unseren ersten Wohnsitz am Rande von Düsseldorf haben, sehr ländlich gelegen, müssen Sie wissen. Barry zuliebe haben wir darauf verzichtet, ihn hierher umzusiedeln. Aber ist nicht schlimm, unsere Tochter liebt ihn ja genauso heiß und innig wie meine Frau und ich", fügte er hastig hinzu.

Trotzdem schien ihm sein Hund zu fehlen. Ich händigte ihm die Tagesdosis von Gessners Medikamenten für den Freitag aus, die für Samstag und Sonntag behielt ich, ohne sie ihm zu zeigen. Wir vereinbarten, dass er sie in seinem eigenen Labor und ohne Wissen Dritter analysieren und mir danach sofort Bescheid geben würde. Bevor ich ging, stellte er mir noch indirekt eine Frage. „Wissen Sie, was komisch ist, junge Frau? Dass Gessner sein Nitro-Spray nicht benutzt hat. Alle Risikopatienten haben das Zeug spätestens nach dem ersten Herzinfarkt immer zur Hand. Meist in der Hosentasche oder so."

„Und dieses Spray hätte Gessner geholfen?"

„Hätte ihm wahrscheinlich das Leben gerettet, aber das habe ich doch schon einmal gesagt."

Konnte sich Katrin wirklich so irren? Steigerte sie sich in etwas hinein, das es gar nicht gab? Waren bereits fehlende Rückstände von Gessners Herzmedikamenten und das fehlende Nitro-Spray ernst zu nehmende Indizien dafür, dass Gessner umgebracht worden war? Und warum war Katrin dieses Nitro-Spray nie aufgefallen, wenn es doch unverzichtbar für schwer Herzkranke war? Und wenn Gessners es unbemerkt immer bei sich getragen hatte, wo verdammt noch mal war es dann in seiner Todesstunde gewesen?

Es hatte sich nicht bei seiner Garderobe befunden, deren Inhalt im Leichenschauhaus sofort exakt notiert worden war.

Zum gerichtsmedizinischen Bericht gehörte auch eine Liste aller Dinge, die der tote Abgeordnete bei sich getragen hatte, als er in die Pathologie eingeliefert wurde. Von einem Spray war nirgends die Rede. Das hatte mir Rahe auf meine Nachfrage hin nochmals versichert. Hatte Gessner das Medikament also in den Tiefen seines riesigen Schreibtisches verbuddelt und war deshalb nicht schnell genug an das Zeug herangekommen? Und wenn dem so wäre, wo befand sich dieses verdammte Nitro-Spray jetzt? Und die anderen persönlichen Dinge des Abgeordneten Gessner?

In jedem Büro gibt es sehr persönliche Dinge, die meisten befinden sich in den Schreibtischschubladen und nur wenige auf der Schreibtischplatte, wo sie jeder sehen kann. Sollte man sich inzwischen allerdings bereits von Amts wegen fragen, ob Gessner eines natürlichen Todes gestorben war oder nicht, stünde Katrin ganz oben auf der Liste der Verdächtigen. Sie hatte die Gelegenheit besessen, ihm seine Medikamente zu entziehen. Ohnehin hatte es ihrer ständigen Ermahnung bedurft, dass Gessner sie regelmäßig einnahm. Und eine kleine Spraydose verschwinden zu lassen hätte für sie kein Problem dargestellt. Besser ich fragte sie danach als die Polizei, und zwar möglichst bald.

Ein Thema versuchte ich bei meinen Überlegungen vergeblich auszuklammern. Philipp Guiader. Wie hatte es nur zu dieser verrückten Affäre kommen können? Absichtlich gab ich den Vorkommnissen der letzten Stunden keinen anderen Namen. Dem Alter, in dem man sich Hals über Kopf verliebte, waren wir beide längst entwachsen. Außerdem hatte die Art, wie wir Sex miteinander hatten, nicht unbedingt etwas Verliebtes an sich. Eher etwas Animalisches. Etwas Wildes, das mich zwar entzückte, mich gleichzeitig aber auch ein wenig entsetzte. Bei mir ließ sich das ja noch relativ leicht erklären. Ich war einfach total ausgehungert, hatte meinem Körper direkte männliche Hormongaben derart lange entzogen, dass ich, nachdem Minois den Bann gebrochen hatte, nach praller Männlichkeit richtiggehend süchtig war. Zwar konnte ich mich nicht erinnern, Philipp herausgefordert zu haben, aber vielleicht hatte mich meine Körpersprache verraten. Jedenfalls hatte ich mich weder in Gessners Büro noch vor dem Chefsalat geziert, geschweige denn mich gegen ihn zur Wehr gesetzt. Damit war das Bild, das ich selbst von meiner Ehrbarkeit kreiert hatte, ein für alle Mal ruiniert. Gut, dass Greta mir nur vor die Stirn sehen konnte. Aber als junge Hippie-Lady auf Ibiza hatte sie ihre Grenze in Sachen Sex vermutlich auch sehr weit gesteckt. Vielleicht hätte sie mich ja auch belächelt, aber meine Erziehung war nun mal überaus konservativ gewesen.

Was Guiaders Beweggründe für diese Affäre anging, machte mich richtig ratlos. Gut, ich machte sowohl nackt als auch angezogen eigentlich einen recht properen Eindruck. Zumindest fand ich mich einigermaßen tageslichttauglich. Aber Frauen wie mir begegnete er doch überall. Allein an seinem Arbeitsplatz tummelten sich Hunderte attraktiver Ladys. Die Flure des Europaparlaments waren die Laufstege hunderter Pumps- und vielleicht auch Straps-Trägerinnen, womit ich jedoch bisher nicht hatte dienen können. Seit meiner frühen Kindheit hasste ich Leibchen.

Die EU

„Hab gerade mit Frederic telefoniert." Glücklich klang das nicht, aber mit dieser Botschaft empfing mich Katrin, sobald ich das Haus betrat. Sie wirkte bedrückt. „Er ist wieder zuhause."

„Dieser Tunichtgut."

„Warum regst du dich denn jetzt auf, Marla?"

Für eine Frau, die mit ihrer Liebschaft angeblich durch war, reagierte sie ungewöhnlich heftig.

„Du vergibst mir hoffentlich meine flapsige Bemerkung", erwiderte ich ruhig „Oder wird man für so was hier schon standrechtlich erschossen?"

„Ach", winkte Katrin verärgert ab.

Aus eigener Erfahrung wusste ich sehr gut, dass Frauen ihren Bettgefährten mitunter zu sehr vertrauen, und legte ihr tröstend den Arm um die Schulter. „Lass dich nicht von mir ärgern, es war nicht böse gemeint."

Sie verdrehte die Augen. „Frederic behauptet jedenfalls, dass ich spinne. Seiner Meinung nach leide ich unter Verfolgungswahn, was Gessners Tod angeht. Idiot!"

Ab wie viel Uhr war Alkohol eigentlich erlaubt? Blue Hour war jedenfalls noch lange nicht. Die Flasche Himbeergeist, die vor Katrin stand, hatte eindeutig schon erfülltere Zeiten erlebt. Wie alle Ferienhäuser bot auch dieses keine echte Alternative zu den obligatorischen Billiggläsern. Keinen Deut besser als Katrin goss ich mir ebenfalls einen Daumen breit Eau de Vie de Fromboise ins Billigwasserglas. Das Beste an diesem Obstbrand war noch immer der Geruch. Dann erst nahm ich einen Schluck. Er verbrannte mir nicht die Gurgel, war also von bester Qualität.

„Hast du vor, dir die Kante zu geben?" Ich deutete auf den Pegelstand des edlen Brandes.

„Die Kante?" Katrin wirkte verdutzt.

„Oh, ich vergaß deine Internatserziehung, liebste Katrin. Ob du dich betrinken willst?"

Sie stöhnte leise. „Gar keine schlechte Idee."

Ich brachte die Flasche vorsichtshalber außer Reichweite. „Wo ist denn Greta?"

„Hat sich was hingelegt."

Die Frage drängte sich mir einfach auf. „Hat sie etwa auch am Feuerwasser genippt?"

Greta pflegte eine besondere Vorliebe für alles klare. Klares Wasser, klare Verhältnisse, klare Schnäpse. Eine Frau mit Format und glasklaren Vorstellungen vom Leben. Manchmal dachte sie über das andere Geschlecht vielleicht ein wenig schwarz-weiß und mit der Arroganz der Jüngeren vermutete ich hinter ihren Ansichten nicht ausreichend gelebte Gefühlsverwicklungen.

Hoffentlich würde man das eines Tages nicht auch von mir behaupten. Als unverheiratete Frau lief man ab einem gewissen Alter Gefahr, als Neutrum eingeordnet zu werden. Zum Glück hatte ich weder Kinder noch Nichten und Neffen, die das von mir denken mochten. Nur Katrin.

„Quatsch. Tante Greta fühlte sich einfach nicht besonders."

„Hoffentlich nichts Ernstes. Oder hat ihr der Schreck wegen Rufus so zugesetzt?" Nicht noch eine Schuld, mit der ich leben muss, dachte ich reumütig.

„Glaube ich nicht. Sie war einfach nur müde."

Wir steckten uns jede eine Zigarette an, als wir den Garten betraten. Die Luft war mild und die Gartenstühle einigermaßen bequem. Rufus hatte es sich unter einem der Bäume gemütlich gemacht und schnarchte leise. Wir beide hatten einen kurzen Gang im Park absolviert, bevor ich mit ihm heimgefahren war.

„Welche Neuigkeiten gibt es sonst noch vom van-der-Heijden-Spross?"

Katrin seufzte und nahm noch einen Schluck. „Frederic meint, dass ich mir wegen Gessners Tod alles nur einbilde. Auch sein Vater ist anscheinend dieser Ansicht." Das war allerdings interessant. Er sprach also mit seinem Vater über den Tod von Katrins Chef.

„Apropos Vater." Ich erinnerte mich an das Gespräch im Restaurant mit van der Heijden Senior. „Soweit ich informiert bin, soll dein Boyfriend in letzter Zeit versucht haben, sich das Leben schön zu saufen. Kann das stimmen?"

Katrin reagierte empört. „Wer behauptet denn so einen Blödsinn?"

Ich winkte ab. „Spielt keine Rolle. Aber ist es wahr oder nicht?"

Sie zögerte und zog den Kopf zwischen ihre Schultern. „Vielleicht", meinte sie leise.

„Dann wäre vielleicht ein Aufenthalt im Trockendock genau das Richtige für ihn."

Erschrocken sah sie mich an. „Sag mal, spinnst du?" Plötzlich wurde sie nachdenklich. „Na ja, vielleicht würde ihm das ja wirklich helfen." Einen Moment pafften wir schweigend unsere Zigaretten. „Manchmal wundere ich mich schon, wie viel Alkohol er verträgt. Frederic kann jeden unter den Tisch saufen." Das klang eine Spur zu unbekümmert, zu cool, um verbergen zu können, dass sie sich sorgte. Und das Lachen gefiel mir auch nicht.

„Hauptsache, du schließt dich ihm nicht an."

„Marla, ich bin doch nicht verrückt! Du meinst deswegen?" Sie hob ihr Glas, das sie mit raus genommen hatte, genau wie ich meines. „Da komme ich wohl eher nach Greta, das ist alles." Sie lachte und vergaß offenbar, dass Greta die Tante ihres Stiefvaters war und somit keine Blutsverwandte. „Außerdem habe ich für Alkohol nicht viel übrig. Ich trinke höchstens mal was auf Partys oder wenn ich traurig bin."

Und genau das verhieß nichts Gutes. „Magst du mir von deiner Arbeit erzählen?" Es wurde Zeit, dass ich mir ein besseres Bild von ihr und Gessner machen konnte. Ein Bild von der erwachsenen Katrin und nicht von dem Backfisch, den ich von früher kannte.

Plötzlich wirkte sie apathisch. „Unter der Woche sehen Frederic und ich uns kaum. Weißt du, für mich gibt es von frühmorgens bis spätabends nur Arbeit, Arbeit, Arbeit. Genau wie für Gessner." Katrin legte ihren Kopf auf den Gartentisch und begann übergangslos hemmungslos zu weinen. Ich ließ ihr Zeit. Irgendwann versiegten ihre Tränen und sie fuhr stockend fort. „Mein Chef war ein Optimist, ein Weltverbesserer. Ein guter Mensch." Wieder versagte ihr die Stimme. „Ehrlich. Verlässlich. Fair. Loyal. Weißt du, sobald man in Brüssel hinter die Kulissen schaut, merkt man schnell, dass hier wie überall auf der Welt die Grautöne überwiegen. Nichts ist so strahlend weiß, wie es den Anschein erweckt.

Aber niemand kann Gessner nachsagen, nicht seinen Teil dazu beigetragen zu haben, dass sie nicht überhandnehmen."

„Was?"

„Na, diese Grautöne. Der Klüngel, wie der Volksmund sagt."

„Kannst du dich vielleicht etwas weniger bildhaft ausdrücken? Etwas konkreter?" Ich fragte sehr behutsam, denn ich hatte Angst, Katrin würde dichtmachen, sobald es um Interna ging. Schweigepflicht.

Ihre Stimme klang etwas weniger monoton. „Wenn mein Chef eine Schweinerei mitbekam, dann hat er sich sofort dahintergeklemmt."

„Nenne mir mal ein Beispiel, Katrin."

„Da muss ich nicht lange überlegen. Das fing bei der Verschwendung von Büromaterial an und endete zum Beispiel bei der Reisekostenerstattung. Gessner selbst ging sogar so weit, seine Kugelschreiber nach privat und beruflich zu trennen."

„Ne, nicht wirklich... Gessner war ein Korinthenkacker?", entfuhr es mir.

Wenn Blicke hätten töten können! „Ganz und gar nicht. Nur ein unrechtsbewusster, aufrichtiger Mann!"

„Entschuldige, war nicht so gemeint." Inzwischen konnte ich mir ein Bild davon machen, weshalb es zu den Gerüchten um Katrin und ihren Chef gekommen war. Wer sie nicht kannte, konnte ihre Loyalität leicht missverstehen. „Und da kam es nicht hin und wieder zu Auseinandersetzungen? Ich meine, er hat sich doch bestimmt mit einigen Kollegen angelegt? Hier geht es ja ganz schön rund, wenn man der Presse glauben darf, Katrin."

Es dauerte einen Moment, bis ich eine Antwort bekam. „Nein, so kann man das nicht sagen. Eigentlich konnte ihn jeder genau einschätzen, Gessner sagte immer offen seine Meinung. Das war zwar manchmal unbequem, aber nicht dramatisch. Nein, mir sind keine Zwischenfälle mit Kollegen bekannt. Mitunter wird natürlich sehr streitbar im Parlament oder in den Gremien diskutiert, aber ich glaube nicht, dass ihm das zu schaffen gemacht hat. Eher was Anderes." Sie fuhr sich mit einer Hand über die Augen. „Manchmal wurden ihm Sachen zugetragen, einfach nur seiner Integrität wegen. Weil man sich eben sicher sein konnte, dass Gessner sich dieser Angelegenheit gewissenhaft annahm." Sie schwieg. Und befand sich gerade mitten in ihrem früheren Leben.

Ich ließ ihr Zeit, bevor ich erneut fragte. „Sind dir Telefonate aufgefallen, die dir seltsam vorkamen? Oder war Gessner vielleicht sehr aufgebracht, nachdem er Besuch gehabt hatte? Ist irgendetwas Ungewöhnliches in letzter Zeit passiert?"

„Was meinst du damit?" Sie stützte den Kopf mit einer Hand und wirkte betäubt.

„Telefonate, die er nicht in deinem Beisein führen wollte, zum Beispiel. Anrufer, die dir ihren Namen nicht nennen wollten, so etwas in der Art."

Sie sah mich ernst an. „Endlich denkst du also auch, dass man ihn umgebracht haben könnte." Für eine so junge Frau erkannte ich viel zu viel Härte in ihrem Blick, Härte in diesen wunderschönen großen, blauen Augen, die dort nichts zu suchen hatte.

„Ich könnte mir vorstellen, dass man ihn in den Herzinfarkt getrieben hat. Vielleicht." Besser, ich spielte mit offenen Karten. „Katrin, besaß Gessner wirklich kein Nitro-Spray für den Notfall?"

„Nicht das ich wüsste. Sollte er?" Sie wirkte perplex. Ihre Reaktion konnte nicht gespielt sein, oder?

„Alle Infarktpatienten tragen dieses Spray bei sich, behauptet jedenfalls Doktor Rahe. Und der sollte es ja wohl wissen."

Sie schüttelte langsam den Kopf. „Keine Ahnung. Davon weiß ich nichts. Hätte ich davon gewusst, hätte ich darauf geachtet, dass er es immer bei sich trägt. Wie sieht denn so ein Spray aus?"

Es musste handlich sein. „Wie ein Mundspray, nehme ich an."

Katrin schüttelte den Kopf. „Er lutschte dauernd Pfefferminzbonbons, aber ein Spray ist mir beim Chef nie aufgefallen. Ach, du kanntest ihn nicht, Katrin." Wieder wirkte sie völlig verzweifelt. „Gessner war so gleichgültig, was seine eigenen Belange anging. Meinst du, er hatte das Spray vielleicht zuhause? Oder hatte es verlegt?"

„Keine Ahnung. Katrin, was ist mit den Anrufen?"

„Negativ." Offenbar kramte sie tief in ihrem Gedächtnis. „Aber irgendwas muss Gessner in letzter Zeit schon arg mitgenommen haben. Ich dachte, es wäre der ganz normale Parlamentswahnsinn. Er verließ sein Büro neuerdings noch später als sonst. Manchmal hatte ich den Verdacht, dass er nachts überhaupt nicht in sein winziges Appartement gefahren ist, sondern in dem dicken Sessel in seinem Büro geschlafen hat. Aber ich kann mich natürlich irren. Und mich hat er mehrmals früher als üblich nach Hause geschickt." Sie sprach so leise, als spräche sie mit sich selbst.

„Irgendwelche seltsamen Besucher?"

Sie senkte den Kopf. Das tat ich auch manchmal, um mich besser konzentrieren zu können. „Seltsam? Nein." Ihre

Augenbrauen zuckten hoch. „Nur dass wir vor zwei, drei Wochen hohen Besuch hatten. Richtig hohen Besuch."

Ich wurde hellhörig. „Wer war es denn?"

„Frederics Vater. Eines Spätabends, lange nach Feierabend, hatten sie einen Termin beim Chef im Büro vereinbart. Aber aufgrund von über hundert Überstunden, die sich bei mir angehäuft hatten, wollte Gessner auf gar keinen Fall, dass ich wegen van der Heijden länger blieb." Katrin seufzte. „Ich fand das echt schade, denn ich hätte Frederics Vater gerne kennengelernt. Aber der Chef schickte mich in den Feierabend. Am nächsten Morgen hat mir Gessner eine Gesprächsnotiz diktiert. Es ging um nichts Geheimnisvolles, nur um ganz normalen Eurokram. Um irgendein Förderprogramm."

„Und das kam dir nicht seltsam vor? Dass sich ein van der Heijden, graue Eminenz und Mitglied der Kommission, mit derlei Lappalien an Gessner wendet?"

Katrin biss sich auf die Lippe. „Von der Seite aus habe ich das noch gar nicht betrachtet."

Als Greta am Nachmittag aufstand behauptete sie, sie habe nur einen Mittagsschlaf nötig gehabt. Umso verwunderter war ich, als sie sich im Garten gleich darauf auf einen etwas wacklig wirkenden Liegestuhl legte und sofort wieder eindöste.

Katrin hatte Kaffee gekocht. Als ich mir zu meinem großen Schwarzen eine Zigarette anstecken wollte, stellte ich fest, dass die Schachtel leer war. „Mist."

„Mich musst du gar nicht so fragend ansehen, Marla. Ich habe auch keine mehr."

„Verdammt, in diesem Haus muss es doch irgendwo noch Zigaretten geben." Meine Bequemlichkeit in Kombination mit meiner Sucht sorgte dafür, dass ich systematisch das ganze Haus durchkämmte, anstatt mich einfach ins Auto zu setzen, um an der nächsten Tankstelle Zigaretten zu kaufen, am besten gleich eine Stange. Ganz zuletzt kam meine Tasche an die Reihe, obwohl ich mir sicher war, dort nicht fündig zu werden. Dafür förderte ich den von mir sträflich vernachlässigten Terminplaner Gessners zutage.

„Woher hast du den?" Katrins Frage klang barsch und sie starrte mich aus weit aufgerissenen Augen an.

„Aus Gessners Büro, woher denn sonst."

„Gib her." Sie riss mir den Kalender aus der Hand, blätterte ihn durch, und es dauerte nicht lange und sie fing wieder an, sich mit dem Handrücken die Augen und die feuchte Nase zu reiben. „Hier." Sie deutete auf einen Freitag Anfang Juni und ihre Stimme klang wie erloschen. „An dem Tag war die Hälfte der Abgeordneten, natürlich auch der Chef, noch nicht zurück, als plötzlich eine außerordentliche Plenarsitzung anberaumt wurde. Und warum fehlten alle? Wegen eines Bombenalarms am Airport von Straßburg. Eines Fehlalarms, wie sich herausstellen sollte." Katrin geriet bei ihrer Schilderung außer Atem. „Deswegen kamen viele erst zurück, als die Sitzung bereits lief. Diese Aufregung hat ihn ziemlich gestresst. Er wollte partout nicht auf mich warten und ließ sich nicht davon abhalten, nach seiner Rückkehr umgehend in den Sitzungssaal zu eilen. Es muss wichtig gewesen sein. Also der Anlass dieser außerordentlichen Sitzung, meine ich. Ich erinnere mich nicht mehr, um was es ging. Ich weiß nur noch, dass ich Gessner im Laufschritt seine Pillen hinterhergetragen habe, aus Angst, er kriegt einen Herzinfarkt, so abgehetzt wirkte er. Und es war mir scheißegal, was seine Kollegen denken mochten!"

Ja, dieser Vorfall war mir bekannt, wenn auch aus einer anderen Perspektive.

Ich war verblüfft. „Wie kann es denn angehen, dass so viele Abgeordnete von diesem Bombenalarm aufgehalten wurden? Es können doch nicht alle in Straßburg leben? Und Gessner lebte doch, soviel ich weiß, auch hier in Brüssel."

Katrin sah mich an, als hätte ich mich als total beschränkt geoutet. „Weißt du etwa nicht, dass es insgesamt drei Sitzungsorte gibt? Und dass alle regulären Parlamentssitzungen im Hauptsitz des Europäischen Parlaments in Straßburg stattfinden? Immer eine Woche im Monat, von Montagabend bis Freitagmittag?" Ich musste in ihren Augen als völlig unwissend erscheinen. Ich wollte mich dazu äußern, doch sie ließ mich nicht zu Wort kommen. „Und dass in Brüssel nur Ausschuss- und Fraktionssitzungen abgehalten werden? Na gut, ab und an auch ein paar außerplanmäßige Plenarsitzungen, um den ständigen Kontakt zur Europäischen Kommission zu ermöglichen und aufrechtzuerhalten."

Ich grübelte, versuchte mich zu erinnern. „Ich habe das mit den Sitzungen in Straßburg mal gelesen." Die Europapolitik war für mich überhaupt erst durch Katrin zu einem Thema geworden. Obwohl ich ansonsten sehr wohl Interesse an politischen Themen hatte, kam mir alles, was in Brüssel geschah, schrecklich verwirrend vor. „Bedeutet es, dass du mit deinem Chef regelmäßig in Straßburg warst?"

„Blödsinn!" Katrin seufzte genervt. „Von den rund 4.000 Bediensteten arbeiten ungefähr 1.200 ausschließlich in Brüssel. Und zu denen gehöre ich. Und Gessners Hauptbüro war in Brüssel. Und um dich jetzt vollends zu verwirren... Es gibt sogar noch das Generalsekretariat des Europäischen Parlaments, und das befindet sich in Luxemburg."

Jetzt war ich endgültig raus aus der Nummer. Katrin erkannte meine Verwirrung und fuhr in nachsichtigem Tonfall fort. „Wenn Gessner in Straßburg oder Luxemburg war, wurde ihm dort eine Mitarbeiterin zur Seite gestellt. Aber ich war natürlich seine Chefsekretärin," stellte sie klar und stützte dabei wieder den Kopf auf eine Hand. „Du kannst dir ja denken, dass diese Dreiteilung eine Menge Konfusionen mit sich bringt." Sie seufzte. „Oft verschwinden Unterlagen auf ihrem Weg von einem zum anderen Tagungsort. Hin und wieder sogar auf Nimmerwiedersehen, obwohl das natürlich nicht publik gemacht wird. Wir führen aus diesem Grund alle wichtigen Akten doppelt, manche sogar dreifach."

Das passte zu Katrin, der Korrektheit in Person. Und obwohl er sich selbst offenbar sträflich vernachlässigte, war Gessner als Europaparlamentarier anscheinend die personifizierte Verlässlichkeit.

„Hochinteressant", hörte ich mich murmeln, während ich angestrengt nachdachte. „Das bringt mich auf eine Idee! Mit welchem Ressort war dein Chef eigentlich befasst? Oder war seine Tätigkeit nicht an ein Ressort gebunden? Oder hat man ihm vielleicht ein hochbrisantes Aufgabengebiet übertragen?"

„Was du dir so alles zusammenreimst!" Sie tippte sich an die Stirn. „Gessner war in der Hauptsache mit der Osterweiterung beschäftigt. Früher, bevor es ihm immer schlechter ging, ist er viel auf Reisen gewesen. Aber das war noch vor meiner Zeit in Brüssel. Inzwischen betraute man ihn, wegen seiner angeschlagenen Gesundheit, mit leichteren Jobs. Gessner erarbeitete hauptsächlich Vertragsvorlagen. Wenn du so willst, bereitete er als Ausschussmitglied die Arbeit für bestimmte Plenarsitzungen vor."

„Klingt nach jeder Menge trockenem Papierkram. Wie lange war Gessner denn schon Abgeordneter im Europa Parlament? Und welcher Partei gehörte er eigentlich an? Und wie alt war dein Chef eigentlich?"

„Ich sehe, vor mir sitzt eine gut informierte Bürgerin", höhnte Katrin und grinste. „Gessner war Mitglied der Sozialdemokratischen Partei, die ihm im nächsten Februar anlässlich seines 55. Geburtstages eine pompöse Feier ausgerichtet hätte. Hat er mir erzählt. Und EU-Abgeordneter war er seit etwas über zehn Jahren." Ihre Augen füllten sich wieder mit Tränen.

Ich griff nach ihrer Hand und drückte sie behutsam. „Wie lange hätte Gessner deiner Meinung nach denn noch so weitergemacht?" Meine vage Handbewegung reichte offenbar nicht. „Trotz seiner Herzschwäche, meine ich."

„Nächstes Jahr sind Neuwahlen." Sie seufzte und schüttelte den Kopf. „Er hatte vor, nicht mehr fürs EU-Parlament zu kandidieren, und sich stattdessen in seinen Wahlkreis nach Münster zurückzuziehen. Die Partei hat ihn sowieso schon seit längerem bedrängt, Platz zu machen für einen Nachfolger. Für jemandem, der sich besserer Gesundheit erfreut. Nett, nicht wahr?" Ihr Zynismus brachte bei ihr Gesichtszüge zum Vorschein, die sie trotz ihrer Jugend alt und verbraucht aussehen ließen. „Der Mohr hat seine Schuldigkeit getan, der Mohr kann gehen," fuhr sie fort. „Der Chef hat mich gefragt, ob ich mit ihm zurück nach Münster gehen würde."

„Und?"

Sie schüttelte den Kopf. „Ich blöde Kuh habe mich noch nicht festlegen wollen und mir Bedenkzeit erbeten. Aller Wahrscheinlichkeit nach hätte ich ja gesagt, klar. Und wenn Frederic sich weiterhin nicht gerührt hätte, dann sowieso.

Aber jetzt ist das alles Schall und Rauch. Ich habe keine Ahnung, ob mich sein Nachfolger oder ein Kollege für sein Team brauchen kann. Und einen Chef wie ihn kriege ich ohnehin nicht noch einmal."

Wie ein Häufchen Elend saß sie da und ich konnte ihr nicht helfen. Das Gefühl machte mir schwer zu schaffen. „Katrin, überlege bitte noch einmal genau. War bei seinem Job absolut nichts, das dir rückblickend vielleicht doch als brisant erscheint?"

Sollte es tatsächlich Mord gewesen sein, wie auch immer der hatte ausgeführt werden können, stand für mich fest, dass Gessner einzig wegen seines Jobs getötet worden sein musste. Ein Privatleben hatte es für diesen Mann ja offenbar nicht gegeben. Und irgendwo in Brüssel, vielleicht auch in Münster, lag vermutlich die Antwort auf die Frage nach dem Warum. Es müsste nur jeder Stein gründlich umgedreht werden.

Katrin schmunzelte plötzlich. „Wenn du es als brisant bezeichnen willst, dass man ihn kürzlich mit einem gewissen Gresser verwechselt hat."

„Wie bitte?"

Katrin begriff nicht, was mich an ihrer Bemerkung derart erregte. „Man hat ihm vor ein oder zwei Wochen versehentlich Unterlagen zugestellt, die nicht für ihn bestimmt waren, das ist aber auch alles. Dass man sich in der Versandstelle manchmal irrt, gehört hier zum Alltag." Sie sah mich grinsend an. „Wie gesagt, Konfusion hoch drei." Das war der Kommentar einer Person, die sich nicht mehr ärgerte, ja nicht einmal mehr wunderte.

Und zum ersten Mal bekam ich das Gefühl, Witterung aufnehmen zu können. „Kennst du diesen Gresser? Was macht der Mann? Wo und woran arbeitet er? Wie sieht er aus? Ist er ledig? Verheiratet? Hat er Kinder?"

„Hör auf, Marla. Ich kenne diesen Gresser nicht. Ich habe damals in der Personal-Liste nachgeschaut, um ihm die Unterlagen umgehend zukommen zu lassen. Wenn ich mich recht erinnere, hat er irgendwas mit der Europäischen Kommission zu tun, als Verwaltungsbeamter."

Enttäuscht ließ ich mich gegen meine Stuhllehne fallen. „Wie? Er ist kein Politiker?"

„Nein, bloß ein Beamter. Wieso ist das denn wichtig?"

„Ich wollte es nur noch einmal bestätigt haben. Keine Ahnung, ob das von Bedeutung ist."

Ich ließ sie in Ruhe und dachte nach. So viele Fragen, auf die es keine Antwort gab. Aber in einer Sache könnte sie mir sicher weiterhelfen.

„Katrin, kannst du mir bitte dieses ganze EU-System einmal so erklären, als hättest du es mit einem Kind zu tun? Gesundes Halbwissen hilft mir hier nicht weiter. Und leider steige ich da einfach nicht durch." Als ich ihr tadelndes Kopfschütteln sah, schnitt ich eine hilflose Grimasse. „Bitte, hab Erbarmen mit mir. Fünf Organe, richtig?"

Sie korrigierte mich nachsichtig. „Nicht fünf, sondern sieben. Europäischer Rechnungshof, Europäische Zentralbank und Europäischer Gerichtshof erklären sich ja wohl von selbst, oder?"

„Bleiben immer noch vier." Meine Augenbrauen hoben sich ohne mein Zutun.

„Stimmt." Sie seufzte und nahm ihr Schicksal an. „Also Marla, Nummer eins ist das Europäische Parlament. Das kennst du ja. Gessner gehörte als gewählter Abgeordneter dazu. Das kannst du dir wie den Deutschen Bundestag

vorstellen, nur dass die Abgeordneten aus allen EU-Mitgliedsstaaten kommen." Ich nickte. „Die Aufgabe des EU-Parlaments
ist die Gesetzgebung, der Haushalt und deren demokratische
Kontrolle. Übrigens auch die Kontrolle der Europäischen
Kommission." Das war mir neu. „Das Parlament tagt sowohl
in Brüssel als auch in Straßburg und Luxemburg."

„Alles klar."

„Nummer zwei ist der Europäische Rat. Er ist sozusagen der
Kronrat und setzt sich aus allen Staats- und Regierungschefs
sämtlicher Mitgliedsstaaten und dem aus ihren Reihen
gewählten Präsidenten dieses Rates zusammen. Hier geht es
um die große Weltpolitik. Hauptaufgabe des Europäischen
Rates ist die politische Weichenstellung. Und sein Sitz ist
Brüssel." Wieder nickte ich zur Bestätigung, dass ich das
begriff.

„Dann weiter zu Nummer drei, und das ist die Europäische
Kommission." Ich wollte Katrin nicht unterbrechen, aber diese
Kommission war die Crème de la Crème, wie mir Katrins
Kollegin Rückert verraten hatte. „Sie besteht aus je einem
Kommissar pro EU-Mitgliedsstaat plus ihres Präsidenten, und
das ist zurzeit Jacques Dubois. Ihre Hauptaufgabe besteht
darin, neue Gesetze zu entwickeln, sobald diese notwendig
werden. Hinzu kommt die Festlegung und Verwaltung des EU-
Haushaltes und diverser Programme. In der Hauptsache
sind das Förderprogramme. Wenn du so willst, ist diese
Kommission praktisch Regierung und Kontrollorgan der EU
zugleich. Und ihr Sitz ist hier in Brüssel." Sie seufzte. „Kürzlich
hat man in ihrem Sitz, dem Berlaymont-Gebäude, eine Asbest-
Verseuchung festgestellt. Deshalb ist die Kommission derzeit
in über sechzig Gebäuden über die Stadt verteilt. Schrecklich."

„Das wusste ich," triumphierte ich. „Bei dieser Kommission geht es also um Gesetze, die für alle EU-Mitgliedsstaaten Gültigkeit haben, richtig?" Katrin nickte. „Und um die Verwaltung der Gelder für all diese Förderprogramme?" Sie nickte erneut. „Und um die Entscheidung, wo und unter welchen Voraussetzungen diese Gelder eingesetzt werden." Ich nahm mir vor, den SPIEGEL-Artikel schleunigst gründlicher zu studieren, denn in meinem Hinterstübchen schrillte eine Alarmglocke.

Katrin überlegte kurz. „Kann man so sagen. Es geht um die Förderung bestimmter Initiativen, innerhalb der EU und weltweit. Und du hast Recht, an die Gesetze, die sie ausarbeitet und die der Rat anschließend erlässt, müssen sich alle EU-Mitgliedsstaaten halten. Sie sind bindend für die gesamte EU." Dieses junge Ding kannte sich verdammt gut aus. Respekt!

„Und damit sind wir auch schon bei Nummer vier, Marla. Und das ist der Rat der Europäischen Union. Im Rat kommen die Minister aus jedem EU-Land zusammen, je nach bei diesen Zusammenkünften zu verhandelnden Politikbereich. Es geht darum, gemeinsam Rechtsvorschriften zu diskutieren, zu ändern und schlussendlich anzunehmen. Außerdem koordinieren sie auf ihren Sitzungen ihre Politikbereiche. Alle auf den Ratstagungen anwesenden Minister sind befugt, für die Regierungen der von ihnen vertretenen Mitgliedstaaten verbindlich zu handeln. Sitz ist...?" Katrin grinste.

„Brüssel", ergänzte ich gehorsam.

Katrin meinte, mehr wolle sie mir nicht zumuten, sonst wäre sie noch schuld daran, wenn ich nicht zur nächsten EU-Wahl ginge. Und das Wichtigste sei jetzt ohnehin erklärt worden.

Ich schüttelte den Kopf, nahm ihn in beide Hände, rieb mir übers Gesicht und wischte mir schließlich über die Augen. Dann atmete ich tief aus. „Katrin, du kannst sagen, was du willst, aber mir kommt das alles so vor, als wäre die ganze EU eine einzige Kirmes. Als ob sich hier jeder vor sich hin vergnügt, bis man ihm auf die Schliche kommt." Und damit war ich der Wahrheit gefährlich nahegekommen. Aber das würde sich erst viel später bewahrheiten.

Inzwischen hatte sich Greta zu uns gesellt. Ihre Wangen glühten. Wahrscheinlich hatte sie zu lange in der Sonne gelegen. „Lasst euch nicht stören, Mädels, ich lausche andächtig. Vielleicht lerne ich auf meine alten Tage ja auch noch was dazu." Dass Greta freiwillig ihr Alter ins Spiel brachte, beunruhigte mich mehr, als mir lieb war. Ich nahm mir vor, sie nicht mehr aus den Augen zu lassen.

Den restlichen Nachmittag verbrachte ich mit der Sichtung von Gessners Terminplaner. Eintragungen von Gesprächen, Sitzungen und Besuchern folgten dicht aufeinander. Zumeist waren vollständige Namen angegeben, bei einigen Terminen fiel mir jedoch auf, dass Gessner nur Initialen eingetragen hatte. Merkwürdig. Zwei Tage vor seinem Tod stand eine beinahe unleserliche Eintragung in krassem Gegensatz zu den ansonsten recht lesbaren Eintragungen im Kalender.

Olaf, meinte ich mühsam entziffern zu können.

Gessner selbst hieß Olaf, aber wer kritzelt schon den eigenen Vornamen in seinen Terminkalender? Und wozu diente dieser Eintrag? Mir fiel keine Erklärung ein. Andere Termineintragungen bezeugten Katrins Tüchtigkeit, denn die Vermerke in ihrer Handschrift waren nicht nur mit vollständigem Namen, sondern auch mit den dazu gehörigen Telefonnummern vorgenommen worden. Sollte sich hinter alledem ein Geheimnis verbergen, war es gut verschlüsselt. Kein einziger Eintrag, der mir zu neuen Erkenntnissen verholfen hätte.

In der Hoffnung, etwas von seiner Aura zu verspüren, vielleicht seinen Stress und seine körperliche Anstrengungen wahrzunehmen, und so der Lösung vielleicht ein Stück näher zu kommen, setzte ich mich an den riesigen Schreibtisch Gessners. Während ich das Meisterwerk seines Vaters betrachtete und zaghaft berührte, wurde mir, wie so oft in letzter Zeit, meine Unzulänglichkeit bewusst. Ich taugte weder als Detektivin noch als Autorin, war mit anderen Worten eine Versagerin durch und durch, außerdem eine verschmähte Ehefrau und nicht zuletzt eine verhinderte Mutter. Gab es überhaupt etwas, wofür ich auch nur ansatzweise qualifiziert war? Okay, ich war eine recht ordentliche Bankerin gewesen. Vielleicht hätte ich meinen Job in der Hypothekenabteilung der Bank besser behalten. Wenn ich nicht irgendwann mit dem Schreiben erfolgreich wurde, müsste ich diesen Schritt vielleicht rückgängig machen. Auch ich brauchte das Gefühl, zu etwas nütze zu sein. Den lieben langen Tag in die Luft zu starren, nachdem mein Manuskript fertig gewesen war, stellte kein erfülltes Leben dar. Ich brauchte eine Aufgabe.

Ich stand auf, ging in die Küche und spülte das Geschirr ab. Katrin, die sich inzwischen ebenfalls an dem Ungetüm von Schreibtisch zu schaffen gemacht hatte, entriss mich mit einem spitzen Schrei aus der Düsternis meiner Überlegungen.

„Marla, komm mal schnell her. Komm! Beeil dich!" Ich eilte in den Salon. „Hier, sieh doch mal!" Aufgeregt hielt sie einen dicken, braunen Umschlag hoch. Neben ihr bedeckten sämtliche Schubladen des Möbels den Boden. „Der hier war in einem Geheimfach versteckt."

Und hatte dort auf seine Entdeckung gewartet. Eine Entdeckung durch uns? Nein. Gessner hatte sein Ende wohl kaum kommen sehen. Aber er war sich vielleicht der Tatsache bewusst gewesen, dass man diese Unterlagen besser nicht bei ihm fand. Ungeduldig entriss ich Katrin den Umschlag. Zwei Stempel prangten schwarz auf dem hellbraunen Karton. Geheim! Secret!

„Marla, was machst du da? Siehst du denn nicht, was da steht? Geheim!" Schon wurde mir meine Beute, die ich instinktiv an meine Brust gedrückt hatte, wieder entrissen.

„Katrin, ich fasse es nicht," schnaubte ich wütend. „Hör mir bitte mal genau zu." Meine Stimme klang aufgeregt, was ich durchaus war. Sie sah mich kühl und herausfordernd an. „Wenn diese Sache, was immer es auch sein mag, unter uns bleibt, dann ist sie ja auch weiterhin geheim. Wir werden den Inhalt des Umschlages wohl kaum an die große Glocke hängen. Also mach nicht so ein Theater und gib den Umschlag wieder her."

Ich ahnte, dass Katrin sich zieren würde und schaffte mit einem beherzten Griff Fakten. Wenn auch unter erheblichem Kraftaufwand brachte ich den Umschlag an mich, sprintete los, knallte meine Schlafzimmertür hinter mir zu, stemmte mich vorsichtshalber dagegen und verriegelte sie von innen. Das Hämmern gegen die Tür ignorierte ich standhaft. Nach einer Weile gab Katrin entnervt auf. „Wie kannst du nur?", empörte sie sich lautstark, bevor sich ihre Schritte entfernten.

Hätte ich zulassen sollen, dass ihr Pflichtbewusstsein die Oberhand gewann? Mit zitternden Fingern öffnete ich vorsichtig den festen Karton des Umschlags. Auf der ersten Seite, offenbar dem Deckblatt eines Berichtes, prangte der Schriftzug UCLAF in fetten Lettern wie ein Firmenlogo. Da der Bericht in französischer Sprache abgefasst war, war ich noch genauso schlau wie vorher.

Trotzdem war ich mir sicher, eine Art Finanzbericht in den Händen zu halten. Dafür sprachen seitenlange Zahlenkolonnen und die dem Bericht als Anlage beigefügten Schriftstücke, die aussahen wie Erläuterungen zu einer Bilanz. Zwei Stunden mühte ich mich vergeblich mit dem Versuch einer Übersetzung ab, bevor ich mich geschlagen gab.

Musste ich mich also doch Katrin anvertrauen?

Als ich kurz vor Mitternacht mein Gefängnis auf schleichenden Sohlen verließ, war weder etwas von Katrin noch von Greta zu sehen oder zu hören. War ich zu weit gegangen? Waren sie abgereist? Das bezweifelte ich, da sie mit dem Zug gekommen waren. Und einen Pendelverkehr von Brüssel in Richtung Osnabrück nachts konnte ich mir kaum vorstellen.

Ich schnappte mir Rufus, lud ihn ins Auto, schloss so leise wie möglich die Autotür und verstaute den großen Umschlag zusammengerollt im Handschuhfach. Ich ließ den Motor an und wir machten uns auf den Weg.

Zunächst fuhr ich zum Parc du Cinquantenaire, um Rufus rasch seine Abendgeschäfte erledigen zu lassen. Angst verspürte ich keine, denn ich war schließlich in Begleitung eines nicht zu unterschätzenden Bodyguards unterwegs. Da ich mein Handy mitgenommen hatte schrieb ich Philipp eine Nachricht, um ihn auf mein Kommen vorzubereiten.

In seinen natürlichen Bedürfnissen unterschied sich Rufus nicht von Titus. Genau wie der beschnupperte er die Hinterlassenschaften anderer Hunde, um anschließend seine eigene Marke obendrauf zu setzen.

Wir waren noch nicht weit in Richtung Parkmitte gegangen, als Rufus sich seltsam zu verhalten begann. Mehrmals blieb er kurz stehen und spitzte die Ohren. Vielleicht erforderte das Rascheln der Tiere im Unterholz oder der Tauben in den Bäumen seine Aufmerksamkeit. Ich setzte meinen Weg jedoch deutlich langsamer und deutlich aufmerksamer fort. „Fuß", forderte ich ihn verärgert auf, als er sich in die Leine stemmte und sich mir einfach nicht unterordnen wollte. Mochte ich ziehen und zerren, wie ich wollte, Rufus blieb stehen und rührte sich nicht vom Fleck.

Länger konnte ich dieses Verhalten unmöglich als Unart abtun. Verunsichert lauschte ich in die Dunkelheit. Ich hörte nichts, kein auffälliges Geräusch. Seiner Leine einen energischen Ruck gebend versuchte ich erneut, Rufus zum Weitergehen zu zwingen, doch er blieb wie angewurzelt stehen. Dann begann er tief aus dem Bauch heraus zu grollen. Endlich begriff ich und erinnerte mich an die notwendigen Kommandos.

„Rufus, aufgepasst! Fuß!" Ich löste den Karabinerhaken von seinem Halsband, bedeutete ihm aber mit festem Griff ins Halsband, bei mir zu bleiben. Bei dem Gedanken daran, wie mühelos er sich dagegen hätte zur Wehr setzen können, wurde mir mulmig zumute. Rufus war ein toller Hund und gehorchte, ohne zu murren. Ich ließ meine Hand an seinem Halsband, mehr zu meiner Beruhigung, denn somit bildeten wir eine Einheit.

Die winzigen Lichtinseln im ansonsten recht finsteren Park wurden von wenigen Lampen erzeugt, die mehr unter dem Gesichtspunkt von Schönheit und Eleganz ausgewählt worden waren. Zum Glück standen wir in keiner dieser Lichtinseln. Uns umgab eine Dunkelheit, die von einem

Halbmond nur unzureichend beleuchtet wurde. Selten hatte ich mich derart elektrisiert gefühlt wie in diesem Moment. Ich verspürte eine Anspannung, die mir gleichzeitig meine Sinne schärfte als auch lähmte. Wir drehten um, gingen langsam zurück in Richtung Parkausgang und auf die angrenzenden Parkbuchten zu. Dort stand der Wagen, dort wären wir in Sicherheit. Von Schritt zu Schritt verstärkte sich das Gefühl, durch Watte zu waten. Im wahrsten Sinne des Wortes verlor ich an Bodenhaftung. Jedes Knacken, jedes Rascheln im Gebüsch überzeugte mich davon, dass der Verursacher ein Mensch und kein Tier war. Verunsichert begann ich langsam zu traben, Rufus dicht neben mir, für dessen Nähe ich unendlich dankbar war.

In ungefähr hundert Metern Entfernung war bereits mein Wagen im schwachen Licht der Straßenlaternen aus-zumachen, als Rufus sich mit einem Ruck losriss und mit einem gewaltigen Sprung ins Gebüsch hechtete. Dann erklang ein Schrei. Und obwohl mir mein Herz die Rippen auseinander zu sprengen gedachte, wusste ich, dass ich wohl oder übel meinem Hund hinterher musste. Dass ich ihm zu folgen hatte, bevor er Ragout aus seinem Opfer machen konnte. Sein finsteres Grollen wies mir den Weg. Erst jetzt schaltete ich die kleine Taschenlampe ein, die ich bei Abendspaziergängen mit meinem Vierbeiner stets dabei hatte.

Am Boden, inmitten halbhoher Gehölze, lag eine von Kopf bis Fuß schwarz gekleidete Person, lag da wie tot, absolut reglos. Kein Wunder, denn Rufus stemmte ihr eine seiner mächtigen Pranken auf die Schulter. Bei genauerem Hinsehen erkannte ich, dass er einen jungen Mann auf den taufeuchten Boden nagelte, während knurrend sein weit geöffnetes Maul über dessen Hals schwebte. Beim Näherkommen bemerkte ich einen stechenden Geruch. Der Kerl hatte sich vor Angst in die Hosen gepinkelt. Ich betete, dass meine Dogge nicht einen harmlosen Passanten gestellt hatte.

Mit dem energischen Kommando „Rufus, aus" und einem kräftigen Ruck an seinem Halsband zog ich Rufus von seiner Beute fort. Dann holte ich tief Luft, bevor ich loslegte. „Verdammt, was haben Sie hier zu suchen?" Meine Angst und meine Aufregung brauchten unbedingt ein Ventil. „Warum schleichen Sie hinter mir her? Was wollen Sie von mir?" Keine Reaktion. „Los, reden Sie! Oder ich hole die Polizei." Mein Handy lag bereits in meiner Hand.

„Non, non et non." Es war weniger eine Bitte als mehr ein flehentliches Winseln. „Pas de Police, Madame." Weil ich mich dank Rufus wieder als Herr der Lage zu fühlen begann, ergriff ich die schmächtige Person am Revers ihres Mantels und zog sie wutentbrannt hoch, durchs Gestrüpp und hinter mir her, bis wir unter der nächstgelegenen Laterne standen.

Der Bursche war allenfalls Anfang Zwanzig, dürr und durch eine starke Akne gezeichnet. Seltsamerweise trug er trotz angenehmer Nachttemperaturen einen schwarzen, langen Sommermantel über langen, engen, dunklen Hosen. Erst als ich in seinen Mantel griff, um die Innentaschen nach Ausweispapieren zu inspizieren, begriff ich, womit ich es zu tun hatte. Sein aus dem offenen Reißverschluss seiner Hose hängendes Geschlechtsteil war zu bedauernswürdiger Winzigkeit geschrumpft.

Kein Killer!

Endlich konnte ich tief durchatmen. Dann dachte ich laut nach, während Rufus den Burschen nicht eine Sekunde lang aus den Augen ließ, das Grollen in seiner Brust nahm dabei kein Ende. „Was mache ich denn jetzt bloß?" Der Typ wagte es nicht, sich auch nur einen Millimeter zu bewegen. Ich musste diesen kleinen Scheißer doch der Polizei übergeben. Der Typ musste doch aus dem Verkehr gezogen werden. Damit wäre allen Frauen geholfen, die von ihm sonst noch belästigt würden. Aber leider würde ich damit auch die Polizei auf mich aufmerksam machen, was mich bei meinen Recherchen garantiert behindern würde. Und das konnte ich so gar nicht gebrauchen.

Seinen Ausweis fand ich in der Gesäßtasche seiner Jeans. Was für ein Idiot, mit einem Personalausweis in der Tasche auf so widerliche Art und Weise das Gesetz zu brechen, dachte ich und schüttelte verwundert den Kopf. Er hieß Pierre Diallo, seine Adresse lautete Rue Eloy 17, Brüssel-Anderlecht und geboren war er am 12. Januar 1975. Laut und deutlich las ich ihm Wort für Wort vor.

Da verlor er den Rest seiner Fassung und begann, wie ein Baby zu heulen. Das war gut. Jetzt musste ich ihm nur noch klarmachen was ihn erwartete, wenn er sich noch einziges Mal in schamverletzender Weise jemandem präsentierte. Vor mir ein stinkendes, jämmerliches Bündel, neben mir ein unter Strom stehender, kaum zu bändigender Schutzhund, der den Kerl nur zu gerne wieder flachgelegt hätte, stand ich kurz vor Mitternacht in einem fremden Park in einer fremden Stadt und klaubte sämtliche Französische Vokabeln zusammen, die mir zum Thema Exhibitionismus, oder besser gesagt zum Thema Mistkerl, einfallen wollten.

Da, wo mir meine verschütteten Sprachkenntnisse einen Strich durch die Rechnung machten, tat es die Pantomime, auch wenn es mir etwas peinlich war, so zu tun, als wäre ich ein Mann, der seinen Schwanz präsentiert. Schließlich hielt ich ihm meine Hände in einer Geste, als seien sie in

Handschellen, vors Gesicht. Zum Abschluss dieser Vorführung zeigte ich ihm noch einmal seinen Ausweis, zeigte auf meine Stirn, wiederholte seine Personalien mehrmals und gab ihm schließlich seinen Pass zurück. Er begriff. Ich kannte seinen Namen, kannte seinen Wohnort, sein Geburtsdatum. Begriff, dass ich ihn anzeigen würde, wenn er noch einmal eine Frau belästigte. Dann stünde die Gendarmerie vor seiner Tür. Dann ließ ich den erbärmlichen Wicht laufen.

Neben Zorn und Empörung empfand ich auch Mitleid mit dem Jüngelchen und hoffte, er würde sich einem Psychotherapeuten anvertrauen, denn sonst sah ich schwarz für Diallo. Dieses halbe Kind würde sonst eines schönen Tages im Kittchen vergammeln.

UCLAF

Freitag, 3. Juli 1998

„Mietest du grundsätzlich ein Haus, um dann wer weiß wo zu nächtigen?"

Ich sah Greta herausfordernd an. „Ich habe es dir schon einmal gesagt. Es geht dich nichts an, wann ich wo nächtige!"

Meine Tante verschränkte ihre Arme demonstrativ vor der Brust. „Und wenn ich vor lauter Sorge die ganze Nacht kein Auge zugemacht habe?"

„Ach komm, Greta, dieses Argument zieht langsam nicht mehr. Aber bitte... Dann tut es mir eben leid. Tut es mir übrigens wirklich, solltest du dir meinetwegen Sorgen gemacht haben." Mir gefiel nicht, wie erschöpft sie in letzter Zeit aussah. „Andererseits bin ich alt genug, Greta. Ich habe schon vor langer, langer Zeit mein Leben selbst in die Hand genommen."

„Marla, darum geht es doch gar nicht", meinte sie leise, „du und Katrin glaubt, einem Mordfall auf der Spur zu sein. Dann müsste dir aber auch klar sein, dass ich mir Sorgen mache, wenn du über Nacht wegbleibst, das wird ja wohl noch erlaubt sein." Ich drückte kurz ihren Arm. „Erst ist Katrin tagelang verschollen", fuhr sie fort, „und kaum haltet ihr ein brisantes

Dokument in Händen, bist du mitten in der Nacht auf und davon. Was soll ich denn davon halten, sag mir das bitte mal."

Ich nahm sie einfach in den Arm und drückte sie sanft. „Verzeih mir. Ich habe einfach nicht darüber nachgedacht." Ihre Gesichtsfarbe wirkte grau und ihre Haare waren unfrisiert, was ich noch nie bei ihr erlebt hatte. „Aber ich habe euch weder gesehen noch gehört, als ich das Haus verließ," fuhr ich mit meiner Erklärung fort. „Vielleicht bin es auch einfach nicht mehr gewohnt, dass man sich um mich kümmert oder sorgt."

Greta schien mir zu verzeihen und drückte mich ebenfalls, bevor sie sich aus meiner Umarmung löste und zu einem Lächeln zwang. „Dann mache ich uns jetzt wohl besser mal Frühstück." Natürlich wagte ich unter diesen Umständen nicht ihr zu gestehen, dass ich bereits mit Philipp gefrühstückt hatte.

Er war ebenfalls in Sorge, als ich verspätet mitten in der Nacht bei ihm auftauchte. „Verdammt, wo bleibst du denn?"

Mein Zorn auf den Jüngling war da noch nicht gänzlich verraucht, und so antwortete ich ebenfalls gereizt. „Ich war nur noch kurz mit Rufus zum Pinkeln im Jubelpark. Und da ist mir doch so ein kleiner, beschissener Exhibitionist in die Quere gekommen, kannst du dir das vorstellen? Wollte mir vielleicht sein armseliges Würstchen zeigen, aber da sorgte Rufus für eine kleine Änderung im Programmablauf. Ich bin immer noch aufgeregt und stinksauer! Was bilden sich solche Arschlöcher eigentlich ein?"

Philipp drückte mir daraufhin, ohne zu fragen, einen halb gefüllten Cognacschwenker in die Hand. „Hier, den scheinst du bitter nötig zu haben. Du bist ja noch immer ganz blass." Wir setzten uns in die Hollywoodschaukel auf seiner Terrasse.

Ich trank langsam, schnupperte dieses edle Gebräu, das wunderbar duftete und genauso wunderbar schmeckte. Ich betrachtete die schlafende Metropole und mein Stresslevel fuhr langsam herunter.

„Danke für Rufus," sagte ich, ohne Philipp anzusehen. „Jetzt weiß ich endlich, weshalb ich seine schlechten Tischmanieren ertrage."

Er hauchte mir einen Kuss auf die Schläfe. „Du musst mir nicht danken, Marla, du hast ja die Rechnung für ihn noch nicht bekommen. Und glaub mir, dann du wirst mich verfluchen." Er lachte, sah mich forschend an und gab mir noch einen flüchtigen Kuss aufs Haar. „Hauptsache, dir ist nichts passiert, ma chèr."

Obwohl ich unter Schock stand, hatte mich meine Sucht nicht vergessen lassen, schnell noch Zigaretten am Bahnhofskiosk zu kaufen. Wir rauchten, wir schwiegen, wir sahen auf die Stadt. Nach einer Weile erkannte ich den Gedankenfehler, der mich spontan zu Philipp geführt hatte und versuchte, ihn wieder wettzumachen.

„Philipp, ich muss wissen, wer dich damit beauftragt hat, mich von hier zu verscheuchen."

Er sah mich nicht an, schwieg und zündete sich eine neue Zigarette an. „Dass wir miteinander geschlafen haben, ist die eine Sache. Und die andere..."

„Geht mich nichts an?", unterbrach ich ihn wütend.

„Geht dich nichts an!"

Ich schüttelte ungläubig den Kopf. „Das kannst du nicht im Ernst meinen. Das geht mich sehr wohl etwas an. Ich durchschaue einfach nicht, warum du das hier tust." Ich zeigte auf ihn und mich und auf Rufus. „Ich habe noch immer keine Ahnung davon, was hinter deinem widersprüchlichen Verhalten steckt, Guiader. Oder habt ihr die Taktik gewechselt und du sollst mich jetzt im Bett ausspionieren?"

Er rückte von mir ab, drehte sich zu mir und sah mich mit vor Wut funkelndem Blick an. „Marla Richter, wärst du ein Mann, dann würde ich dir jetzt eine reinhauen."

Ich nickte. „Na dann ist ja alles gesagt", flüsterte ich und wollte aufstehen.

„Gar nichts ist gesagt! Rien. Du bist verrückt." Mit einem Ruck zog er mich wieder neben sich auf die Schaukel. Stur blickte ich geradeaus, denn ich hatte keine Lust, diesem Schmierendkomödianten ins Gesicht zu schauen. Und dann konnte ich mich doch nicht länger beherrschen.

„Ach, und die Sache im À La Queue Leu Leu?" Zornig fauchte ich ihn an. „Du kanntest meine größte Schwachstelle und hast sie gnadenlos gegen mich ausgespielt. In wessen Auftrag? Oder bist du einfach nur ein perfider Bulle?"

Er fuhr überrascht auf. „Woher du weißt, dass ich Polizist war?"

Das hatte ich nicht gewusst, ich hatte mich nur versprochen. Philipp sprang auf, zog mich aus der Hängematte, packte mich fest an den Oberarmen und begann, mich zu schütteln. Aber da hatte er die Rechnung ohne Rufus gemacht. Ich spürte einen Schlag gegen meinen Körper, der mich nur zum Teil traf. Im nächsten Moment flog Philipp durch die Luft und Rufus wie ein siamesischer Zwilling gleich hinter ihm her. Philipps Schultern und Rufus' Schädel knallten auf den steinernen Terrassenboden und das mir inzwischen bekannte Grollen setzte erneut ein. Wieder dauerte es einige Schrecksekunden, bis ich eingreifen konnte.

„Rufus, aus!" Als er sich zierte und mich fragend anschaute, griff ich nach seinem Halsband und wiederholte den Befehl. „Rufus, aus!"

Seltsam, dass ich bei diesem Koloss von Hund viel beherzter zugreifen mochte als bei dem kleinen Wadenbeißer Titus.

Philipp rieb sich den Schädel und rappelte sich umständlich auf. „Okay, okay alter Kumpel. Meine Schuld." Er klopfte sich imaginäre Schmutzspuren von der Kleidung. „Schon gut, ich fasse dein Frauchen nicht mehr an." Er schaute zu mir herüber. „Tut mir leid, Marla. Ich wollte dir nichts tun. Ich wollte," er unterbrach sich und es sah nicht so aus, als ob er seine Entschuldigung ernst meinte, denn er schwieg.

Natürlich könnte ich mich jetzt beleidigt aus dem Staub machen, dachte ich, aber viel wichtiger war mir herauszufinden, wer hinter ihm steckte. „Hat dich van der Heijden auf mich angesetzt?" Da ich in Brüssel bisher kaum jemanden kennengelernt hatte, fiel mein Verdacht sofort auf ihn und auf Minois, andere Kandidaten hatte ich nicht parat. Sein entgeisterter Blick ließ mich erkennen, dass ich auf dem Holzweg war.

„Marla, du bist ja verrückt!"

„Dann sag mir, wer dich beauftragt hat, mich so beschissen zu behandeln und unter Druck zu setzen, dass ich möglichst aufgebe und verschwinde", schrie ich.

Philipp atmete tief durch, ging sich mit beiden Händen durchs Haar und schüttelte dann den Kopf. „Aber das stimmt doch gar nicht, Marla. Du nimmst alles viel zu ernst."

„Und vermutlich auch viel zu persönlich", ergänzte ich ironisch.

„Viel zu persönlich, c´est just. Kapier doch, in Brüssel mag man es nun mal nicht, wenn jemand sich in Sachen einmischt, die ihn nichts angehen.“

„Ach, hör doch schon auf.“ Ich war jetzt Wut pur. „Du musst doch selbst merken, dass du Blödsinn redest, Guiader. Glaubst du im Ernst, ich nehme dir das ab? Da stirbt ein kleiner Abgeordneter an Herzversagen. Tragisch, aber der Mann war sehr krank. Dann verschwindet seine Sekretärin, vielleicht unter Schockeinwirkung? Und eine entfernte Verwandte erkundigt sich in aller Unschuld nach ihr. Und dann wird diese Verwandte gleich den Wölfen zum Fraß vorgeworfen? Ich bitte dich, wenn das nicht die totale Überreaktion ist, dann weiß ich es auch nicht.“ Ich spuckte im wahrsten Sinne Gift und Galle. „Das sind Stasi-Methoden.“

Er änderte seine Strategie, versuchte mich zu beruhigen, indem er nach meiner Hand griff.

„Wenn du so willst... Ja, es war eine Überreaktion meinerseits.“

„Du willst mir jetzt aber nicht weiß machen, du hättest aus eigenem Entschluss gehandelt, als du mit Kanonen auf Spatzen geschossen hast, Monsieur Guiader.“

„Mon dieu, Marla,“ brüllte er plötzlich los, „was willst du denn noch? Ich entschuldige mich noch einmal in aller Form bei dir, okay? Ist diese gottverdammte Geschichte dann bitte endlich vom Tisch?“

„Ich will wissen, wer dahintersteckt“, sagte ich leise und betonte jede einzelne Silbe.

„Niemand.“

„Ach hör doch auf, Philipp. Deine Einschüchterungsversuche waren angeblich nur der Automatismus eines übereifrigen Sicherheitsmannes? Dass ich nicht lache.“ Ich beobachtete die Unsicherheit in seinem Gesichtsausdruck. Etwas, was ich nie zuvor bei ihm bemerkt hatte.

Mit der Geste völliger Unschuld hielt er mir die offenen Handflächen entgegen. „So ungefähr,“ murmelte er und hatte sich besser im Griff als ich mich, denn er sprach wieder leise und mit Gefühl in der Stimme. Hatte er das im Deeskalationstraining gelernt? „Du musst dir keine Sorgen mehr machen, dich wird niemand mehr belästigen.“

Mir wurde schwindelig. „Hat man also inzwischen erkannt, dass ich harmlos bin? Nur eine erfolglose Romanautorin mit Hang zu Höherem? Eine Möchtegern-Detektivin ohne Anhaltspunkte, ohne Fall?“

„Herrgott, immer diese Verschwörungstheorien!“ Guiader wirkte jetzt wieder aufgebracht. „Was du sagst klingt wie ein Dialog aus einem James-Bond-Film.“

Hatte er Recht und ich sah Gespenster? Aber der Bericht in meiner Tasche war real, der entsprang ganz und gar nicht meiner Phantasie. Ich trat ganz nah an ihn heran und sah ihm fest in die Augen. Meine Stimme klang, als würde ich ihm eine Zärtlichkeit zu raunen. „Würdest du mich opfern? Oder würdest du mir helfen?“

Philipp sah mich entgeistert an. Dann griff er ganz behutsam nach meinen Oberarmen. Mit einem Blick zu Rufus machte ich meinem Beschützer klar, dass es in Ordnung war und er ruhig bleiben konnte. „Niemals würde ich dich, für was auch immer, opfern. Was glaubst du eigentlich von mir? Bin ich etwa ein Monster, Marla?“

Ich konnte ihm nicht in die Augen schauen, zwang mich jedoch dazu. „Ich will die Wahrheit wissen, Philipp. Bin ich in Gefahr, ja oder nein?“ Mit bangem Herzen erwartete ich seine Antwort.

„Non." Er küsste mich auf die Stirn.

„Und Katrin?"

„Non", sagte er mit Nachdruck und küsste mich auf mein linkes Ohr.

„Woher willst du das so genau wissen?", flüsterte ich mit rauer Stimme.

Seine Stimme klang wie meine spröde, als er beinahe tonlos fortfuhr. „Und wer schießt jetzt mit Kanonen auf Spatzen? Wer seid ihr, du und Katrin, dass ihr glaubt, für euch würde in Brüssel gleich die Mobilmachung ausgerufen?" Sein Blick war offen und ohne Show. Seine Empörung schien echt zu sein.

„Wenn das so ist, dann kannst du mir ja ohne Skrupel ein wenig auf die Sprünge helfen, Philipp. Umso schneller seid ihr uns dann los. Bist du mich los."

„Wer sagt, dass ich das will?" Er küsste mich, bis mir schwindelig wurde.

„Und was genau würde dir in dem Fall fehlen", flüsterte ich mit unsicherer Stimme.

Seine Hand fuhr über meinen Busen. „Das hier zum Beispiel. Oder das." Seine Hände lagen auf meinem Hintern und drückten mich gegen seinen Unterleib. Seine Erektion war unmissverständlich.

„Dann kauf dir doch eine Sex-Puppe", fauchte ich und riss mich los.

„Merde. Was ich auch sage, es ist falsch!" Er bekam gerade noch meine Hand zu fassen und stoppte mich in der Bewegung. In seinem Blick lag Enttäuschung über die ewige Verkennung des Mannes durch das Weib.

Aufmerksam lauschend saß Rufus zu unseren Füßen und verfolgte unsere Unterhaltung wie ein Tennis-Match. Seine gespitzten Ohren zeigten, dass er geneigt war, mich jederzeit erneut mit vollem Körpereinsatz zu beschützen. Doch Philipp war vorsichtig geworden. „Willst du hören, dass ich verliebt in dich bin?"

Ein kurzes Durchatmen, dann fragte ich wispernd. „Bist du es?"

„Bist du es, Marla?" Seine Frage klang eine Spur zu laut und zu spöttisch.

Ich kam mir vor wie in einer Stierkampfarena. Einundzwanzig. Zweiundzwanzig. Dreiundzwanzig, zählte ich wortlos. „Besser, ich gehe." Als ich auf dem Boden nach meiner Tasche angelte, sprang Rufus auf die Beine und stand neben meinem Bein, als wäre er dort angewachsen.

Behutsam griff Philipp erneut nach meinem Arm. „Bitte bleib, Marla. Bitte. Du bist mir sehr wichtig", sagte er mit zartem Schmelz in der Stimme und sein Mund näherte sich dem meinen millimeterweise.

„Zum Glück hat dir dieser Wichser nicht den Appetit auf Männer verdorben", grinste er, als der Morgen graute und wir langsam zur Ruhe kamen.

Gemeinsam teilten wir uns eine der vielen Zigaretten danach. Mein größter Fehler war schon immer, mehr auf meinen Bauch als auf meinen Verstand zu hören. Und auf den Bauch zu hören heißt, auf sein Herz zu hören. Ich war verloren.

Zuerst hatte Philipp alles darangesetzt, mich zu verscheuchen, schließlich hatte er jedoch versucht, mich zu beschützen. Ihm verdankte ich Rufus. Zählte das denn gar nicht? Wenn er ernsthaft hinter mir her gewesen wäre, hätte er mir wohl kaum zu einem Killer auf vier Pfoten verholfen. Ich tat ihm also Unrecht. Tat ich das wirklich?

Wahrscheinlich tat ich sogar Rufus Unrecht, wahrscheinlich war auch er in Wirklichkeit lammfromm und machte wie Philipp nur seinen Job. Alle Kerle, die ich näher gekannt hatte, machten immer nur ihre Jobs. Aber auch das war vermutlich wieder nur eine total ungerechte Verallgemeinerung meinerseits.

„Hilfst du mir?", fragte ich tonlos und vermied es, ihn anzuschauen. Warum konnte ich nicht einfach meinen Mund halten?

„Wobei?" Seine Hand wanderte ohne Enthusiasmus an meinem Bein entlang abwärts. Wir waren beide müde.

„Etwas herauszufinden."

Seine gemurmelten Worte klangen matt. „Betrifft es etwa Gessner?"

„Ja."

Er rappelte sich hoch, setzte sich auf und griff nach den Zigaretten. Er zündete eine für mich und eine für sich an, steckte mir meine in den Mund und griff nach dem Aschenbecher, den er auf seinem Oberschenkel abstellte. „Weißt du eigentlich, was du da von mir verlangst?" Der ernste Tonfall, kombiniert mit einem unendlich zärtlichen Blick, erschütterte mich. „Begreifst du nicht? Ich bin noch immer Chef des Sicherheitsdienstes, mein größtes Kapital ist meine Integrität. Was du von mir verlangst ist Verrat."

„Ist es das?" Ich schüttelte ganz langsam den Kopf, eine hilflose Geste des nicht-begreifen-Wollens oder Könnens. „Ich würde es gesundes Unrechtsempfinden nennen."

Wir diskutierten lange bevor ich ihm zumindest entlocken konnte, dass die Stimmung in den Gremien seit Monaten gereizt war. Unter der Hand war längst von Korruption und

Vetternwirtschaft die Rede, die man in Brüssel harmlos zum Begriff „Favoritismus" bagatellisiert hatte.

Und plötzlich erinnerte ich mich an die Presseartikel. Später sollten genau diese ersten öffentlichen Mutmaßungen, in Kombination mit dem Mut einiger Insider, von politischer Seite aus eine Reaktion erfahren, wie sie noch nie dagewesen war und die davon gekrönt wurde, dass das Europäische Parlament der Europäischen Kommission am 17. Dezember 1998 nicht die erwartete Entlastung für den Haushalt des Jahres 1996 erteilen würde. Das kam einem Misstrauensvotum gleich und brachte einen Stein ins Rollen, der schließlich eine ganze Lawine auslösen würde.

In diesen frühen Morgenstunden gab Philipp einige Gerüchte an mich weiter. Zum Beispiel munkelte man, Kommissionsbeamte würden Millionenbeträge an Firmen ohne Belege überweisen. Aber er nannte mir auch eine erschütternde Tatsache. Im Frühjahr 1993 war der EU-Beamte Antonio Gambini kurz nach Arbeitsbeginn aus seinem Bürofenster in einem der oberen Stockwerke gesprungen. Aus einem Gebäude, das ausgerechnet in der Rue de la Loi lag, der Straße des Gesetzes. Ihm war intern persönliche Bereicherung vorgeworfen und Gambinis Arbeit danach zum Spießrutenlauf geworden. Seinen Selbstmord hatte er zu Füßen seiner Kollegen platziert. Zu Füßen der Menschen, die ihn mittlerweile mieden und hinter seinem Rücken über ihn getuschelt hatten. Die rasche politische Erklärung für seinen Freitod hatte damals „Verirrung eines Einzelnen" gelautet. Philipp erzählte, dass man inzwischen eine interne Anti-Betrugseinheit namens UCLAF eingerichtet habe. Was bei deren Recherche herausgekommen sei, wisse niemand so genau.

Ich schnellte förmlich in die Höhe, sprang auf, als er diesen Namen aussprach.

„Marla, was ist?" Er sah mich entgeistert an.

„Sagtest du gerade UCLAF?" Ich war fassungslos und zugleich elektrisiert.

„Ja. Aber ich verstehe nicht..." Er verstand sehr wohl. „Du kannst unmöglich von ihrer Existenz wissen!" Er schüttelte ungläubig den Kopf. „Die ist Top Secret, ich hätte sie dir gegenüber überhaupt nicht erwähnen dürfen." Philipp sprang ebenfalls auf. Trotz der Erregung, die von mir Besitz ergriff, war ich auf der Hut. UCLAF, nicht Olaf. Endlich begriff ich, was Gessner wenige Tage vor seinem Tod in den Terminkalender gekritzelt hatte.

„Und was, wenn doch?" Meine Stimme zitterte.

Ein erster Schimmer von Morgenrot zog gerade über den Horizont. Sollte ich es wagen? Seine Verblüffung erschien so echt. Ich traf eine Entscheidung. Langsam zog ich Gessner Vermächtnis aus meiner Handtasche. „Sieh selbst!"

Fassungslos starrte Philipp auf die mich kompromittierenden Stempel „Geheim" und „Secret", die auf dem Umschlag prangten. „Woher hast du das?"

„Meine Sache." Ich musterte ihn. Sein Gesichtsausdruck verhieß Ahnungslosigkeit und Überraschung. „Ich denke," fuhr ich fort, nachdem ich tief durchgeatmet hatte, „es handelt sich um ein geheimes Dossier der UCLAF, eurer neuen, internen Anti-Betrugseinheit."

Philipp entriss mir die Papiere. Nur ein scharfer Befehl und eine abwehrende Geste meiner Hände konnte Rufus davon abhalten, die Treppe zum Schlafzimmer hinaufzustürmen, um mich erneut zu beschützen. Er legte sich hechelnd vor die Treppe und ließ mich keine Sekunde aus den Augen.

Wir ließen uns erneut auf dem Bett nieder. Keuchend blätterte Philipp in den Unterlagen „Mon dieu, das kann einfach nicht wahr sein!" Kraftlos ließ er sich gegen das Kopfteil des Polsterbettes sinken und legte einen Unterarm über seine Augen, als könne er die Tatsachen damit ausblenden. Zusammen mit seiner Nacktheit verlieh ihm diese Geste große Verletzlichkeit. „Das gibt es doch gar nicht!" Entweder war er ein sagenhaft guter Schauspieler oder der Chef des Sicherheitsdienstes war nicht eingeweiht, in was auch immer.

„Mein Französisch ist viel zu dürftig, um auch nur annähernd zu begreifen, um was es da geht, Philipp. Aber du kannst mir sagen, was in diesem Bericht steht. Du musst es mir sagen! Vielleicht werden endlich ein paar Zusammenhänge klar. Vielleicht hat Katrin Recht. Vielleicht wurde Gessner tatsächlich umgebracht. Diese Papiere bewahrte er schließlich in einem Geheimfach seines Schreibtisches auf." Er richtete sich auf und sah mich entsetzt an. „Ja, das ihr nicht gefunden habt, zu dumm." Mein Ton war weder anzüglich noch herablassend. Ich stellte einfach nur fest. „Unterlagen in einem Geheimfach zu deponieren macht man, wenn man entweder auf den richtigen Zeitpunkt wartet, um eine gefährliche oder kompromittierende Angelegenheit zu klären. Oder wenn man Angst hat, sehr, sehr große Angst."

Philipp atmete schwer und sah mich entgeistert an. „Das kann einfach nicht wahr sein. Nicht in diesem Ausmaß, Marla." Er hielt mir das Dossier vors Gesicht und sein Gesichtsausdruck sprach Bände. Er wirkte völlig entgeistert. „Wenn das hier stimmt, wenn das hier bekannt wird, ich sage dir, dann rollen Köpfe, Marla. Viele Köpfe. Mächtige Köpfe!"

Placebos

Gretas starker Kaffee versuchte, meine Müdigkeit aus meinem Geist zu vertreiben, während ich ihr und Katrin, natürlich unter Auslassung gewisser Intimitäten, von den Ereignissen der letzten Nacht berichtete. Den kleinen Scheißer im Park ließ ich unerwähnt. Greta machte sich schon genug Sorgen um mich.

„Hat er denn nichts Konkretes gesagt, Marla?"

„Nein. Nur, dass es um Betrug geht. Um Betrug in einem Ausmaß, den sich niemand vorstellen kann. Nicht einmal er, wenn ich seine Reaktion richtig deute."

„Und jetzt?" Katrin sah mich an, als hätte ich ihr gerade eine Vollnarkose verpasst.

„Philipp meldet sich heute krank und kommt gleich, um mich abzuholen. Wir werden die Dokumente bei einem Notar hinterlegen. Ich glaube, das ist das Beste, was wir im Moment tun können. Vorläufig. Wir müssen uns schließlich irgendwie selbst schützen. Uns alle."

„Lass mich erst eine Übersetzung anfertigen", bat Katrin tonlos.

„Dafür fehlt uns die Zeit. Das hätten wir gestern machen sollen," konnte ich mir nicht verkneifen zu sagen. Diese Papiere mussten äußerst brisant sein. Wenn sie bereits ein

Opfer gefordert hatten, nämlich Olaf Gessner, dann würden weitere Opfer auch keine Rolle mehr spielen. „Es ist zu deiner eigenen Sicherheit, Katrin, wenn du so wenig Einzelheiten wie möglich kennst. Oder hast du den geplatzten Reifen schon vergessen?"

Sie schüttelte fassungslos den Kopf. „Du meinst... Scheiße!" Ihr Blick wurde nachdenklich. „Steht mein Auto eigentlich noch auf dem Standstreifen der Autobahn? Nein, kann ja gar nicht sein, es ist garantiert inzwischen abgeschleppt worden," überlegte sie laut. Für eine gewitzte Chefsekretärin wirkte sie im Moment reichlich konfus, kaute an ihren Fingernägeln und sah dabei kaum einen Tag älter aus als fünfzehn.

Ich legte ihr eine Hand aufs Knie. „Frag am besten Philipp, er kommt ja gleich."

Als Greta hart mit der Hand auf den Tisch schlug, starrten wir sie beide perplex an. „Mir gefällt es ganz und gar nicht, dass ihr ausgerechnet mit dem Chef des Sicherheitsdienstes paktiert. Der Kerl gehört zu den Leuten, in deren Reihen sich eurer Meinung nach ein Mörder befinden könnte! Schon vergessen?"

„Greta, bitte mache es nicht komplizierter, als es ohnehin schon ist. Ich vertraue Philipp."

Ihre Miene war eine einzige Provokation. „Wie einst Cäsar Brutus?" Zu dumm nur, dass ich nicht so belesen war wie sie. Wer zum Teufel war Brutus?

Zum tausendsten Mal nahm ich mir vor, mich endlich den Klassikern zu widmen.

Philipp sah keinen Deut besser aus als ich. Auch ihm sah man an, dass er nicht geschlafen hatte. Aber er war frisch geduscht und rasiert, sofern man das bei einem Dreitagebart so nennen durfte. „Noch nicht umgezogen?", murmelte er, als ich die Haustür hinter ihm schloss. Er küsste mich erst als er sah, dass Rufus es sich auf seinem Lager bequem gemacht hatte und sich weder Greta noch Katrin in der Nähe befanden.

„Noch nicht einmal geduscht. Bei uns bestand reichlich Redebedarf."

„Sehr gut, dann werde ich dir dabei Gesellschaft leisten."

Ich grinste. „Bist du verrückt? Tante Greta passt auf mich auf wie ein Schießhund, besser noch als Monsieur Rufus. Lass dir das eine Warnung sein. Außerdem hält sie nichts von Sicherheitschefs, die einen Mord an ihren Schutzbefohlenen nicht verhindern können, wenn sie nicht vielleicht sogar selbst darin verwickelt sind."

Plötzlich schwanden jeder Spott und jede Anzüglichkeit aus seinem Blick. Greta. Sie stand hinter mir mit einem Gesichtsausdruck wie ein Großinquisitor. Mit unbewegter Miene reichte sie dem unwillkommenen Besucher die Fingerspitzen. „Madame..."

Dann beobachtete sie aufmerksam, wie Philipp Katrin begrüßte, die nun ebenfalls auftauchte. Auch ich hatte diesen Moment mit Spannung erwartet. Die Herzlichkeit zwischen beiden beruhigte mich ungemein. Allerdings konnte ich nicht verhindern, gleichzeitig einen Hauch von Eifersucht zu verspüren.

„Monsieur Guiader." Katrin ließ sich auf französische Art mit abwechselnden Küsschen rechts und links auf die Wangen begrüßen.

„Es tut mir so leid, Katrin. So leid."

„Schon gut", flüsterte sie und drehte sich schnell um, als ihr die Tränen kamen.

Bewusst wandte ich mich an sie und nicht an Greta. „Katrin, bietest du Philipp bitte eine Tasse Kaffee an? Ich dusche inzwischen rasch und ziehe mich um."

Als ich eine Viertelstunde später den Garten betrat, saßen sich Katrin und Philipp an dem großen Gartentisch gegenüber und unterhielten sich angeregt, während Greta die Unterhaltung aus demonstrativer Distanz und mit steinerner Miene von einer der Liegen aus verfolgte.

Philipp schaute zu mir hoch, als ich die Terrasse betrat und lächelte mich höflich an. „Gerade habe ich Katrin erzählt, dass ich weiß, wo ihr Wagen steht. Mal sehen, was ich für sie tun kann. Es war übrigens wirklich ein geplatzter Reifen." Jetzt grinste er verlegen. „Du hast dich zum Glück geirrt, Katrin. Das habe ich inzwischen herausgefunden." Philipp stand auf. „Können wir?" Er sah mich fragend an.

„Wir können", sagte ich in einem viel zu heiteren Tonfall.

„Du hast alles dabei?" Sein Blick war vielsagend.

Ich klopfte auf meine Handtasche. „Los Rufus, komm mit. Autofahren." Ich würde keinen einzigen Schritt mehr ohne ihn tun, das hatte ich mir geschworen. Und das Wort „Autofahren" begeisterte die Dogge jedes Mal.

Philipp schaute mich ein wenig verwundert an, aber ich mochte ihm nicht auf den Kopf zusagen, dass ich mich mit Rufus auch in seiner Gegenwart sicherer fühlte. Das Restrisiko trug schließlich ich ganz allein. Ein winziger letzter Zweifel nagte weiter leise an mir, und ich vermied es, Philipp in die Augen zu sehen. Stattdessen vergewisserte ich mich, ob ich mein Handy eingesteckt hatte.

Er hatte mir gesagt, dass er einen vertrauenswürdigen Notar kannte und uns dieser erwartete. Natürlich erwähnten wir nichts vom Inhalt der Papiere, als wir sie in einem versiegelten Umschlag in dessen Tresor hinterlegten. Die ganze Prozedur hatte weniger als zehn Minuten in Anspruch genommen. Jetzt standen wir wieder auf der Straße, umzingelt vom fließenden Strom der Fußgänger und Autos. Ich musste Philipp unbedingt für eine halbe Stunde loswerden.

„Was ist denn nun mit Katrins Wagen", quengelte ich mit Absicht, denn ich wusste aus Erfahrung, dass Männer nörgelnde Frauen nicht ausstehen können.

„Tout de suite?" Er verdrehte die Augen.

„Ja, sofort. Du hast behauptet, du würdest dich darum kümmern, dass sie ihn so bald als möglich zurückerhält. Also bitte, tue es für Katrin."

„Ich begreife dich nicht, Marla. Gibt es nicht gerade Wichtigeres als ihr Auto?" Philipp sah mich ungläubig an.

„Ach, komm schon. Du weißt doch, wie wichtig jungen Leuten ihr fahrbarer Untersatz ist. Und," ich hob mahnend meinen Zeigefinger vor seinem Gesicht, „du hast es ihr versprochen."

Er seufzte. „Verstehe einer mal die Frauen. Eh bien, alors. Aber das kann eine Stunde oder vielleicht auch etwas länger dauern. Und du," er sah mich streng an, „fährst umgehend zurück zum Haus. Tu as compris?" Ja, ich hatte verstanden. Dann beugte er sich zu Rufus hinunter. „Und du passt gut auf dein Frauchen auf."

„Ich fahre gleich zum Haus zurück. Aber zuerst erledige ich noch ein paar Besorgungen. Nur ein paar Hygieneartikel für Frauen, verstehst du? Es geht auch ganz schnell. Gerne hätte ich ihn in diesem Moment auf die Nasenspitze geküsst, denn er wirkte tatsächlich verlegen. Das hatte ich noch nie an ihm gesehen, verkniff mir die Zärtlichkeit jedoch in der Öffentlichkeit. „Ich beeile mich, versprochen."

Resignierend zuckte er mit den Schultern. „Okay, du hast ja das Handy dabei“, meinte er, während er sich bereits umdrehte. „Und Rufus. Ich rufe dich an, sobald alles erledigt ist. Dann besprechen wir, wo wir uns treffen.“ Mir war klar, was er meinte. Er blieb stehen, drehte sich mir zu und sah mir fest in die Augen. Seine Stimme wurde leiser. „Sobald dir etwas seltsam vorkommt, rufst du mich auf der Stelle an! Dann komme ich sofort. Versprich mir das!“

Ich nickte und winkte kurz. „Versprochen. Ciao.“

„Bello“, fügte ich nur in Gedanken hinzu. Mit einem Gemisch aus Entzücken, Vorbehalt und einer winzigen Portion Scham sah ich dem Mann nach, der mich in Ekstase versetzten konnte wie kein anderer, der mir Schmetterlinge im Bauch verursachte und dem ich dennoch nicht mein uneingeschränktes Vertrauen zu schenken vermochte. Würde ich je wieder einem Mann vertrauen können?

Philipps Gang besaß die Bodenhaftung eines Profiboxers, er lief leichtfüßig, schien aber dennoch stets mit beiden Beinen fest der Erde verhaftet zu sein. Seine Schultern waren nicht mit den unförmigen Muskelmassen eines Bodybuilders vergleichbar, aber breit und stark und seine Arme pendelten seinen kraftvollen, federnden Gang perfekt aus. Er hielt sich aufrecht und das wirkte auf mich nicht länger aufgesetzt forsch, sondern selbstsicher und selbstbewusst.

Sich seiner selbst bewusst!

Wie gerne wäre ich das auch und ahnte, was mich erwartete, wenn ich mich erneut täuschte, wenn ich mich auch in diesem Mann täuschte. Keine Therapie der Welt würde mich dann noch auffangen können. Und auch keine Janna. Es war verrückt, sich auf ihn einzulassen. Es war verrückt, meinen Hormonen die Oberhand einzuräumen. Meinen

Hormonen und meinem Bauchgefühl. Bauchgefühl hieß nichts anderes als meinem Herzen.

Ziellos ließ ich mich mit Rufus durch die Innenstadt treiben, nahm einen zufällig gewählten Zickzackkurs und genoss die Aufmerksamkeit, die mir dank meiner Dogge geschenkt wurde. Bald darauf gewährte mir das Schicksal den erhofften Fingerzeig. Ein altes, kaum leserliches Schild wies mir den Weg zu einem Notar und Anwalt, den ich weder kannte noch ihn mit Absicht ausgesucht hatte und dem nur so mein uneingeschränktes Vertrauen gelten konnte.

Ich hatte es für richtig gehalten, Philipp nichts davon zu erzählen, dass keineswegs einzig der Exhibitionist für meine Verspätung am späten gestrigen Abend verantwortlich gewesen war. Beinahe eine Stunde hatte es gedauert, vom Parc du Cinquantenaire zum Bahnhof zu fahren und in der, bis auf ein paar gescheiterte, arme Geschöpfe, menschenleeren Halle an einem Münzkopierer das gesamte Dossier zu kopieren.

Und genau diesen zweiten Satz Kopien vertraute ich diesem alten Advokaten namens Jacques Vovier an, einem etwas klapprig erscheinenden, aber geistig rüstigen Vertreter seiner Zunft, mit schlohweißem Haar und von Gicht gekrümmten Fingern. Ich bezahlte ihn nicht nur dafür, mit seinem Siegel für die Unberührtheit der von mir hinterlegten Unterlagen zu bürgen, sondern auch dafür, diese im Falle meines plötzlichen Ablebens an die Nachrichtenredaktion des ZDF in Mainz zu senden, egal, ob ich einem Unfall erlegen sein mochte oder welcher Todesart auch immer. Sollte man sich ruhig einbilden, indem man mich wie Gessner zum Schweigen brächte, sei alles wieder im Lot. Letztlich würde ich diejenige sein, die triumphierte, wenn in diesem Fall leider auch aus einem Grab heraus. Diese düstere Prognose, mit der ich mich mit meinem

Drang nach Gerechtigkeit auseinandersetzen musste, sorgte bei mir für reichlich Nervosität.

Auf der Suche nach dem Parkhaus, in dem mein Wagen abgestellt war, rief ich Rahe vom Handy aus an. Er war völlig aus dem Häuschen. „Sie ahnen ja nicht, was die Laboruntersuchung erbracht hat." Der Doktor klang aufgelöst und vergaß, meinen Gruß zu erwidern. Allerdings nannten wir beide automatisch keine Namen.

Mein Puls beschleunigte sich, mein Magen rebellierte und mein Hals fühlte sich mit einem Mal an wie zugeschnürt. „Was?" Stille. „Spannen Sie mich bitte nicht auf die Folter."

„Alle Pillen sind Placebos!" Ich war nicht in der Lage, darauf etwas zu erwidern. „Sie wissen doch, was das ist, oder etwa nicht?"

Ich räusperte mich, bevor ich antworten konnte. Meine Kehle war trocken und ich benötigte ein paar Anläufe. „Getürkte Medikamente. Fruchtzucker oder so was in der Art?"

„Ja, so kann man es auch ausdrücken." Ich hörte seinen schweren Atem. „Jetzt sind Sie platt, was?"

Rufus sah mich erstaunt an, als ich mich kraftlos gegen die nächstbeste Hausmauer lehnte. Der Beweis! Wir hatten endlich einen Beweis!

„Hören Sie, junge Dame", er hielt kurz inne, „Sie haben doch hoffentlich niemandem erzählt, dass wir miteinander in Verbindung stehen."

„Keine Sorge, niemand weiß davon." Niemand außer Philipp, Katrin und Greta, aber das behielt ich für mich. Der arme Kerl schien ohnehin äußerst besorgt, und ich wollte nicht daran schuld sein, wenn jetzt auch noch ein Verfolgungswahn hinzukam. „Ich kenne Sie nicht, ich habe nie von Ihnen gehört." Kurz hielt ich inne. „Aber dafür sind Sie mir noch einen letzten Gefallen schuldig. Einen allerletzten."

Brachte ich Rahes Leben oder meines damit in Gefahr? Blödsinn, schalt ich mich. Zudem sorgte ich mich längst, sonst hätte ich wohl kaum ein Duplikat des Dossiers angefertigt und bei einem zweiten Notar hinterlegt, von dem Philipp nichts ahnte. Oder sonst jemand.

„Ich bin Ihnen nichts schuldig", brauste Rahe auf. „Und ich will von alledem auch nichts mehr wissen. Wissen allein ist Folter für die ängstliche Seele. Und ich habe eindeutig Schiss, das gebe ich gerne zu. Also lassen Sie mich ab jetzt aus dem Spiel!"

„Das kann ich nicht." Meine Stimme klang wie angriffslustig und durchsetzungsstark. "Und das wissen Sie ganz genau. Dieses Wissen nützt rein gar nichts, wenn es nicht eine amtliche Analyse vorzuweisen hat."

Seine Stimme klang schrill. „Von mir kriegen Sie keinen Stempel! Nichts Amtliches, damit das mal klar ist. Ich bin doch nicht lebensmüde!"

„Sind Sie ein Feigling, Doc?" Das war gemein, aber es musste sein. „Sie kneifen doch nicht etwa den Schwanz ein?" Ich achtete darauf, dass mir nicht sein Name entwischte. Mein nervöser Rundumblick stempelte jedoch mich und nicht ihn zum Hosenscheißer.

„Sie wissen genau, wohin mich das bringen kann", flüsterte er. „Genau dorthin, wo sich mein Patient jetzt befindet! Auf den Friedhof! Und um Gottes Willen keinen Namen!"

Ich verstand.

In meiner Handtasche befanden sich zwei weitere Tagesdosen von Gessners Medikamenten. Ich nahm in Kauf, Philipp noch ein klein wenig länger warten lassen zu müssen und sprang in das nächstbeste Taxi, dessen Fahrer bereit war, außer mir auch ein wachsames Mammut zu chauffieren. Es bedurfte dreier Versuche, bis sich der Fahrer eines Kombi-Taxis erbarmte und Rufus akzeptierte.

Unter hemmungsloser Ausnutzung bester Ortskenntnisse meines Taxifahrers erreichten wir im vierten Anlauf ein Labor, das sich zu einer umgehenden Analyse breit erklärte. Man versicherte mir, bis zum Nachmittag die schriftliche Auswertung erstellt zu haben. Das Honorar, natürlich zahlbar in Vorkasse, war beachtlich und zwang mich, meinen Fahrer auf der Rückfahrt an einem Geldautomaten anhalten zu lassen. Auch sein Honorar war beachtlich, er knöpfte mir vermutlich das Doppelte bis Dreifache für diese Tour ab. Aber nur so ließ sich gewährleisten, dass er um 16.00 Uhr erneut zu dem Labor fuhr, sich den Umschlag mit der Analyse aushändigen ließ und diese anschließend zu Jacques Vovier, meinem netten, klapprigen Notar brachte. Dafür erhielte der Chauffeur noch einmal ein stattliches Sümmchen, ließ ich ihn wissen, wenn er die Quittung des Notars und die für mich bestimmte Kopie des Laborberichtes im Anschluss bei mir in unserem Ferienhaus abliefern würde. Sowohl das Labor als auch der Notar waren von mir entsprechend instruiert worden, und ich hoffte inständig, mir damit eine halbwegs passable Lebensversicherung erkauft zu haben. Dann erst konnte ich meinen Wagen aus dem Parkhaus holen und zu unserem Treffpunkt fahren.

Philipp war außer sich und stinksauer, obwohl ich ihm mehrmals versicherte, versehentlich mein Handy ausgestellt zu haben. „Wie kann man nur so... so..." Er biss die Zähne zusammen und hieb die Faust der rechten Hand in seine linke Handfläche.

„Schusselig sein", half ich ihm aus und küsste ihn versöhnlich. Und das mitten auf dem von uns als konspirativen Treffpunkt festgelegten Friedhof. „Tut mir leid, Philipp."

Zwar hatte ich keine Klosterschule besucht, war aber nach strengen moralischen Prinzipien erzogen worden. Ich genierte mich nicht, als Philipp meinen Kuss leidenschaftlich erwiderte. Die Ereignisse der letzten Stunden hatten uns zusammengeschweißt.

Dennoch kam es wenig später in seiner Wohnung zum Eklat.

„Mehr kann ich wirklich nicht für dich tun", blockte er alle Versuche ab, ihn zu noch mehr Konspiration zu bewegen. „Begreifst du denn nicht? Ich bin Teil dessen, wogegen du ermittelst. Ich kann das einfach nicht machen. Das musst du doch kapieren, Marla!"

„Nein, ich kapiere es nicht. Absolut nicht! Loyalität ist etwas Großartiges, aber man kann sie auch übertreiben." An seiner Haltung erkannte ich plötzlich den alten Philipp wieder. Den Chef des Sicherheitsdienstes, Philipp Guiader. „Bitte hilf mir, ich bitte dich", flehte ich, „ich sehe doch, dass dir diese Sauerei gewaltig gegen den Strich geht."

„Tu, was du tun musst, ma chèr, aber ab jetzt ohne mich."

„Ich weiß, dass du keinen Mord billigst, Philipp. Ich weiß es einfach." Und fürchtete nichts mehr, als mich genau in diesem Punkt zu irren.

Sein Gesicht blieb unbewegt. „Du glaubst mich zu kennen?"

Inzwischen war ich zu erschöpft für weitere Diskussionen. „Dann fahr doch zur Hölle!" Ich grapschte nach meinem Autoschlüssel und nahm Rufus an die Leine. „Und wenn es sein muss, würde ich dich zusammen mit allen anderen hochgehen lassen!“

Wen genau ich damit meinte? Ich hatte nicht die geringste Ahnung, machte jedoch auf dem Absatz kehrt und knallte seine Wohnungstür hinter mir zu. Es klang wie ein Schuss.

Ein Duft

Greta schlief, während Katrin und ich die halbe Nacht im Wohnzimmer zusammensaßen, rauchten und diskutierten. Wir hatten ins Haus gehen müssen, denn die Nacht war lange nicht mehr so warm wie die vorangegangenen Nächte. Und auf Ohrenzeugen legten wir ebenfalls keinen Wert. Entsprechend dick war die Luft, voll Qualm und Sorgen.

Meine Gedanken kreisten unaufhörlich um Philipp, seit ich wutentbrannt seine Wohnungstür hinter mir zugeschlagen hatte. Kreisten um den Philipp, der mich bewusst schockiert hatte und um den anderen Philipp, der seine gesamte Familie verloren hatte.

Denn Katrin hatte mir gerade von der furchtbaren Tragödie erzählt und davon, dass er sich selbst die Schuld an dem Unfall gab, obwohl er nicht mal mit im Auto gesessen hatte. Es war in Paris passiert, wo er und seine Familie gelebt hatte. Er hatte seiner Frau versprochen, sich um die Inspektion ihres Wagens zu kümmern. Und hatte es noch nicht geschafft, als es passiert war. Seine Nachlässigkeit hatte drei Opfer gefordert, hatte ihm die drei Menschen genommen, die er am meisten liebte: seine Frau und seine beiden Söhne. So lautete sein Schuldeingeständnis, als er Katrin eines nachts seine Lebensgeschichte erzählte. Auf der Treppe zur Tiefgarage sitzend, auf hartem Beton und unter einer flackernden weil kaputten Lampe.

Katrin hatte ihn zuvor unabsichtlich provoziert, hatte ihn geneckt und ihn überfürsorglich genannt, weil er auf ihrer Eskortierung bestand. Daraufhin hatte er sich furchtbar aufgeregt und ihr schließlich seine Geschichte erzählt. Sicherheit habe seitdem oberste Priorität für ihn, meinte Katrin abschließend und ich sah, wie ergriffen sie war.

Was also bedeutete ich ihm, da er es für nötig gehalten hatte, mir Rufus zur Seite zu stellen? Ich glaubte, die Antwort darauf zu kennen. Aber welche Gefahr sah Philipp auf mich zukommen? Eine Gefahr, von der ich nicht die leiseste Ahnung hatte. Und auf wie viel Insiderwissen ließ diese Fürsorge letztlich schließen? Fragen, deren fehlende Antworten mir Angst machten und vermutlich heute Nacht den Schlaf rauben würden.

„Lass uns noch einmal auf Gessner zu sprechen kommen, Katrin", meinte ich so behutsam wie möglich. „Du hast mir noch nicht erzählt, wie du ihn gefunden hast. Sorry, ich will keine alten Wunden aufreißen", beeilte ich mich hinzuzufügen, als ihr Gesicht blass wurde, „aber je mehr ich erfahre, desto mehr Anhaltspunkte ergeben sich vielleicht, verstehst du?"

Die Aufklärung dieses Todesfalles, für mich inzwischen eindeutig Mord, hatte ich längst zu meiner Chefsache erklärt. Warum? Weil ich gerade nichts Besseres zu tun hatte? Weil man nur selten aus erster Hand den Stoff für einen Kriminalroman erhält? Oder weil ich einfach wissen musste, wie tief ein gewisser Philipp Guiader in diese Angelegenheit verstrickt war? Und was sagte der letzte Grund über mich aus?

Katrin war mittlerweile ziemlich benebelt, da wir beschlossen hatten, dem Eau de Vie de Fromboise endgültig den Garaus zu machen. Ich hielt mich zurück und trank stattdessen Mineralwasser. „Es war schrecklich, Marla", sagte sie und ihre Worte klangen leicht verwaschen, von einem quälenden Schluckauf unterbrochen. „Er lag mit dem Oberkörper auf dem Schreibtisch. Tot. Mir war das sofort klar, als ich ihn fand. Da war nichts mehr zu machen."

Ich reichte ihr ein Glas mit Leitungswasser. „Versuch mal, das Wasser in ganz, ganz winzigen Schlucken zu trinken, ganz schnell hintereinander und ohne zwischendurch Luft zu holen. Mir hilft das immer." Ich sah Katrin zu, wie sie mit Erfolg ihren Schluckauf bekämpfte.

„Danke. Den Trick kannte ich noch nicht." Sie zündete sich eine Zigarette an. „Während ich auf den Rettungswagen wartete und..."

„Warum hast du nicht Doktor Rahe angerufen?", unterbrach ich sie leise.

Sie starrte mich an. „Woher kennst du denn Doktor Rahe?" Sie nahm einen tiefen Zug. „Ach klar, hab dir ja selbst von ihm erzählt. Nein, habe ich nicht. Ich rief einfach den Notruf an, ganz automatisch. Ich war wie benommen. Ich stand wohl unter Schock."

„Und dazu hast du Gessners Telefon benutzt?", vergewisserte ich mich, denn damit wäre klar, dass sein Telefon einwandfrei funktioniert hatte und nicht manipuliert worden war.

„Sicher. Warum fragst du?"

„Lag der Hörer in seiner Hand? Oder vielleicht neben ihm auf dem Schreibtisch, so als hätte dein Chef noch versucht..."

„Hilfe zu holen", ergänzte sie traurig und ließ sich mit ihrer Antwort Zeit. Dann schüttelte sie langsam den Kopf „Nein, ich bin mir absolut sicher, dass der Hörer auf der Station lag. Komisch, dass mir das bisher nicht aufgefallen ist. Aber er kam vermutlich nicht mehr dazu, Hilfe zu rufen. War vielleicht ein Sekundentod." Sie rieb sich die Augen.

„Es geschah mit Sicherheit völlig überraschend für ihn. Wenigstens hat er nicht leiden müssen. Das sollte dir ein Trost sein, Katrin." Ich flößte ihr den letzten Schluck Teufelswasser ein. Böse Marla. Mir war wirklich jedes Mittel recht. „Tut mir leid, wenn dich meine Fragen schmerzen, aber es muss sein. Ist dir noch irgendwas Ungewöhnliches aufgefallen? Etwas, das erst wichtig wird, wenn man es später aus einem anderen Blickwinkel betrachtet, mit Abstand zu den Ereignissen. Denk nach! Hat dich irgendwas irritiert?"

Katrin legte den Kopf auf den Tisch und schloss die Augen. Sie gehörte ins Bett. „Nur, dass es so komisch im Büro roch", murmelte sie. „Wegen der Klimaanlage lassen sich die Fenster nicht öffnen. Aber ich habe einen Spezialschlüssel. Den hat inzwischen fast jeder im Haus. Der wird unter der Hand vertickt wie Rauschgift." Kurz kicherte sie. „Jedenfalls habe ich die Fenster entriegelt und weit aufgerissen, während ich auf den Notarzt gewartet habe."

„Du hast keine Kollegen herbeigerufen?" Vermutlich hätte ich an ihrer Stelle versucht, mir diese schreckliche Situation dadurch etwas erträglicher zu machen.

Ihr kurzes, bellendes Lachen klang höhnisch. „Ich bin doch eine der wenigen bescheuerten Frühaufsteher, die in der Regel noch vor sieben Uhr auf ihrem Posten sind. Wahrscheinlich war ich an diesem Morgen die einzige

Person auf unserem Flur, außer Gessner. Habe jedenfalls niemanden sonst bemerkt."

Zurück zur einzigen, wenn auch winzigen Spur. „Wonach roch es denn in Gessners Büro? Erinnere dich bitte so genau wie möglich."

Katrin öffnete die Augen und schnüffelte, als hätte ihre Nase diesen Geruch abgespeichert. „Es hing ganz schwach so ein schwüles Bukett in der Luft. Ein Duft… Der Name liegt mir auf der Zunge, aber ich komm nicht drauf!"

„Ein Parfüm?" Damit hatte ich nicht gerechnet. Womit hatte ich denn gerechnet? Dass es in Gessners Büro nach Bittermandel roch? Ich war wirklich ungeeignet, einen Mord aufzuklären. Mir fehlte jede Detailkenntnis, jede Erfahrung, abgesehen von den Unmengen an Morden in Krimis und Thrillern, von denen ich im Laufe der Jahre gelesen hatte. Vielleicht sollten wir uns besser mit der Polizei in Verbindung setzen und berichten, was wir wussten, dachte ich. Aber man würde uns vermutlich nur bescheinigen, dass wir zu viel Fantasie und zu wenig Beweise besaßen. Und unter Umständen würden wir Katrin damit als Hauptverdächtige ans Messer liefern. Also war diese Idee inakzeptabel.

„Na, so'n schweres Parfüm." Sie lallte eindeutig.

„Shalimar? Opium?" Diese Düfte kannte und verabscheute ich.

Sie hob den Kopf und sah mich aus großen Augen an. „Wer redet denn von einem Damenduft? Das war ein Herrenduft, eindeutig. Aber einer der ganz schwülstigen Sorte, Marla. Einfach widerlich, wie gewollt und nicht gekonnt. Ich kann Männer nicht ausstehen, die derart penetrant stinken. Diese Kerle halte ich mir auf Distanz."

Das Wort schwülstig lockte zwar die Assoziation schwul hervor, aber ich wusste aus erster Hand, dass Homosexuelle einen ausgezeichneten Geschmack besitzen. Frank hatte jedenfalls einen ganz wunderbaren Herrenduft benutzt.

Das brachte mich gedanklich in eine andere Richtung. Ich war in Brüssel erstmals, und das gleich überaus heftig, mit der Schwulenszene konfrontiert worden. Welchen Sinn ergab das? Hatte mich Philipp wirklich wegen meines geschiedenen Mannes mit ins „À la Queu Leu Leu" genommen? Ich fühlte meine Hände angesichts der Erinnerung an diese Demütigung erneut feucht werden, fühlte wie an besagtem Abend, wie mich das Gefühl der Panik zu überkommen drohte.

„Hätte ich dir lieber nicht zeigen sollen, was Männer wie Frank alles so treiben?", hatte sich Philipp zu rechtfertigen versucht.

Ein Mann, der einer Frau so etwas zeigt, ist ein Schwein, hatte ich zornig geantwortet. Die Hormone, die längst ihre Fäden zwischen uns gewoben hatten, ließen mich meine Antwort inzwischen etwas revidieren, inkonsequent, wie ich leider war, wenn sich jemand in meinem Herzen breitgemacht hatte.

„Kennst du jemanden, der diesen Duft benutzt?" Katrin schüttelte verneinend den Kopf. „Ist dir nie jemand aufgefallen, der vielleicht ähnlich roch? Als Frau kannst du einen so aufdringlichen Duft, wie du ihn beschreibst, niemals vergessen. Das weiß ich aus eigener Erfahrung."

„Wirklich nicht. Sorry, Sackgasse."

„Wäre ja auch zu schön", seufzte ich. „Sonst noch was, was dir wieder eingefallen ist?"

Sie setzte sich wieder auf und schien erneut einzutauchen in die wohl grausamste Erfahrung ihres jungen Lebens. Ihr

Blick glitt in die Ferne. „Weißt du, was ich gemacht habe, um das unerträgliche Warten auf den Notarzt zu überbrücken?“ Ich schüttelte den Kopf. „Sein Büro aufgeräumt!“ Katrins Stimme klang etwas zu hoch, fand ich.

Mein Mitgefühl blockierte mich für einen Moment. Dann reagierte ich endlich. „Du hast aufgeräumt?“ Meine Entgeisterung war nicht gespielt.

„Weißt du, Gessner war ein Chaot. Aber an dem Morgen sah sein Büro aus wie ein Schlachtfeld. Nicht ein Fleckchen, wo nicht irgendwelches Zeug herumlag. Ich bin es gewohnt, dass er mich sein Chaos beseitigen lässt. Beseitigen ließ“, korrigierte sie sich hastig. „Aber diesmal hatte er es echt übertrieben mit seiner Unordnung.“

„Katrin, sah es vielleicht so aus, als habe jemand etwas bei ihm gesucht?“ Ich hielt den Atem an.

Sie schien sich wieder besser im Griff zu haben. „Mein Chef suchte doch ständig etwas.“ Dann schrie sie plötzlich auf. „Du meinst, jemand hat sein Büro durchsucht, während Gessner starb?“, flüsterte sie.

„Oder später, als er tot war.“ Es war ein lahmer Versuch, sie zu beruhigen. Ich deutete mit dem Kopf auf Gessners Erbe, den massiven Schreibtisch seines Vaters. „In dem Falle war derjenige mit Sicherheit hinter dem Dossier her, das du gefunden hast.“

Sie ließ die Schultern hängen, wandte mir langsam den Kopf zu und flüsterte: „Verdammt, Marla, wenn das wahr ist, wird es allerhöchste Eisenbahn, von hier zur verschwinden!“

Besorgnis

Zum zweiten Mal innerhalb weniger Tage besaß ich die Kühnheit, meine Freundin mitten in der Nacht aufzuschrecken. Ich benötigte dringend eine Portion Janna. Zuerst hatte ich Katrin ins Bett gesteckt, war aber selbst hellwach. Ohne Umschweife kam ich auf den Punkt.

„Janna, ich stecke in der Klemme. Du weißt, dass ich mich hab überreden lassen, in Brüssel den Tod eines EU-Abgeordneten zu beleuchten. Ach, Blödsinn, eigentlich sollte ich nur Greta zuliebe die Stieftochter meines Cousins suchen. Aber die ist nun mal zufällig seine Sekretärin. War seine Sekretärin."

Janna gähnte herzhaft. „Rufst du etwa wieder aus Brüssel an?"

„Erraten." Ich versuchte, meine Gedanken in Worte zu fassen. „Und wo ich hinschaue... nichts als Verstrickungen. Der angebliche Herztod ihres Chefs war sehr wahrscheinlich sogar Mord. Unterlagen, auf die wir gestoßen sind, weisen auf sehr, sehr dunkle Machenschaften innerhalb der EU-Kommission hin." Verdammt, das war Geheim. „Und das ist ausschließlich für deine Ohren bestimmt, kapiert? Und der Mann, der ständig meine Wege kreuzt und der leider ein verdammt guter Liebhaber ist, gehört eventuell zu diesen Leuten."

„Ist er gefährlich?"

„Wer weiß das schon. Ich hoffe nicht. Aber du siehst, ich stecke bis zum Hals in Sachen, die mich nichts angehen. Dabei hat alles ziemlich harmlos angefangen. Zuerst habe ich Katrin besuchen wollen und nach ihr gesucht, als sie nicht da war. Und dann wollte ich bloß ein wenig für einen Krimi recherchieren, den ich zu schreiben gedenke."

„Das nennt man tief in der Scheiße stecken, Marla!" Jannas Stimme grollte. „Du setzt dich auf der Stelle in dein Auto und fährst zurück nach Osnabrück! Oder besser noch, du kommst zu mir, hierher nach Schleswig-Holstein, verstanden? Raus aus der Schusslinie! Politik ist ein dreckiges Geschäft. Ich habe es immer gewusst."

„Und nach mir die Sintflut? Janna, so einfach geht das nicht." War es wirklich das Unrecht, das mich antrieb? Gessners Tod? Oder ein Mann, der mir den Verstand raubte?

„Sag mal, spinnst du? Für ein Buch zu recherchieren und sein Leben zu riskieren sind zwei verschiedene Paar Schuhe." Meine Freundin klang derart erregt, dass sie heute Nacht sicher kein Auge mehr würde zu machen können. „Marla, sei vernünftig", meinte sie energisch, „ich appelliere an deinen gesunden Menschenverstand. Hau endlich ab!"

„Ich weiß selbst nicht, was mich hier hält. So ein edler, selbstloser Mensch bin ich doch sonst nicht."

„Du willst einfach wissen, woran du mit diesem Kerl bist, mit deinem Liebhaber." Janna schnaubte verächtlich. „Du hast sie ja nicht mehr alle! Du kennst den Typen doch kaum. Für deinen ersten Freiluftfick musst du ja nicht gleich die Rübe hinhalten. Und der Mann fürs Leben ist dieser Typ ja wohl auch kaum."

Ich musste trotz allem furchtbar lachen. „Es geht doch nicht um Minois."

Mir fiel ein, dass es von Philipp Guiader bei unserem letzten Telefonat noch gar nichts zu berichten gegeben hatte. „Minois heißt der Freilufttyp. Stimmt, der hat mich wieder auf den Geschmack gebracht." Es amüsierte mich, wenn ich mir ihre Verblüffung vorstellte. „Der andere Mann heißt Philipp Guiader."

„Wie bitte? Du hast dir innerhalb weniger Tage gleich zwei Lover an Land gezogen?" Janna kannte mich viel zu gut, um diese Behauptung unkommentiert als Tatsache zu akzeptieren. „Ausgerechnet Marla Richter, die Unschuld vom Lande! Osnabrück ist doch so gut wie vom Lande, oder etwa nicht? Stehst du inzwischen echt auf Quickys?"

„Wo kämen wir denn da hin?" Ich lachte, um nicht weinen zu müssen. Guiader. Eine seltsame Stimmung hatte von mir Besitz ergriffen, seit Katrin ins Bett gegangen war. Eine Stimmung irgendwo zwischen Verzweiflung und Hoffnung, zwischen Enttäuschung und Vertrauen, zwischen Ablehnung und... Nein, das konnte es nicht sein. Ich hatte mir doch geschworen, mich nie wieder einem Mann anzuvertrauen.

Meine Freundin schloss sich meiner Frage an. „Ja, wo kämen wir denn da hin?" Sie wiederholte die Frage im gleichen ironischen Tonfall wie ich und seufzte. „Mann, Mann, Mann, dich kann man aber auch nicht einen Moment aus den Augen lassen. Hauptsache, du hast dich nicht verknallt." Keine Mutter hätte besorgter klingen können.

Ich seufzte, ließ meine Verunsicherung mit meinem Atem entweichen. „Keine Ahnung."

Unser Schweigen hatte lange Bestand, so dass ich meinen Ohren nicht traute, als Janna mich plötzlich anbrüllte. „Beweg deinen Arsch her, aber sofort!“

„Janna!“ So hatte ich sie nie zuvor erlebt. „Nein“, widersprach ich ihr, „das geht nicht. Darf ich dich denn trotzdem besuchen, wenn das hier vorbei ist? Ich habe dir so viel zu erzählen und muss mir noch über so vieles klarwerden, wobei du mir helfen kannst.“ Mit jedem Wort klang ich verzagter. „Nur du kannst mir dabei helfen, ich weiß das.“

Ich spürte ihre Besorgnis, als sie leise antwortete. „Hauptsache, du zwingst mich nicht, Rosen auf deinen Sarg zu werfen. Hast du eigentlich eine Ahnung davon, wie sehr ich Beerdigungen hasse, Marla?“

Reinigendes Feuer

Samstag, 4. Juli 1998

Die große Bahnhofsuhr verriet, dass es exakt 9:23 Uhr war. Gerade hatte ich Greta und Katrin in den Zug in Richtung Heimat gesetzt. Gegen ihren Willen und Protest, aber ich musste den Rücken frei haben und konnte mir keine Sorgen wegen der Beiden leisten. Für Katrins japanischen Stadtflitzer hatten wir eine Garage gefunden, da sie nach ihrer letzten Erfahrung auf der Autobahn lieber den Zug nehmen wollte. Und wie lange ich das gemietete Haus noch bewohnte, hing von den Ereignissen der nächsten Tage ab. Ihr Auto dort zu parken war nicht sinnvoll.

Während ich die Halle durchschritt, sonnte ich mich in den wenigen Blicken, die nicht Rufus galten und mir von einer Gruppe älterer Herren mit Wanderausrüstung zugeworfen wurden, die anscheinend ihren Ausgang zu einem Abenteuer auf Schusters Rappen nutzten.

An einem der Zeitungsstände kaufte ich mir das aktuelle FOCUS Magazin, als ich den Hinweis auf einen Artikel bemerkte mit der Überschrift „Ein Augias-Stall. Vetternwirtschaft und Korruption in Brüssel". Der Untertitel lautete: Für mindestens zwei Milliarden D-Mark Hilfsgelder fehlen in Brüssel Belege. Die Kommissare spielen herunter, vertuschen und verschweigen. So die FOCUS Ausgabe 41/1998.

Ich suchte mir eine Bank vor dem Bahnhof und überflog einige Absätze des Berichtes. Bisher existiert in der EU keine unabhängige Instanz, die für Rechtsstaatlichkeit sorgen und schnell Beweismittel sichern könnte. Einige Kommissionsermittler sind so empört, dass sie den Medien vertrauliche Berichte zuspielen, damit die skandalösen Vertuschungsversuche ans Tageslicht kommen.

Derweil fahndet die Kommission intensiv nach Nestbeschmutzern, sucht Beamte, die „Indiskretionen" begehen, und setzt die Medien unter Druck. Kommissarin Emilia Willemsen ließ FOCUS schon vor der Veröffentlichung durch ihre Anwälte drohen. In Frankreich klagt sie gegen die Zeitung „Libération" und setzte „Le Nouvel Observateur" unter Druck, in Belgien „La Meuse".

In Brüssel suspendierte die Kommission lediglich ihren Beamten Laurent, der seine Ehefrau von Lejeune entlohnen ließ. Da sich EU-Kommission und die Luxemburger Staatsanwaltschaft Zeit lassen, konnte Laurent in einer Nacht-und-Nebel-Aktion in einer Garage Hunderte von sensiblen Dokumenten durchforsten, vernichten oder zur Seite schaffen. Jean Nicolas, Luxemburger Journalist und Zeuge der Aktion, fragte anschließend Kommissionssprecherin Martine De Smet, ob die Ermittlungen bewusst verzögert würden. „Sie hat ihre nackten Füße auf den Tisch gelegt und nur schallend gelacht."

Ähnlich herablassend behandelt die Kommission auch das Europaparlament. „Wenn die aufmucken, packen wir einfach den Dreck aus, den die Abgeordneten selbst am Stecken haben", brüstet sich ein hoher Beamter.

„Jetzt konzentriert sich alles auf die Frage, ob das Europaparlament tatsächlich seine Kontrollfunktion gegenüber der Kommission ausüben will"" meint der CDU-Abgeordnete Daniel Riemer. Der Landwirt hatte die Kommission schon in der BSE-Affäre das Fürchten gelehrt.

Bei internen Problemen reagiert die EU-Superbehörde UCLAF wie ein totalitärer Parteiapparat. Der Schutz der eigenen Organisation steht immer im Vordergrund. Ein Beamter, der einen korrupten oder unfähigen Vorgesetzten kritisiert, riskiert seine Karriere oder gar eine Strafanzeige, berichtet ein Insider.

Im EU-Amt für Humanitäre Hilfe existiert nur eine rudimentäre Kontrolle der Finanzen. Für die Zeit zwischen 1993 und 1995 fehlen jegliche Belege für Hilfsgelder im Wert von 2 Milliarden D-Mark.

Die Finanzkontrollen in den Bereichen humanitäre Hilfe und Mittelmeerförderung sind völlig unzureichend. Hilfsgelder für Bedürftige in Bosnien und in Afrika sind im EU-Amt für Humanitäre Hilfe versickert.

Der Autor dieses Artikels war ein engagierter und bekannter Journalist, wenngleich das Titelbild mit dem Poker-Blatt, das deutsche Politiker zeigte, eher harmlos aussah.

Da ich nicht die nötige Ruhe aufbringen konnte, den Artikel in der Öffentlichkeit zu lesen, stieg ich in Justus Auto und brauste durch die Innenstadt, bis ich in der vermeintlichen Sicherheit meines Hauses angekommen war. Dort setzte ich mich mit einer Flasche Mineralwasser und dem Magazin in den Garten.

In dem Artikel wurde die frühere französische Premierministerin und EU-Forschungs- und Bildungskommissarin Emilia Willemsen zur Symbolfigur für Trickkultur, Unfähigkeit, Anmaßung und Günstlingswirtschaft erhoben. Es liefen Ermittlungen wegen Unregelmäßigkeiten gegen drei Funktionäre der Forschungsgeneraldirektion, die ihr direkt unterstellt seien, hieß es. Das Forschungspersonal solle zweifelhafte Dienstleistungsverträge, beispielsweise mit den eigenen Ehefrauen, abgeschlossen haben. Es wurde auch ein gewisser Manuel Peeters, seines Zeichens Zahnarzt und persönlicher Bekannter von Emilia Willemsen, des Favoritismus, also der Brüsseler Variante der Günstlingswirtschaft, angeprangert. Der siebzigjährige Dentist habe als „Gastwissenschaftler und Aids-Experte" für ein monatliches Zubrot von bescheidenen 8.000 D-Mark Reisen im Bereich der Innovation, wie es die Willemsen zur Entkräftung der gegen sie gerichteten Vorwürfe vage umschrieb, unternommen.

Diese Vorwürfe hatte bereits eine Journalistin im Magazin DER SPIEGEL erhoben und waren mir daher nicht ganz neu.

Prüfberichte interner EU-Finanzkontrollen und auch des EU-Rechnungshofes zeichneten ebenfalls das Bild einer milliardenschweren EU-Wirtschaft ohne konkrete Nachweisführung. Es wurde behauptet, Kommissionsbeamte überwiesen Millionenbeträge, auf Zuruf und ohne die notwendigen Belege vorliegen zu haben. Die jüngste Prüfung der Forschungsprogramme „Jouie-Thermie" und „Altener", von der Willemsen-Kommission mit rund zwei Milliarden D-Mark Etat bedacht, hätte ergeben, dass keiner der Berichte eine einzige Zahl über die Kosten enthalte. In ironischem Ton hieß es in Bezug auf andere Prüfungen, die Buchführung beim Amt für humanitäre Hilfe (ECHO) beispielsweise sei allenfalls als „metaphysisch" zu bezeichnen.

Hätte mich nicht der letzte Satz bereits auf die Füße schnellen lassen, hätten die nächsten Zeilen dafür gesorgt.

Wann immer die kommissionseigenen Betrugsermittler der UCLAF in die Gebäude kämen, stießen sie auf leer geräumte Schränke, Computerfestplatten und Disketten.

ECHO. Uwe König.

UCLAF. Das Dossier.

Ich nahm mir vor, baldmöglichst mit Katrin zu telefonieren, um sie zur Eile zu ermahnen. Monsieur Vovier, mein zweites Standbein in Sachen notarieller Dokumentenhinterlegung, hatte an diesem Samstagmorgen bereits um 8.00 Uhr die erforderliche Zeit für mich erübrigt, damit ich alle bei ihm deponierten Papiere auf seinem alten Kopiergerät hatte fotokopieren können. Eine Kostenerstattung hatte er entrüstet zurückgewiesen. Mir war nichts Anderes übriggeblieben, als mich überschwänglich bei ihm zu bedanken und Katrin zum Abschied den dicken Umschlag mit genau diesen Kopien in die Hand zu drücken. Der Moment war uns beiden als symbolträchtig erschienen und bedurfte keiner Worte. Dass ich meine Meinung geändert hatte und sie in den Fall mit hineinzog, war einzig darauf zurückzuführen, dass ich Katrin bei Greta nebst Freunden in Sicherheit glaubte.

Da saß ich nun in meinem bescheidenen Domizil, in einer der schönsten Metropolen Europas, und anstatt mich zu amüsieren sah ich mich vor die kniffligste und vielleicht gefährlichste Aufgabe meines Lebens gestellt. Nicht einmal die naheliegendste Freude würde ich mir noch gestatten, was mir momentan nicht schwerfiel, da ich ein gewisses Sättigungsgefühl unterhalb des Bauchnabels verspürte. Das einzige Amüsement, das es in Brüssel für mich gegeben hatte. Amüsement? Oder war es mehr?

Egal, Philipp war ab jetzt tabu!

Erfreulicherweise glaubte ich feststellen zu können, dass sich Rufus allmählich an mich gewöhnte. Ich glaubte sogar, ein geringes Maß an Anhänglichkeit bei ihm ausmachen zu dürfen. Das stimmte mich sehr froh, denn inzwischen wollte ich ihn gerne behalten. Aber Akzeptanz war für mich die unabdingbare Basis unserer Beziehung. Natürlich hatte ich auch keine Lust auf einen hündischen Lakaien und begegnete Rufus wesentlich zurückhaltender als Titus, der mir trotz aller Rotzlümmeligkeit sofort ans Herz gewachsen war und der nie Schmuse-Einheiten abgeneigt war. Aber genau wegen Titus war ich mir nicht sicher, ob die Dogge letztlich nicht doch wieder bei ihrem Trainer landen würde. Einen Zweifrontenkrieg konnte und wollte ich in Osnabrück nicht führen. Und Titus war weit davon entfernt, ein gut erzogener Terrier zu sein.

Der Tag war bewölkt mit einzelnen sonnigen Abschnitten, wie es in den Wettervorhersagen so schön geheißen hatte. Also nicht mehr ganz so strahlend wie die Sonnentage der letzten Wochen. Das Wetter gemahnte mit solchen Tagen an den Herbst, der den Sommer ablösen würde. Ich verdrängte die Gedanken an trübsinnige, nasskalte Regentage, die sich irgendwann einstellen würden. Mir war danach, den Sommer bis zur Neige auszukosten. Sicher übertrieb ich es, als ich nach der Schere griff und mein T-Shirt kürzte, bis es den Blick auf meinen Bauchnabel freigab. Zehnmal abgeschnitten und immer noch zu kurz, würde Jannas Kommentar sicher dazu lauten. Ich grinste Rufus an, der sich zu fragen schien, was ich mit meiner Fröhlichkeit bezweckte. Fragend legte er den Kopf auf die Seite.

„Du passt doch hoffentlich gut auf mich auf, oder?"

Er drehte mir als Antwort sein Hinterteil zu. Wenig später trabten wir durch den Jubelpark. Wenn ich auch meine kurzfristig anberaumte Reanimation ehemaliger Sportlichkeit als löblich einschätze, war ich mir nicht sicher, ob mein Entschluss zu einem gesünderen Leben wirklich anhalten würde. Rufus behagte mein durch Kurzatmigkeit gedrosseltes Tempo, da er von Natur aus weder zu den Sprintern noch zu den Marathonläufern zählte, während ich meinen Zigarettenkonsum bei jedem Atemzug verfluchte.

Einzelne Sonneninseln zogen die wenigen Parkbesucher an wie der sprichwörtliche Pflaumenkuchen die Wespen. Die Menschen wanderten den sonnigen Strahlenbündeln hinterher, während ein kleiner Anteil von Spaziergängern vorsichtshalber einen Regenschirm parat hielt. Die ewige Gretchenfrage, ob das Glas halbvoll oder halbleer ist. Bisher hatte ich zu letzterer Aussage tendiert. Ob es mir eines Tages gelingen würde, meinen Pessimismus abzuschütteln, und ich mein Glas wieder als halbvoll betrachten könnte?

Fest davon überzeugt, dass Philipp trotz der unschönen Szene vom Vortag vorbeikommen oder mich zumindest anrufen würde, hatte ich den Rest der Nacht wach gelegen, während Katrin ihren kleinen Rausch ausschlief. Ich redete mir ein, ihn in meiner Nähe haben zu wollen, um ihn unter Kontrolle zu haben. Doch Monsieur Guiader hatte weder angerufen, noch war er vorbeigekommen. Inzwischen fühlte ich mich wie ein Schnellkochtopf, kurz bevor das Überdruckventil hochgeht. Als er nachmittags endlich anrief, klang er absolut geschäftsmäßig.

„Die Polizei möchte Katrin am Montag wegen Gessner befragen, damit sie ihren Abschlussbericht schreiben kann."

„Sie ist nicht mehr da.“

„Was soll das heißen?“, herrschte er mich an.

„Ganz einfach, Guiader. Katrin ist nicht mehr da.“

„Merde!“

Keine halbe Stunde später stand er vor mir. „Wirf bitte zuerst einen Blick auf diesen Artikel“, forderte ich Guiader auf, als er in meine Brüsseler Dependance stürmte, unverkennbar verärgert. Geschickt fing Philipp die Zeitschrift auf, die ich am Morgen erstanden hatte und ihm nun zuwarf. Ich war froh, sie gekauft zu haben. Sie hatte mir den Weg zum politischen Chefredakteur des zurzeit bedeutendsten deutschen Politmagazins gewiesen.

Sorgfältig studierte er den Bericht über Dubois, Emilia Willemsen & Co, dann legte er die Zeitschrift schweigend beiseite.

„Und?“ Ich war neugierig auf seine Meinung.

„Und was?“, entgegnete er einsilbig.

„Das muss dir doch etwas sagen.“

Philipp lief wie ein gefangenes Tier im Salon auf und ab. „Was traust du mir eigentlich noch alles zu, Marla?“

Die Bitterkeit in seiner Stimme beschämte mich und ließ mich schwer atmen. „Ich traue dir gar nichts zu. Nicht das jedenfalls, was du offenbar von mir denkst. Aber ich halte dich für einen ausgezeichneten Beobachter. Für einen Insider. Für einen Mann, der in einer der Schaltzentralen der Macht an einer nicht gerade unwichtigen Stelle sitzt. Und dessen Aufgabe es ist, diese Leute da zu beschützen!“ Ich wies angewidert auf die Zeitschrift. Es war nicht fair, dieser Hinweis auf sein Versagen in Bezug auf Gessner, aber ich wollte ihn aus der Reserve locken. „Und ich halte dich für einen Mann, der weit mehr weiß, als er zugibt.“

„Von Politik habe ich keinen Schimmer, jedenfalls nicht mehr als du oder sonst wer. Nur weil ich im Brennpunkt der Europapolitik lebe, heißt das noch gar nichts."

„Philipp, warum regst du dich auf? Und stell dein Licht bitte nicht unter den Scheffel!" Mühsam kontrollierte ich meine Stimme. Ich wollte keinen Streit. Mir wurde schwer ums Herz. „Wären wir also mal wieder bei der Loyalität angelangt. Du sagst, die Polizei will mit Katrin sprechen. Jetzt, Tage nach Gessners Tod. Es muss also Ungereimtheiten, vielleicht sogar Verdachtsmomente geben, oder? Sag mal, willst du sie unbedingt ins Gefängnis bringen? Wir wissen doch beide ganz genau, dass es im Moment niemanden gibt, dem man Gessners Tod leichter anhängen könnte als ihr. Und ich behauptete nach wie vor, dass es Mord war. Dass ein Mörder frei hier herumläuft. Vor allem aber habe ich endlich eine vage Idee, wie wir ihn überführen könnten." Er starrte mich perplex an. „So, und jetzt bist du dran!"

Es hatte mich zwei Stunden und all meine Überredungskünste gekostet.

Ein paar Straßen entfernt vom Parlamentsgebäude stellte ich meinen Wagen ab. Es war kurz vor 19.00 Uhr. Rufus blieb im Kofferraum des Kombis, obwohl ich ihn lieber mit dabeigehabt hätte. Es war zum Glück inzwischen kühl genug, um ihn im Auto zu lassen, wenn ich die Fenster einen kleinen Spalt offen ließ. Damit hatte ich mich in Guiaders Anordnung gefügt, fühlte mich aber seltsam unwohl ohne Rufus an meiner Seite.

Erst als wir wohlbehalten in der Zentrale der elektronischen Gebäudeüberwachung angelangt waren, nachdem Philipp mich nach endlosen Debatten und sodann ohne Schwierigkeiten dort hineingeschmuggelt hatte, atmete ich erleichtert auf. Obwohl ich das hohe Haus an diesem Samstagabend bis auf wenige Wachmänner verwaist wusste, wollte mir das Herz aus dem Hals springen, als er mich durch ein ausschließlich von Handwerkern benutztes und nur schwach beleuchtetes Treppenhaus schleuste. Seine Kollegen befänden sich um diese Zeit auf Patrouille, hatte er mir hoch und heilig versichert.

Schweigend sahen wir uns im Zeitraffer die 24-Stunden-Videoaufzeichnung von Gessners Todestag an. Gleichzeitig fertigte er eine Kopie von diesem Band an. Bevor wir uns wieder aus dem Staub machten, manipulierte er die computergesteuerte Aufzeichnung des heutigen Abends. Es würde keinerlei Hinweis darauf geben, dass wir das Parlamentsgebäude betreten hatten. Nur eine kleine Lücke in der Aufzeichnung könnte einem argwöhnischen Betrachter Aufschluss darüber geben, dass ein Teil des Bandes gelöscht worden war. Aber wenn heute nichts Außergewöhnliches passierte, würde niemand auf die Idee kommen, es sich anzuschauen. Es käme ins Archiv und irgendwann würde es überspielt.

In seiner Wohnung kam es zur unvermeidlichen Aussprache.

„Welchen Reim machst du dir auf das, was wir eben beobachtet haben?" Ich war total aufgewühlt von den Ereignissen der letzten Stunden.

„Was haben wir denn schon groß beobachtet?" Guiader gestikulierte wie ein beim Seitensprung ertappter Italiener.

„Einen Mann, der zu diesem Zeitpunkt bereits dem Tode nahe ist, lässt sich noch schnell eine Hure kommen! Die über eine Stunde in seinem Büro bleibt." Ich schlug mir mit der flachen Hand vor die Stirn, war ich gerne bei ihm gemacht hätte. „Inzwischen stirbt Gessner. Und diese Frau ist ungewöhnlich, denn sie ist über eins-neunzig groß. DAS haben wir gerade beobachtet!" Irgendetwas machte bei mir klick, aber ich war zu aufgeregt, um es zu beachten. „Und jetzt lass uns bitte nicht wieder ganz von vorne beginnen." Seine hängenden Schultern gehörten kaum zu dem Mann, der mich mühelos aufs Bett werfen konnte. „Du sagtest, es würden Köpfe rollen, wenn das Dossier der UCLAF bekannt wird, Philipp. Hast du das gesagt oder nicht?" Er nickte schweigend. „Also ist der Inhalt schon auf den ersten Blick derart brisant, dass selbst ein politisch wenig interessierter Mann wie du", diesen Seitenhieb konnte ich mir leider nicht verkneifen, „den Zusammenhang sofort herstellen kann, richtig?" Er nickte abermals, wenn auch widerwillig. „Ich weiß ja nicht, ob du diese Person tatsächlich nicht erkannt hast." Ich legte eine Kunstpause vor dem letzten Akt ein. „Diesen Mann, der sich zu später Stunde, als Nutte getarnt, in Gessners Büro schleicht. Von der Frage, wie er ins Haus gekommen ist, einmal ganz zu schweigen. Und wenn du mich fragst, gibt es spätestens jetzt ein gewichtiges Indiz dafür, dass Katrins Chef tatsächlich ermordet wurde."

Sogar mehrere, aber von den Placebo-Medikamenten hatte ich ihm nichts verraten. Und dabei würde es auch bleiben.

„Mon dieu! Aber das sind doch noch lange keine schlüssigen Beweise!" Seine Augen funkelten vor Wut. Er raufte sich tatsächlich die Haare.

„Stimmt. Bis man diese Person identifiziert hat, ist die Videoaufzeichnung nicht mehr als ein Indiz. Bleibt also das Dossier. Und obwohl du dich verschlossen gibst wie eine Auster, bin ich mir sicher, und hoffe es bald auch beweisen zu können, dass dieses UCLAF Papier weitreichendere Schlüsse zulässt als dieser Artikel hier." Ich nahm die Zeitschrift und warf sie ihm zornig vor die Füße.

Die Zeit verstrich, während wir beide uns schwer atmend anschwiegen.

Mit der Frage: „Du willst den Bericht der Presse zuspielen, n´est-ce pas?", brach er schließlich das Schweigen, das sich wie eine Mauer zwischen uns aufgerichtet hatte.

Einundzwanzig. Zweiundzwanzig. Dreiundzwanzig. „Ich habe gewisse Vorkehrungen getroffen, das ist richtig." Das Wort Verrat stand unausgesprochen zwischen uns. „Gegebenenfalls wäre ich jedoch bereit, auf deinen Rat zu hören."

„Dich auf mich zu verlassen?" Er verdrehte die Augen in echter Verzweiflung. „Das wirst du niemals, das weiß ich jetzt."

„In gewisser Weise zu verlassen", schränkte ich ein.

„Hattest du dir nicht vorgenommen, dich niemals wieder auf einen Mann zu verlassen?" Sein provozierender Blick verdunkelte sich. Trotzdem erkannte ich mehr Schmerz als Zorn darin. „Besser, du tust es nicht, Marla. Auf mich kann man sich nicht verlassen, glaube mir."

Seine Lebenstragödie.

Oder versuchte er, mich auf etwas hinzuweisen? Auf etwas, dass er nicht auszusprechen wagte? Auf eine solche Ungeheuerlichkeit, dass ich sie einfach nicht wahrhaben wollte und deshalb als absurd beiseiteschob?

„Ich meinte damit deine Urteilskraft", entgegnete ich beschwichtigend, berührte ihn jedoch nicht, wie ich eigentlich vorgehabt hatte.

„Ach, dann hat Katrin dir also davon erzählt." Mit dem Wischen über den Dreitagebart versuchte er mehr als nur meinen Einwand beiseitezuwischen. „Werde ich das denn nie mehr los?"

Ich unterdrückte den plötzlichen Impuls, seine Wange zu streicheln. „Was ich dringend benötige, sind deine Beziehungen. Nenne mir Namen, Philipp. Nenne mir irgendeine integre Organisation, die Licht in das verdammte Dunkel bringen kann. Und nicht aufdeckt und dann alles schnell wieder ad acta legt, sondern für echte Konsequenzen sorgen kann. Das wäre die einzige Möglichkeit, diese Sache intern zu behandeln. Ansonsten..."

„Aber das würde einen riesigen Skandal geben."

„So oder so wird es das. Ein Grund mehr, die Flamme der Erleuchtung anzuzünden."

„Was für ein beschissener Vergleich!" Er trat ganz nah an mich heran und sah mir in die Augen. „Die Flamme der Erleuchtung und die der Verdammnis sind oft ein und dieselbe", meinte Philipp bitter und wandte sich dann mit einer müden Bewegung ab.

„Alte Lebensweisheit frei nach Philipp Guiader? Ich frage dich, hat Feuer nicht immer auch eine reinigende Komponente?"

In diesem Moment wollte ich das einfach glauben.

Poltisches Erdbeben

Sonntag, 5. Juli 1998

Das Ergebnis meiner Grübelei manifestierte sich in dem Gespräch, das ich am späten Sonntagvormittag in einem kleinen Restaurant außerhalb Brüssels führte. Aber zuerst musste Erich Hassbach von der Harmlosigkeit meiner Dogge überzeugt werden.

„Ich hasse Hunde! Hätte ich gewusst, was für einen Monsterköter Sie mitbringen, wäre ich nie und nimmer hergekommen."

„Bitte beruhigen Sie sich. Rufus hat eine ausgezeichnete Erziehung genossen. Er ist zwar nicht unbedingt harmlos, Herr Hassbach." Der Mann starrte mich empört an. „Aber nur auf Kommando." Ich hatte mir geschworen, weiterhin auf Nummer sicher zu gehen. Deshalb begleitete mich Rufus auch jetzt. „Aber da ich davon ausgehe, nichts von Ihnen befürchten zu müssen, dürfen Sie sich im gleichen Maße in Sicherheit wiegen."

Er zwinkerte mir zu. „Sie sind seit langem die erste, die dem Journalisten Hassbach über den Weg traut." Es klang resigniert und eine Spur amüsiert.

Meine Hand legte sich wie unbeabsichtigt auf Rufus' riesigen Schädel. „Unter diesen Umständen fällt mir das nicht besonders schwer." Ich lächelte.

Vor mir stand ein kleines Glas Rotwein, während sich Hassbach ein frühes Mittagsessen schmecken ließ. „Köstlich. Ich liebe frittierte Muscheln", nuschelte er mit vollem Mund.

Mir war der Appetit seit gestern Abend vergangen.

„Sie hatten Glück, dass ich noch nicht im Flieger nach Nairobi gesessen habe", fuhr er fort und tupfte sich mir der Serviette die fettigen Lippen ab.

„Und Sie hatten Glück, dass ich es für richtig hielt, mich ausgerechnet an Sie zu wenden, Herr Hassbach."

„Erich, für Sie Erich."

Dabei hatte es zunächst nicht so ausgesehen, als ob ich dazu Gelegenheit bekäme. Ich hatte seinen Artikel aufmerksam gelesen und später, nachdem Philipp türknallend aus dem Haus gestürmt war, hatte ich mich durchgerungen und bei seiner Zeitung angerufen. Natürlich rechnete ich nicht damit, den politischen Chefredakteur an einem Samstagabend im Verlag zu erreichen. Ich war ohnehin überrascht, nicht vom Pförtner oder von einer Bandansage abgewimmelt zu werden. Aber ich vertraute darauf, dass man den Kontakt zu ihm herstellen konnte, wenn ich ihm derart brisantes Material in Aussicht stellte.

„Was genau ist das für ein Material?" Sein junger Kollege, hechelnd wie ein Jagdhund auf der Fährte eines Hasen, hatte das unbedingt von mir wissen wollen.

„Sicher haben Sie Verständnis dafür, dass ich angesichts der Brisanz dieses Themas Details nur gegenüber Herrn Hassbach offenbaren werde." Mit dieser Frage hatte ich gerechnet.

„Dann geben Sie mir doch wenigstens einen Hinweis, Frau Richter.“

Ich holte tief Luft, bevor ich fortfuhr. „Glauben Sie nicht, Ihr Chef würde sich für ein Papier mit dem Namenszug UCLAF interessieren? Gekrönt von einem gewissen Stempelaufdruck?“ Das nicht zu überhörende Keuchen des Mannes hatte mich amüsiert. „Alles Übrige erfährt Herr Hassbach, wenn er sich morgen mit mir in Brüssel trifft. Ansonsten suche ich mir einen anderen Journalisten.“

Jetzt saß ich dem angesehenen Journalisten also gegenüber.

Hassbach war keiner von diesen harten, gefährlich wirkenden Reportern, die man mit der Kamera in der Hand und dem Gewehr über der Schulter im Fernsehen durch den Dschungel streifen sieht. Er war klein, leicht untersetzt, seine Frisur war derart pflegeleicht, dass er weder Shampoo noch Fön benötigte. Seine leicht wässrig wirkenden graublauen Augen ließen erkennen, dass er erstens zu viel trank und ich es zweitens mit einem mit allen Wassern gewaschenen Ermittler zu tun hatte. Trotzdem hatte ich nicht vor, mich von ihm über den Tisch ziehen zu lassen.

Nachdem er sich nochmals mit der Serviette das Frittierfett von den Lippen gewischt hatte, griff er zu seinem Weinglas. „Na, dann rücken Sie mal raus mit der Sprache.“ Er rülpste leise. „Entschuldigung.“

„Schwarz auf weiß?“

„Dumme Frage.“ Der Mann kannte im Job keinen Humor. „Für nichts Anderes habe ich mich ins Flugzeug nach Brüssel geworfen.“ Er musterte mich, als wittere er bereits, was kommen würde. „Sie enttäuschen mich doch nicht, Frau Richter? Sie haben die Papiere doch dabei, oder?“

Ich klopfte auf meine Tasche, die von Rufus bewacht neben mir auf dem Boden stand. „Sie kommen auf Ihre Kosten, das verspreche ich. Exklusiv. Unter zwei Bedingungen: Erstens informieren Sie mich vorab über ihr Vorgehen, über jedes Vorgehen. Und zweitens stellen Sie für mich den Kontakt zu einem namhaften Verleger her.“

„Wie bitte? Zu welchem Verleger? Ist Ihnen unser Haus etwa nicht...“

Ich unterbrach ihn hastig. „Zu einem Verleger, der sich für Kriminalliteratur interessiert.“

Hassbach schien drauf und dran, aufzustehen und mich einfach sitzen zu lassen. „Wird das hier eine Provinzposse, oder was? Wie komme ich denn dazu, mich von Ihnen vorführen zu lassen!“

„Stellen Sie sich nur eine einzige, eine sehr wichtige Frage.“ Ich gab mich betont cool, obwohl mir der Schweiß den Rücken entlanglief. „Gibt es in Deutschland ein adäquates Gegenstück zum Pulitzer Preis?“

Aus listigen Augen funkelte mich Erich-für-Sie-Erich an. „Na, Sie tragen aber ganz schön dick auf, Frau Richter.“

„Marla. Für Sie Marla.“

Ihm gefiel mein Humor und er lachte laut. „Touché.“

Als der Ober sich wegen seines Gelächters nach uns umdrehte, orderte er Wein nach. „Für Sie auch noch einen Roten? Nein? Okay. Also dann schießen Sie mal los.“

Erich Hassbach rückte näher, so nahe es Rufus zu ließ. Seine Stimme war jetzt ein leises Flüstern. „Und darauf prangt wirklich ein Geheimstempel und das Kürzel der UCLAF?“

Ich verabscheute frittierte Muscheln und ärgerte mich, seinem Knoblauch-Atem nicht ausweichen zu können.

„Worauf Sie sich verlassen können!" Unauffällig presste ich meinen Oberkörper, soweit es ging, gegen meine Stuhllehne.

„Hm." Mit einer millionenfach praktizierten Geste strich er sich über den kahlen Schädel. „Wenn das so ist... Aber dann erklären Sie mir doch bitte mal, was das alles mit meinen etwaigen Beziehungen zu Buchverlegern zu tun hat."

„Sie erhalten Beweise für einen Enthüllungsreport, der Europa in seinen Fundamenten erschüttern kann. Und ich bereite die Geschichte anschließend zu einem packenden Krimi auf."

„Sie sind..."

„Autorin, richtig."

„Sie haben Chuzpe für eine unveröffentlichte Autorin. Nein, Sie müssen mir nichts erklären, ich bin der ultimative Krimi-Fan. Und ich kenne jeden deutschen Autor, manche sogar persönlich. Und Ihr Name, Werteste, ist mir gänzlich unbekannt."

Dass er mir diese Tatsache aber auch derart deftig unter die Nase reiben musste. „Dann merken Sie ihn sich für die Zukunft, Herr Hassbach." Diesmal lächelte ich nicht.

Er zwinkerte mir zu. „Nichts für ungut. Wenn Sie nur halb so clevere Bücher schreiben, wie Sie selbstbewusst sind... Also gut, wenn an dieser Sache etwas dran ist, dann brauchen Sie mich gar nicht, dann können Sie sich Ihren Verleger aussuchen. Lassen Sie uns zum Ausgangspunkt zurückkehren. Was bezwecken Sie damit, wenn Sie mir Ihr Material übergeben? Ich meine, was springt für Sie dabei heraus außer der Möglichkeit, Ihr erstes Buch zu veröffentlichen? Gehören Sie einer politischen Partei an?"

„Nein. Aber ich benötige Ihre Unterstützung bei der Aufklärung eines Mordes. Das Politische Erdbeben ist für mich zweitrangig."

Wo Philipp die Kopie der Videoaufzeichnung versteckte, ahnte ich nicht. Aber ich wusste, dass er sie mir nicht ohne weiteres aushändigen würde. Mir blieb also keine andere Wahl. Als ich ihn kurz nach dreizehn Uhr mit Erich Hassbach bekannt machte, schien er auf dem Absatz kehrtmachen zu wollen.

Ich hatte ihn unter einem Vorwand um ein Treffen gebeten und nichts von dem Journalisten erzählt. Nur mit Mühe konnte ich Philipp davon überzeugen, dass ein Gespräch mit dem bekannten Journalisten nicht automatisch dasselbe wie Verrat war. Natürlich wussten wir beide es besser. Vorsichtshalber stellte ich die Männer einander nur mit Vornamen vor.

„Philipp. Erich."

„Angenehm." Eine Floskel.

„Ganz meinerseits." Erich Hassbach war weit neugieriger als höflich.

„Du musst mir nichts erklären. Das ist der Journalist, dessen Artikel du mir gestern gezeigt hast", wandte sich Philipp an mich. Seine direkte Art war wie immer erfrischend. Dass ich ihm die Zeitschrift entgegengeschleudert hatte, erwähnte er nicht.

„Nett, ein so positives Feedback zu bekommen", witzelte Hassbach, der trotz Philipps geflüsterter Entgegnung jedes Wort mitbekommen zu haben schien. „Sie hatten also keine Ahnung, dass Sie mich hier treffen würden. Dachte ich es mir doch. Dann stellt sich mir natürlich die Frage, inwieweit Sie in

die mir von Marla leider nur recht vage beschriebene „Sache"
involviert sind, Monsieur Philipp."

„Wenigstens muss ich nicht auf Ihren Vornamen
zurückgreifen, Herr Hassbach." Wie zwei angriffslustige
Rüden starrten sich die beiden Männer an, während Rufus mit
gespitzten Ohren den Dialog verfolgte. Allerdings hielt er es
für unnötig, sich an dem Rangordnungsgerangel zu beteiligen.

Schlachtplan

Schon am frühen Morgen hatte ich Katrin angerufen. „Wie weit bist du mit der Übersetzung?"

„Du meinst, ob ich geschlafen habe? Nein, habe ich nicht, danke der höflichen Nachfrage." Sie gähnte laut. „Die gesamte Akte zu übersetzen wird Tage dauern. Willst du trotzdem in ganz groben Zügen hören, was da los ist?"

„Unbedingt. Schieß los."

„Also... In Brüssel sind Gelder in so umfangreichem Maße veruntreut worden, dass die Liste der Verdächtigen endlos ist, wenn wir davon ausgehen, dass Gessners Mörder unter diesen Personen zu finden ist."

„Also keine heiße Spur?" So ein Mist. Ich war enttäuscht und hatte fest damit gerechnet, dass uns der UCLAF-Report ein paar Verdächtige liefern würde.

„Leider nicht. Es entpuppt sich als gigantischer Betrugsfall in der Kommission. Der Begriff Vetternwirtschaft trifft es nur recht unzulänglich. Da werden Leute ohne jede Qualifikation hochdotiert eingestellt. Da erhalten Firmen Aufträge, die nicht nur überteuerte Preise zugrunde legen, sondern nicht einmal annäherungsweise im Kostenlimit bleiben. Da werden Gelder angeblich in Entwicklungsländer überwiesen, kommen aber niemals dort an. Es geht übrigens nicht nur um Millionen, sondern um Milliarden." Katrin atmete empört aus. „Da gerät ein Berufsbildungsprogramm namens Leonardo-da-Vinci mit einem 640 Millionen-Etat Ecu, nicht D-Mark, in den Verdacht der Misswirtschaft und... und... und. Marla, du hast ja keine Vorstellung, was da alles läuft. Und leider werden nur wenige Klarnamen genannt, so ein Mist." Ich hörte, wie sie auf den Tisch hieb, an dem sie saß.

Mir fiel die kleine Meldung wieder ein. „Und was ist mit der Bewachungsfirma Service de Sécurité Partout?"

„Leider schneidet Philipps Arbeitgeber nicht gerade gut ab in dem Dossier, ganz im Gegenteil. Das Vernichten von Tickets für Falschparker finde ich ja noch eher harmlos. Das Vernichten von Bußgeldbescheiden für Fahrten unter Alkoholeinfluss halte ich da schon für wesentlich bedenklicher. Aber am allermeisten irritiert mich der Hinweis auf dubiose Kontakte zu extremen Rechten in Belgien, was jedoch leider nicht näher erläutert wird. Was sagst du dazu? Übrigens wird in dem Papier auch ihre Bewachung von rund sechzig Gebäuden als mangelhaft beschrieben. Zu wenig Personaleinsatz."

„Da passt aber wirklich eines zum anderen. Und ich dumme Kuh habe es nicht wahrhaben wollen."

Katrin reagierte prompt. „Philipp hat mit der Sache nichts zu tun, Marla. Garantiert. Ich kenne ihn, er ist absolut integer."

„Ach ja? Selbst du siehst den Menschen immer nur vor den Kopf, meine Liebe."

„Ich dachte, du wärst..."

„Was? In ihn verliebt?" Mein Lachen überzeugte mich davon, wie enttäuscht und entsetzt ich war. Katrin kannte mich nicht gut genug, um das zu bemerken. „Du bist ein Schaf, Katrin. Ich hatte guten Sex mit ihm, das ist alles."

„Das glaubst du ja selbst nicht", waren ihre Worte, bevor sie auflegte.

Ich erinnerte mich an ihren letzten Satz, während ich Philipp jetzt unauffällig musterte. Konnte es sein, dass er mich bewusst auf eine falsche Fährte gesetzt hatte? War die auffällige Person, die bei Gessner am Abend seines Todes gewesen war, nichts weiter als das, was sie auf den ersten Blick zu sein schien, eine Prostituierte? Aber es war ein Mann, keine Frau gewesen. Hatte der Abgeordnete vielleicht auf Männer in Frauenfummel gestanden?

Und noch etwas beunruhigte mich. Wenn es Philipp so leicht möglich war, die Computeraufzeichnung der Videokameras zu manipulieren, um unsere Anwesenheit zu verschleiern, hätte er dann nicht auch den Beweis für die Anwesenheit eines Mörders verschwinden lassen können? Dafür kassierte man sicher sehr, sehr viel Geld. Sein Penthouse und dessen Einrichtung entsprachen nicht unbedingt dem Einkommen eines Sicherheitsmannes.

Ich fuhr zusammen, als ich in meiner Rekapitulation gestört wurde.

„Es wird Zeit, die Sache auf den Punkt zu bringen, Herrschaften." Hassbach senkte die Stimme. „Hier läuft eine Riesensauerei ab. Ich habe das Material für meinen letzten Artikel schließlich nicht aus dem Kaffeesatz und bereits eine Menge Beweise für eine Menge der Anschuldigungen. Wenn eure Fakten also schlüssig sind und neue Hinweise liefern, dann wird meine Zeitung sie veröffentlichen. Dann werde ich erstens noch berühmter als ohnehin schon," er grinste übers ganze Gesicht, „und wird zweitens die Europäische Kommission zurücktreten müssen, ob sie will oder nicht. Meine Beziehungen zur Politik lassen mich diese Aussage nicht ohne Grund machen." Der Journalist Hassbach war anscheinend ein knallharter Hund. „Wie lange haben Sie eigentlich schon diese Dogge?" Er wies auf Rufus, der zu meinen Füßen lag und sich langweilte.

Ich glaubte, mich verhört zu haben. „Wie bitte?"

„Sie haben Angst, Marla. Angst wovor?"

„Unsinn!"

„Sprachen Sie nicht vorhin von Mord?"

Philipp sprang auf. „Du musst ja wissen, was du tust, Marla. Aber hierbei werde ich dir nicht helfen. Auf gar keinen Fall!"

„Oh ja, du wirst uns helfen. Sonst..."

„Sonst was?", unterbrach er mich. Seine Stimme hatte die Kälte eines Gletschers.

Ich musste es einfach aussprechen. „Als du das Dossier durchgeblättert hast fiel dein Blick nicht zufällig auf den darin dokumentierten Verdacht in Bezug auf eure Firma?"

„Was?!"

„Ach, hör doch auf", entgegnete ich barsch und wusste, dass ich mich später dafür verfluchen würde. „Ich rede von Service de Sécurité Partout. Ihr macht so ziemlich jede Sauerei mit. Angefangen bei kleinen Gefälligkeiten hin bis zum Betrug. Wie steht es denn mit der Vertuschung eines Mordes?"

„Interessante Frage." Unbemerkt war Hassbach näher an uns herangetreten. „Würde mich bitte endlich jemand darüber aufklären, von welchem Mord hier andauernd die Rede ist?"

Blieb nur noch eine Frage offen. Die Frage, vor der ich mich insgeheim fürchtete. Und trotzdem stellte ich sie mit leiser Stimme. „Was wolltest du an dem Abend in Katrins Büro?"

Entgeistert sah Guiader mich an. „Das fragst du mich allen Ernstes, ja?"

Während er wenig später seinen Jeep geschickt durch das Straßengewirr lenkte, blickte Philipp kopfschüttelnd starr geradeaus. „Das kannst du mir doch nicht wirklich zutrauen." Wütend knallte seine Faust auf die Hupe, als ein Radfahrer einen Schlenker machte und uns gefährlich nahekam.

„Beantworte bitte einfach nur meine Frage."

Ich war mit Rufus hinter ihm her gerannt, als er aus dem Caféhaus stürmte, in dessen Nebenraum das Treffen stattgefunden hatte. Im letzten Moment hatte ich die Beifahrertür seines Fahrzeugs aufreißen können und er musste bremsen, wenn er mich nicht mitschleifen wollte. War es falsch verstandene Solidarität, die mich zu Philipp in den Wagen hatte springen lassen? Rufus durfte auf die Rückbank.

„Soll ich mich etwa nicht aufregen, wenn du mich eines Mordes für fähig hältst? Oder zu dessen Vertuschung? Du hast Nerven, das muss man dir lassen!" Philipp knallte den zweiten Gang rein und der Motor heulte auf, als er mit viel zu viel Gas um eine Ecke bog. „Die Frage allein ist eine Zumutung. Ich sollte dich einfach rauswerfen. Aber bitte, hier du hast deine Antwort." Seine Stimme klang rau. „Ich wollte eigentlich nur kurz bei Katrin reinschauen. Wollte nachsehen, ob sie schon Feierabend hatte und ich sie, wie schon so oft, nach unten begleiten sollte. Aber sie war nicht mehr da. Das war alles! Ende der Fragestunde! Ende dieser unglaublichen Farce!"

Hassbachs Mietwagen folgte uns in einiger Entfernung. Anders als Philipp schien er sich nicht zu trauen, jede zweite Straßenverkehrsverordnung außer Kraft zu setzen. „Warum hast du mir das nicht erzählt, als wir uns das Video angesehen haben, Philipp?"

Er hatte wie ich die Neigung, sarkastisch zu werden, wenn er angegriffen wurde. „Schade, dass du so eine Idiotin bist.

Erstens wollte ich mich nicht selbst belasten. Ein Mann hat schließlich nur wenige Meter nebenan sein Leben verloren. Oder glaubst du, dass der Chef de Sécurité stolz darauf ist, so kläglich versagt zu haben? Hältst du mich wirklich für dermaßen eiskalt?"

Wenig später brachte er sein Auto abrupt vor meinem Haus zum Stehen. „Und mit diesem Kerl da willst du zusammenarbeiten?" Er deutete rückwärts auf Hassbach, der eben aus seinem hinter uns parkenden Wagen stieg. „Ich fasse es nicht!"

„Wir", sagte ich tonlos. „Wir werden mit Hassbach zusammenarbeiten, hörst du." Ich zögerte nur kurz. „Sonst könnte es sein, dass du deinen Namen eines schönen Morgens in einer großen deutschen Illustrierten wiederfindest."

Kaum hatte ich das gesagt, schmerzte mich bereits der Verlust seiner Zärtlichkeit, die ich nun nie wieder spüren würde. Dieser Schmerz war so gewaltig, dass ich keine Luft bekam und mein Herz zu rasen begann.

Nie werde ich die Ungläubigkeit in Philipps Blick vergessen. „Weißt du was, Marla? Darauf scheiße ich." Keine zehn Sekunden später war von seinem Wagen nur ein leichter Dieselgeruch übrig.

„Kommen Sie." Hassbach griff vorsichtig nach meinem Ellbogen und führte mich wie eine gehbehinderte Frau zur Haustür. Rufus verhielt sich still und beobachtete den Mann, während er mir an meiner anderen Seite nebenher trabte. Ich brauchte zwei doppelte Whiskys, um wieder einigermaßen klar denken zu können. Die Flasche hatte der Journalist aus seiner Reisetasche gezogen.

„Sie brauchen mir nichts erklären, Marla."

„Das habe ich auch nicht vor", erwiderte ich mit tonloser Stimme.

„In Ordnung. Dann lassen Sie uns jetzt wie Profis arbeiten.“

Ich hielt ihm das Dossier entgegen, hielt den Umschlag aber noch fest. „Sie sprechen Französisch?“ Ich wollte mich lieber noch einmal vergewissern, bevor ich den Umschlag endgültig aus der Hand gab.

„Wie meine Muttersprache.“

Wir studierten zusammen die Fakten, deren wichtigste Stellen mir Hassbach übersetzte. Einigen Machenschaften ließen sich Namen zuordnen, wenn auch längst nicht allen. Den empörendsten Tatbeständen einschließlich einer Erpressung hatte man in dem Dossier lediglich Initialen vorangestellt. Mir sagte das nichts, aber Hassbach wusste anscheinend mit den wenigen Namen etwas anzufangen.

„Die Namen gehören zu hohen Beamten. Dann gehören die Initialen garantiert zu den ganz hohen Tieren.“ Er sah meinen Blick. „Ja genau, zu Politikern,“ bestätigte er leise.

Keine Stunde später hatte er einen Fotografen, eine seiner Meinung nach sehr ambitionierte Journalisten-Kollegin seines Verlages und den jungen Assistenten, mit dem ich telefoniert hatte, nach Brüssel beordert. Davon, dass er gedachte, sich und seine Entourage bei mir einzuquartieren, sagte er noch nichts.

„Wir beide können das nicht alleine durchziehen“, meinte er nach dem Telefonat und weihte mich großzügig in seine Pläne ein. „Nachdem wir endlich einige Namen haben, müssen wir diese Leute zur Stellungnahme zwingen. Das wird nicht leicht, aber wir haben da so unsere Tricks, müssen Sie wissen. Zunächst muss in Erfahrung gebracht werden, wo diese Leute wohnen. Und eines garantiere ich Ihnen, vor ihrem Privatwohnsitz werden die alle viel gesprächiger sein als vor ihren EU-Behörden.“

„Schocktherapie?"

„Kann man so sagen." Er grinste zynisch. „Immer noch die wirkungsvollste Methode."

Darüber hatte ich nicht eine Sekunde lang nachgedacht. „Ich finde so etwas furchtbar."

„Hat sich aber bestens bewährt. Funktioniert prima, glauben Sie mir, Marla."

Als spätabends sein Team eintraf, hatte Hassbach längst einen Schlachtplan entworfen. Wir hockten um den Esszimmertisch, da uns die Brisanz des Themas verbot, die kühle Luft im Garten zu genießen und dabei Zuhörer zu riskieren. Der kleine Raum heizte sich angesichts fünf starker Raucher sehr schnell auf.

Torsten Schnittker, mit dem ich am Vortag telefoniert hatte, war ein gutaussehender junger Kerl mit besten Manieren. Der junge Journalist trug sogar eine Krawatte.

Der Fotograf im Team gab sich gar nicht erst die Mühe, mich als einzige Fremde in der Gruppe zu akzeptieren. Der zerknitterte Typ, den ich als Alt-Achtundsechziger und Berufsdemonstranten einstufte, hatte mir bei der Begrüßung nur lasch die Hand gereicht, ohne die Zigarette aus dem Mundwinkel zu nehmen. „Jens Wohlschläger."

Am wenigsten von allen aber lag mir diese Nelli Vosskamp, mit der ich nach Hassbachs Plänen mein Schlafzimmer teilen sollte. Nicht, dass es sich sein Verlag nicht leisten könne, seine Leute in einem Hotel einzuquartieren, erklärte er lapidar. Aber wenn alle inkognito bei mir wohnten, wären sie nicht so leicht zu finden. Interessant, offenbar rechnete er damit, dass sich die Meute seiner Reporterkollegen auf die Sache stürzen würde, sobald sie Wind davon bekämen. Und diesen Zeitpunkt hinauszuzögern war anscheinend seine erklärte Absicht.

Meine neue Zimmernachbarin war eine schnoddrige Person, nur wenig jünger als ich, die mich diese Tatsache aber mit jeder Geste spüren zu lassen gedachte. Darüber hinaus fühlte sie sich mir anscheinend in allem überlegen. Gleich vom ersten Moment unseres Kennenlernens an hatte ich sie gefressen. Sie war es auch, die es für richtig hielt, klarzustellen, dass ich ihnen besser nicht in die Quere käme. Bevor Hassbach reagieren konnte, tat ich es.

„Sollte Ihnen das Agreement mit mir nicht passen, suche ich mir Kollegen Ihrer Zunft, die das anders sehen."

„Sie sagten, wir hätten die Story exklusiv." Hassbach war verdammt verärgert.

„Was schert mich mein Geschwätz von gestern." Adenauer zu zitieren machte Spaß. „Wenn Sie Ihre Leute nicht im Griff haben..."

Sein funkelnder Blick in Richtung Nelli Vosskamp tat mir wohl. „Davon kann überhaupt keine Rede sein. Natürlich sitzen Sie mit im Boot, wie besprochen."

Die Vosskamp zuckte mit den Schultern. „Du musst es ja wissen, Erich."

„Genau. Und sollte dir das nicht passen, halte ich dich nicht auf, Nelli. Klar?"

Wieder hob sie zuckend ihre Schultern. „Nun reg dich doch nicht gleich so auf."

Ich wusste sofort, dass sie mir die neue Zusammensetzung des Rudels nie verzeihen würde. Als ich mit wenigen Worten den Zusammenhang zwischen dem Dossier, Gessners Tod und dem Versteck in seinem Schreibtisch herstellte, war es absolut still im Raum. Ich berichtete von der Verwechslung Gresser/Gessner, von Gessners früheren Herzinfarkten und dass er von früh bis spät geschuftet hatte, von der Wichtigkeit seiner Herzmedikamente, dem fehlenden Nitrospray und legte zum Schluss das von mir beauftragte Laborergebnis vor, ohne Doktor Rahe ins Spiel bringen zu müssen. Zuletzt schilderte ich, was auf der Video-Aufzeichnung zu sehen gewesen war. Dass Philipp es mir ermöglicht hatte, das Video anzusehen und dass uns diese Tatsache endgültig einander entfremdet hatte, ging niemanden etwas an. Und so verschwieg ich beides. Sollten sie sich ihren Teil doch denken. Ich hatte einfach nur irgendwo, irgendwie, irgendwann ein Überwachungsvideo angesehen und damit basta. Allerdings wusste ich, dass Hassbach eins und eins zusammenzählen und sein Wissen zu gegebener Zeit ausspielen würde. Warum hatte ich ihn auch nur mit Philipp bekannt gemacht!

Ich kam in den Genuss eines weiteren Triumphs, als sich Rufus mit mir solidarisch erklärte und beim Zubettgehen die Vosskamp derart böse anknurrte, dass sie von selbst mit der Couch im Wohnzimmer vorliebnahm.

Der Informant

Montag, 6. Juli 1998

Wie Hassbach so schnell an die Adressen gekommen war, blieb mir schleierhaft. Wahrscheinlich hatte sein Assistent die ganze Nacht durchgearbeitet und recherchiert. Bereits kurz vor sieben Uhr an diesem Montagmorgen standen wir beim ersten Verdächtigen vor der Haustür. Wohlschläger schoss ein Foto nach dem anderen, als René Willems auf unser Klingeln hin öffnete.

„Presse. Erich Hassbach vom Brennpunkt. Was sagen Sie zu den gegen Sie erhobenen Vorwürfen der Vorteilsnahme im Amt, Monsieur Willems?"

Der Mann rieb sich irritiert die Augen, als die Wucht der Anklage ihn noch vor dem Frühstückskaffee traf. „Sie...Sie sind ja verrückt", stammelte er schließlich.

„Und zu dem Vorwurf, dass Ihr Amt sogenannte U-Boote, also nicht genehmigte Arbeitskräfte, bezahlt? Mit Geldern, die Entwicklungsländern vorbehalten sind?" Krachend flog die Haustür hinter dem Mann zu, der mit zitternden Händen vor uns floh.

Mit dieser Taktik fuhren wir fort, bis wir sieben Mal in den Ameisenhaufen der Brüsseler Bürokratie gestoßen hatten.

Sieben hohen Beamten statteten wir einen Besuch ab, bevor sich Erich Hassbach mit der EU-Pressestelle in Verbindung setzte, die ihm wie erwartet umgehend Audienz gewährte. Mit einem Fünfertross hatte man offenbar nicht gerechnet. Innerlich grinsend hatte ich mir den Presseausweis, den Erich mir handschriftlich ausgestellt hatte, ans Revers meines Sommerblazers geheftet und war überrascht, zu wie viel Respekt mir dieses winzige Stück in Folie verschweißtes Papier verhalf. Man kam der Journalistin Marla Richter natürlich ganz anders entgegen als der Besucherin Marla Richter. Diesmal wurde mir auch kein Sicherheitsmann aufgenötigt, um mir den Arm zu misshandeln. Allerdings hätte ich mir dieses eine Mal diese Behandlung gefallen lassen, nur um Philipp wiedersehen zu können. Und natürlich war mein Wunsch blödsinnig inkonsequent, aber ein Teil von mir klammerte sich an die vage Hoffnung, er möge mit der ganzen Sauerei nichts zu tun haben.

Durch Zufall stiegen wir zeitgleich mit Mijnheer van der Heijden Senior in einen der geräumigen Fahrstühle. In Anbetracht unseres wenig zu seiner Zufriedenheit aus-gefallenen Gesprächs im Restaurant nickte er mir nur förmlich zu.

„Ist das nicht...?" Hassbach besaß den Instinkt eines Wolfes.

„Van der Heijden, Europäische Kommission", raunte ich ihm ins Ohr.

Er riss verblüfft die buschigen Augenbrauen hoch. Dann drängelte er sich zu van der Heijden durch. „Presse. Erich Hassbach vom Brennpunkt. Mijnheer van der Heijden, wir verfügen über Unterlagen, nach denen das Europäische Parlament, allen voran die EU-Kommission, von einem

Skandal gigantischen Ausmaßes betroffen ist. Was sagen Sie zu...“

Der Fahrstuhl öffnete sich und ohne Hassbach eines Blickes oder gar Kommentars zu würdigen, stieg der Politiker aus. Mir warf er einen finsteren Blick zu, der mir noch lange zu denken gab, bevor er in der Anonymität eines endlos langen Flures verschwand, während sich der Lift mit einer Handvoll verblüffter Reporter und mir wieder in Bewegung setzte.

„Na, dem fühlen wir später noch mal richtig auf den Zahn, Leute“, meinte die Vosskamp. „Die Initialen V. H. im Dossier passen doch wie die Faust aufs Auge.“

„Wenn man einmal davon absieht, dass das „d“ von van der Heijden fehlt“, warf ich zweifelnd ein.

„Kinkerlitzchen!“

Der Pressesprecher, den wir in einem der vielen Konferenzräume trafen, verbot sich wie erwartet jedwede Unterstellung. Niemand im Hause, weder Beamter noch gewählter Parlamentarier, sei in was auch immer ihnen zur Last gelegt werde verwickelt. Hatten wir etwas Anderes erwartet? Nein. Aber seine Stellungnahme garantierte die Ausgewogenheit der späteren Berichterstattung.

Hassbach, Vosskamp, Wohlschläger und Schnittker fuhren in ihrem Luxusmietwagen vorweg, ich ihnen mit Rufus im Mondeo hinterher. Einzig Torsten Schnittker fand meinen Beschützer „geil“, alle anderen hielten respektvollen Abstand zu Rufus.

Wir waren auf dem Weg zu einem konspirativen Treffen mit einem Beamten der internen Finanzkontrolle. Hassbach hatte den Mann offenbar bereits vorher aufgetan. Inzwischen besaß ich ein wenig Erfahrung mit konspirativen Treffen und war deshalb nicht überrascht, dass dieses auf einem Kinderspielplatz stattfand. Allerdings hielt ich das Ergebnis dieser Tarnmaßnahme für genauso geglückt wie Schimanskys Versuche, Handgreiflichkeiten aus dem Weg zu gehen.

Der Beamte, den uns Hassbach als Jean vorstellte, war ein schmächtiger Mann mittleren Alters mit militärisch kurzem Haarschnitt und einer randlosen Brille, die ständig von seiner Nase zu rutschen drohte. Jean war korrekt mit grauem Anzug, weißem Hemd und hellblauer Krawatte gekleidet. Penibel achtete er darauf, mit seinen makellos geputzten schwarzen Schuhen nicht in den Sand zu treten, sondern auf dem Rasen zu bleiben. Er sprach ein wenig Deutsch, allerdings mit starkem Akzent. Hassbachs makelloses Französisch verhinderte, dass ich allzu viel von der Unterredung mitbekam. Wenigstens war der Journalist so fair, mich hin und wieder in kurzen Worten zu informieren. Allerdings bestand für mich nicht die Möglichkeit, seine Übersetzung nachzuvollziehen.

Der Beamte schien unter immensem Druck zu stehen. Wieder und wieder fuhr seine Hand hoch, um sich die Brille zurechtzurücken. Ständig räusperte er sich, als müsse er seine Stimmbänder zwingen preiszugeben, was preisgegeben werden musste. Wir erfuhren, dass ihm eine Menge über Misswirtschaft und Korruption bekannt war. Man hatte das europäische Programm „Leonardo" eingerichtet, um in allen europäischen Mitgliedsstaaten Initiativen für die Berufsbildung zu unterstützen. Das Programm war von 1995 bis zum Jahr 2000 vorgesehen. Es umfasste einen Etat von 620 Millionen D-Mark und fiel unter die direkte Zuständigkeit der Europäischen Kommissarin Emilia Willemsen. Mit der Durchführung dieses Programms wurde ein „Bureau d' Assistance Technique", also ein Büro für technische Hilfe, kurz BAT betraut. Das Leonardo-BAT bekam jährlich Tausende von

Projektanträgen, woraus jeweils ungefähr 700 Projekte pro Jahr ausgewählt wurden.

Seit langem war Insidern bekannt, dass es im Personalbereich des Leonardo-BAT haperte. In Belgien war der politische Beschluss gefasst worden, vorläufig keine Gehaltserhöhungen mehr zu genehmigen. Doch die Direktion und sämtliche Mitarbeiter des Leonardo-BAT schienen überraschenderweise davon ausgenommen zu sein. Außer kräftigen Lohnzuwächsen kamen die Leonardo-BAT-Leute zudem in den Genuss regelmäßiger Dienstreisen, die sie seltsamerweise vor allem in ihre Heimatländer führten. Konkrete Berichte über diese sogenannten Dienstreisen lagen nicht vor und es entstand der Eindruck, dass es sich bei diesen Reisen um reine Gehaltszulagen handelte, die dem Finanzkontrolleur Jean und seinen Kollegen sauer aufstießen. Zumal sich das BAT zu hundert Prozent aus europäischen Steuermitteln finanzierte.

Offenbar hatte man den BAT-Direktor Dupont mit weitreichenden Befugnissen ausgestattet, die seiner Frau zu einer Blitzkarriere als BAT-Abteilungsleiterin verhalfen und dank derer sich ihr Gehalt von umgerechnet 2.200 D-Mark innerhalb zweier Jahre auf 5.500 D-Mark mehr als verdoppelte. Ähnliche Qualifikationen hatte anscheinend auch ihre Schwiegertochter aufzuweisen, die als Leiterin der Abteilung Projektauswahl in den Genuss einer Gehaltserhöhung von 2.700 D-Mark auf 4.200 D-Mark kam. Dennoch waren dies, um es mit den Worten eines führenden deutschen Bankiers zu sagen, allenfalls Peanuts. Vom Leonardo-BAT wurde die Brüsseler Firma namens Agenor mit der Abwicklung des Hilfsprogramms beauftragt.

Jean und ähnlich kritische Beamte trauten sich kaum, dies in aller Deutlichkeit anzuprangern. Dass jedes System Schwachstellen in sich barg, stand für ihn außer Frage. Deshalb sei ein gut funktionierender Kontrollapparat wichtig, um wenn nötig einzugreifen, sagte er kopfschüttelnd. Allerdings trug die ungeschriebene Regel, alles müsse intern gelöst werden und niemand dürfe etwas nach außen dringen lassen, dazu bei, dass die Kontrollmechanismen der Europäischen Kommission, die dafür zuständig waren, kläglich versagten.

Und hier kam die UCLAF ins Spiel, die zuständige EU-Betrugsbekämpfungsbehörde. Begrenzte Mittel, ungenügende Befugnisse und Angst um die eigene Karriere führten aber offenbar auch hier dazu, dass der Interpretation der UCLAF-Berichte genügend Spielraum geboten wurde, alles als halb so schlimm darzustellen.

„Zeigen Sie ihm ein paar Seiten unseres Dossiers, fragen Sie ihn, ob er der Verfasser ist", forderte ich Hassbach auf, als die Unterhaltung zwischen ihm und Jean kurz ins Stocken geriet.

Der Belgier war offensichtlich nicht der Verfasser dieses Berichtes, an dem er sehr interessiert schien. „Er meint, es müssten sich bereits eine Menge Kollegen Gedanken über die Praxis bezüglich der EU-Finanzen machen, aber niemand will etwas riskieren. Leider."

Ich hoffte auf ein Wunder. „Er auch nicht? Und das ist wirklich nicht sein Dossier?"

Jean schüttelte energisch den Kopf. „Non, non."

Ich sah Erich fragend an. „Glauben Sie ihm?"

„Spielt das eine Rolle? Mehr wird er uns jedenfalls im Moment nicht sagen."

„Fragen Sie ihn bitte nach den Initialen, den Namenskürzeln."

„Gut, dass Sie ihn daran erinnern", wandte sich Nelli Vosskamp in sarkastischem Ton an mich. „Nicht wahr, Erich, ohne die gute Marla wüssten wir gar nicht, wie wir unseren Job machen sollten."

„Deine Stutenbissigkeit kannst du dir für später aufheben, Mädchen. Mach mir nicht den Informanten scheu."

Mädchen! Dass ich nicht lachte. Alte Zicke!

Mir fiel auf, dass der Belgier mit sich zu kämpfen schien. Er hatte sich von uns abgewandt und starrte über die Köpfe der spielenden Kinder hinweg, ohne sie wahrzunehmen. Die Journalistenclique missachtend, die gerade tuschelnd ihre weitere Vorgehensweise abstimmte, trat ich leise an ihn heran.

„Monsieur Jean, für diese Papiere ist bereits mindestens ein Mensch gestorben. Bitte helfen Sie, wenn Sie es können." Ich legte meine ganze Überzeugungskraft in diese Worte.

Als er sich zu mir umdrehte, begegnete ich einer Traurigkeit in seinem Blick, die mich zutiefst berührte und schockierte. Mit einer Geste der Hilflosigkeit zuckte er die Schultern und hielt mir die leeren Handflächen nach oben entgegen. Das bedurfte keiner Übersetzung.

Ich blieb hartnäckig. „Jemand, den ich sehr gern habe, könnte in den Verdacht geraten, mit dem Tod des Abgeordneten Olaf Gessner zu tun zu haben." Wen meinte ich eigentlich? Katrin oder Philipp? „Wenn Sie einen Tipp für mich haben, dann lassen Sie es mich bitte wissen. Ich bin keine Journalistin und ich werde mein Wissen für mich behalten, versprochen." Höchstens mit der Mordkommission teilen, aber das sagte ich nicht. „Ich bin Marla. Hier ist meine Handynummer. Sie können mich jederzeit anrufen." Heimlich drückte ich ihm ein Stück Papier mit meiner Handynummer in die Hand. Es war ein alter Einkaufzettel, den ich in meiner Jacke gefunden hatte. Den benötigten Kugelschreiben hatte ich Erich gerade aus einer Schlaufe seiner Weste stibitzt, um die Rufnummer zu notieren. Ich hatte gehofft, mich unbemerkt diesem Mann nähern zu können. Seine Körpersprache hatte mir verraten, dass er nicht reden würde. Jean ließ den Zettel unauffällig in seiner Hosentasche verschwinden. Hoffentlich hatte er verstanden, um was ich ihn bat.

Hinter uns klickte der Verschluss einer Kamera. „Na, ihr zwei Hübschen, was habt Ihr denn miteinander zu tuscheln?" Jens Wohlschläger grinste, während er ein Foto nach dem anderen schoss. Wutentbrannt dreht sich der Informant zu Hassbach um und deckte ihn mit einer Flut zorniger Vorwürfe ein.

„Jens, genug. Und rück den Film raus", meine Hassbach lakonisch. Er hielt seinem Fotografen die offene Hand hin. „Na los, mach schon." Kaum hatte unser Informant den belichteten Film aus der Spule gerissen, drehte er sich um und verschwand wortlos um die Ecke. „Das hast du jetzt aber wirklich prima hingekriegt, Jens. Bravo."

„Sorry, Erich, ich wollte nur..."

„So schnell macht der Mann den Mund nicht mehr auf! Scheiße!"

Uns blieb nur noch ein einziger Hinweis.

„Monsieur Dupont, was sagen Sie zu den gegen Sie erhobenen Vorwürfen, Ihre Frau und Ihre Schwiegertochter trotz mangelnder Qualifikation in gut dotierte Beraterposten gehievt zu haben?"

Als der Leonardo-BAT-Direktor seine Dienststelle für ein vermutlich ausgedehntes Mittagessen verließ, hatten wir uns auf ihn gestürzt. Diesmal durfte Jens Wohlschläger aus allen

Rohren drauf halten und der Auslöser seiner Kamera klickte unentwegt. Torsten Schnittker versuchte, das Tonaufnahmegerät so zu platzieren, dass der Originalton möglichst einwandfrei rüberkam. Erich Hassbach und Nelli Vosskamp warfen sich gegenseitig die Bälle zu. Ich hielt mich im Hintergrund.

„Trifft es zu, dass Ihnen unterstellte Mitarbeiter häufige Dienstreisen in ihre Heimatländer unternehmen, die mit öffentlichen Geldern bezahlt werden?“

„Wie kommt es, dass ausgerechnet Ihr Büro von dem von der belgischen Regierung beschlossenen Gehalterhöhungsstopp ausgenommen ist?“

„Ist Emilia Willemsen über die Unregelmäßigkeiten bezüglich des Leonardo-BAT informiert? Und wenn, warum unternimmt sie nichts? Inwieweit ist sie selbst darin verstrickt?“

Dupont hatte sich inzwischen zu seiner Mercedes Limousine durchgekämpft. Mit wutverzerrtem Gesicht zwängte er sich hinters Steuer, knallte die Fahrertür zu und verriegelte sie. Von seinen Lippen ließ sich deutlich der Fluch ablesen, den er uns ins Gesicht zu sagen nicht wagte. Dann brauste der schwere Wagen im ersten Gang mit durchdrehenden Reifen davon.

„So Leute, das reicht fürs erste. Mal sehen, was sich jetzt tut.“ Darauf konnte Erich Hassbach nicht halb so gespannt sein wie ich.

Brenzliges Treffen

Seit fast zwei Stunden versuchte ich, Philipp hinter den schwach erleuchteten Fenstern seiner Penthouse-Wohnung zu erkennen. Vergeblich. Es ging inzwischen auf Mitternacht zu und mir wurde unbequem im Auto.

Als der Geräuschpegel in meiner Brüsseler Zuflucht immer weiter anstieg, da sich die Zeitungsmacher partout auf keinen gemeinsamen Nenner einigen konnten, hatte ich mich heimlich, still und leise verdrückt. Zuerst war ich mit Rufus erneut durch den Park gelaufen, begierig darauf, ob ich diesem Schnösel Pierre Diallo und seinem unbedeutenden Zipfelchen noch einmal begegnen würde. Rufus war garantiert gut im Kastrieren. Doch der kleine Scheißer schien meine Warnung zum Glück beherzigt zu haben. Doch welcher Dämon hatte mich zu Philipps Wohnung geführt? Auszusteigen und einfach zu ihm rauf zu gehen, war unmöglich. Nein, ich wollte ein Spion per Distanz sein und kam mir dabei zur einen Hälfte vor wie ein Backfisch und zur anderen wie Colombo. Also in beiden Fällen lächerlich.

Die ganze Zeit hatte ich darauf gewartet, dass mein Handy klingelte, denn auf dem Informanten Jean ruhte all meine Hoffnung. Als es kurz vor Mitternacht wirklich klingelte, fuhr ich mit einem erstickten Schrei zusammen und stieß mit der

Stirn an den Rückspiegel. Reiß dich doch zusammen, ermahnte ich mich, bevor ich mich meldete.

„Hallo?“ Einen Moment lang glaubte ich, es habe sich jemand verwählt, denn verbissenes Schweigen war das Einzige, was auf meine Frage hin folgte.

„Sie haben mir gegeben votre Numero.“ Kaum mehr als ein leises Flüstern.

„Jean?“

Ein Stoßgebet auf Französisch. „Keine Namen!“

„Sorry.“

Ein höflicher Mann, der um der guten Manieren willen sogar log. „Pas de problème.“ Einen Moment herrschte erneut Schweigen. „Ich habe einen Kontakt für Sie, Madame. Sie wollen ihn treffen?“

„Ja natürlich. Aber wer...“

„Keine Namen!“

„Sorry“, wiederholte ich mich und meine Stimme klang aufgeregt.

„Können Sie fahren zum Parlament?“

„Wann?“, fragte ich flüsternd.

„Immédiatement. Sofort!“

Mir war nicht wohl bei diesem Vorschlag. „Aber es ist mitten in der Nacht. Wer erwartet mich denn um diese Zeit?“ Jean schwieg verbissen. „Verstehe. Keine Namen.“

„Sie gehen zur Tiefgarage, Madame, dann Sie werden sehen. Und keine Sorge.“

„Warum ausgerechnet dorthin?“

„Warum nicht? Der Mann ist seriös.“ Ich hätte beinahe gelacht. „Vielleicht er ist wichtig für Sie, Madame. Mehr weiß ich nicht.“ Dann war die Leitung tot.

„Okay Rufus, dann wollen wir mal." Ich warf meinem Bodyguard im Kofferraum einen Blick zu. Rufus sah mich aufmerksam an. Wenigstens er schien bereit zu sein.

Obgleich mir nicht geheuer war bei dem Gedanken, mich zu so später Stunde mit einem Unbekannten vor einer vermutlich menschenleeren Garage zu treffen, siegte meine Neugierde. Und mein Wunsch, meinen Lieben zu helfen. Vielleicht würde sich diese Gelegenheit nicht wiederholen.

In der Hoffnung, mit Rufus an meiner Seite allem gewachsen zu sein, brauste ich nach einem letzten Blick auf Guiaders erleuchtete Wohnung los. Ich parkte den Kombi in einer kleinen Seitenstraße beim Parlamentsgebäude. Rufus ging brav neben mir bei Fuß, an der lächerlich kurzen Leine. Obwohl mir Brüssel bei Nacht immer hell erleuchtet erschienen war, herrschte auf der Rampe, die in die Tiefgarage führte, nichts als Schwärze. Eine Schwärze, die nicht einmal von einer Notbeleuchtung gemildert wurde. Ich blieb stehen und sah mich um. Die Straße war menschenleer. Niemand erwartete mich. Wir standen einige Minuten reglos wartend herum. Die Zeit verstrich nicht schneller, je öfter ich auf meine Armbanduhr schaute.

„Mist, verdammter Mist", schimpfte ich wispernd, als Rufus Ohren plötzlich steil in die Höhe schnellten. Seine Körperhaltung verriet höchste Konzentration, sein Körper vibrierte. Vielleicht übertrug sich meine Anspannung auf ihn. Auf jeden Fall war ich froh, außer Rufus auch mein Handy dabei zu haben. Mir schien, als stünde ich seit einer Ewigkeit in der kühlen Nachtluft. Hatte ich mich vielleicht verhört, hatte Jean falsch verstanden und der Treffpunkt war am unteren Ende der Rampe? Ich hielt das Warten nicht länger aus.

Die Gummisohlen meiner Sneakers huschten lautlos über die geriffelte Betonrampe, an deren Ende mir ein Metallgitter den Zutritt zur Tiefgarage verwehrte. Obgleich ich es besser wusste, rüttelte ich ganz behutsam daran. Verschlossen. Erst nach einigen Sekunden bemerkte ich die schmale Tür, die am linken Rand des Gitters in die Metallkonstruktion eingelassen war. Und sie war nur angelehnt.

Als die schmale Tür nach innen aufschwang, verursachte dies nicht das erwartete Quietschen. Behutsam zog ich sie hinter mir und Rufus ran. Das leise Klacken, mit dem das Türschloss plötzlich einschnappte, alarmierte mich. Ich hatte mir die Tür nur anlehnen wollen. Jetzt kam dieser Ausgang nicht mehr als Rückzugsmöglichkeit in Betracht. Verdammt, warum hatte ich mich bloß auf dieses Treffen eingelassen?

Mit feuchten Händen und trockenem Mund ertasteten sich meine Füße vorsichtig den Weg ins Dunkel, das lauernd vor mir lag. Mein Herz pochte wild, während ich mit einer Hand Rufus Leine umklammerte und die andere Hand auf seinen Kopf legte, um eine Veränderung seiner Anspannung erspüren zu können. Er würde als Erster merken, wenn wir in Gefahr waren, aber inzwischen hatte sich mein Beschützer anscheinend wieder beruhigt.

Lautlos schlichen wir vorwärts. Trotzdem bildete ich mir ein, als halle mir jeder meiner zaghaften Schritte vielfach verstärkt wieder aus der Tiefgarage entgegen. Hätte ich gekonnt, hätte ich mich in Luft aufgelöst.

Geduckt wie eine Katze schlich Rufus neben mir her, als plötzlich ein Ruck durch seinen Körper ging. Er blieb stehen und richtete sich zur vollen Größe auf. Durch das warme, kurze Fell spürte ich das dumpfe Grollen, noch bevor es zu hören war.

„Aus", befahl ich flüsternd, aber scharf. Er verriet unseren Standort.

Augenblicklich verstummte er. Ich ging in die Hocke in dem lächerlichen Versuch, mich so klein wie möglich zu machen. Schade, dass um diese Zeit vermutlich kein einziges Auto hier parkte, hinter dem ich hätte in Deckung gehen können. Jedenfalls hatte sich uns bislang kein Hindernis in den Weg gestellt. Es war stockfinster und meine Augen gewöhnten sich nur zögerlich an die Dunkelheit.

Rufus dachte nicht daran, in Deckung zu gehen. Wie der Fels in der Brandung stand er neben mir. Plötzlich glaubte ich, hinter mir eine leise Bewegung ausmachen zu können und wirbelte auf den Fersen herum.

Nichts.

Tastend streckte ich meine Hände aus und aus meiner anfänglichen Beklommenheit wurde schiere Angst. Ich wagte kaum zu atmen. Benzindämpfe krochen über den Beton und benebelten mich. Von Minute zu Minute verstärkte sich meine leichte Übelkeit. Als in einiger Entfernung plötzlich eine Taschenlampe aufflackerte, fühlte ich mich wie ein Bergmann, der nach einem Grubenunglück zum ersten Mal wieder das Tageslicht erblickt.

„Venir ici", forderte mich eine geschlechtslose, wispernde Stimme auf, näherzukommen.

„Éteindre la lampe!", wisperte ich zurück, denn ich hatte nicht vor, mich im Schein der Taschenlampe als Zielscheibe zu präsentieren. Das hier war kein Spaß mehr. Aber statt die Taschenlampe wie gefordert auszumachen, wanderte ihr Schein langsam über den Beton und wies mir den Weg. „Je m'appelle Marla Richter. Et vous?", fragte ich beherzt nach dem Namen meines Gegenübers. Warum bestand ich darauf?

Es war kindisch anzunehmen, eine ehrliche Antwort auf meine Frage zu bekommen.

„Keinen Namen. Ich sage nur La Grand-Place. Vous compris?", lautete die gewisperte Antwort. Minois!

Woher nahm ich unter diesen Umständen nur den Mut, ihm entgegenzugehen? Aber hätte Minois es auf mich abgesehen, gäbe es ohnehin kein Entkommen. Und sollte er bewaffnet sein, könnte mich Rufus ohnehin nicht verteidigen. Außerdem hätte er mich längst töten können.

Minois war vorsichtig. Das konnte ich nachvollziehen. Vorsicht erschien mir angesichts einer Mordsache generell mehr als angebracht. Allerdings hatte ich mich selbst kaum an diese Regel gehalten. Mir missfiel vor allem der Fakt, unter den wenigen mir in Brüssel bekannten Personen gleich zwei potentielle Mörder und einen Informanten vermuten zu müssen.

Mit einem Mal gebärdete sich Rufus wie toll, und es war mir unmöglich, ihn zu bändigen. Er ging vorne hoch und bellte dröhnend, während ich seine Leine krampfhaft festzuhalten versuchte. „Still, Rufus", fauchte ich leise.

Was sollte ich tun? Wie sollte ich reagieren? Vorwärtsgehen? Stehen bleiben? Abwarten? Mein Gefühl warnte mich nicht eindringlich genug, um mich auf den Boden zu legen und darauf zu warten, dass Minois irgendwann aufgab und verschwand. Also schlich ich mit Rufus der Spur des sich langsam bewegenden Lichtkegels entlang.

In einer Nische, die ihm den Rücken freihielt, wartete er auf mich. Als ich in den gelblichen Schein seiner Taschenlampe trat, fiel sein Blick auf Rufus, den ich nur mit äußerster Willenskraft und großer Kraftanstrengung in Schach halten konnte. Mit Schadenfreude gewahrte ich Angst in seinem

Blick. „Was du hast gemacht avec le petit chien?", flüsterte er entsetzt.

„Titus? Der ist Zuhause. Das hier ist Rufus. Komm ihm besser nicht zu nahe!"

„Mon dieu! Quelle géant."

„Beleidige ihn nicht. Rufus versteht leider überhaupt keinen Spaß." Aber vielleicht gefiel ihm auch der Vergleich mit einem Riesen.

Endlich reagierte mein Beschützer, setzte sich und war still. Sein anhaltendes, inzwischen leiseres Grollen zerrte jedoch weiter an meinen Nerven. „Warum hast du mich ausgerechnet hierher bestellt?"

„Hier kenne ich mich aus, c'est tout. Schließlich parke ich jeden Tag hier unten."

„Im Stockfinstern? Du spinnst. Aber Schwamm drüber. Rede endlich! Ich will wissen, was du über Gessners Mörder zu sagen hast." Mir kam ein ungeheuerlicher Verdacht. „Du Mistkerl hast meine Bekanntschaft absichtlich gesucht!"

Er lachte meckernd. „Nein, das war wirklich ein dummer Zufall, n´est-ce pas? Aber das Leben ist voll schöner Zufälle. Und deine Titten sind merveilleux." Er küsste genießerisch seine Fingerspitzen.

Arschloch. Und genau das sagte ich ihm.

Alarmiert durch meinen Tonfall war Rufus sofort wieder auf vier Beinen und bildete eine Barriere zwischen mir und Minois. Ich ließ ihn nicht eine Sekunde aus den Augen. Die Bürste entlang seiner Wirbelsäule verriet, dass er dem Kerl nicht über den Weg traute. Ich war gut beraten, es ebenso zu halten.

„Schluss mit dem Geschwätz. Ich bin hier, um etwas über Gessners Tod zu erfahren. Du hast mich schließlich herbestellt, schon vergessen? Also rede! Wer hat ihn auf dem Gewissen? Wer hat ihn umgebracht? Denn Gessner wurde definitiv umgebracht, ich kann es beweisen." Dann erinnerte ich mich einiger Initialen, die in dem UCLAF Dossier gestanden hatten. „Was ist mit van der Heijden? Was hat dein Boss damit zu tun?"

„Du spinnst!" Sein leises Lachen brach jedoch nach ein oder zwei Sekunden ab. „Un moment, s'il vous plaît", flüsterte er, lauschte und hob die Hände. „Ich habe etwas..."

Bis ich begriff, dass Rufus massiger Körper vor Anspannung bebte, vergingen wertvolle Sekunden. Zeit genug für ihn, mich mitsamt der Leine herumzuwirbeln, sich mit einem heftigen Ruck loszureißen und mit tief dröhnendem Gebell in die Finsternis zu stürmen.

Ein Schuss fiel. Ein zweiter. Dann Stille.

Kein hallendes Knattern, wie man es aus Fernsehkrimis kannte. Nur das hinterhältig satte Plopp einer Waffe mit Schalldämpfer. Bevor Minois oder ich reagieren konnten, fiel ein dritter Schuss. Wie in Zeitlupe kroch der Lichtkegel der Taschenlampe, der dem Schützen zuvorkommend den Weg gewiesen hatte, zunächst an mir herunter und dann auf mich zu, während Minois Zentimeter für Zentimeter an der Wand entlang zu Boden glitt. Mit einem Loch in der Brust.

Niemals hätte ich mir diese sportliche Leistung zugetraut, aber noch im Sprung umklammerte ich den Griff der Taschenlampe, während ich mit der Schulter voran zu Boden stürzte. Mein Daumen fand den Schieberegler und das Licht erlosch, sodass mein erstickter Schmerzensschrei in blendender Finsternis erklang. Auf meiner Netzhaut tanzten Sterne, hervorgerufen von dem Licht der Lampe, die mich für einen kurzen Moment geblendet hatte. Eine Millisekunde bevor ich erneut das Plopp der heimtückischen Waffe vernahm, pfiff ein Geschoss haarscharf an meinem Ohr vorbei. So nah, dass meine Haut die Hitze der Kugel registrierte.

Ich rappelte mich hoch und versuchte auf Knien, dem Schützen zu entkommen. Meine Gedanken rasten. Was war mit Rufus? Ich konnte ihn nicht mehr hören. War er getroffen worden? Lebte er noch? Ich fürchtete nein, er hätte niemals einfach aufgegeben. Ohne Möglichkeit, mich zu orientieren, rannte ich im Zickzack durch diesen imaginären Irrgarten, dessen Wände mich wieder und wieder mit betonharter Realität in eine andere Richtung zwangen. Trotz all der hektischen Versuche blieb mir der Ausweg aus diesem Labyrinth verborgen.

Irgendwann gab ich vor Anstrengung keuchend auf. War ich tatsächlich dazu verdammt, hier unten zu sterben? Selbstmitleid überrollte mich und ich fragte mich, warum ich mich bloß auf diese Scheiße eingelassen hatte. Warum war ich nicht Zuhause geblieben? An meinem Computer standen mir sämtliche Abenteuer offen, ohne mich in Gefahr bringen zu müssen. Aber ich hatte meine Nase ja unbedingt in Dinge stecken müssen, die mich nichts angingen. Und Guiader hatte mich mehr als einmal gewarnt!

Während ich meine Arme auf meine Knie stützte und versuchte, tief und dennoch lautlos durchzuatmen, gewannen meine Lebensgeister langsam wieder die Oberhand. So leicht werde ich es dir nicht machen, du Scheißkerl, wütete ich lautlos, während meine Gedanken sich überschlugen.

Beweg deinen Arsch, befahl ich mir. Wenn ich lange genug in Bewegung bliebe und es schaffen würde, dem Mörder nicht direkt vor die Flinte zu laufen, hätte ich vielleicht eine Chance. Irgendwann musste doch jemand hier unten mal nach dem

Rechten sehen. Und wieso gab es keine Überwachungskameras in dem Tiefgeschoss? Stopp, meinte da mein Gehirn und ich war mir plötzlich sicher, dass es sie gab. Doch wo steckten dann verdammt nochmal Guiaders Leute? Warum brannte hier nicht wenigstens die Notbeleuchtung? Und wo blieb die verdammte Polizei, wenn man sie mal brauchte?

Endlich ging mir auf, dass von keiner Seite aus Hilfe zu erwarten war. Das beinahe banal klingende Plopp einer schallgedämmten Waffe trägt nicht besonders weit, wie ich jetzt aus eigener Erfahrung wusste. Man würde draußen nichts von den Schüssen bemerkt haben, sofern überhaupt noch Fußgänger um diese nachtschlafende Zeit im Regierungsquartier unterwegs waren.

Wem auch immer es gelungen war, sich von Minois und mir unbemerkt heranzuschleichen, musste die Tiefgarage durch eine der Türen betreten haben. Und ich hielt es für unwahrscheinlich, dass der Killer diese Tür hinter sich abgeschlossen hatte. Schließlich hatte er vorgehabt, Minois und mich zu erschießen. Könnte ich diese gottverdammte, unverriegelte Tür finden, wäre ich vielleicht gerettet.

„Du kannst mir nicht entkommen, gib dir keine Mühe", sang plötzlich leise eine dunkle Stimme. In Filmen machten Psychopathen das mit ihren Opfern, bevor sie sie auf bestialische Art und Weise umbrachten. Der raunende, geschlechtslose Singsang schien aus allen Richtungen gleichzeitig zu kommen. Meine Panik sorgte dafür, dass ich begann, hektisch mit beiden Händen die Wand, vor der ich stand, in Brusthöhe abzutasten, während ich lautlos seitlich einen Schritt vor den anderen setzte. Zwar hatte ich Minois Taschenlampe, sie steckte in meinem Hosenbund. Doch sie zu benutzen hätte meinen sicheren Tod bedeutet.

„Du bist eine attraktive Frau. Wir könnten eine Menge Spaß miteinander haben, mi pequeno gato salvaje", wisperte die Stimme anzüglich gurrend. Ich verstand zwar die Sprache nicht, wusste aber instinktiv, dass er mich gedemütigt hatte.

Ich hatte es mit einem Dreckskerl zu tun, der Deutsch mit südländischem Akzent sprach. Meine Panik verlieh mir Kraft, statt mich zu lähmen. Mit weit schwingenden Armbewegungen tastete ich mich durchs Dunkel, immer an der Wand entlang, arbeitete mich vorsichtig von rechts nach links. Eine Ecke. Weiter ging es. Dann griffen meine Hände plötzlich ins Leere. In heller Aufregung drehte ich mich mehrmals um die eigene Achse und verlor dabei jegliche Orientierung. Wo war ich? Auf der Fahrbahn? Plötzlich ließ sich in einiger Entfernung ein dünner, waagerechter, rötlicher Lichtstreifen erahnen. Eine Tür? Ich hielt darauf zu.

Und genau das war mein Fehler.

Ungebremst lief ich in meinen Angreifer hinein. „Da bist du ja." Nie zuvor hatte mich eine Stimme derart entsetzt. Ich fühlte, wie meine Beine nachzugeben drohten. Doch der bestialisch schmerzende Griff um meine Brüste hielt mich aufrecht, wäre doch jede noch so kleine Bewegung für mich mit allergrößten Qualen verbunden. Nun, wo er mich im wahrsten Sinne des Wortes in der Hand hatte, gab mein Peiniger es auf, höflich zu sein. „Wurde auch Zeit, Puta." Sein Tonfall verriet eine eiskalte Brutalität.

Das diffuse Licht, das ich bemerkt hatte, rührte von einer Waffe mit Schalldämpfer her. Dem Film Bodyguard verdankte ich die Erkenntnis, dass ein roter Punkt auf der Stirn des Opfers dessen Exekution ankündigt. Und weiter begriff ich, dass der süßlich schwere Duft nicht allein von im Beton versickerten Motoröl und Treibstoff herrührte. Diesen

Herrenduft musste Katrin gemeint haben, den sie in Gessners Büro gerochen hatte. Ich kannte ihn. Santo. Preislich in jeder Parfümerie zur gehobenen Mittelklasse gehörend, duftmäßig gehörte er für mich in die Gosse.

„Du riechst gut, Puta." Dieser Scheißkerl war ein Nasenmensch wie ich, nur mit einem total verdorbenen Geschmack. Er trat ganz nah an mich heran und schnupperte. „Cool Water Women und vor allem eine gehörige Portion Angstschweiß! Eine erregende Kombination."

„Fick dich ins Knie!", entfuhr es mir.

Nie hatte ich mein vorlautes Mundwerk so bitter bereut als in dem Moment, als mir der Kerl seine Faust mitsamt der Waffe mit voller Wucht zwischen die Schenkel rammte. Ich knickte in der Hüfte nach vorne, spürte wie Blut meine Beine warm hinunterlief, bevor sie nachgaben und ich zu Boden sank. Ein zweiter, genauso harter Schlag traf meinen Kopf. Bevor ich zusammenbrach, blieb mir keine Zeit, nach dem Gesicht des Mannes zu suchen.

Dabei wollte ich unbedingt wissen, wie mein Mörder aussah.

Zusammengekrümmt lag ich auf stinkendem Beton und versuchte durch den Vorhang der Sterne, die vor meinen Augen tanzten, etwas zu erkennen. Es dauerte. Dann kamen meine Pupillen langsam mit der Dunkelheit zurecht. Perfide grinsend stand ein schwarz gekleideter Mann mit gespreizten Beinen und einer Waffe im Anschlag hoch über mir. Er hatte eine seltsame Apparatur, eine Art Brille, getragen, die er jetzt abnahm und achtlos auf den Boden legte. Ein Nachtsichtgerät, vermutete ich. Er stand einfach neben mir, sah auf mich herab und wartete vermutlich auf den Moment, in dem ich ihm den Grund dafür lieferte, abzudrücken. Meine

Gedanken peitschten wie ein Squash-Ball in alle Richtungen und ich begriff viel zu spät, dass ich die ganze Zeit einen winzigen Trumpf in Händen gehalten und vergeudet hatte.

Theatralisch stöhnend wand ich mich wie ein Wurm auf dem stinkenden Boden. Das gequälte Folteropfer zu geben, war mir bei meinen grausamen Schmerzen ein Leichtes, während meine zitternden Finger unauffällig nach dem Handy, nach meiner Nabelschnur zur Außenwelt, tasteten. Vorsichtig zog ich es aus meiner hinteren Hosentasche und betete, dass der Scheißkerl das nicht bemerkte und dass das Handy wie immer auf tonlose Tastenwahl eingestellt war. Wenn nicht, wäre in wenigen Sekunden für mich alles vorbei. Ich betete, betete inständig darum, mich nicht zu verwählen, während ich mir nicht mehr sicher war, ob in Belgien der Polizei-Notruf die 101 war oder nicht.

Ich musste es riskieren.

Als ich endlich gewählt hatte legte ich einen Zipfel meiner Jacke unauffällig über das Handy, nur ganz leicht, um das Mikrofon nicht zu blockieren. Dann begann ich einfach zu sprechen, redete einfach drauflos, setzte alles auf diese eine Karte und kämpfte um mein Leben.

„Was auch immer Sie mir antun werden", begann ich stockend, sehr langsam, laut und sehr deutlich, „selbst wenn Sie mich jetzt erschießen, können Sie die Aufdeckung dieses dreckigen Sumpfes hier im Parlament demnächst im Fernsehen betrachten. Und zwar von Ihrer Zelle aus!" Zu reden strengte mich ungeheuer an, da ich mich kaum konzentrieren konnte, während eine Schmerzwelle nach der anderen durch meinen Körper schoss.

Nach und nach wurde mir der Schmerz vertrauter, kämpfte ich nicht mehr gegen ihn an und somit verlor er ein wenig an

Macht über mich. Allmählich konnte ich mich auf seine Spitzen einstellen, bei denen ich zuerst geglaubt hatte, die Besinnung zu verlieren. Ich versuchte, in meinen Bauch hineinzuatmen, wie es Gebärenden unter den Wehen geraten wird.

„Es gibt kein Entrinnen, Sie Scheiß-Mörder. Man wird Sie fassen. Wie saublöd kann man nur sein, sich auf ein Rendezvous mit einem Informanten in der Tiefgarage des Parlamentsgebäudes einzulassen, ich Idiotin." Hoffentlich verstand man mich! Ich zwang mich weiterzusprechen, bevor ich ohnmächtig würde. Oder erschossen. Plötzlich glaubte ich, ein leises Scharren auf Beton zu vernehmen.

Rufus?

Mein Peiniger beugte sich zu mir herunter. „Halts Maul, du dreckiges Miststück", befahl er und verpasste mir eine heftige Ohrfeige. Mir brummte der Schädel. Fast hätte ich gelacht, weil diese Metapher sich gerade als Tatsache bewahrheitete.

Der Schmerz in meinem Unterleib war inzwischen kaum noch zu ertragen. Beinahe wünschte ich mir, tot zu sein, betete andererseits aber um meine Rettung. Meine Chancen, diesem Bastard zu entkommen, waren minimal, selbst wenn die Polizei mich verstand, was keineswegs sicher war. Ein Anruf einer Deutschen bei der belgischen Polizei, aus einer Tiefgarage, die nicht unbedingt störungsfreien Empfang garantieren konnte. Falls ich überhaupt eine Verbindung zum Polizei-Notruf hergestellt hatte. Eigentlich hatte ich Zero Chancen, begriff ich und spürte, dass meine Sinne auf Autopilot liefen und ich nicht mehr lange klar denken würde.

„Glaubst du ernsthaft, man wird mich erwischen", fuhr der Drecksack mit Betonung auf „mich" fort und mit einer solchen Überheblichkeit, dass sie mir weitere Übelkeit bereitete. Seine dunkle Stimme war bühnentauglich, sie dröhnte durch die Parkebene wie ein Orkan. Er hatte keinen Grund, leise zu sprechen. Minois war tot. Und auf mich kam es ihm auch nicht mehr an, ich würde nicht überleben. „Man wird denken, dass Minois dich umgebracht hat. Minois hat weiß Gott genug Dreck am Stecken, das kannst du mir glauben." Ich spürte sein bejahendes Nicken. „Allein seine Weibergeschichten. Tja, es wird so aussehen, als habe er sich und van der Heijden schützen wollen." Der Perverse lachte erneut, laut und dröhnend.

„Van der Heijden?" Meine Stimme klang wie nach einer Mandeloperation. Ich keuchte. Der Schmerz schoss in rasendem Galopp durch mich hindurch, durch meinen Unterleib, meinen Kopf und kam wieder im Unterleib an. Mir war kotzübel, alles drehte sich um mich, ich konnte kaum noch etwas erkennen. Kirmes. Ich lag auf einem Karussell, das sich schneller und schneller drehte. Ich war fünfzehn und lag auf dem schnellsten Karussell der Welt. Gleich würde es abheben.

„Ein übler Bursche", fuhr der Bastard in weiter Ferne fort. „Aber lassen wir das. Offenbar willst du unbedingt wissen, wie alles zusammenhängt, bevor ich dich abknalle." Der Kerl keuchte wie ich, wenn auch kaum wegen eines Schmerzes, eher aufgrund amüsierter Überheblichkeit. Vielleicht machten ihn meine Schmerzen ja auch geil.

Ich versuchte zu antworten. Keuchend gelang es mir nach mehreren Anläufen. „Dass ich mein Wissen gegen dich benutze... hältst du angesichts... dieser Situation für unwahrscheinlich, richtig?", gelang es mir, stockend zu antworten. Ich unterstrich meine Vermutung mit einer vagen Handbewegung in die uns umgebenden Schwärze. Gleichzeitig versuchte ich, meine Qual so gut es ging vor ihm zu verbergen. Und das Karussell fuhr einfach keinen Deut langsamer. „Los doch, tu dir keinen Zwang an, erzähl es mir." Ich hustete heftig, mein Mund war so schrecklich trocken. „Wie... hast du Gessner umgebracht?"

Wieder dieses ekelhafte Lachen. „Stimmt, Tote reden nicht." Er beugte sich näher zu mir herab und ich begriff, dass der Mörder größer war als Guiader, er musste beinahe zwei Meter groß sein. War das also der Typ, den wir auf der Aufzeichnung der Überwachungskamera gesehen hatten? Für einen Moment wurde mein Geist ganz klar. „Meinst du, mein Weg nach oben war leicht?" Er schnaubte. „Man hat mir verdammt viele Steine in den Weg gelegt. Aber hat mich das daran gehindert, Karriere zu machen? Nein!"

Es musste ein spanischer Akzent sein, mit dem dieser Riese sprach. Groß, Spanier, gekleidet wie eine Nutte, schleicht er nachts durch die Flure. Minois hatte mir von ihm erzählt, jedoch keinen Namen genannt. Auch wenn der Mörder jetzt Jeans und Hemd trug wusste ich mit absoluter Sicherheit, dass er der Mann auf dem Überwachungsvideo war. Und er ließ es sich nicht nehmen, seine Gute-Nacht-Geschichte fortzusetzen. Dabei fuhr mir sein Atem, vermischt mit seinem fürchterlichen Herrenduft, dauernd ins Gesicht.

„Ich habe es trotzdem geschafft! Wie? Das liegt doch auf der Hand, oder?" Wieder sein ekelhaftes, selbstgefälliges Lachen! „Irgendwann bin ich dahintergekommen, was für Sauereien hier alle am Laufen haben und spielte einfach mit. Warum nicht die richtigen Leute benutzen? Und ich habe sie benutzt, das kannst du mir glauben, du miese Schlampe. Wie Marionetten habe ich sie alle für mich springen und tanzen lassen, hatte gegen jeden von ihnen ein dreckiges Ass im

Ärmel. Gegen alle, die hier was zu sagen haben. Und damit habe ich es geschafft, damit bin ich reich geworden. Und mächtig." Man hätte meinen können, dass er sich gerade für ein Amt bewarb. „Nur so konnte ich Karriere machen. Und das lasse ich mir von niemandem kaputt machen, Puta." Der Dreckskerl hatte sich so in Rage geredet, dass sein Atem inzwischen keuchend ging. „Dass sich dieser Trottel aber auch gleich aus dem Fenster stürzen musste", schnaubte er verächtlich. „Dabei habe ich ihn kaum angefasst, ehrlich! Und am Ende habe ich wieder mal Schwein gehabt." Erneut erklang dieses grauenverursachende Gelächter. Ich ließ mich in Gedanken treiben, weit, weit weg von hier. „Jahrelang ist keiner darauf gekommen, dass ich hinter Antonio Gambinis Freitod stecke und hinter so manch anderer... na, sagen wir einfach dummen Geschichte." Er stockte, vermutlich fielen ihm gerade diejenigen ein, um die er sich demnächst noch würde kümmern müssen.

„Nur der Verfasser eines kleinen, geheimen Dossiers kam dir auf die Schliche", flüsterte ich unter großer Anstrengung und räusperte mich, da mein Hals inzwischen wie zugeschnürt war. „Und dieses Dossier," ich holte mehrmals tief Luft, „schickte er an einen gewissen Gresser. Nur ging es dummerweise nicht an Gresser, der anscheinend auf deiner Gehaltsliste steht, sondern an Olaf Gessner und hat ihn zum Tode verurteilt." Das Karussell legte eine kleine Pause ein. „Du hattest Schiss, dass er die Sache aufdeckt, richtig?" Hatte ich wirklich gerade gelacht? „Zu dumm: Es gibt in euren Reihen jemanden, der dir und ein paar anderen auf die Schliche gekommen und nicht wohlgesonnen ist. Solltet ihr ihn kriegen, ist er der Nächste, den du kalt machst. Aber ihr werdet ihn nicht kriegen." Hoffentlich gelang es mir, diesen dreckigen Killer zu verunsichern. „Diese Person hat sehr, sehr gründlich recherchiert, hat alles über Gambinis sogenannten Selbstmord und noch einiges mehr aufgedeckt. Auch über eure kleinen Kavaliersdelikte, eure ungenierten Griffe in die Portokasse." Vor meinem inneren Auge ordneten sich die Fakten blitzschnell zu einem schlüssigen Bild. „Gresser hätte dichtgehalten. Aber..."

„...nicht Gessner", ergänzte der Kerl belustigt mit einem widerlichen Grunzen dicht an meinem Kopf. „Ja, meine Kleine, den musste ich leider so schnell wie möglich aus dem Weg räumen. Weißt du, die delikaten Sachen mache ich am liebsten selbst, sicher ist sicher."

„Musstest du?" Für einen kurzen Moment spürte ich nichts, keinen Schmerz, keinen Durst, keine Angst. „Hör doch auf, du Arschloch, es war dir ein Fest, du mieser Bastard!"

Das Flüstern dicht an meinem Ohr klang grausam und mir stellten sich die Haare an den Armen und im Nacken auf. „Ich musste gar nicht so viel tun, nur seine Medikamente austauschen. Dazu ein paar heftige Wortgefechte, ein paar üble Drohungen am Telefon. Damit hatte ich sein Herz schon gut aufs Finale vorbereitet." Wenn ich dem Kerl doch nur sein widerliches Lachen aus der Visage hätte prügeln können. Zum ersten Mal in meinem Leben wäre ich gerne ein Mann mit Muskeln und ohne Skrupel gewesen. „Als ich ihn zu später Stunde besuchte," fuhr er in heiterem Singsang fort, „ging es ihm schon ziemlich dreckig. Da brauchte ich ihm nur noch ein paar Fotos unter die Nase halten. Gut gemachte Fotomontagen. Er hätte niemals beweisen können, dass es Fälschungen waren, die ihn als Kinderschänder entlarvten. Fakes. Aber Gessner hat sich wie erwartet tierisch aufgeregt. Das Nitrospray habe ich ihm natürlich abgenommen, als er es endlich aus seiner Hosentasche gekramt hatte. Und dann brauchte ich einfach nur dasitzen und abwarten, einfach nur zuschauen. Und plötzlich war er tot. Problem gelöst."

Diese Selbstzufriedenheit war zu abartig. „Was für ein kaltblütiges Arschloch du bist." Er antwortete nicht, hob stattdessen die Waffe hoch, richtete sie auf mich.

Das Aufheulen eines PS-starken Motors entband ihn von seiner Antwort. Wir hatten beide keinen Mucks vernommen, aber keine zwanzig Meter entfernt flammten plötzlich Scheinwerfer auf und erhellten die Szenerie. Mich, in einer Blutlache am Boden liegend und einen großen, dunkelhaarigen Mann, über mich gebeugt, mit einer lächerlich kleinen Pistole in der Hand und inzwischen wieder mit dieser merkwürdigen Brille vor den Augen. Das grelle Scheinwerferlicht musste ihn viel stärker blenden als mich. Vermutlich war der Serienkiller gerade so gut wie blind.

In dem verzweifelten Versuch, sich zu schützen, wandte er sich der Lichtquelle zu und hob im Reflex seine Waffe. Mit allerletzter Kraft rollte ich mich zur Seite, mit überraschend viel Schwung, dass ich mich sogar mehrmals überschlug in dem Versuch, so viel Raum wie möglich zwischen mich, die Waffe und das Fahrzeug zu legen. Als begreife er die Vorzeichen des Unabwendbaren wirbelte Gessners Mörder herum und zielte wieder in meine Richtung.

Ein großer, anfliegender Schatten.

Die Wucht eines dröhnenden Sechszylinders.

Ein Mann, der hochgeschleudert wird.

Ein ekelhaftes Geräusch, als Räder über seinen Körper rollen.

Nur Zentimeter von mir entfernt kam der schwere Jeep mit einer Vollbremsung zum Stehen.

Als Philipp sich über mich beugte, verschwamm plötzlich alles vor meinen Augen. Ich schloss sie, blendete alles um mich herum aus, vernahm dennoch rennende Schritte von mehreren Personen. Sie näherten sich. Näherten sich schnell. Ich konnte, nein ich wollte meine Augen nicht öffnen. Eine Wohltat, diese Dunkelheit. Dann begann das Karussell zu rasen. Meine Lider gehorchten mir nicht, selbst als ich nur ganz kurz blinzeln wollte. Ich wurde leicht, so leicht. Die blecherne Musik des Karussells trug mich, als wäre ich eine Feder.

Da waren plötzlich Hände unter meinem Kopf. „Was hat Borrelli... was hat dir dieser Scheißkerl nur angetan, Chouchou?" Irgendwas tropfte auf mein Gesicht. Obwohl ich mir wirklich Mühe gab, konnte ich diese Stimme kaum verstehen. IHN verstehen. IHN? Wen? Kannte ich IHN? „Ich hab dich x-mal beschattet und nichts ist passiert!" Die Stimme brach. „Und dann... Ich verliere dich nur kurz aus den Augen..." Große, warme Hände streichelten meine Wangen, dann wurde mein Oberkörper gegen eine Brust gedrückt. Eine männliche Brust. Die erkannte ich. Es war... Wieder nur Leere. Leere und Leichtigkeit.

Da waren Lippen auf meiner Stirn. Ganz sanft und ganz weit weg. Und eine Stimme, genauso weit entfernt. „Nicht auszudenken, wenn ich deinen Wagen auf dem Parkstreifen nicht erkannt hätte. Und wenn sich meine Kollegen nicht über den Stromausfall in der Tiefgarage gewundert und mich sofort informiert hätten." Verzweiflung. Mit Händen greifbare Verzweiflung. Wieso?

Ich bekam etwas besser Luft. Schwebte. Herrlich! Konnte ich mich fallen lassen? Oder würde ich aufschlagen und alles begänne wieder von vorne? Doch, ich konnte dieser unendlichen Schwäche in mir nachgeben. Ja. Ich wurde gehalten.

Alles, was diese Brust, was dieser Mann sagte, drang wie durch Watte an meine Ohren, gelangte jedoch nicht in mein Hirn. Ich ließ los. Einfach los. Frieden. Leichtigkeit. Nichts hören. Nichts sehen. Nichts fühlen. Nichts wollen. Nichts fürchten.

Ein allerletzter Gedanke hielt mich auf. „Rufus... Kümmere dich um Rufus!"

Das Vergessen

Juni 1999

Energisch sammelte ich die alten Zeitungen und Zeitschriften ein. Es war an der Zeit, sie in den Papiermüll zu werfen. Die Schlagzeilen verfehlten inzwischen ihre Wirkung auf mich, denn ich hatte sie wieder und wieder gelesen.

EU-Kommissar Vasco Borrelli bei Mordversuch an einer Deutschen getötet. Er wurde post mortem des Mordes in mindestens drei Fällen überführt. Deutsche Autorin entkommt ihm schwerverletzt.

Deutscher EU-Abgeordneter Gessner wurde ermordet. Der als Herzinfarkt getarnte Mord geht, ebenso wie der Jahre zurückliegende angebliche Selbstmord des EU-Beamten Gambini, auf Borellis Konto.

Van der Heijden auf der Flucht? EU-Kommissar ist nach der Ermordung seines Sekretärs Minois untergetaucht.

Die Stammtisch GmbH. Immer mehr Beweise für Korruption könnten einige Kommissare zum Rücktritt zwingen.

Hauptberuflich ahnungslos. Keiner wusste von nichts.

Koalition der Zornigen. Stürzt die EU-Kommission? Erstmals wird Brüsseler Kommission vom Parlament abgesetzt. Parlamentarier stürzen Brüsseler Kommissare.

Die gute Krise. Der Kanzler erweist den oft belächelten Abgeordneten des Europa-Parlaments seine Reverenz.

Das Beben von Brüssel. Der tiefe Fall der Europäischen Kommission.

Unbekannte Risiken. Die zurückgetretene Kommission bleibt länger im Amt als erwartet.

Ceraudos Wünsche. Schon vor seiner Ernennung zum Präsidenten beugt sich Romolo Ceraudo dem Druck der EU-Staats- und Regierungschefs.

Der König ist tot. Hoch lebe der König, dachte ich und hoffte, dass die nächste Generation von Europaverwaltern wüsste, was sie tat. Die letzte hatte es offensichtlich nicht gewusst.

Wenn Guiader doch nur den Mund aufgemacht hätte!

Es stellte sich heraus, dass er im Auftrag der UCLAF als verdeckter Ermittler versucht hatte, einige der später bekannt gewordenen Sauereien aufzudecken. Hätten wir von Anfang an zusammengearbeitet und hätten einander vertraut, vielleicht wäre mir diese schmerzhafte Lektion erspart geblieben. Als Macho hatte er es jedoch auf seine Art tun müssen. Er hatte an meine Informationen kommen wollen und mich gleichzeitig auszubooten versucht. Mit ihm war ich fertig.

Auch wenn er mich gerettet hatte.

Hassbach sollte Recht behalten. Die Verlage öffneten ihre Türen für mich und mein zweites Manuskript. Ade Lovestory, willkommen Kriminalroman. Jetzt lag ein kleines Paket vor mir, angefüllt mit makellos bedrucktem Papier und einer

Geschichte, die mich als politisch interessierte Bürgerin noch immer schockierte, wenn auch die agierenden Personen in meinem Politkrimi frei erfunden waren. Ähnlichkeiten mit lebenden Personen wären reiner Zufall und keineswegs beabsichtigt. Leider hatte ich einen Teil der Story am eigenen Leib erfahren müssen.

Fein säuberlich zwischen zwei gut gestalteten Buchdeckel wartete mein Roman jetzt auf seine Leser. Was für ein gutes Gefühl! Meine Reisetasche lag bereits im Auto und die Hunde verabschiedeten sich von Greta und Konsorten, denn vielstimmiges Jauchzen und Hundegebell wies mir den Weg in den Garten.

„Rufus, Titus, kommt her, ihr Banausen", rief ich und war voller Vorfreude. „Autofahren." Wie immer hielt ich exakt die Rangfolge ein. Beide Hunde kamen auf mich zu gestürmt, aber nur Titus sprang an mir hoch. „Ist ja gut, meine Süßen. Auf geht's."

Greta trat zu mir und wies auf ihren Freund, der bescheiden hinter ihr stand. „Justus hat den Wagen vollgetankt, gewaschen und ausgesaugt. Sogar von innen die Scheiben gewienert."

„Meinst du, das hätte ich nicht bemerkt? Justus, vielen lieben Dank." Ich umarmte ihn. Außer bei Hiltrud Eckebrecht und Greta war er der einzige Nachbar, bei dem ich mir derlei Vertrauliches herausnahm. Justus drückte mich herzlich zurück. „Und passt mir bitte gut auf Greta auf."

Der Blick, den wir tauschten, ließ unsere Erleichterung darüber erkennen, dass Greta nicht, wie von mir befürchtet, an Leukämie erkrankt war. Vielmehr war es eine schwere, verschleppte Virusgrippe gewesen, die sie so geschwächt hatte. Nachdem ich aus dem Krankenhaus entlassen worden war, bestand ich darauf, dass sich Greta gründlich untersuchen ließ. Erst in Brüssel hatte ich endlich begriffen, dass sie schon länger so apathisch gewirkt hatte. Da sie selbst spürte, wie sehr ihre Kräfte nachgelassen hatten, hatte sie, ohne zu murren, meine Anordnung befolgt. Inzwischen war sie wieder ganz die alte.

Sie lächelte mich mit schelmischem Blick an. „Mach dir keine Sorgen, Kind, mir geht es blendend. Und melde dich mal. Bad Segeberg ist schließlich nicht aus der Welt. Es gibt dort sogar Telefonzellen, hab ich mir sagen lassen." Sie grinste. „Nur für den Fall, dass du wieder zu geizig bist, dein Handy zu benutzen."

Dass sie mich damit aber auch immer aufziehen musste. „Versprochen, Greta."

Rufus stupste mich ungeduldig mit der Nase an. Mein Blick fiel auf die Narbe, die er zurückbehalten hatte. Seine Kriegsverletzung. Eine der Kugeln, die Minois hatten treffen sollen, hatte eine seiner Rippen gestreift und innere Blutungen verursacht, aber zum Glück keine wichtigen Organe verletzt. Die Narbe war recht klein und stand in keinem Verhältnis zu dem, was die Kugel ihn beinahe gekostet hätte. „Hätte nicht gedacht, dass du wieder fit wirst, mein Großer", flüsterte ich ihm ins Ohr und küsste seinen warmen Schädel. Ich liebte ihn genauso sehr wie Titus.

Greta hatte ein ausgezeichnetes Gehör. „Das hast du Guiader zu verdanken."

„Nicht schon wieder, Greta."

Pikiert verzog sie das Gesicht. „Ich bin ja schon still. Du bist schließlich alt genug, um zu wissen, was du tust." Ihr Ton besagte genau das Gegenteil.

Guiader. Der einzige strittige Punkt zwischen uns. Seltsamerweise hatte sie sich auf seine Seite geschlagen. Aber ich sah mich noch immer nicht dazu in der Lage, darüber mit ihr zu diskutieren. Oder ihn gar anzurufen. Er hatte mir das Leben gerettet und hatte auch dafür gesorgt, dass sich die Sanitäter um Rufus genauso wie um mich gekümmert hatten. Und ja, er fehlte mir, dieser verdammte Arsch, definitiv. Aber ich vertraute ihm nicht mehr.

Hatte ich ihm je vertraut?

Es war einfacher, sich jeden Gedanken an ihn zu verbieten.

So verlief das Abschiedszeremoniell etwas frostiger als geplant. Als ich Greta aus dem anfahrenden Auto heraus ein letztes Mal zuwinkte, tat es mir plötzlich leid, mich so schroff gegeben zu haben. Auch ihr hatte ich viel zu verdanken. Sie hatte mich nach meiner Entlassung aus der Klinik aufgepäppelt. Meine körperlichen Verletzungen hatten sich als äußerst schmerzhaft, aber nicht lebensbedrohlich erwiesen. Die Agonie, in der Guiader mich gefunden hatte, war wohl dem Schock geschuldet, den ich durch die Angst um mein Leben und den Schmerz erlitten hatte. Dem Schlag mit der Pistole gegen meinen Kopf verdankte ich eine leichte Gehirnprellung und einen Riss in der Kopfhaut, der jedoch mit ein paar Stichen aus der Welt geschafft war. Die Wunde im Schritt war äußerst schmerzhaft und stark blutend gewesen, zum Glück aber ohne ernste Folgen verheilt, auch wenn sich ein Chirurg zunächst damit hatte befassen müssen.

Das mit meiner Seele stand auf einem ganz anderen Blatt Papier. Als mich die Krankenschwester fragte, ob mich ein Monsieur Guiader besuchen dürfe, hatte ich vehement verneint und mir seine Besuche verbeten. Zu viele Zweifel, zu viel Unausgesprochenes, das zwischen uns stand. Mich all dem zu stellen, hatte ich mich außerstande gefühlt. Fühlte ich mich noch immer außerstande.

Gut zwei Stunden später genoss ich die Fahrt durch die hügelige Landschaft, die Felder mit ihren Knicks, die den scharfen Ostwind abhalten sollten. Nachdem ich die Autobahn endlich verlassen konnte, zog die Holsteinische Schweiz an mir vorüber. Diese Landschaft war zum Niederknien schön, vor allem, wenn wie jetzt der Raps blühte. Dieses endlos satte Gelb wirkte wie eine Glücksdroge über die Augen direkt ins Hirn und ins Herz.

„Hast du es also endlich geschafft, mich zu besuchen."

„Ist das eine Begrüßung für eine der bedeutendsten Autorinnen der Zukunft", lachte ich, und Janna und ich fielen uns in die Arme.

Sie drückte mich an sich, als könnte ich mich sonst in Luft auflösen. „Lass dich mal anschauen!" Sie nickte ernst. „Es ist vorbei, mein Schatz. Versuche, es zu vergessen."

„Es wird niemals ganz vorbei sein, Janna", antwortete ich leise. „Dafür war es zu intensiv."

Guissény in der Bretagne IV

Spätsommer 2015

„Das meinst du jetzt aber nicht im Ernst! Lass uns bitte den ganzen Raum in diesem eleganten Creme Ton streichen. Bitte sag mir, wie ich dich kann davon überzeugen, Chouchou."

Mit der Farbrolle in der Hand fuhr ich zu ihm herum und versetzte ihm einen Klaps auf den knackigen Hintern, der in der farbverschmierten Malerhose verlockend aussah.

„Gar nicht, mon coeur", lachte ich übermütig. „Eine Wand im Schlafzimmer wird Ozeanblau gestrichen. Ich will aufwachen und glauben, ich wäre auf See. Und diese Wand hier im Salon wird Bordeauxrot. Eine Farbe, die Wärme, Geborgenheit und Lebenslust symbolisiert. Hast du es denn noch immer nicht begriffen?"

Ich warf mich ihm an den Hals, küsste diesen sinnlichen, erfahrenen Mund und verschlang seinen Körper mit den Augen. „Ich brauche Farbe. Ich will ganz viel Farbe in meinem Leben. In unserem Leben."

Sappho und das Blut des Flüchtlings

Von Gino Pacifico. Gedichte zu Emigration und Immigration.

Der Titel dieser Gedichtreihe ist durch die tragischen Ereignisse auf der Insel Lesbos im Jahr 2020 inspiriert.

Der Leser wird durch Sappho, der ersten aller Dichterinnen, durch diese Anthologie begleitet. Das Wiedererwachen der Dichterin „unter stetigem, herbem Knallen der brennenden und wütenden Höllenluft" im Flüchtlingscamp stellt Mahnung und Hoffnung an den Leser zugleich dar. Europa fordert sie zur „Einheit zum Wohle aller" auf.

In Pacificos Gedichten werden auch Fremdsein und Heimatgefühl der Gastarbeitergeneration im 20. Jahrhundert thematisiert und als Lehre für die Gegenwart mit dem Appell einer gelungenen Integration verwendet.

Jetzt erhältlich – Als gedrucktes Buch, EPUB und ePDF!

www.akres-publishing.com

Der Untergang von Phaistos

Von Heike Wolff. Ein Bronzezeitroman.

Kreta, um das Jahr 1450 v. Chr. Das Volk hungert, und von Norden breiten die Achäer ihren Einfluss aus und drohen die Insel zu überfallen.

Ide, Tochter des Archons, soll als Handelspfand mit Agathon, dem Prinzen von Pylos, vermählt werden und so ein starkes Bündnis sichern. Obwohl ihr Herz Geros, dem Flottenkapitän von Phaistos, gehört, muss sie ins ferne Pylos aufbrechen. Auf der gefährlichen Reise kommen ihr Zweifel, ob die Hochzeit tatsächlich dem Bündnis dient. Kann sie Agathon trauen? Oder ist die Vermählung Teil eines hinterhältigen Plans, mit dem die Achäer selbst die Herrschaft über Kreta erringen wollen?

Dieser historische Roman ist durch eine spannende, mitreißende und detailreiche Erzählweise geprägt, die das Eintauchen in das bronzezeitliche Griechenland zu einem Vergnügen macht.

Jetzt erhältlich – Als gedrucktes Buch, EPUB und ePDF!

www.akres-publishing.com